# BRENNENDE FINSTERNIS

**Lady Alexia**

Band 1: Glühende Dunkelheit
Band 2: Brennende Finsternis
Band 3: Entflammte Nacht

*Über die Autorin:*

Die New-York-Times-Bestsellerautorin Gail Carriger wurde nach eigener Aussage von einer Exil-Britin und einem unheilbaren Griesgram aufgezogen. Um dieser Situation zu entfliehen, begann sie bereits in jungen Jahren mit dem Schreiben. Doch schließlich entkam sie dem amerikanischen Kleinstadtleben. Beinahe aus Versehen erlangte sie mehrere Hochschulabschlüsse. Anschließend bereiste Sie Europa, wobei sie sich ausschließlich von Keksen ernährte. Heute lebt sie wieder in den USA, besitzt eine stetig wachsende Sammlung von großartigen Schuhen und lässt sich ihren Tee direkt aus London schicken. Außerdem ist sie versessen auf winzigkleine Hüte und exotische Früchte.

# GAIL CARRIGER
# Brennende Finsternis

ROMAN

Aus dem Englischen von
Anita Nirschl

**Weltbild**

Die amerikanische Originalausgabe erschien 2010 unter dem Titel
*Changeless* bei Orbit, New York.

Besuchen Sie uns im Internet:
*www.weltbild.de*

Genehmigte Lizenzausgabe für Verlagsgruppe Weltbild GmbH,
Steinerne Furt, 86167 Augsburg
Copyright der Originalausgabe © 2010 by Tofa Borregaard
This edition published by arrangement with Little, Brown and Company,
New York, New York, USA. All rights reserved.
Copyright der deutschsprachigen Ausgabe © 2011 by
Blanvalet in der Verlagsgruppe Random House GmbH, München
Übersetzung: Anita Nirschl
Umschlaggestaltung: Johannes Frick, Neusäß/Augsburg
Umschlagmotiv: © Illustration Johannes Frick, Neusäß/Augsburg
unter Verwendung von Motiven von Shutterstock
Gesamtherstellung: CPI Moravia Books s.r.o., Pohorelice
Printed in the EU
ISBN 978-3-86365-521-1

2016  2015  2014  2013
Die letzte Jahreszahl gibt die aktuelle Lizenzausgabe an.

## Alexia ärgert sich über Zelte und Ivy hat etwas bekannt zu geben

»Sie sind was?!«

Lord Conall Maccon, der Earl of Woolsey, brüllte. Laut. Das durfte man von Lord Maccon auch erwarten, da er generell ein Gentleman der lauten Sorte war – die ohrenbetäubende Kombination aus kräftigem Lungenvolumen und einem mächtigen, breiten Brustkorb.

Alexia Maccon, Lady Woolsey und Muhjah, der Königin Großbritanniens außernatürliche Geheimwaffe der Extraklasse, erwachte blinzelnd aus einem tiefen und wohligen Schlummer.

»Ichwarsnicht«, murmelte sie sofort, ohne auch nur den leisesten Hauch einer Ahnung zu haben, worüber sich ihr Gemahl so aufregte. Natürlich war sie es für gewöhnlich *doch*, aber es hatte keinen Sinn, gleich ein Geständnis abzulegen, gleichgültig, welche Laus ihm diesmal über die Leber gelaufen war. Alexia kniff fest die Augen zu und wühlte sich tiefer in die wohlige Wärme der Daunendecke. Konnten sie denn nicht später darüber streiten?

»Was meinen Sie mit *verschwunden*?« Das Bett erzitterte leicht unter der bloßen Lautstärke von Lord Maccons Gebrüll.

Das Erstaunliche daran war, dass er auch nicht annähernd so laut war, wie er sein konnte, wenn er sich wirklich ins Zeug legte.

»Nun ja, ich hab ihnen jedenfalls nicht gesagt, sie sollen verschwinden«, murmelte Alexia in dem Versuch, sich zu verteidigen, in ihr Kopfkissen. Sie fragte sich, wer »sie« wohl waren. Dann dämmerte ihr allmählich die Erkenntnis, auf eine verschwommene, watteweiche Art und Weise, dass er gar nicht sie anbrüllte, sondern jemand anderen. In ihrem Schlafzimmer.

Du liebe Güte.

Es sei denn, er brüllte sich selbst an.

Du *liebe* Güte!

»Was, *alle*?«

Alexias wissenschaftliche Seite wunderte sich träge über die Kraft von Schallwellen – hatte sie nicht vor Kurzem eine Publikation der Royal Society zu diesem Thema gelesen?

»Alle auf einmal?«

Lady Maccon seufzte schwer, rollte sich zu dem Gebrüll herum und hob eines ihrer Augenlider einen Spaltbreit. Ihr Blickfeld wurde vom breiten, nackten Rücken ihres Gemahls ausgefüllt. Um mehr sehen zu können, würde sie sich aufsetzen müssen. Und da sie das vermutlich noch mehr kalter Luft aussetzen würde, sah sie davon ab, sich aufzusetzen. Was sie allerdings bemerkte, war, dass die Sonne noch gar nicht richtig untergegangen war. Warum war Conall so hellwach und lautstark zu dieser abnorm frühen Stunde? Denn wenngleich es auch nichts Ungewöhnliches war, dass ihr Ehemann herumbrüllte, so war es das sehr wohl, wenn er es in den späten Nachmittagsstunden tat. Der un-menschliche Anstand gebot, dass sich sogar der Alpha-Werwolf von Woolsey Castle um diese Tageszeit ruhig zu verhalten hatte.

»Innerhalb welcher Reichweite genau? So weit kann es sich nich ausgedehnt haben.«

Ach herrje, sein schottischer Akzent kam zutage. Das verhieß nie etwas Gutes.

»In ganz London? Nicht? *Nur* das gesamte Ufer der Themse und der Stadtkern? Das ist einfach nicht möglich!«

Diesmal vernahm Lady Maccon eine leise gemurmelte Antwort auf das letzte Gebrüll ihres Mannes. Nun ja, beruhigte sie sich selbst, wenigstens war er nicht völlig plemplem geworden. Doch wer würde es wagen, Lord Maccon zu solch einer gottlosen Stunde in seinen Privatgemächern zu stören? Erneut versuchte sie, an seinem Rücken vorbeizuspähen. *Warum* musste er auch nur so kräftig gebaut sein?

Sie setzte sich auf.

Alexia Maccon war bekannt für ihre königliche Haltung. Das war aber auch so ziemlich alles, was die feine Gesellschaft Positives über sie verlauten ließ. Man hielt ihr Aussehen gemeinhin für zu dunkel, um ihr – abgesehen von ihrem Rang als Lady – allzu viel Anerkennung zu zollen. Alexia hatte stets gehofft, eine gute Haltung könnte ihre körperlichen Makel übertünchen. An diesem Morgen allerdings behinderten sie Decken und Kissen, und es gelang ihr nur, sich ungelenk auf die Ellbogen gestützt aufzurappeln, das Rückgrat schlaff wie eine gekochte Nudel.

Alles, was sich ihr nach dieser übermenschlichen Anstrengung enthüllte, war ein zarter Silberhauch und der schwache Umriss einer menschlichen Gestalt: die Ehemalige Merriway.

Die Ehemalige Merriway murmelte irgendetwas, während sie sich im Halbdunkel angestrengt bemühte, vollständig zu erscheinen. Sie war ein höfliches Gespenst, verhältnismäßig jung und gut erhalten und noch bei völliger geistiger Gesundheit.

»Ach, um Himmels willen!« Lord Maccon schien nur noch wütender zu werden. Lady Maccon kannte diesen speziellen Tonfall nur zu gut – für gewöhnlich richtete er sich gegen sie. »Aber es gibt auf dieser Erde nichts, das so etwas *bewirken* könnte!«

Die Ehemalige Merriway sagte wieder etwas.

»Wurden denn alle Tageslicht-Agenten zurate gezogen?«

Alexia lauschte angestrengt. Das ohnehin mit einer leisen, lieblichen Stimme gesegnete Gespenst war nur schwer zu verstehen, wenn es auch noch absichtlich den Tonfall dämpfte. »Ja, und sie haben ebenfalls keine Ahnung ...« Das oder etwas in der Art sagte die Ehemalige Merriway.

Der Geist schien sich zu fürchten, was Alexia noch mehr Grund zur Beunruhigung bescherte als Lord Maccons Zornesausbruch (zu solchen kam es ja leider häufiger). Es gab nur wenig, was jemandem, der bereits tot war, Furcht einflößen konnte, vielleicht mit Ausnahme einer Außernatürlichen. Doch selbst die seelenlose Alexia war nur unter sehr besonderen Umständen gefährlich.

»Was, überhaupt keine Ahnung? Also gut.« Der Earl warf die Bettdecke beiseite und stieg aus dem Bett.

Mit einem schockierten Aufkeuchen waberte die Ehemalige Merriway herum und wandte dem völlig nackten Mann ihren durchscheinenden Rücken zu.

Alexia wusste diese höfliche Geste zu schätzen, wenn auch nicht Lord Maccon. Höflich bis auf die Knochen, die arme kleine Merriway. Oder was von ihren Knochen noch übrig war. Lady Maccon hingegen war nicht so zurückhaltend. Ihr Ehemann hatte eine ausgesprochen ansehnliche Rückseite. Das hatte sie ihrer schockierten Freundin Miss Ivy Hisselpenny gegenüber auch schon erwähnt, bei mehr als einer

8

Gelegenheit. Es war vielleicht viel zu früh, um wach zu sein, aber es war nie zu früh, um etwas von diesem Format zu bewundern.

Ihr Ehemann strebte auf sein Ankleidezimmer zu, und das wunderbar ergötzliche Körperteil verschwand aus ihrem Blickfeld.

»Wo ist Lyall?«, bellte er.

Lady Maccon versuchte, wieder einzuschlafen.

»Was?! Auch fort? Verschwinden denn jetzt *alle* um mich herum? Nein, ich habe ihn nicht fortgeschickt ...« Eine Pause. »Ach ja, Sie haben völlig recht. Das habe ich. Das Rudel ...«, *blubb, blubb, blubb*, »... sollte an der ...«, *blubb, blubb*, »... Station ankommen«. *Platsch.* »Müsste er nicht inzwischen wieder zurück sein?«

Allem Anschein nach wusch sich ihr Mann gerade, da sein Gebrüll immer wieder von planschenden Geräuschen unterbrochen wurde. Alexia lauschte angestrengt nach Tunstells Stimme. Ohne seinen Kammerdiener war ihre lautstärkere Hälfte stets dazu verdammt, schrecklich unordentlich auszusehen. Es war niemals eine gute Idee, den Earl sich unbeaufsichtigt ankleiden zu lassen.

»Also gut, dann. Schicken Sie schnellstens einen Claviger nach ihm aus.«

An diesem Punkt verschwand der Spektralleib der Ehemaligen Merriway.

Conall erschien wieder in Alexias Blickfeld und nahm seine goldene Taschenuhr vom Nachttischchen neben dem Bett. »Natürlich werden sie das als Beleidigung auffassen, aber daran ist nichts zu ändern.«

Ha, sie hatte recht gehabt! Er war fast nackt und trug nur einen Mantel. *Kein Tunstell also.*

Zum ersten Mal an diesem Morgen schien sich der Earl an seine Frau zu erinnern.

Alexia stellte sich schlafend.

Conall schüttelte sie sanft und bewunderte dabei sowohl das üppige Durcheinander tintenschwarzer Locken als auch ihr geschickt vorgetäuschtes Desinteresse. Als sein Schütteln drängend wurde, blinzelte sie unter langen Wimpern hervor zu ihm hoch.

»Guten Abend, mein Liebling!«

Aus leicht geröteten braunen Augen funkelte Alexia ihren Gemahl an. Dieses Herumgealbere am frühen Abend wäre bei Weitem nicht so schlimm gewesen, hätte er sie nicht zuvor schon den halben Tag lang wachgehalten. Nicht, dass diese Betätigung unangenehm gewesen wäre, sondern einfach nur überschwänglich und ausgedehnt.

»Was hast du vor, werter Gemahl?«, fragte sie mit butterweicher, von Argwohn durchtränkter Stimme.

»Entschuldige vielmals, meine Liebste!«

Lady Maccon hasste es, wenn ihr Mann sie seine »Liebste« nannte. Es bedeutete, dass er etwas vorhatte, ihr aber nichts darüber erzählen wollte.

»Ich muss heute Abend früh ins Büro hetzen. Unvermittelt hat sich eine wichtige BUR-Angelegenheit ergeben.« Aufgrund des Mantels und der Tatsache, dass sich seine Eckzähne zeigten, folgerte Alexia, dass er das mit dem Hetzen wörtlich meinte, und zwar in Wolfsgestalt. Was auch immer vor sich ging, erforderte offenbar dringend seine Aufmerksamkeit. Lord Maccon zog es für gewöhnlich vor, das Büro bequem und stilvoll in der Kutsche zu erreichen und nicht im Pelz.

»Ach ja?«, murmelte Alexia.

Der Earl zog die Bettdecke hoch und deckte seine Frau wieder warm zu. Die Berührung seiner großen Hände war unerwartet sanft. Als er seine außernatürliche Gemahlin berührte, verschwanden die langen Eckzähne. In diesem kurzen Augenblick war er sterblich.

»Triffst du dich heute Abend mit dem Schattenkonzil?«, fragte er.

Alexia überlegte. War heute Donnerstag? »Ja.«

»Dann hast du eine interessante Sitzung vor dir«, stachelte der Earl ihre Neugier an.

Alexia setzte sich auf und machte all sein ordentliches Zudecken zunichte. »Was? Warum?« Die Bettdecke rutschte hinunter und enthüllte dabei, dass Lady Maccons Vorzüge beachtlich und nicht von modischer Kunstfertigkeit wie einem ausgestopften Korsett oder einem zu engen Mieder hervorgebracht wurden. Trotz seiner nächtlichen Vertrautheit mit dieser Tatsache neigte Lord Maccon dazu, Alexia bei Tanzveranstaltungen auf einen verschwiegenen Balkon zu ziehen, um nachzuprüfen und sich »zu vergewissern«, dass das auch immer noch der Fall war.

»Es tut mir *wirklich* leid, dich so früh geweckt zu haben, meine Liebste.« Da war dieser verhasste Ausdruck schon wieder. »Ich verspreche dir, dass ich es am Morgen wiedergutmache.« Anzüglich wackelte er mit den Augenbrauen und beugte sich zu einem langen Kuss zu ihr hinunter.

Schäumend stemmte sich Lady Maccon erfolglos gegen seine breite Brust.

»Conall, *was* ist los?«

Doch ihr sie in den Wahnsinn treibender Werwolf von einem Ehemann war bereits aus dem Zimmer verschwunden.

»Rudel!« Sein Brüllen hallte durch den Korridor. Wenigstens hatte er diesmal – zumindest dem Anschein nach – Rücksicht auf sie genommen, indem er vorher die Tür schloss.

Alexia und Conall Maccons Schlafzimmer nahm die gesamte Fläche eines der höchsten Türme von Woolsey Castle ein, der zugegebenermaßen eher ein würdevoller Hubbel oben auf einer der Außenmauern war. Trotz dieser verhältnismäßig isolierten Lage war das Gebrüll des Earls fast im ganzen riesigen Gebäude zu vernehmen, sogar unten im hinteren Salon, wo seine Schlüsselwächter gerade ihren Tee zu sich nahmen.

Es war harte Arbeit für die Woolsey-Claviger, ihren zahlreichen Pflichten am Tage nachzukommen, während sie nach ihren schlummernden Werwolfschützlingen sahen und sich um die Tageslichtgeschäfte des Rudels kümmerten. Für die meisten stellte die Teestunde eine kurze und notwendige Verschnaufpause dar, bevor sie wieder an ihre nicht-rudelbezogene Arbeit gerufen wurden. Da die Werwolfsrudel besonders kreative Gefährten bevorzugten und Woolsey nahe bei London lag, waren mehr als nur ein paar seiner Claviger in der Theaterszene des West End aktiv. Trotz der Verlockungen von Aldershot Pudding, Madeirakuchen und schwarzem Gunpowder-Tee waren sie bei dem Gejodel ihres Herrn sofort auf den Beinen und eilten herbei, so schnell es nur ging.

Mit einem Mal herrschte im ganzen Haus ein Tumult geschäftiger Betriebsamkeit: Ankommende und aufbrechende Kutschen und Reitpferde klapperten über die Pflastersteine im Hof, Türen wurden zugeschlagen, Stimmen schallten hin und her. Es hörte sich an wie auf dem Luftschifflandeplatz im Hydepark.

Mit dem abgrundtiefen Seufzer der vom Schicksal schwer Geprüften rollte sich Alexia Maccon aus dem Bett und hob ihr Nachthemd von der Stelle auf, wo es zu einem Haufen aus Rüschen und Spitze zusammengeknüllt auf dem Steinboden gelegen hatte. Es war eines der Hochzeitsgeschenke ihres Ehemanns für sie. Oder vielmehr für *ihn*, da es aus weicher französischer Seide gemacht war und skandalös wenige Plisseefältchen auswies. Es war recht modisch und gewagt französisch und gefiel Alexia ziemlich gut. Conall hingegen gefiel ziemlich gut, es ihr wieder auszuziehen. Was auch der Grund war, warum es auf dem Fußboden gelandet war. Sie hatten sich auf eine zeitlich begrenzte Beziehung mit dem Nachthemd geeinigt: Meistens trug sie es nur außerhalb des Bettes. Er konnte sehr überzeugend sein, wenn er sich etwas in den Kopf gesetzt hatte und auch noch andere Teile seiner Anatomie dazu verwendete, dies zu erreichen. Lady Maccon kam zu dem Schluss, dass sie sich daran würde gewöhnen müssen, im Evaskostüm zu schlafen. Obwohl da diese nagende Sorge war, dass ein Feuer ausbrechen und sie dazu zwingen könnte, splitterfasernackt unter den Blicken aller aus dem Haus zu flüchten. Doch diese Sorge schwand allmählich, da sie mit einem Rudel Werwölfe zusammenlebte und sich allmählich an deren ständige Nacktheit gewöhnte – schon allein aus Notwendigkeit, wenn nicht aus persönlicher Vorliebe. In ihrem Leben gab es gegenwärtig wirklich viel mehr haarige Männlichkeit, als eine anständige Engländerin monatlich ertragen sollte. Abgesehen davon kämpfte die Hälfte des Rudels derzeit im Norden Indiens.

Ein zaghaftes Klopfen erklang, gefolgt von einer langen Pause. Dann wurde die Tür des Schlafzimmers langsam geöffnet, und ein herzförmiges Gesicht gepaart mit dunkelblondem Haar und riesigen veilchenblauen Augen spähte herein. Die Augen blickten ängstlich besorgt. Die Zofe, der sie gehörten, hatte zu ihrer tiefsten Beschämung gelernt, ihren Herrschaften etwas mehr Zeit zu geben, bevor sie sie in ihrem Schlafzimmer störte. Lord Maccons amouröse Stimmungen ließen sich nie vorhersagen, aber es ließ sich ganz gewiss vorhersehen, in welche Stimmung er geriet, wenn er dabei gestört wurde.

Als sie mit deutlicher Erleichterung seine Abwesenheit feststellte, trat die Zofe mit einer Waschschüssel voll heißem Wasser und einem warmen weißen Handtuch über dem Arm ein.
Anmutig knickste sie vor Alexia. Sie trug ein modisches, wenn
auch düsteres graues Kleid, auf das eine gestärkte weiße Schürze
geheftet war. Alexia wusste im Gegensatz zu anderen, dass der
hohe, weiße Kragen an ihrem schlanken Hals zahlreiche Bissspuren verdeckte. Und als ob eine ehemalige Vampir-Drohne in
einem Werwolfshaushalt nicht schon schockierend genug wäre,
öffnete das Mädchen den Mund und bewies mit ihrem Akzent,
dass sie obendrein und recht verwerflicherweise auch noch Französin war.

»Guten Abend, Madame.«

Alexia lächelte. »Guten Abend, Angelique.«

Die frischgebackene Lady Maccon hatte kaum drei Monate
nach ihrer Hochzeit bereits bewiesen, dass ihr Geschmack recht
gewagt war, die Speisen an ihrer Tafel unvergleichlich und ihr
Stil richtungsweisend waren. Und während es in der feinen
Gesellschaft nicht allgemein bekannt war, dass sie Mitglied des
Schattenkonzils war, so wurde doch bemerkt, dass sie mit Königin Victoria in freundschaftlicher Beziehung stand. Dies gepaart
mit einem temperamentvollen Werwolf-Ehemann mit beträcht-
lichem Vermögen und hohem Ansehen sorgte dafür, dass die
feine Gesellschaft über ihre exzentrischen Anwandlungen – wie
zum Beispiel nachts einen Sonnenschirm bei sich zu tragen und
eine übermäßig hübsche französische Zofe zu beschäftigen –
gnädig hinwegsah.

Angelique platzierte die Waschschüssel und das Handtuch auf Alexias Ankleidetisch und verschwand wieder. Höfliche zehn Minuten später kam sie mit einer Tasse Tee zurück,
brachte geschwind das benutzte Handtuch und das schmutzige

Wasser fort und erschien dann erneut mit einem entschlossenen Gesichtsausdruck und einer Aura ruhiger Autorität. Für gewöhnlich kam es zwischen ihnen zu einem kleineren Kräftemessen in Sachen Willensstärke, wenn es darum ging, Lady Maccon anzukleiden, doch das jüngste Lob in der Gesellschaftsspalte des *Lady's Pictorial* hatte Alexias Vertrauen in Angeliques Entscheidungen *à la toilette* gestärkt.

»Also gut, du Xanthippe«, sagte Lady Maccon zu dem schweigenden Mädchen. »Was werde ich heute Abend tragen?«

Angelique traf ihre Wahl aus der Garderobe: eine militärisch inspirierte teebraune Kreation besetzt mit schokoladenbraunem Samt und großen Messingknöpfen. Das Kleid war elegant und sehr passend für ein geschäftliches Treffen mit dem Schattenkonzil.

»Wir werden die Seidenstola weglassen«, protestierte Alexia der Form halber. »Ich muss heute Abend meinen Hals zeigen.« Sie erklärte ihr nicht, dass die Palastwache sie auf Bissmale untersuchte. Angelique gehörte nicht zu denen, die wussten, dass Alexia Maccon den Posten der Muhjah innehatte. Sie mochte zwar Alexias persönliche Zofe sein, doch sie war immer noch Französin, und entgegen der diesbezüglichen Ansicht von Alexias ehemaligen Butler Floote musste das Hauspersonal nicht *alles* wissen.

Angelique fügte sich widerspruchslos und steckte Lady Maccons Haar zu einer schlichten Hochsteckfrisur, um die Strenge des Kleides zu unterstreichen. Nur ein paar Löckchen und Strähnen lugten unter einer kleinen Spitzenhaube hervor. Dann gelang Alexia endlich die Flucht, kribbelig vor Neugier über den frühen Aufbruch ihres Gatten.

Doch da war niemand, den sie fragen konnte. Niemand wartete an der Dinnertafel. Sowohl Claviger als auch Rudelmitglie der waren zusammen mit dem Earl verschwunden. Das Haus war leer bis auf die Bediensteten, auf die sich nun Alexias geballtes Interesse richtete, doch mit einer Mühelosigkeit, die von drei Monate langer Übung herrührte, stoben sie auseinander, um sich ihren zahlreichen Aufgaben zu widmen.

Der Butler von Woolsey, Rumpet, weigerte sich mit einer Aura gekränkter Würde, ihre Fragen zu beantworten. Sogar Floote behauptete, den ganzen Nachmittag in der Bibliothek zugebracht und nichts belauscht zu haben.

»Also wirklich, Floote, Sie *müssen* doch darüber informiert sein, was geschehen ist! Ich verlasse mich darauf, dass Sie wissen, was vor sich geht! Das tun Sie doch immer!«

Floote bedachte sie mit einem Blick, der ihr das Gefühl gab, ungefähr sieben Jahre alt zu sein. Obwohl er vom Butler zum persönlichen Sekretär aufgestiegen war, hatte Floote seine strenge Aura der Butlerhaftigkeit nie verloren.

Er reichte Alexia ihre lederne Aktentasche. »Ich habe die Unterlagen vom Treffen letzten Sonntag noch einmal durchgesehen.«

»Nun, was ist Ihre Meinung dazu?« Vor ihr war Floote der Butler ihres Vaters gewesen, und trotz Alessandro Tarabottis ziemlich haarsträubenden Rufes (oder vielleicht gerade deswegen) hatte Floote *so einiges* gelernt. Alexia stellte fest, dass sie als Muhjah immer mehr auf seine Meinung vertraute, und wenn diese auch nur ihre eigene bestätigte.

Floote überlegte. »Meine Sorge gilt der Aufhebungsklausel, Madam. Ich nehme an, dass es noch zu früh ist, die Wissenschaftler bis zu ihrer Verhandlung aus der Untersuchungshaft zu entlassen.«

»Mmhmm, das war auch meine Einschätzung. Ich werde mich gegen diese spezielle Klausel aussprechen. Danke, Floote.«

Der ältere Mann wandte sich zum Gehen.

»Ach, noch etwas, Floote.«

Resigniert drehte er sich um.

»Irgendetwas Bedeutsames ist vorgefallen, was meinen Gatten aus der Fassung gebracht hat. Ich vermute, dass eine Recherche in der Bibliothek vonnöten sein könnte, wenn ich heute Abend zurückkehre. Sie halten sich am besten Ihren Terminplan frei.«

»Sehr wohl, Madam«, antwortete Floote mit einer kleinen Verbeugung. Er glitt davon, um ihre Kutsche herbeizurufen.

Alexia beendete ihre Mahlzeit, nahm die Aktentasche, ihren neuesten Sonnenschirm und den langen Wollmantel und schlenderte aus der Vordertür ins Freie …

… nur, um herauszufinden, wohin genau sich alle anderen begeben hatten – hinaus auf den weitläufigen Rasen, der herauf zum gepflasterten Hof des Anwesens führte. Es war ihnen gelungen, sich zu vervielfältigen, und sie hatten militärische Kleidung angelegt und waren – aus irgendeinem Grund, der sich nur ihren winzig kleinen Werwolfsgehirnen erschloss – damit beschäftigt, eine beträchtliche Anzahl großer Stoffzelte aufzustellen, und zwar mithilfe der neuesten staatseigenen, sich selbst ausziehenden, dampfbetriebenen Zeltstangen, die wie Pasta aus Metall in großen Messingkesseln vor sich hin köchelten. Jede davon hatte anfangs die Größe eines Fernrohrs, bis die Hitze sie dazu veranlasste, sich urplötzlich mit einem ploppenden Laut auszuziehen. Wie es das allgemeine Militärprotokoll vorschrieb, gab es viel mehr Soldaten als nötig, die herumstanden und den Zeltstangen beim Kochen zusahen, und jedes Mal, wenn eine davon in die Länge schoss, brach allgemeiner Jubel aus. Die Stange wurde mit einem Paar lederner Topflappen gepackt und zu einem Zelt geschleppt.

Lady Maccon verlor die Beherrschung. »Was *treibt* ihr alle hier draußen?«

Niemand sah sie an oder nahm ihre Anwesenheit zur Kenntnis.

Alexia legte den Kopf in den Nacken und schrie: »*Tunstell!*«

Sie verfügte nicht über das entsprechende Lungenvolumen, um ihrem Ehemann Konkurrenz in Sachen Lautstärke zu machen, doch die Vorfahren von Alexias Vater hatten einst ein Weltreich erobert, und wenn Lady Maccon schrie, bekamen die Leute eine Ahnung davon, wie sie das zustande gebracht hatten.

Tunstell kam herbeigesprungen, ein gut aussehender, wenn auch schlaksiger rotblonder Kerl mit Dauergrinsen und einer gewissen sorglosen Art, die auf die meisten charmant wirkte und alle anderen zur Verzweiflung brachte.

»Tunstell«, sagte Alexia, wie sie meinte, ruhig und gesittet. »*Warum* sind da Zelte auf meinem Rasen?«

Tunstell, Lord Maccons Kammerdiener und Chef der Claviger, sah sich auf seine heitere Art und Weise um, als wollte er sagen, nichts Ungewöhnliches zu bemerken. Tunstell war stets quietschvergnügt. Das war seine größte Charakterschwäche. Er war außerdem einer der wenigen Bewohner von Woolsey Castle, der sich sowohl von den Zornesausbrüchen des Lords als auch denen von Lady Maccon in keinster Weise beeindrucken ließen. Das war seine zweitgrößte Charakterschwäche.

»Er hat Sie nicht vorgewarnt?« Das sommersprossige Gesicht des Schlüsselwächters war vor Anstrengung, weil er beim Aufstellen eines der Zelte geholfen hatte, gerötet.

»Nein, das hat *er* ganz sicher nicht!« Alexia pochte mit der silbernen Spitze ihres Sonnenschirms auf die Stufe der Vortreppe.

Tunstell grinste. »Nun, Mylady, der Rest des Rudels ist zurückgekehrt.« Er fuchtelte mit beiden Händen in Richtung des mit Zeltplanen übersäten Chaos vor ihr und wackelte dabei dramatisch mit den Fingern. Tunstell war ein recht ordentlicher Schauspieler – jede seiner Gesten war voller Dramatik.

»Tunstell«, sagte Alexia wie zu einem begriffsstutzigen Kind. »Das würde bedeuten, dass mein Gemahl ein sehr, sehr großes Rudel hat. Es gibt in ganz England keinen Werwolf-Alpha, der sich eines Rudels von solchem Ausmaß rühmen könnte.«

»Oh, nun ja, der Rest des Rudels hat auch den Rest des Regiments mitgebracht«, erklärte Tunstell auf verschwörerische Weise, so als wären er und Alexia Komplizen bei einem höchst erbaulichen Jux.

»Ich denke, es ist üblich, dass sich das Rudel und die restlichen Mitglieder ihres jeweiligen Regiments wieder trennen, sobald sie nach Hause zurückkehren. Damit man ... nun ja, nicht Hunderte von Soldaten auf seinem Rasen kampierend vorfindet, wenn man erwacht.«

»Also wir vom Woolsey-Rudel handhaben die Dinge schon immer ein wenig anders. Da wir das größte Rudel Englands stellen, sind wir die Einzigen, die das Rudel für den Militärdienst aufteilen, deshalb behalten wir die *Coldsteam Guards* noch ein paar Wochen lang hier, sobald sie nach Hause kommen. Stärkt den Zusammenhalt.« Mit seinen feingliedrigen weißen Händen wedelte Tunstell ein weiteres Mal ausladend gestikulierend in der Luft herum und nickte eifrig.

»Und muss dieser Zusammenhalt ausgerechnet auf dem Rasen vor Woolsey Castle zelebriert werden?« *Tapp, tapp, tapp* machte der Sonnenschirm. Das Bureau für Unnatürliche Registrierung, kurz BUR genannt, experimentierte seit Kurzem mit einer neuen Waffentechnik. Bei der Zerschlagung des Hypocras Clubs vor einigen Monaten war ein kleines, mit Dampfdruck betriebenes Gerät entdeckt worden, das sich offensichtlich so lange kontinu-

19

ierlich aufheizte, bis es explodierte. Lord Maccon hatte es seiner Frau gezeigt. Unmittelbar vor der Explosion gab es ein tickendes Geräusch von sich, ganz ähnlich wie Alexias Sonnenschirm in ebendiesem Moment. Tunstell war sich dieser Übereinstimmung nicht bewusst, sonst wäre er mit größerer Vorsicht vorgegangen. Andererseits, typisch Tunstell, vielleicht auch nicht.

»Ja, ist das nicht spaßig?«, krähte Tunstell.

»Aber warum?« *Tapp, tapp, tapp.*

»Weil wir hier schon immer kampiert haben«, meldete sich eine neue Stimme zu Wort, die offensichtlich zu jemandem gehörte, der ebenso wenig mit dem zunächst tickenden und dann explodierenden Dampfgerät vertraut war.

Lady Maccon wirbelte herum, um den Mann wütend anzufunkeln. Der fragliche Gentleman war sowohl groß als auch breit gebaut, wenn auch nicht in dem Ausmaß wie ihr Gatte. Lord Maccon war schottisch-groß, dieser Gentleman nur englisch-groß – dazwischen war ein deutlicher Unterschied. Außerdem schien sich dieser Mann im Gegensatz zum Earl, der regelmäßig irgendetwas anrempelte, so als wäre sein Körper größer als Lord Maccons Wahrnehmung desselben, mit seiner Körpergröße völlig wohlzufühlen. Er trug vollen Offiziersstaat und wusste, dass er darin gut aussah. Seine Stiefel waren blitzblank gewienert, das blonde Haar hoch frisiert, und er sprach mit einem Akzent, der sich mit peinlicher Sorgfalt darum bemühte, kein Akzent zu sein. Alexia kannte diese Sorte: Bildung, Vermögen und blaues Blut.

Sie bleckte die Zähne. »Ach, ist das so? Nun, damit ist jetzt Schluss.« Sie wandte sich wieder an Tunstell. »Wir geben übermorgen Abend eine Dinnergesellschaft. Sorgen Sie dafür, dass die Zelte augenblicklich verschwinden.«

»Völlig unakzeptabel«, entgegnete der große, blonde Gentleman und trat näher. Alexia glaubte allmählich, dass er überhaupt kein Gentleman war, trotz seines Akzents und der makellosen Erscheinung. Sie bemerkte ebenfalls, dass er äußerst stechende blaue Augen hatte, eisig und eindringlich.

Tunstell, mit einem Ausdruck der Beunruhigung hinter seinem heiteren Grinsen, schien sich nicht entscheiden zu können, wem er gehorchen sollte.

Alexia ignorierte den Neuankömmling. »Wenn sie unbedingt hier ihr Lager aufschlagen müssen, dann schaffen Sie sie zur Rückseite des Anwesens.«

Tunstell wandte sich um, um ihrem Befehl Folge zu leisten, doch er wurde von dem Fremden aufgehalten, der ihm eine große, weiß behandschuhte Hand auf die Schulter legte.

»Aber das ist absurd.« Der Mann zeigte Lady Maccon seine perfekten weißen Zähne. »Das Regiment hat schon immer sein Lager im Vorhof aufgeschlagen. Das ist viel komfortabler als im Gelände.«

»Sofort«, befahl Alexia an Tunstell gewandt, wobei sie den Störenfried weiterhin ignorierte. Man stelle sich nur vor, in einem solchen Tonfall mit ihr zu sprechen, und dabei waren sie sich noch nicht einmal vorgestellt worden!

Tunstell, der auf einmal weit weniger fröhlich aussah, als sie ihn je gesehen hatte, ließ den Blick zwischen ihr und dem Fremden hin- und herschnellen. Jeden Augenblick, so schien es, würde er sich die Hand an die Stirn legen und einen Ohnmachtsanfall inszenieren.

»Bleiben Sie genau da, wo Sie sind, Tunstell«, wies ihn der Fremde an.

»Wer, zum Teufel, sind Sie eigentlich?«, fragte Alexia, die das hochmütige Eingreifen des Mannes so wütend machte, dass sie tatsächlich ausfallend wurde.

»Major Channing Channing von den Chesterfield Channings.«

Alexia starrte ihn mit offenem Mund an. Kein Wunder, dass er so unglaublich eingebildet war. Das musste man wohl sein, wenn man sein ganzes Leben lang unter einem Namen wie diesem zu leiden hatte.

»Nun, Major Channing, ich möchte Sie bitten, sich nicht in die Führung des Haushalts einzumischen. Das ist *mein* Herrschaftsbereich.«

»Ach, sind Sie die neue Haushälterin? Ich wurde nicht darüber informiert, dass Lady Maccon so drastische Änderungen vorgenommen hat.«

Alexia war über seine Annahme nicht überrascht. Sie war sich der Tatsache sehr wohl bewusst, dass ihre äußere Erscheinung nicht dem entsprach, was man von einer Lady Maccon erwartete; dafür war sie zu italienisch, zu alt und – zugegebenermaßen – zu füllig. Gerade wollte sie seinen Irrtum korrigieren, bevor noch weitere Peinlichkeiten folgten, doch er gab ihr keine Gelegenheit dazu. Offensichtlich genoss Major Channing Channing von den Chesterfield Channings den Klang seiner eigenen Stimme.

»Zerbrechen Sie sich nicht Ihren hübschen kleinen Kopf über unser Lager. Ich versichere Ihnen, weder seine Lordschaft noch Mylady werden Sie dafür zur Rede stellen.« Besagte Mylady lief bei seiner Überheblichkeit rot an. »Kümmern Sie sich einfach nicht um unsere Angelegenheiten, sondern nur um Ihre eigenen.«

»Ich kann Ihnen versichern«, entgegnete Alexia, »dass alles, was in oder um Woolsey Castle herum vor sich geht, meine Angelegenheit ist.«

Channing Channing von den Chesterfield Channings lächelte

sein perfektes Lächeln und ließ seine blauen Augen auf eine Art und Weise aufblitzen, von der er, wie Alexia überzeugt war, glaubte, dass es verführerisch war. »Also wirklich, für das hier hat doch keiner von uns Zeit, oder etwa doch? Jetzt sausen Sie los und kümmern Sie sich um Ihre täglichen Arbeiten, dann wird sich später schon eine kleine Belohnung für Ihren Gehorsam finden.«

War das etwa ein anzüglicher Blick? Alexia wollte es kaum glauben. »Schäkern Sie etwa mit mir, Sir?«, fragte sie unklugerweise vor Verblüffung.

»Hätten Sie das denn gern?«, erwiderte er, und sein Grinsen wurde breiter.

Nun, das klärte zumindest eines: *Dieser* Mann war *kein* Gentleman.

»Oh-oh«, sagte Tunstall sehr leise und wich zwei, drei Schritte zurück.

»Was für ein widerwärtiger Gedanke!«, stieß Lady Maccon hervor.

»Ach, ich weiß nicht«, meinte Major Channing und kam näher. »Ein feuriges italienisches Ding wie Sie, mit einer hübschen Figur und nicht zu alt, könnte noch ein paar flotte Nächte übrig haben. Ich hatte schon immer eine kleine Schwäche fürs Exotische.«

Alexia, die nur zur Hälfte Italienerin war – und das auch nur von Geburt, da man sie durch und durch englisch erzogen hatte –, konnte sich nicht entscheiden, welchen Teil des Satzes sie am beleidigendsten fand. Sie sprühte vor Zorn.

Dieser abstoßende Channing machte tatsächlich ganz und gar den Eindruck, als würde er es wagen, sie anzufassen!

Alexia holte aus und schlug ihn mit ihrem Sonnenschirm heftig mitten auf den Kopf.

Jedermann im Hof hielt bei dem, was er gerade tat, inne und wandte sich um, um die stattliche Lady anzustarren, die soeben ihren Rang-Dritten, Gamma des Woolsey-Rudels, Kommandant der *Coldsteam Guards* im Ausland, mit einem Sonnenschirm verdrosch.

Die Augen des Majors nahmen ein sogar noch eisigeres Blau mit schwarzem Rand um die Iris an, und zwei seiner perfekten weißen Zähne wurden spitz.

Ein Werwolf also, ja? Nun, Alexia Maccons Sonnenschirm hatte nicht ohne Grund eine silberne Spitze. Sie hieb erneut auf ihn ein, wobei sie dieses Mal darauf achtete, dass die Spitze seine Haut berührte. Gleichzeitig fand sie ihre Sprache wieder.

»Wie können Sie es wagen! Sie unverschämter« – *zack* – »arroganter« – *zack* – »überheblicher« – *zack* – »unfolgsamer Hund!« *Zack, zack.* Normalerweise neigte Alexia nicht zu derartig ausfallender Sprache und derart unverhüllter Gewalt, doch die Umstände schienen beides zu rechtfertigen. Er war ein Werwolf und – solange sie ihn nicht berührte und dadurch seine übernatürlichen Fähigkeiten neutralisierte – praktisch unmöglich zu verletzen. Daher hielt sie es um der Disziplin willen vonnöten, ihm noch ein paar überzubraten.

Major Channing, schockiert über den tätlichen Angriff einer augenscheinlich wehrlosen Haushälterin, hielt sich schützend den Arm über den Kopf, packte den Sonnenschirm und zog Alexia an diesem zu sich heran. Der Griff des Parasols glitt ihr aus den Fingern, und Major Channing stolperte zurück. Er sah aus, als wolle er nun im Gegenzug sie mit dem Schirmchen prügeln, was Alexia ernsthaften Schaden hätte zufügen können, da sie über absolut keine übernatürlichen Heilungskräfte verfügte. Doch stattdessen schleuderte er den Parasol beiseite und machte Anstalten, sie zu ohrfeigen.

Was der Augenblick war, in dem ihm Tunstell auf den Rücken sprang. Der Rotschopf schlang dem Major die langen Arme und Beine um den Leib und hielt Channings Gliedmaßen umfangen.

Alle Anwesenden schnappten entsetzt nach Luft, denn dass ein Claviger ein Mitglied des Rudels angriff, war noch nie vorgekommen und Grund für die sofortige Entlassung. Diejenigen des Rudels und deren Claviger, die wussten, wer Alexia war, ließen alles stehen und liegen, womit sie gerade beschäftigt gewesen waren, und eilten herbei, um einzugreifen.

Major Channing schüttelte Tunstell ab und schlug ihm mit dem Handrücken hart ins Gesicht. Der Schlag schickte den Claviger mühelos zu Boden. Er gab ein lautes Stöhnen von sich und brach zusammen.

Alexia starrte den blonden Schurken voller Zorn an und beugte sich hinunter, um den niedergestreckten Rotschopf zu untersuchen. Seine Augen waren geschlossen, aber er schien noch zu atmen. Langsam stand sie auf und sagte ruhig: »Ich würde damit jetzt aufhören, wenn ich Sie wäre, Mr. Channing.« Um ihrer Verachtung Ausdruck zu verleihen, ließ sie den Titel »Major« bewusst weg.

»Da bin ich anderer Ansicht«, entgegnete der Mann, knöpfte sich die Uniform auf und streifte die weißen Handschuhe ab. »Sie brauchen beide eine disziplinarische Maßnahme.«

Im nächsten Augenblick begann er sich zu verwandeln. In offizieller Gesellschaft wäre das schockierend gewesen, doch die meisten Anwesenden waren schon einmal Zeuge eines solchen Schauspiels geworden. In den Jahrzehnten seit der Integration der Rudel hatte sich das Militär an Werwolfsverwandlungen ebenso gewöhnt, wie es an gotteslästerliche Reden gewohnt war. Doch sich in Gegenwart einer Lady zu verwandeln, selbst wenn man sie nur für eine Haushälterin hielt ... Ein Raunen ging durch die Menge.

Alexia war ebenfalls überrascht. Die Abenddämmerung war gerade erst hereingebrochen, und es war noch längst nicht Vollmond. Was bedeutete, dass dieser Mann älter und damit erfahrender war, als sein dreistes Benehmen vermuten ließ. Außerdem wirkte seine Verwandlung sogar elegant, und das, obwohl ihr Ehemann einmal gesagt hatte, dieser Vorgang sei mit dem schlimmsten Schmerz verbunden, den ein Mensch ertragen konnte. Alexia hatte gesehen, wie sich die Jungwölfe des Rudels wanden und winselten, doch Major Channing wechselte einfach geschmeidig von Mensch zu Wolf. Haut, Knochen und Haar ordneten sich neu an und formten einen der schönsten Wölfe, die Alexia je gesehen hatte: groß und beinahe schneeweiß und mit eisblauen Augen. Er schüttelte den Rest seiner Kleidung ab und umkreiste sie langsam.

Alexia wappnete sich. Eine einzige Berührung von ihr, und er würde wieder Mensch werden, doch das war keine Garantie für ihre Sicherheit. Auch als Sterblicher war er immer noch größer und stärker als sie, und Alexia hatte ihren Sonnenschirm nicht mehr.

Genau in dem Moment, als der riesige weiße Wolf angriff, sprang ein weiterer Wolf mit gefletschten Zähnen schützend vor Alexia und Tunstell. Der Neuankömmling war beträchtlich kleiner als Major Channing, mit sandfarbenem Fell, das um Kopf und Hals herum von Schwarz durchzogen war, fahlgelben Augen und einem beinahe fuchshaften Gesicht.

Im nächsten Augenblick erklang das dumpfe Aufeinanderprallen von fellbedecktem Fleisch, und mit reißenden Krallen und zuschnappenden Zähnen wälzten sich die beiden ineinander verschlungen umher. Der weiße Wolf war größer, aber es wurde sofort offensichtlich, dass der kleinere über mehr Schnelligkeit und Geschick verfügte. Er nutzte die Größe des anderen zu seinem eigenen Vorteil und hatte binnen weniger Augenblicke Major Channings Kehle in einem festen Todesgriff.

So schnell, wie der Kampf begonnen hatte, war er auch wieder vorbei. Der weiße Wolf ließ sich auf den Rücken fallen und präsentierte seinem zierlichen Gegner in einer unterwürfigen Geste den Bauch.

Alexia hörte ein Stöhnen und riss den Blick von den beiden Wölfen los, um festzustellen, dass sich Tunstell aufgesetzt hatte und verwirrt blinzelte. Er blutete aus der Nase, doch ansonsten schien er nur ein wenig benommen. Alexia reichte ihm ein Taschentuch und bückte sich, um nach ihrem Sonnenschirm zu greifen. Ein Vorwand, um nicht dabei zuzusehen, wie sich die beiden Werwölfe wieder in menschliche Gestalt zurückverwandelten.

Allerdings riskierte sie doch heimlich einen Blick. Welche heißblütige Frau hätte das nicht getan. Major Channing war durch und durch muskulös, zwar langgliedriger und hagerer als Alexias Ehemann, aber, das musste sie der Ehrlichkeit halber zugeben, alles andere als unansehnlich. Was sie allerdings überraschte, war der kleine, rötlichblonde Mann undefinierbaren Alters, der ruhig neben ihm stand. Sie hätte niemals erwartet, dass Professor Lyall ausgeprägte Muskeln hätte, doch er befand sich ohne Zweifel in erstklassiger körperlicher Kondition. Welchen Beruf hatte Lyall wohl ausgeübt, bevor er Werwolf geworden war? Das fragte sich Alexia nicht zum ersten Mal.

Ein paar Claviger erschienen mit langen Mänteln und verhüllten den Gegenstand von Lady Maccons Grübelei.

»Was, zum Teufel, ist los?«, fauchte Major Channing, sobald

sein Kiefer wieder ausreichend menschliche Form angenommen hatte. Er fuhr herum, um den kultivierten Mann wütend anzufunkeln, der ruhig neben ihm stand. »Ich habe Sie nicht herausgefordert. Sie wissen, dass ich Sie *nie* herausfordern würde, das haben wir schon vor Jahren geklärt. Das hier war eine völlig legitime Rudeldisziplinierung. Claviger, die sich ungehörig benehmen, müssen gezüchtigt werden.«

»Es sei denn, natürlich, einer der Claviger ist gar kein Claviger«, entgegnete Professor Randolph Lyall, der schwer geprüfte Beta des Woolsey-Rudels.

Der Blonde wurde mit einem Mal nervös. Sein Gesichtsausdruck verlor so gut wie alle Arroganz. Alexia fand, dass er dadurch um einiges attraktiver wirkte.

Professor Lyall seufzte. »Major Channing, Gamma des Woolsey-Rudels, erlauben Sie mir bitte, Ihnen Lady Alexia Maccon vorzustellen, Fluchbrecher und Ihre neue Alpha.«

Alexia missfiel die Bezeichnung *Fluchbrecher*. Es klang schrecklich brachial. Da manche Werwölfe ihre Unsterblichkeit aber immer noch als Fluch betrachteten, nahm sie an, dass dieser Begriff eine Art Auszeichnung darstellte, weil sie in der Lage war, die Bestie, die der Vollmond hervorrief, zu bezwingen. Zudem klang Fluchbrecher auch ein wenig schmeichelhafter als *Seelensauger*, wie die Vampire Alexias Art benannten.

Alexia packte ihren Sonnenschirm und stand auf. »Zu behaupten, es wäre ein Vergnügen, Sie kennenzulernen, Major Channing, würde bedeuten, schon am frühen Abend einen Meineid zu leisten.«

»Also, verflucht noch mal!«, stieß Major Channing hervor und funkelte erst Lyall und dann alle anderen um ihn herum wütend an. »Warum hat mir das denn keiner *gesagt?*«

Daraufhin fühlte sich Alexia doch ein wenig schuldig. Sie

hatte sich von ihrem Zorn hinreißen lassen. Aber er hatte ihr ja auch gar keine Zeit gegeben, sich ihm vorzustellen!

»Dann darf ich also annehmen, dass Sie nicht darüber informiert wurden, wie ich aussehe?«, fragte Alexia, bereit, einen weiteren Posten auf die Liste der Versäumnisse ihres Mannes für diesen Abend zu setzen. Er würde etwas zu hören bekommen, sobald er nach Hause kam. Die Ohren würden ihm glühen.

»Nun ja, nicht direkt«, antwortete Major Channing. »Ich meine, wir bekamen schon eine kurze Nachricht vor ein paar Monaten, aber die Beschreibung war nicht ... Verstehen Sie bitte, ich dachte, Sie wären ...«

Bedächtig wog Alexia ihren Parasol in der Hand.

Schnell ruderte Channing zurück. »... weniger italienisch.«

»Und mein teurer Gatte hat Sie nicht gewarnt, als Sie ankamen?« Alexia wirkte nun eher nachdenklich als wütend. Vielleicht war Major Channing gar nicht so schlimm. Schließlich hatte es sie ja selbst überrascht, dass Lord Maccon *sie* zur Frau genommen hatte.

Auf einmal wirkte Major Channing gereizt. »Wir haben ihn noch nicht zu Gesicht bekommen, Mylady. Sonst wäre es wahrscheinlich nicht zu diesem Fauxpas gekommen.«

»Da wäre ich mir nicht so sicher«, meinte Lady Maccon schulterzuckend. »Er neigt hinsichtlich meiner Vorzüge leicht zu Übertreibungen. Seine Beschreibung von mir ist daher üblicherweise eine Spur unrealistisch.«

Major Channing schraubte seinen Charme wieder auf höchste Stufe – Lady Maccon konnte praktisch sehen, wie sich die Zahnräder knirschend drehten und der Dampf kräuselnd aus seinem Körper zischte. »Oh, das bezweifle ich, Mylady.«

Zum Pech des Gammas entschied sich Alexia, daran Anstoß zu nehmen. Sie wurde eiskalt, der Blick ihrer braunen Augen hart und der Mund mit den üppigen Lippen zu einem schmalen Strich.

Schnell wechselte Channing das Thema und wandte sich Professor Lyall zu. »Warum war unser verehrter Anführer nicht am Bahnhof, um uns zu begrüßen? Es gibt ein paar Dinge, die ich unbedingt mit ihm besprechen muss.«

Lyall zuckte mit den Schultern. Seine Körperhaltung signalisierte Channing, dass er dieses spezielle Thema nicht weiter vertiefen sollte. Es lag in der Natur eines Gammas, dass er Kritik übte, doch ebenso unterstützte oder deckte ein Beta das Handeln des Alphas, ganz gleich, ob dieses den Regeln der Höflichkeit entsprach. »Dringende BUR-Angelegenheiten.« Das war alles, was Lyall zur Antwort gab.

»Nun ja, *meine* Angelegenheiten sind möglicherweise *ebenfalls* dringend«, entgegnete Major Channing bissig.

»Was genau ist denn passiert?« Professor Lyalls Tonfall deutete an, dass Major Channings vermutlich schuld war an diesen »dringenden Angelegenheiten«, worum immer es sich auch handeln mochte.

»Das Rudel und ich haben an Bord unseres Schiffes etwas erleben müssen, das recht ungewöhnlich war.« Zweifellos war Major Channing der Meinung, ebenso ausweichend antworten zu dürfen wie der Beta, und demonstrativ wandte er sich anschließend an Alexia. »Es ist mir eine Freude, Ihre Bekanntschaft zu machen, Lady Maccon. Ich bitte um Vergebung für das Missverständnis. Unwissenheit ist keine Entschuldigung, dessen bin ich mir sehr wohl bewusst, das versichere ich Ihnen. Gleichwohl werde ich mich bemühen, es nach meinen bescheidenen Kräften wiedergutzumachen.«

»Entschuldigen Sie sich bei Tunstell«, entgegnete Lady Maccon.

Das war ein heftiger Schlag: ein Gamma, Rang-Dritter des Rudels, sollte sich bei einem niederen Claviger entschuldigen? Major Channing sog scharf die Luft ein, tat aber, wie ihm geheißen, und entschuldigte sich mit einer hübschen Rede bei dem Rotschopf, der mit zunehmendem Maße immer verlegener wirkte, je länger der Wortschwall andauerte, da er sich durchaus bewusst war, welche Erniedrigung dies für den Gamma schmerzlich bedeutete. Am Ende war Tunstell so rot geworden, dass seine Sommersprossen vollständig verschwanden, und Major Channing zog beleidigt von dannen.

»Wo geht er hin?«, fragte Lady Maccon verwundert.

»Höchstwahrscheinlich wird er das Lager des Regiments auf die Rückseite des Hauses verlegen. Das wird allerdings eine Weile in Anspruch nehmen, Mylady, weil sich die Zeltstangen zunächst abkühlen müssen.«

»Ah.« Alexia lächelte breit. »Ich habe gewonnen.«

Seufzend warf Professor Lyall einen kurzen Blick hoch zum Mond und murmelte wie zu einer höheren Gottheit: »Alphas.«

»Nun gut.« Alexia bedachte ihn mit einem fragenden Blick. »Würde es Ihnen etwas ausmachen, mir zu erklären, was es mit Channing Channing von den Chesterfield Channings auf sich hat? Er erscheint mir nicht gerade wie jemand, den sich mein Gemahl als Mitglied seines Rudels aussuchen würde.«

Professor Lyall legte den Kopf leicht schief. »Ich bin hinsichtlich der Gefühle, die seine Lordschaft für diesen Gentleman hegt, nicht eingeweiht, aber Lord Maccons Präferenzen ungeachtet hat er Channing zusammen mit dem Woolsey-Rudel übernommen. Ebenso wie mich. Conall hatte in dieser Angelegenheit keine Wahl. Und, um ganz offen zu sein, der Major ist gar nicht so übel. Ein guter Soldat, der einem im Kampf den Rücken freihält. Lassen Sie sich von seinem heutigen Betragen

31

nicht täuschen. Er hat sich in seiner Eigenschaft als Gamma stets korrekt verhalten, ein anständiger Rang-Dritter in der Befehlskette, obwohl er sowohl Lord Maccon als auch mich nicht leiden kann.«

»Warum? Ich meine, warum Sie nicht? Ich kann völlig verstehen, wenn jemand meinen Mann nicht leiden kann. Sogar *ich* kann ihn meistens absolut nicht ausstehen.«

Professor Lyall unterdrückte ein Kichern. »Mir wurde zugetragen, er kann niemanden leiden, dessen Name mit Doppel-L geschrieben wird. Er findet das unentschuldbar walisisch. Allerdings vermute ich, dass er von Ihnen recht angetan sein könnte.«

Verlegen drehte Alexia den Griff ihres Sonnenschirmes zwischen ihren Fingern. »Ach herrje, war da etwa Aufrichtigkeit unter diesem schmierigen Charme?« Sie fragte sich, was an ihrem Äußeren oder an ihrer Persönlichkeit dafür verantwortlich war, dass sie anscheinend nur auf große Werwölfe verführerisch wirkte. Und ob man diese Eigenschaft wohl ändern konnte?

Professor Lyall zuckte mit den Schultern. »Ich würde ihm diesbezüglich aus dem Weg gehen, wenn ich an Ihrer Stelle wäre.«

»Warum?«

Lyall suchte angestrengt nach einer höflichen Art und Weise, es auszudrücken, und begnügte sich schließlich mit der schockierenden Wahrheit. »Major Channing mag widerspenstige Frauen, so viel ist sicher, aber nur, weil er sie gern ...« Er machte eine pikante Pause. »... zähmt.«

Alexia zog die Nase kraus, denn irgendwie ahnte sie, dass Professor Lyalls Bemerkung etwas Unschickliches enthielt. Das würde sie später recherchieren müssen, und sie war zuversichtlich, dass sie in der Bibliothek ihres Vaters etwas Entsprechendes finden würde. Alessandro Tarabotti, seines Zeichens Außernatürlicher, hatte einen ausschweifenden Lebenswandel gepflegt und seiner Tochter eine Sammlung Bücher hinterlassen, von denen einige schrecklich unzüchtige Zeichnungen enthielten, was seinen Hang zur Hemmungslosigkeit bezeugte. Nur diesen Büchern hatte es Alexia zu verdanken, dass sie angesichts einiger der etwas einfallsreicheren Gelüste ihres Gatten nicht regelmäßig in Ohnmacht fiel.

Professor Lyall zuckte nur mit den Schultern. »Manche Frauen mögen so etwas.«

»Manche Frauen mögen auch Gobelinstickerei«, entgegnete Alexia und beschloss, nicht weiter über den fragwürdigen Gamma ihres Mannes nachzudenken. »Und manche Frauen mögen außergewöhnlich hässliche Hüte.« Diese Bemerkung wurde davon inspiriert, dass sie gerade ihre liebe Freundin Miss Ivy Hisselpenny erblickte, die am Ende der langen Auffahrt von Woolsey Castle aus einer Mietkutsche stieg.

Miss Hisselpenny war noch ein gutes Stück entfernt, doch es bestand kein Zweifel daran, dass sie es war, denn niemand sonst würde es wagen, einen solchen Hut zu tragen. Er war von einem betäubend grellen Lila, mit leuchtend grünen Borten verziert, und drei lange Federn ragten aus etwas empor, das aussah wie ein ganzer Obstkorb, der auf ihrem Haupt arrangiert war. Falsche Trauben ergossen sich an einer Seite über den Rand und baumelten beinahe bis zu Ivys keckem kleinen Kinn hinunter.

»Verflixt und zugenäht«, sagte Lady Maccon zu Professor Lyall. »Werde ich es denn je zu meiner Versammlung schaffen?«

Lyall verstand es als Wink und wandte sich zum Gehen. Es sei denn, natürlich, er ergriff die Flucht vor dem Hut.

Doch seine Herrin hielt ihn auf. »Ich weiß Ihr unerwartetes

Einschreiten von vorhin wirklich zu schätzen. Ich hätte nicht gedacht, dass er tatsächlich angreifen würde.«

Nachdenklich sah Professor Lyall die Gefährtin seines Alphas an. Es war ein selten offener Blick, da sein Gesicht nicht wie üblich hinter einem schützenden Brilloskop versteckt war. Die sanften, haselnussbraunen Augen blickten verwirrt. »Warum unerwartet? Glaubten Sie, ich wäre nicht in der Lage, Sie an Conalls Stelle zu verteidigen?«

Lady Maccon schüttelte den Kopf. Es stimmte, dass sie angesichts seiner schmächtigen Figur und seiner professorenhaften Art kein großes Vertrauen in die körperlichen Fähigkeiten des Betas ihres Mannes gehabt hatte. Lord Maccon war stämmig wie ein Baum, Professor Lyalls Statur tendierte hingegen eher in Richtung Pflänzchen. Doch das war es nicht, was sie gemeint hatte.

»O nein, unerwartet, weil ich angenommen hatte, dass Sie heute Abend mit meinem Mann zusammen wären, wenn dieses BUR-Problem so überaus bedeutend ist.«

Professor Lyall nickte nur.

Lady Maccon versuchte es noch ein letztes Mal. »Ich vermute, dass es nicht die Ankunft des Regiments war, was meinen Mann in so helle Aufregung versetzt hat.«

»Nein. Er wusste, dass das Regiment kommen würde. Er hat mich zum Bahnhof geschickt, um die Männer abzuholen.«

»Ach, hat er das, ja? Und er hielt es nicht für angebracht, mich zu informieren?«

Lyall, der erkannte, dass er seinen Alpha möglicherweise gerade gehörig in die Bredouille gebracht hatte, versuchte, die Scharte auszuwetzen. »Ich glaube, er war der Meinung, Sie wüssten bereits davon. Es war der Diwan, der die Rückberufung des Militärs angeordnet hat. Der Rückzugsbescheid

34

wurde vom Schattenkonzil vor mehreren Monaten genehmigt.«

Alexia runzelte die Stirn. Sie erinnerte sich schwach daran, dass der Wesir bei ihrem Dienstantritt als Muhjah eine lautstarke Diskussion mit dem Diwan ausgetragen hatte. Der Diwan hatte das Streitgespräch gewonnen, da die Stärke von Königin Victorias Regimentern und damit das Fundament ihres Weltreichs von ihrem Bündnis mit den Werwolfsrudeln abhing. Natürlich hielten die Vampire die Kapitalmehrheit an der East India Company und hatten damit die Kontrolle über deren Söldnertruppen, doch hier ging es um eine Angelegenheit der regulären Streitkräfte, und damit war es Sache der Werwölfe. Nichtsdestotrotz war Lady Maccon nicht bewusst gewesen, dass das Resultat dieser Entscheidung am Ende auf ihrer Türschwelle kampieren würde.

»Haben sie denn keine ordentliche Kaserne irgendwo?«

»Doch, aber es ist Brauch, dass sie alle noch mehrere Wochen über hierbleiben, während sich das Rudel wieder formiert und bevor sich die Tageslichtsoldaten auf den Heimweg machen.«

Lady Maccon beobachtete, wie sich Ivy den Weg durch das Durcheinander aus Tross und Zelten bahnte. Sie bewegte sich so energisch, als ginge sie mit Ausrufezeichen. Wasserstoffiodid-Motoren stießen ihr kleine gelbe Rauchwölkchen entgegen, und zusammengedrückte Auszieh-Zeltstangen zischten, als man sie vorzeitig aus der Erde zog. Alles wurde wieder abgebaut und zur Rückseite des Hauses auf das weitläufige Gelände von Woolsey Castle gebracht.

»Habe ich in letzter Zeit schon erwähnt, wie sehr ich Tradition verabscheue?«, sagte Alexia und geriet dann in Panik. »Wird von uns etwa erwartet, dass wir sie alle durchfüttern?«

Die Weintrauben wippten im Takt mit Ivys schnellen, gezierten Schritten. Sie hielt nicht einmal kurz an, um das Durcheinander zu begutachten. Ganz eindeutig war sie in Eile, was bedeutete, dass Ivy wichtige Neuigkeiten hatte.

»Rumpet weiß, was zu tun ist. Machen Sie sich keine Sorgen«, versuchte Professor Lyall sie zu beruhigen.

»Können Sie mir wirklich nicht sagen, was los ist? Er war so überaus früh auf den Beinen, und die Ehemalige Merriway war eindeutig darin verwickelt.«

»Wer? Rumpet?«

Das brachte dem Beta einen bitterbösen Blick ein.

»Lord Maccon hat mich über die Einzelheiten nicht informiert«, gestand Professor Lyall.

Lady Maccon runzelte die Stirn. »Und die Ehemalige Merriway wird auch nichts preisgeben. Sie wissen ja, wie sie ist, völlig nervös und unstet.«

Ivy erreichte die Stufen zum Vordereingang.

Als sie näher kam, sagte Professor Lyall hastig: »Wenn Sie mich bitte entschuldigen, Mylady. Ich sollte besser an die Arbeit gehen.«

Er verbeugte sich vor Miss Hisselpenny und verschwand, Major Channings Fußstapfen folgend, um die Ecke des Gebäudes.

Ivy knickste dem sich verabschiedenden Werwolf hinterher, wobei eine Erdbeere an einem langen seidenen Stamm wild vor ihrem linken Ohr hin- und herbaumelte. Sie nahm keinen Anstoß daran, dass Lyall so überstürzt das Feld räumte. Stattdessen trabte sie zur Veranda hinauf und ignorierte dabei unbekümmert Alexias Aktentasche und die wartende Kutsche, in der sicheren Gewissheit, dass ihre Neuigkeiten weit wichtiger waren als jede Angelegenheit, die ihre Freundin zu ihrem Aufbruch veranlassen könnte.

»Alexia, weißt du eigentlich, dass da gerade ein ganzes Regiment auf dem Rasen vor deinem Haus sein Lager abbricht?«

Lady Maccon seufzte. »Also wirklich, Ivy, das hätte ich von selbst niemals bemerkt.«

Miss Hisselpenny ignorierte ihren Sarkasmus. »Ich habe die *aller*prächtigsten Neuigkeiten. Sollen wir hineingehen und Tee trinken?«

»Ivy, ich habe einen Termin in der Stadt und bin ohnehin bereits spät dran.« Lady Maccon verzichtete darauf zu erwähnen, dass sie mit Königin Victoria verabredet war. Ivy wusste nichts von ihrer Außernatürlichkeit, ebenso wenig von ihrer politischen Position, und Alexia hielt es für das Beste, ihre Freundin diesbezüglich unwissend zu lassen. Ivy war besonders versiert in Unwissenheit, hingegen konnte sie mit dem kleinsten Fetzen Information erheblichen Schaden anrichten.

»Aber, *Alexia*. Das sind äußerst wichtige Neuigkeiten!« Die Weintrauben zitterten vor Aufregung.

»Ach, sind die Winterschals aus Paris schon in den Läden?«

Frustriert warf Ivy den Kopf in den Nacken. »Alexia, musst du denn so *anstrengend* sein?«

Lady Maccon konnte kaum den Blick von Ivys Hut losreißen. »Dann behalt es bitte keinen weiteren Augenblick lang mehr für dich. Sag es auf der Stelle, ich bitte dich!« Alles war ihr recht, wenn sie nur ihre liebste Freundin schnellstmöglich wieder loswurde. Wirklich, Ivy konnte manchmal lästig sein!

»Warum ist da ein Regiment auf deinem Rasen?«, ließ Miss Hisselpenny nicht locker.

»Werwolfs-Angelegenheiten«, wiegelte Lady Maccon die Angelegenheit auf die Weise ab, die Ivy am wirkungsvollsten von der Fährte abbringen würde. Miss Hisselpenny hatte sich nie ganz an Werwölfe gewöhnen können, selbst nicht, nachdem ihre beste Freundin die Kühnheit besessen hatte, einen solchen zu heiraten. Werwölfe waren nicht gerade etwas Alltägliches, und Ivy kam nicht mit der ihnen eigenen Ruppigkeit und plötzlichen Nacktheit zurecht. Sie war nun einmal nicht in der Lage, sich derart anzupassen wie Alexia. Also zog sie es in typischer Ivy-Manier vor, ihre Existenz einfach zu ignorieren.

»Ivy«, sagte Lady Maccon. »*Warum* genau bist du hier?«

»O Alexia, es tut mir schrecklich leid, dass ich dich so unerwartet überfalle! Ich hatte keine Zeit, dir erst meine Karte zu senden, sondern musste sofort kommen, nachdem es beschlossen war.« Aufgeregt riss sie die Augen weit auf und legte sich die Fingerspitzen an beide Wangen. »Ich bin verlobt!«

# Ein Problem von Vermenschlichung

Lord Conall Maccon war ein sehr großer Mann, der einen außerordentlich großen Wolf abgab. Er war größer als jeder natürliche Wolf, und weniger schlank, mit zu vielen Muskeln für eine gedrungene Statur. Kein Passant hätte bei seinem Anblick Zweifel daran gehegt, dass es sich bei ihm um ein übernatürliches Geschöpf handelte. Allerdings konnten die wenigen Menschen, die zu dieser besonders frühen Abendstunde auf der kalten, winterlichen Straße unterwegs waren, ihn nicht sehen. Lord Maccon bewegte sich schnell und hatte dunkles Fell, sodass er beinahe vollständig mit den Schatten verschmolz. Seine Ehefrau hatte seine Wolfsgestalt schon mehr als nur einmal als gut aussehend bezeichnet. Ob sie ihn auch als Menschen so empfand, würde er sie einmal fragen müssen. Obwohl, dachte Conall, vielleicht sollte er das lieber bleiben lassen.

Derartige banale Gedanken gingen dem Werwolf durch den Kopf, während er die Landstraße nach London entlangrannte. Woolsey Castle lag ein gutes Stück von der Hauptstadt entfernt, gleich nördlich von Barking, etwas mehr als zwei Stunden mit der Kutsche oder dem Luftschiff und etwas weniger auf vier Pfoten entfernt. Die Zeit verstrich, und schließlich wichen feuchtes Gras, ordentlich gestutzte Hecken und aufgeschreckte Hasen schmutzigen Straßen, Steinmauern und gleichgültigen Straßenkatzen.

Doch völlig unvermittelt empfand der Earl das Laufen als erheblich weniger angenehm, denn gleich nachdem er den Stadtkern erreichte, ziemlich genau auf der Höhe der Fairfoot Road, verlor er abrupt und vollständig seine Wolfsgestalt. Es war höchst erstaunlich – gerade jagte er noch auf vier Pfoten dahin, und im nächsten Augenblick knirschten seine Knochen, sein Fell zog sich zurück, und er schlug krachend mit den Knien auf das Kopfsteinpflaster. Zitternd und keuchend fand er sich nackt auf der Straße wieder.

»Grundgütiger!«, entfuhr es dem Adeligen erschüttert.

Noch nie hatte er etwas Derartiges erlebt. Sogar wenn ihn seine holde Gattin durch ihre außernatürliche Berührung wieder Mensch werden ließ, geschah das nicht so unvermittelt, denn für gewöhnlich ließ sie ihm irgendeine Art Warnung zukommen. Na ja, eine kleine Warnung zumindest.

Besorgt sah er sich um. Doch Alexia war nirgendwo in der Nähe, und er war verflixt noch mal auch ziemlich überzeugt davon, sie sicher, wenn auch schäumend vor Wut auf Woolsey Castle zurückgelassen zu haben. Und im Großraum London waren keine anderen Außernatürlichen registriert. Was also war gerade geschehen?

Er starrte auf seine Knie, die leicht bluteten. Die kleinen Schürfwunden verheilten nicht gleich wieder, dabei sollten sich solche unbedeutenden Kratzer eigentlich vor seinen Augen sofort wieder schließen. Stattdessen sickerte sein träges, altes Blut auf die schmutzigen Pflastersteine.

Lord Maccon versuchte sich zurückzuverwandeln. Nichts. Danach wollte er seine Anubis-Gestalt annehmen, wozu er als

Alpha eigentlich fähig gewesen wäre, mit dem Kopf eines Wolfs und dem Körper eines Menschen. Auch nichts. So blieb er zunächst völlig unbekleidet und zutiefst verwirrt in der Fairfoot Road auf der Straße sitzen.

Von einem plötzlichen Anflug von Forschergeist getrieben, ging er den Weg, den er gekommen war, ein kurzes Stück zurück und versuchte es erneut mit der Anubis-Gestalt, weil das schneller ging als eine vollständige Verwandlung. Diesmal funktionierte es, brachte ihn jedoch in eine Zwickmühle: Sollte er hier als Wolf weiter seine Zeit vergeuden oder sich lieber nackt auf den Weg zum Büro machen? Er verwandelte seinen Kopf wieder zurück.

Normalerweise trug der Earl einen Mantel im Maul mit sich, wenn die Möglichkeit bestand, dass er sich in der Öffentlichkeit zurückverwandeln musste. Doch er hatte angenommen, es ohne Probleme bis ins BUR-Büro und in den Garderobenraum dort zu schaffen. Nun bereute er diese sorglose Zuversicht. Die Ehemalige Merriway hatte recht gehabt – irgendetwas war fürchterlich faul in London, und das ganz abgesehen von der Tatsache, dass er gegenwärtig splitterfasernackt darin herumbummelte. Wie es schien, waren nicht nur Geister betroffen; Werwölfe machten ebenfalls eine Veränderung durch. Mit einem verkniffenen Lächeln zog er sich hastig hinter einen Stapel Kisten zurück. Er hätte gutes Geld darauf verwettet, dass auch den Vampiren in dieser Nacht keine Fangzähne wuchsen – zumindest nicht denjenigen, die in der Nähe der Themse lebten. Countess Nadasdy, die Königin des Westminster-Hauses, musste geradezu außer sich sein. Was bedeutete, dass er an diesem Abend sehr wahrscheinlich in den unvergleichlichen Genuss eines Besuchs von Lord Ambrose kommen würde. Er verzog das Gesicht zu einer Grimasse. Das würde eine lange Nacht werden.

Das Bureau für Unnatürliche Registrierung lag nicht, wie so mancher verwirrter Besucher erwarten mochte, in der Nähe von Whitehall. Es befand sich in einem kleinen, unauffälligen Gebäude aus der Zeit von König George in einer Nebenstraße der Fleet Street, in der Nähe der Büros der *Times*. Lord Maccon hatte diesen Wechsel vor zehn Jahren vorgenommen, als er begriffen hatte, dass es die Presse und nicht die Regierung war, die für gewöhnlich wusste, was wirklich in der Stadt vor sich ging, politisch oder anderweitig. An diesem speziellen Abend hatte er allen Grund, seine Entscheidung zu bereuen, denn nun musste er sich seinen Weg nicht nur durch das Geschäftsviertel, sondern auch durch einige stark bevölkerte Hauptverkehrsstraßen bahnen, um zu seinem Büro zu gelangen.

Dieser Hindernislauf gelang ihm beinahe ohne gesehen zu werden, da er sich durch schmuddelige Straßen schlich und hinter schlammbespritzten Hausecken versteckte – Londons feinste Seitengassen. Das war eine ziemliche Leistung, denn in den Straßen wimmelte es nur so von Soldaten. Glücklicherweise konzentrierten diese sich ganz darauf, ihre kürzliche Rückkehr nach London zu feiern, und nicht auf seine große, blasse Gestalt. Doch in der Nähe von St. Bride, mit der geruchlosen Witterung der Fleet Street in der Luft, wurde er von einem höchst unerwarteten Individuum entdeckt.

Ein Dandy reinsten Wassers, wie aus dem Ei gepellt in einem maßgeschneiderten Frack und mit einer zitronengelben Halsbinde, die im Osbaldeston-Stil gebunden war, trat aus der Dunkelheit hinter einem kleinen Brauhaus, wo sich kein Dandy standesgemäß aufhalten sollte. Freundlich grüßend lupfte der Mann beim Anblick des nackten Werwolfes den Zylinder.

»Also, wenn das nicht Lord Maccon ist! Wie geht es Ihnen? Na, so was, sind wir nicht ein klitzekleines bisschen zu luftig angezogen für einen Abendspaziergang?« Die Stimme klang irgendwie bekannt und leicht belustigt.

»Biffy«, knurrte der Earl grollend.

»Und wie geht es Ihrer bezaubernden Frau?« Biffy war eine bekannte Drohne, und sein Vampir-Meister, Lord Akeldama, war ein enger Freund Alexias. Sehr zu Lord Maccons Ärgernis. Wenn er genauer darüber nachdachte, war Biffy ein ebensolches. Das letzte Mal, als die Drohne mit einer Nachricht seines Meisters nach Woolsey Castle gekommen war, hatten sich er und Alexia Stunden über die neueste Haarmode aus Paris unterhalten. Seine Frau hatte eine Schwäche für Gentlemen der frivolen Sorte. Conall überlegte kurz, was das wohl über seinen eigenen Charakter aussagen mochte.

»Zum Kuckuck mit meiner bezaubernden Frau«, gab er zurück. »Gehen Sie in diese Taverne, und besorgen Sie mir einen Mantel oder etwas in der Art, ja?«

Biffy zog eine Augenbraue hoch. »Wissen Sie, ich würde Ihnen ja meinen Frack anbieten, aber es ist ein Schwalbenschwanz, schwerlich hilfreich, und würde Ihnen mit Ihrer riesigen Statur ohnehin nicht passen.« Mit einem langen abschätzigen Blick musterte er den Earl. »Na, na, da wird mein Meister aber schrecklich geknickt sein, dass er das hier nicht gesehen hat.«

»Ihr unmöglicher Gönner hat mich bereits nackt gesehen.«

Eine faszinierte Miene aufsetzend, klopfte sich Biffy mit dem Zeigefinger gegen die Lippen.

»Ach, um Himmels willen, Sie waren doch dabei!«, rief Lord Maccon genervt.

Biffy lächelte nur.

»Einen Mantel.« Pause. Dann ein hinzugefügtes gegrummeltes »Bitte!«

Endlich verschwand Biffy und kehrte eilfertig mit einem

Mantel aus Öltuch über dem Arm zurück, von schlechtem Schnitt und mit salzigem Geruch, aber wenigstens lang genug, um die anstößigen Körperteile des Earls zu bedecken.

Der Alpha schlüpfte hinein und starrte dann die immer noch lächelnde Drohne finster an. »Ich rieche ja wie gekochtes Seegras.«

»Die Marine ist in der Stadt.«

»Also, was wissen Sie von dieser verrückten Sache?« Biffy mochte zwar ein weibischer Geck sein, und auf seinen Vampirmeister traf das noch sehr viel mehr zu, doch Lord Akeldama war auch Londons größter Informationssammler, und er führte seinen Ring stets makellos gekleideter Spione so effizient, dass er damit alles, was die Regierung in Sachen Geheimdienst zu bieten hatte, in den Schatten stellte.

»Acht Regimenter kamen gestern im Hafen an: die *Black Scotts*, *Northumberland*, die *Coldsteam Guards* …« Biffy gab sich betont begriffsstutzig.

Lord Maccon fiel ihm ins Wort. »Nicht das – der Massenexorzismus!«

»Hmm, ach *das!* Das ist der Grund, weshalb ich auf Sie gewartet habe.«

»Natürlich haben Sie das«, seufzte Lord Maccon.

Biffys Lächeln erstarb. »Gehen wir, Mylord?« Er trat an die Seite des Werwolfs, der nun kein Werwolf mehr war, und gemeinsam marschierten sie los in Richtung Fleet Street.

Die nackten Füße des Earls verursachten auf den Pflastersteinen keinen Laut.


»Was?« Der verblüffte Ausruf hatte nicht eine, sondern gleich zwei Quellen: Alexia *und* den bis zu diesem Augenblick völlig vergessenen Tunstell. Der Claviger hatte sich hinter die Ecke der Veranda zurückgezogen, um dort das Ergebnis von Major Channings Disziplinierungsmaßnahme, in deren zweifelhaften Genuss er gekommen war, zu verarzten.

Als der schlaksige Schauspieler jedoch Miss Hisselpennys Neuigkeit hörte, tauchte er wieder aus seiner Versenkung empor. Über dem rechten Auge hatte er einen großen roten Fleck, der sich noch auf höchst farbenfrohe Weise verdunkeln würde, und er kniff sich die Nase zu, um den Blutfluss zu stoppen. Sowohl Alexias Taschentuch als auch seine eigene Halsbinde waren bereits erheblich in Mitleidenschaft gezogen.

»Verlobt, Miss Hisselpenny?« Zusätzlich zu seinem derangierten Äußeren trug Tunstell nun auch noch eine ziemlich tragische Miene zur Schau, auf shakespearekomödienhafte Art und Weise. Weit aufgerissen vor Verzweiflung blickten seine Augen hinter dem Taschentuch hervor. Tunstell war äußerst angetan von Miss Hisselpenny, seit sie bei der Hochzeit von Lord und Lady Maccon miteinander getanzt hatten, doch es schickte sich nicht, dass sie gesellschaftlich miteinander verkehrten. Miss Hisselpenny war eine angesehene Lady und Tunstell nur ein niederer Schlüsselwächter und Schauspieler obendrein. Alexia war sich nicht im Klaren darüber gewesen, wie weit seine Zuneigung ging.

»Mit wem?«, stellte Lady Maccon die offensichtliche Frage.

Ivy schenkte ihr keine Beachtung, sondern eilte zu Tunstell.

»Sie sind ja verletzt!«, sagte sie derart entsetzt, dass Weintrauben und seidene Erdbeeren wild umherschaukelten. Sie zog ihr eigenes winziges Taschentuch hervor, das mit kleinen Kirschen bestickt war, und tupfte ihm damit wirkungslos im Gesicht herum.

»Nur ein kleiner Kratzer, Miss Hisselpenny, das versichere ich Ihnen«, beschwichtigte Tunstell und wirkte sehr erfreut über ihre Fürsorge, so nutzlos sie auch sein mochte.

»Aber Sie bluten ja, und das geradezu in Strömen!«, beharrte Ivy.

»Keine Sorge, keine Sorge, so etwas passiert einem nun mal, wenn man es mit einer Faust zu tun bekommt, wissen Sie?«

Ivy schnappte nach Luft. »Handgreiflichkeiten! Oh, wie *absolut* abscheulich! Mein armer Mr. Tunstell!« Mit ihrer weiß behandschuhten Hand streichelte Ivy dem Mann über eine nicht mit Blut beschmierte Stelle seiner Wange.

»O bitte, machen Sie sich keine solchen Sorgen!«, sagte er und schmiegte die Wange an ihre liebkosende Hand. »Also wirklich, was für ein bezaubernder Hut, Miss Hisselpenny. So …« Er zögerte und suchte nach dem richtigen Wort. »… fruchtig.«

Daraufhin lief Ivy tomatenrot an. »Oh, gefällt er Ihnen? Ich habe ihn eigens anfertigen lassen.«

Das reichte. »Ivy«, sagte Alexia scharf und lenkte die Aufmerksamkeit ihrer Freundin wieder zurück auf die gegenwärtig wichtige Angelegenheit. »Mit wem genau hast du dich verlobt?«

Miss Hisselpenny kehrte jäh wieder in die Gegenwart zurück und wandte sich langsam von dem charmanten Mr. Tunstell ab. »Sein Name ist Captain Featherstonehaugh, und er ist gerade erst mit den Northumberling Fusilli zurückgekehrt, geradewegs aus Indien.«

»Du meinst die Northumberland Fusiliers.«

»Habe ich das nicht gerade gesagt?« Ivy war ganz staunende, aufgeregte Unschuld.

Von der Umstrukturierung der Armee des Diwans waren eindeutig weit mehr Regimenter betroffen, als Alexia gedacht hatte. Sie würde bei der Versammlung des Schattenkonzils in Erfahrung bringen müssen, was die Königin und ihre Kommandanten eigentlich vorhatten.

Bei der Versammlung, zu der sie nun unentschuldbar zu spät kommen würde.

Miss Hisselpenny fuhr ungehindert fort: »Er ist keine schlechte Partie, obwohl Mama es vorgezogen hätte, wenn er zumindest Major wäre. Aber du weißt ja«, sie senkte die Stimme beinahe zu einem Flüstern, »in meinem Alter kann ich mir den Luxus nicht mehr erlauben, wählerisch zu sein.«

Tunstell wirkte ziemlich empört, als er das hörte. Er hielt Miss Hisselpenny für eine großartige Partie. Gewiss, sie war älter als er, aber seiner Meinung nach war es unvorstellbar, dass sie sich mit einem einfachen Captain begnügen sollte! Schon öffnete er den Mund, um etwas zu sagen, übte sich dann jedoch unerwartet in Zurückhaltung, als er einen äußerst bedeutsamen, finsteren Blick von seiner Herrin auffing.

»Tunstell«, wies Lady Maccon ihn an, »gehen Sie und machen Sie sich nützlich! Ivy, meinen Glückwunsch zu deiner bevorstehenden Vermählung, aber ich muss mich nun wirklich auf den Weg machen. Ich habe eine wichtige Verabredung, zu der ich jetzt schon zu spät komme.«

Ivy sah Tunstell hinterher, während er sich entfernte. »Natürlich ist Captain Featherstonehaugh nicht gerade das, was ich mir erhofft hatte. Er ist ein Mann des Militärs, verstehst du? Sehr stoisch. Diese Art scheint mehr zu dir zu passen, Alexia, aber ich hatte eher auf einen Mann mit der Seele eines Barden gehofft.«

Alexia warf die Hände in die Luft. »*Er* ist ein Claviger. Du weißt, was das bedeutet? Eines Tages, und zwar ziemlich bald, wird er um die Metamorphose bitten und dann vermutlich bei dem Versuch sterben, sich erstmalig zu verwandeln. Und selbst wenn er es überlebt, wäre er dann ein Werwolf. Du *magst* Werwölfe doch nicht einmal!« .

Ivy sah sie mit noch größeren Augen an, so als könne sie kein

Wässerchen trüben. Die Trauben wippten. »Er könnte ja vorher seine Anstellung aufgeben.«

»Um dann was zu sein? Ein professioneller Schauspieler? Um von einem Penny am Tag und dem Beifall eines launischen Publikums zu leben?«

Ivy schniefte. »Wer sagt denn überhaupt, dass wir hier von Mr. Tunstell reden?«

Das trieb Alexia beinahe in den Wahnsinn. »Steig in die Kutsche, Ivy. Ich bringe dich zurück in die Stadt.«

Während der gesamten zweistündigen Fahrt nach London plapperte Miss Hisselpenny weiter über ihre bevorstehende Hochzeit und die damit einhergehenden Kleiderfragen, über die Speisen, die sie servieren würde, und die Gästeliste. Vom zukünftigen Bräutigam war kaum die Rede. Während der Fahrt kam Alexia zu der Erkenntnis, dass er für den Verlauf der Feierlichkeiten offensichtlich nur wenig von Bedeutung war. Sie verspürte einen leichten Stich der Beunruhigung, als ihre Freundin aus der Kutsche stieg und in das bescheidene Stadthaus der Hisselpennys trabte. Was machte Ivy da nur? Aber da sie im Augenblick keine Zeit hatte, sich über Miss Hisselpennys Situation Gedanken zu machen, wies Lady Maccon ihren Kutscher an, weiter zum Buckingham-Palast zu fahren.

Die Wachen erwarteten sie bereits. Lady Maccon befand sich ausnahmslos jeden Sonntag und Donnerstag zwei Stunden nach Einbruch der Dunkelheit im Palast. Und von jenen Menschen, die die Königin regelmäßig aufsuchten, war sie einer der unproblematischsten, da sie am wenigsten hochnäsig war, trotz ihres unverblümten Tons und der manchmal sehr radikalen Ansichten. Nach den ersten zwei Wochen hatte sie sich sogar die Mühe gemacht, sich die Namen der Männer zu merken, die zur Wachmannschaft des Palastes gehörten. Es waren die kleinen Dinge, die jemanden zu einem großen Menschen machten. Die feine Gesellschaft betrachtete Lord Maccons Brautwahl noch immer argwöhnisch, doch das Militär gab sich damit recht zufrieden. Dort begrüßte man es, wenn jemand offen seine Meinung sagte, selbst wenn dieser Jemand eine Frau war.

»Sie sind spät dran, Lady Maccon«, meinte einer der Wachsoldaten, während er ihren Hals nach Bissmalen und ihre Aktentasche nach illegalen dampfbetriebenen Gerätschaften überprüfte.

»Als ob ich das nicht wüsste, Lieutenant Funtington«, entgegnete die Lady mit einem Seufzen.

»Nun, wir wollen Sie nicht noch länger aufhalten. Gehen Sie nur hinein, Mylady.«

Lady Maccon schenkte ihm ein angespanntes Lächeln.

Der Diwan und der Wesir warteten bereits auf sie. Königin Victoria hingegen nicht. Ihre Majestät kam für gewöhnlich gegen Mitternacht, nachdem sie über ihre Familie und das Dinner präsidiert hatte, und blieb nur kurz, um sich das Ergebnis der Debatte anzuhören und letzte Entscheidungen zu fällen.

»Ich kann mich gar nicht genug dafür entschuldigen, dass ich Sie beide habe warten lassen«, sagte Alexia. »Ich hatte es heute Abend mit unerwarteten Gästen, die sich auf meinem Rasen niedergelassen haben, und einer ebenso unerwarteten Verlobung zu tun. Keine Entschuldigung, ich weiß, aber das sind die Gründe für mein Zuspätkommen.«

»Na, da haben wir es«, knurrte der Diwan. »Die Belange des britischen Weltreichs müssen hinter Ihren Gästen und gesellschaftlichen Interessen zurückstehen.« Der Diwan, ein Earl of Upper Slaughter und Mitglied des Landadels, allerdings ohne tatsächlichen Landsitz, war einer der wenigen Werwölfe Eng-

49

lands, die es mit dem Earl of Woolsey aufnehmen konnten, und er hatte auch bereits die Gelegenheit ergriffen, dies unter Beweis zu stellen. Er war beinahe so groß wie Conall Maccon, sah allerdings ein wenig älter aus und hatte dunkles Haar, ein breites Gesicht und tief liegende Augen. Er hätte als gut aussehend gelten können, wäre sein Mund nicht etwas zu groß, das Grübchen in seinem Kinn nicht ein wenig zu ausgeprägt und sein Schnurr- und Backenbart nicht so struppig gewesen.

Alexia hatte sich schon viele Stunden über diesen Bart gewundert. Werwölfen wuchsen keine Bärte, da sie nicht alterten. Woher kam also dieser? Hatte er ihn schon immer getragen? Seit wie vielen Jahrhunderten litt seine arme, geschundene Oberlippe bereits unter der Last einer solch üppigen Vegetation?

An diesem Abend allerdings schenkte sie weder ihm noch seiner Gesichtsbehaarung übermäßige Beachtung. »Also«, meinte sie, während sie sich setzte und die Aktentasche auf dem Tisch vor sich ablegte, »sollen wir gleich zum Wesentlichen kommen?«

»Gewiss doch«, antwortete der Wesir mit honigsüßer und kühler Stimme. »Wie fühlen Sie sich heute Abend, Muhjah?«

Diese Frage überraschte Alexia. »Ganz gut.«

Das Vampirmitglied des Schattenkonzils war der Gefährlichere der beiden. Er war viel älter als der Diwan und daher auch umso erfahrener. Und während der Diwan nur der Form halber eine Abneigung gegen Lady Maccon zur Schau trug, wusste Alexia ganz sicher, dass der Wesir sie tatsächlich hasste. Er hatte hinsichtlich ihrer Vermählung mit dem Alpha des Woolsey-Rudels eine offizielle Beschwerde eingereicht, und als Königin Victoria ihr einen Sitz im Schattenkonzil verlieh, hatte er sich erneut schriftlich darüber beschwert. Alexia war nie ganz dahintergekommen, warum er sich gegen sie stellte. Doch er hatte in den meisten Angelegenheiten die Unterstützung der Vampirhäuser, was ihn weitaus mächtiger machte als den Diwan, denn die Loyalität der Rudel, auf die dieser sich stützen konnte, stand auf wackligen Beinen.

»Keine Bauchbeschwerden?«

Alexia bedachte den Vampir mit einem misstrauischen Blick.

»Nein, nichts dergleichen. Können wir fortfahren?«

Im Allgemeinen regelte das Schattenkonzil das Verhältnis und das Verhalten zwischen Übernatürlichen und Krone. Während sich BUR um die Durchsetzung der Gesetze kümmerte, befasste sich das Schattenkonzil mit legislativen Belangen, mit politischen und militärischen Fragen und gelegentlich mit dem einen oder anderen unangenehmen Schlamassel. In den wenigen Monaten, seit Alexia mit dazugehörte, hatten sich die Diskussionen von der Genehmigung von Vampirhäusern in den afrikanischen Provinzen über militärische Richtlinien bezüglich des Todes eines Alphas in Übersee bis hin zu Halsentblößungsverfügungen in öffentlichen Museen erstreckt. Sie hatten es bisher noch mit keiner echten Krise zu tun gehabt. Das hier, so schien es Alexia, würde interessant werden.

Sie klappte die Aktentasche auf und holte ihren harmonischakustischen Resonanzstörer hervor, einen kleinen Apparat, der das Aussehen von zwei Stimmgabeln hatte, die aus einem Kristall hervorragten. Sie schnippte eine der Gabeln mit dem Finger an und wartete einen Augenblick, dann tat sie Gleiches auch bei der anderen. Beide erzeugten einen misstönenden tiefen Summton, der von dem Kristall verstärkt wurde und verhinderte, dass man ihre Unterhaltung belauschen konnte. Sie platzierte das Gerät in der Mitte des riesigen Konferenztisches. Das Geräusch war unangenehm, doch sie hatten sich mittlerweile alle daran gewöhnt. Selbst innerhalb von Buckingham Palace konnte man nie vorsichtig genug sein.

»Was genau ist denn heute Abend in London vorgefallen? Was auch immer es war, es hat meinen Gatten zu skandalös früher Stunde, unmittelbar nach Sonnenuntergang, aus dem Bett geholt und mein örtliches Informantengespenst in helle Aufregung versetzt.« Lady Maccon holte ihr kleines Lieblingsnotizbuch und einen aus Amerika importierten Füllfederhalter hervor.

»Das wissen Sie nicht, Muhjah?«, fragte der Diwan spöttisch.

»Natürlich weiß ich es. Ich stehle uns allen nur zu meinem bloßen Vergnügen die Zeit durch meine Fragerei«, versetzte Alexia zutiefst sarkastisch.

»Sieht heute Abend keiner von uns beiden für Sie verändert aus?« Der Wesir legte die Hände auf den Tisch, die Spitzen der langen Finger, die auf dem dunklen Mahagoni wie schneeweiße Schlagen aussahen, aneinandergelegt, und sah sie aus schönen, tief liegenden grünen Augen an.

»Warum reden Sie so mit ihr? Sie hat doch ganz offensichtlich damit zu tun.« Der Diwan stand auf, um im Zimmer auf- und abzuschreiten – wie während der meisten Sitzungen wirkte er rastlos und gereizt.

Alexia zog ihr Lieblingsbrilloskop aus der Aktentasche und setzte es sich auf die Nase. Eigentlich war die richtige Bezeichnung dafür *Monokulare Trans-Magnifikations-Linsen mit Skalen-Modifikatoraufsatz*, aber jeder sagte nur *Brilloskop* dazu, sogar Professor Lyall. Das von Alexia hatte ein vergoldetes Gestell und war an den Seiten mit dekorativen Intarsien aus Onyx verziert. Die vielen kleinen Knöpfe und Skalen waren ebenfalls aus Onyx, doch trotz der kostbaren Verarbeitung sah das Gerät lächerlich aus. Alle Brilloskope sahen lächerlich aus, wie die unglückseligen Abkömmlinge einer unzüchtigen Verbindung zwischen einem Teleskop und einem Opernglas.

Ihr rechtes Auge wurde auf grausige Weise überproportional vergrößert, als sie an einer der Wählscheiben schraubte und das Gesicht des Wesirs scharf stellte. Feingeschnittene, ebenmäßige Züge, dunkle Augenbrauen und grüne Augen – das Gesicht wirkte völlig normal, sogar natürlich. Die Haut sah rosig aus, nicht zu blass. Der Wesir lächelte leicht und präsentierte seine Zähne in perfekt aneinandergereihter, gleichmäßiger Ordnung. Bemerkenswert.

Genau da lag das Problem. Keine Fangzähne.

Lady Maccon erhob sich und trat dem Diwan in den Weg, sodass er sein rastloses Auf- und Abschreiten unterbrechen musste. Sie richtete das Brilloskop auf sein Gesicht und nahm die Augen ins Visier: schlichtes, einfaches Braun, kein Gelb um die Iris.

Schweigend setzte sie sich wieder an ihren Platz und dachte angestrengt nach, während sie das Brilloskop vorsichtig abnahm und wieder wegsteckte.

»Nun?«

»Darf ich das so verstehen, dass Sie beide unter einem Zustand leiden, der von … ähm …« Sie suchte krampfhaft nach der richtigen Art, es auszudrücken. »… der von *Normalität* geprägt ist?«

Der Diwan bedachte sie mit einem verächtlichen Blick, und Lady Maccon machte einen Vermerk in ihrem kleinen Notizbuch.

»Erstaunlich. Und wie viele der Übernatürlichen sind ebenfalls davon befallen?«, fragte sie, den Füllfederhalter weiterhin einsatzbereit.

»Jeder Vampir und Werwolf im Stadtzentrum Londons«, antwortete der Wesir mit unerschütterlicher Ruhe.

Alexia war wirklich fassungslos. Wenn sie alle nicht länger übernatürlich waren, dann bedeutete das, dass jederzeit einer von ihnen oder gar alle getötet werden konnten. Sie fragte sich, ob sie als Außernatürliche wohl ebenfalls davon betroffen war. Einen Augenblick lang horchte sie in sich hinein. Schwer zu sagen; sie fühlte sich wie immer.

»Wie weit erstreckt sich das geografische Ausmaß der Beeinträchtigung?«, fragte sie.

»Wie es scheint, konzentriert es sich auf den Uferbereich der Themse, vom Hafenviertel ausgehend.«

»Und wenn man das betroffene Gebiet verlässt, kehrt dann der jeweils übernatürliche Zustand zurück?«, wollte Alexias wissenschaftlich geprägte Seite wissen.

»Ausgezeichnete Frage.« Der Diwan verschwand durch die Tür, vermutlich, um einen Boten loszuschicken, der die Antwort herausfinden sollte. Normalerweise hatten sie eine Gespensteragentin, die solche Aufträge erledigte. Wo war sie?

»Und die Gespenster?«, fragte Lady Maccon daher sogleich stirnrunzelnd.

»Dadurch wissen wir, wie weit sich der betroffene Bereich erstreckt. Kein einziger Geist, der in diesem Gebiet seine Ruhestätte hat, ist seit Sonnenuntergang erschienen. Sie sind alle verschwunden. Exorziert.« Der Wesir betrachtete sie aufmerksam. Natürlich nahm er an, dass Alexia etwas damit zu tun hatte. Nur eine einzige Art von Geschöpf hatte die angeborene Macht, Geister zu exorzieren, und das waren die Außernatürlichen.

Und Alexia war die einzige Außernatürliche in London und Umgebung.

»Gütiger Himmel«, hauchte Lady Maccon. »Wie viele der vermissten Gespenster standen im Dienst der Krone?«

»Sechs davon arbeiteten für uns, vier für BUR. Von den übrigen Geistern befanden sich acht im Poltergeiststadium, deshalb bedauert niemand ihr Verschwinden, und achtzehn im Endstadium der Auflösung.« Der Wesir schob Alexia einen Stapel Papiere zu. Sie blätterte ihn durch und sah sich die Einzelheiten an.

Der Diwan kam ins Zimmer zurück. »In spätestens einer Viertelstunde kennen wir die Antwort auf Ihre Frage.« Und schon begann er wieder damit, auf- und abzugehen.

»Für den Fall, dass es Sie interessiert, Gentlemen, ich habe den ganzen Tag schlafend auf Woolsey Castle verbracht. Mein Ehemann kann dies bestätigen, da wir keine getrennten Schlafgemächer unterhalten.« Alexia errötete leicht, doch sie hatte das Gefühl, dass ihre Ehre es erforderte, sich zu verteidigen.

»Natürlich kann er das«, entgegnete der Vampir, der im Augenblick überhaupt kein Vampir, sondern ein normaler Mensch war. Zum ersten Mal seit Hunderten von Jahren. Ihm mussten regelrecht die Knie schlottern in seinen unglaublich teuren Hessenstiefeln, dass er nach so langer Zeit wieder mit der eigenen Sterblichkeit konfrontiert wurde. Ganz zu schweigen von der Tatsache, dass eines der Vampirhäuser in dem betroffenen Gebiet lag – was bedeutete, dass eine Königin in Gefahr war. Ähnlich wie die Bienen eines Bienenstocks würden die Vampire, ja, sogar Schwärmer wie der Wesir, die keinem Stock angehörten, so ziemlich alles tun, um eine Königin in Not zu schützen.

»Sie meinen, Ihr Werwolf-Gemahl, der tagsüber tief und fest schläft? Und den Sie wohl nicht berühren, während Sie schlafen, wie ich stark vermute.«

»Natürlich nicht!« Alexia war erschüttert, dass er das überhaupt fragte. Mit Conall jede Nacht, die ganze Zeit über, Körperkontakt zu halten hätte ihn altern lassen, und obwohl sie die Vorstellung, ohne ihn alt zu werden, verabscheute, hätte sie ihn um nichts auf der Welt der Sterblichkeit ausgesetzt. Mal abgesehen davon wären dadurch seine Barthaare gewachsen, und dann hätte er morgens noch struppiger und ungepflegter als gewöhnlich ausgesehen.

»Also geben Sie zu, dass Sie sich durchaus aus dem Haus hätten schleichen können.« Der Diwan hörte damit auf, im Raum auf- und abzuschreiten, und starrte sie finster an.

Abwehrend schnalzte Lady Maccon mit der Zunge. »Haben Sie jemals meine Bediensteten kennengelernt? Wenn mich nicht Rumpet aufhalten würde, dann ganz sicher Floote, ganz zu schweigen von Angelique, die ständig um mich herumschwirrt und ein fürchterliches Getue um meine Frisur veranstaltet. Mich aus dem Haus schleichen zu können, das gehört – so leid es mir tut, das zu sagen – der Vergangenheit an. Aber es steht Ihnen natürlich frei, mir die Schuld zuzuschieben, wenn Sie zu bequem sind, herausfinden zu wollen, was wirklich vor sich geht.«

Ausgerechnet den Wesir schien sie mit ihren Worten überzeugt zu haben. Vielleicht lag es aber auch schlicht und ergreifend daran, dass er nicht glauben wollte, ihre Fähigkeit könnte so stark sein.

Alexia fuhr mit ihren Ausführungen fort. »Ich will damit sagen, dass eine Außernatürliche, so mächtig sie auch sein mag, keinen ganzen Stadtteil beeinträchtigen könnte. Ich muss einen Übernatürlichen berühren, um ihm seine Menschlichkeit zurückzugeben. Und um einen Geist zu exorzieren, muss ich dessen Leiche anfassen. Ich könnte unmöglich an all diesen Orten gleichzeitig sein. Davon mal abgesehen, berühre ich Sie beide im Augenblick ja auch nicht, richtig? Und trotzdem sind Sie gerade sterblich.«

»Also, womit haben wir es dann zu tun? Einem ganzen Rudel Außernatürlicher?« Das kam vom Diwan. Er neigte dazu, in

56

Zahlen zu denken, die Folge einer übertriebenen Militärausbildung.

Der Wesir schüttelte den Kopf. »Ich habe die BUR-Aufzeichnungen eingesehen. Es gibt in ganz England nicht genug Außernatürliche, um so viele Gespenster gleichzeitig zu exorzieren. Vermutlich gibt es dafür nicht einmal genug in der ganzen zivilisierten Welt.«

Alexia fragte sich, *wie* er wohl diese Aufzeichnungen hatte einsehen können. Sie würde ihrem Mann davon erzählen. Dann wandte sie ihre Aufmerksamkeit wieder dem gegenwärtigen Problem zu. »Gibt es noch etwas Mächtigeres als Außernatürliche?«

Der Gegenwärtig-kein-Vampir schüttelte erneut den Kopf. »Nicht in diesem speziellen Fall. Laut Vampiredikt gibt es zwar ein Geschöpf auf diesem Planeten, das für uns sogar noch gefährlicher ist als ein Seelensauger, aber dieses Wesen nimmt uns Übernatürlichen nicht unsere Fähigkeiten, sondern ist eine Art Parasit. Das hier kann also nicht das Werk von einer solchen Kreatur sein.«

Lady Maccon kritzelte das in ihr Notizbuch. Sie war fasziniert und auch ein klein wenig verärgert. »Schlimmer als wir Seelensauger? Ist das denn möglich? Und da dachte ich, ich gehöre zu der am meisten gehassten Sorte. Und wie nennen Sie *die*?«

Der Wesir ignorierte die Frage. »Das wird Ihnen eine Lehre sein, sich was auf Ihre Art einzubilden.«

Alexia hätte dieses Thema gern vertieft, doch sie vermutete, dass man ihre weiteren Fragen in diese Richtung ebenfalls ignorieren würde. »Also muss das, womit wir es hier zu tun haben, das Resultat einer Waffe, eines wissenschaftlichen Geräts sein. Das ist die einzig mögliche Erklärung.«

»Oder wir könnten die lächerlichen Theorien dieses Darwin

für bare Münze nehmen und gehen von einer neu entwickelten Spezies von Außernatürlichen aus.«

Alexia nickte. Sie hatte ihre Vorbehalte gegen Darwin und sein Gerede von der Entstehung der Arten, doch vielleicht waren seine Anschauungen ja nicht völlig aus der Luft gegriffen.

Der Diwan allerdings hielt nicht das Geringste davon. Der Hang zur Wissenschaft war bei Werwölfen im Allgemeinen weit weniger ausgeprägt als bei Vampiren, außer wenn es sich um Waffentechnologie handelte. »Wenn schon, dann tendiere ich in dieser Angelegenheit eher zur Meinung der Muhjah. Wenn sie also nicht selbst die Ursache ist, dann muss es irgendeine neumodische technische Apparatur sein.«

»Wir leben im Zeitalter der Erfindungen, das ist wahr«, stimmte der Wesir zu.

Der Diwan wirkte nachdenklich. »Den Templern ist es letztendlich gelungen, Italien zu vereinen und sich selbst für unfehlbar zu erklären. Vielleicht richten sie ihre Aufmerksamkeit nun wieder nach außen?«

»Sie glauben, die Sache könnte sich um den Vorboten einer zweiten Inquisition handeln?« Der Wesir erbleichte – wozu er auf einmal auch in der Lage war.

Der Diwan zuckte nur mit den Schultern.

»Es führt zu nichts, wenn wir uns in wilde Spekulationen ergehen«, warf die wie immer praktisch veranlagte Lady Maccon ein. »Nichts weist darauf hin, dass die Templer in diese Sache verwickelt sind.«

»Sie sind Italienerin«, knurrte der Diwan.

»Ach, papperlapapp! Soll sich diese ganze Besprechung allein um die Tatsache drehen, dass ich meines Vaters Tochter bin? Ich habe lockiges Haar – könnte das vielleicht auch noch irgendwie damit zu tun haben? Ich bin, wozu meine Geburt mich gemacht hat, und daran kann ich nichts ändern, sonst hätte ich mich für eine kleinere Nase entschieden, das können Sie mir glauben! Lassen Sie uns einfach darin übereinkommen, dass es sich bei diesem breit gefächerten außernatürlichen Vorkommnis am wahrscheinlichsten um die Wirkung irgendeiner Art von Waffe handelt.« Sie wandte sich an den Wesir. »Sind Sie sicher, dass Sie noch nie zuvor von einem derartigen Vorkommnis gehört haben?«

Er runzelte die Stirn und rieb sich mit der Spitze eines seiner weißen Finger über die Sorgenfalte zwischen seinen grünen Augen; es war eine eigentümlich menschliche Geste. »Ich werde die Bewahrer des Edikts zu Rate ziehen, aber … Nein, ich glaube nicht, dass ich je von etwas Derartigem hörte.«

Sie sah den Diwan an. Der schüttelte den Kopf.

»Also stellt sich die Frage, welchen Vorteil sich jemand von dieser Sache erhoffen könnte.«

Ihre übernatürlichen Kollegen starrten sie ausdruckslos an.

Von der verschlossenen Tür her erklang ein Klopfen. Der Diwan erhob sich, um zu öffnen. Einen Augenblick lang sprach er leise durch den Spalt und kehrte dann mit einem Gesichtsausdruck zurück, der sich von angsterfüllt zu verwirrt gewandelt hatte.

»Die Wirkung scheint unmittelbar außerhalb des Gebiets, von dem wir vorhin sprachen, abzubrechen. Zumindest Werwölfe erlangen ihre Übernatürlichkeit ab dieser Grenze vollständig zurück. Natürlich nützt den Gespenstern diese Tatsache nichts, da sie ortsgebunden sind. Und was die Vampire betrifft, für die kann ich natürlich nicht sprechen.«

Er sprach nicht aus, dass diese geheimnisvolle Macht auf Werwölfe wahrscheinlich in gleichem Maße wirkte wie auf Vampire – beide Rassen waren sich ähnlicher, als sie eingestehen wollten.

»Darum werde ich mich persönlich kümmern, sobald unsere Sitzung beendet ist«, sagte der Wesir. Man konnte ihm ansehen, dass er erleichtert war, was an seinem menschlichen Zustand liegen musste, denn normalerweise waren seine Gefühle nicht so offensichtlich.

Der Diwan sah ihn höhnisch an. »Ja, bringen Sie Ihre Königin in Sicherheit, wenn Sie meinen, dies sei nötig.«

»Stehen noch weitere Angelegenheiten zur Debatte?«, fragte der Wesir, die Bemerkung ignorierend.

Alexia stieß mit ihrem Füllfederhalter die Gabeln des harmonisch-akustischen Resonanzstörers an, um sie erneut zum Vibrieren zu bringen. Dann richtete sie den Blick wieder auf den Diwan. »Warum sind kürzlich so viele Regimenter heimgekehrt?«

Der Wesir machte ebenfalls einen sehr neugierigen Eindruck. »In der Tat, als ich heute Abend das Haus verließ, bemerkte ich ein gewisses Übermaß an Militär in den Straßen.«

Mit einem Schulterzucken bemühte sich der Diwan um Beiläufigkeit und versagte kläglich. »Geben Sie Cardwell und seinen verfluchten Reformen die Schuld dafür.«

Alexia schnaubte laut. Sie begrüßte die Reformen. Sie verboten das Auspeitschen als Bestrafung innerhalb der Armee und änderten auch das ungerechte Einberufungsverfahren. Doch der Diwan war Soldat der alten Schule, der seine Soldaten gern auf brutale Weise disziplinierte.

Er sprach weiter, als hätte er ihr Schnaufen nicht vernommen. »Vor einigen Monaten kam dieser Dampfer aus Westafrika hier an, unter großem Gejammer, die Ashantis würden uns dort die Hölle heißmachen. Der Kriegsminister befahl einen Truppenwechsel und zog jeden entbehrlichen Mann aus dem Osten ab und kommandierte ihn hierher zurück.«

»Haben wir denn noch so viele Truppen in Indien? Ich dachte, in der Region herrsche Frieden.«

»Keineswegs. Aber wir haben dort genug Soldaten, um mehrere Regimenter abzuziehen, und können zudem die Hauptarbeit der East India Company und ihren Söldnertruppen überlassen. Der Duke will anständige Regimenter mit Werwolf-Begleitung in Westafrika haben, und das kann ich ihm nicht verdenken. Das dort unten ist eine ziemlich schlimme Sache. Diese Regimenter, die hier in London eintreffen, sollen neu formiert werden, in zwei separate Bataillone, und innerhalb eines Monats wieder in See stechen. Ein ganzer Mondlauf voller Chaos. Die meisten von ihnen mussten über Ägypten eingeschifft werden, um schnell genug hier anzukommen, und ich weiß immer noch nicht, wie wir es schaffen sollen, den Auftrag zu erfüllen. Aber jetzt sind sie nun einmal hier und verstopfen die Tavernen Londons. Am besten schicken wir sie möglichst schnell wieder zurück ins Gefecht.« Er wandte sich direkt an Lady Maccon. »Wo wir gerade beim Thema sind: Seien Sie so freundlich und sorgen dafür, dass Ihr Mann seine verdammten Rudel unter Kontrolle hält, ja?«

»Seine Rudel? Soweit ich mich erinnere, gibt es da nur ein einziges, und lassen Sie es sich gesagt sein: Es liegt nicht im Aufgabenbereich meines Mannes, ihnen Disziplin beizubringen. Dafür sieht sich ein anderer verantwortlich.«

Der Diwan grinste so breit, dass sein mächtiger Schnurrbart bebte. »Ich schließe aus Ihren Worten, dass Sie Major Channing kennengelernt haben.« Es gab in England nur gerade so viele Werwölfe, dass sie sich, wie Alexia inzwischen herausgefunden hatte, alle kannten. Und offenbar tauschten sie untereinander gern Klatsch und Tratsch aus!

»Da liegen Sie mit Ihrer Vermutung richtig.« Mürrisch verzog Lady Maccon das Gesicht.

»Nun, ich meinte das andere Rudel des Earls, das in den Highlands – das von Kingair«, sagte der Diwan. »Sie gerieten mit dem Black-Watch-Regiment aneinander, und ich dachte, Ihr Mann könnte da einmal seine Pfote ins Spiel bringen.«

Lady Maccon runzelte die Stirn. »Das bezweifle ich.«

»Hat seinen Alpha dort drüben verloren, das Kingair-Rudel, wussten Sie das? Niall So-und-so, ein Colonel. Ziemlich üble Sache. Das Rudel geriet zur Mittagszeit in einen Hinterhalt, als die Werwölfe am schwächsten waren und sich nicht verwandeln konnten. Einen so hochrangigen Offizier zu verlieren, ganz gleich, ob Werwolf-Alpha oder nicht, verursacht ziemliche Aufregung.«

Alexias Stirnrunzeln verstärkte sich noch. »Nein, das war mir nicht bekannt.« Sie fragte sich, ob ihr Mann davon wusste. Nachdenklich klopfte sie sich mit dem Ende ihres Füllfederhalters gegen die Lippen. Es war höchst ungewöhnlich, dass ein Alpha den Verlust seines Rudels überlebte, und es war ihr nie gelungen, Conall die genaueren Umstände und Gründe zu entlocken, warum er die Highlands verlassen hatte. Doch Alexia war sich sicher, dass ein fehlender Anführer für ihn eine Art Verpflichtung seinem ehemaligen Rudel gegenüber bedeutete, selbst wenn inzwischen Jahrzehnte vergangen waren.

Die Diskussion erging sich ab nun in Spekulationen darüber, wer für diese Waffe verantwortlich sein könnte, die den Übernatürlichen in London ihre Übernatürlichkeit nahm: verschiedene Geheimorganisationen, die nicht so geheim waren, wie sie es gern wären, fremde Nationen oder Fraktionen innerhalb der Regierung. Lady Maccon war überzeugt davon, dass Wissenschaftler vom Schlage des Hypocras Clubs dahintersteckten, und hielt an ihrer Haltung in Bezug auf die Aufhebungsklausel fest. Das verärgerte den Wesir, der wollte, dass man die überlebenden Mitglieder des Hypocras Clubs frei- und seiner

62

Barmherzigkeit überließ. Der Diwan stellte sich auf die Seite der Muhjah. Er hatte kein besonderes Interesse an dieser Art von wissenschaftlicher Forschung, und er würde auch nicht zulassen, dass die damit verbundenen Erkenntnisse gänzlich in die Hände der Vampire fielen.

Damit kam die Runde zu der Frage, wie der Besitz des Hypocras Club verteilt werden sollte. Alexia schlug vor, dass er an BUR gehen sollte, und obwohl ihr Ehemann diese Institution leitete, war der Wesir damit einverstanden, solange ein Vampiragent dies überwachte.

Als Königin Victoria erschien, um sich mit ihrem Konzil zu beraten, waren sie bereits hinsichtlich mehrerer Themen zu einer Übereinkunft gelangt. Sie informierten sie über das Phänomen, dass Übernatürliche zu normalen Sterblichen wurden, und über ihre Theorie, dass es sich dabei um eine Art Geheimwaffe handelte. Die Königin war entsprechend beunruhigt. Sie wusste sehr genau, dass die Stärke ihres Reichs auf den Schultern ihrer Vampirberater und Werwolfsoldaten ruhte. Wenn sie in Gefahr waren, dann war Britannien das ebenfalls. Besonders ausdrücklich bestand sie darauf, dass Alexia diesem Rätsel auf den Grund ging. Immerhin unterlag Exorzismus dem Zuständigkeitsbereich der Muhjah.

Da Lady Maccon ohnehin keine Mühen gescheut hätte, eigene Nachforschungen anzustellen, war sie glücklich darüber, die offizielle Erlaubnis dazu erhalten zu haben. Sie verließ das Schattenkonzil mit einem Gefühl unerwarteter Genugtuung. Sehnsüchtig wünschte sie sich, ihren Mann in seiner BUR-Höhle festnageln zu können, doch da sie wusste, dass der Versuch nur in einer Auseinandersetzung enden würde, machte sie sich stattdessen auf den Weg nach Hause zu Floote und der Bibliothek.

Die Büchersammlung von Lady Alexia Maccons Vater, für gewöhnlich eine ausgezeichnete Informationsquelle, erwies sich in Bezug auf die großflächige Aufhebung übernatürlicher Eigenschaften als herbe Enttäuschung. Ebenso wenig fand sich darin irgendetwas hinsichtlich der Bemerkung des Wesirs, es gäbe für Vampire noch eine schlimmere Bedrohung als die Seelensauger. Lady Maccon und Floote arbeiteten sich stundenlang durch Bücher in abgewetzten Ledereinbänden, durch Reihen von antiken Schriftrollen und durch persönliche Tagebuchaufzeichnungen und konnten trotzdem absolut nichts hinsichtlich dieser beiden Themenbereiche in Erfahrung bringen. Es gab auch keine diesbezüglichen Notizen in Alexias kleinem ledergebundenen Büchlein.

Alexia knabberte an einem leichten Frühstück, bestehend aus Toast mit Schinkenpaté und Räucherlachs, und begab sich dann unmittelbar vor der Morgendämmerung geschlagen und frustriert zu Bett.

Am frühen Vormittag wurde sie von ihrem Ehemann geweckt, der sich in einem völlig anderen Zustand der Frustration befand. Seine großen, rauen Hände waren beharrlich, und sie hatte nichts dagegen, auf diese Art und Weise geweckt zu werden, besonders, da sie ein paar drängende Fragen auf dem Herzen hatte, die einer Antwort bedurften. Dennoch, es war helllichter Tag, und die meisten anständigen Übernatürlichen sollten eigentlich tief und fest schlafen. Glücklicherweise war Conall Maccon als Alpha stark genug, mehrere Tage hintereinander wach zu bleiben, ohne dass es auf ihn die üblen Auswirkungen hatte, die jüngere Mitglieder eines Rudels erleiden mussten, wenn sie derart dem Sonnenlicht ausgesetzt waren.

Diesmal war seine Annäherung allerdings einzigartig. Er wühlte sich vom Fuß des Bettes aus unter der Decke hoch bis zu der Stelle, wo ihre Schultern und ihr Kopf hervorlugten. Alexias soeben geöffneten Augen bot sich der sonderbare Anblick eines riesigen Haufens aus Bettzeug, der hin- und herschwankend wie eine Art ungelenke Qualle langsam auf sie zukroch. Sie lag auf der Seite, und seine behaarte Brust kitzelte sie an der Rückseite ihrer Beine. Er schob ihr das Nachthemd hoch, während er sich langsam nach oben arbeitete. Ein kleiner Kuss streifte eine ihrer Kniekehlen, und Alexias Bein zuckte unwillkürlich. Es kitzelte ganz fürchterlich.

Sie schlug die Bettdecke zurück und funkelte ihn an. »Was machst du denn da, du lächerlicher Kerl? Du benimmst dich wie ein geistig verwirrter Maulwurf.«

»Ich benehme mich verstohlen, meine kleine Schreckschraube. *Wirke* ich denn nicht verstohlen?« Er klang gespielt beleidigt.

»Warum?«

Er sah ein wenig verschämt auf, und bei einem riesigen Schotten wirkte dieser Gesichtsausdruck absolut absurd. »Ich hatte eine verdeckte romantische Annäherung im Sinn, werte Frau Gemahlin. Die letzte Mission des Tages für den geheimnisvollen BUR-Agenten. Auch wenn dieser BUR-Agent schändlich spät nach Hause kommt.«

Seine werte Frau Gemahlin richtete sich auf einem Ellbogen auf und zog die Augenbrauen hoch, wobei sie sich alle Mühe gab, nicht loszulachen, sondern einschüchternd zu wirken.

»Nicht?«

Die Augenbrauen hoben sich noch höher, falls das überhaupt möglich war.

»Tu mir doch den Gefallen.«

Alexia unterdrückte ihre aufsteigende Heiterkeit und schützte eine Ernsthaftigkeit vor, wie sie sich für eine Lady Maccon geziemte. »Wenn du darauf bestehst, Herr Gemahl.« Sie presste sich eine Hand aufs Herz und sank zurück in die Kissen mit einem Seufzer, von dem sie glaubte, dass er so der Heldin eines Schundromans entschlüpfen könnte.

Lord Maccons Augen befanden sich irgendwo zwischen karamellfarben und gelb, und er roch nach freiem Feld. Alexia fragte sich, ob er wohl in Wolfsgestalt nach Hause gekommen war.

»Wir müssen uns unterhalten.«

»*Aye*, aber später«, murmelte er. Er schob ihr Nachthemd noch höher und richtete seine Aufmerksamkeit auf weniger kitzlige, aber nicht minder empfindsame Stellen ihres Körpers.

»Ich kann dieses Kleidungsstück nicht ausstehen.« Er zog ihr das ärgerliche Stück Stoff aus und schleuderte es auf seinen gewohnten Platz auf dem Fußboden.

Lady Maccon musste beinahe schielen, als sie seinen raubtierhaften Bewegungen den Rest ihres Leibes entlang mit ihren Blicken zu folgen versuchte.

»Du warst es doch, der es gekauft hat.« Schlängelnd rutschte sie tiefer, um sich fester an ihn zu schmiegen, mit der Ausrede gegenüber sich selbst, dass es kalt war und er die Bettdecke noch nicht wieder über sie gezogen hatte.

»Stimmt. Erinnere mich daran, dass ich in Zukunft bei Sonnenschirmen bleibe.«

Seine goldbraunen Augen wurden beinahe vollständig gelb. Das taten sie stets in dieser Phase der Ereignisse. Alexia liebte es. Bevor sie noch protestieren konnte – sofern sie das überhaupt im Sinn gehabt hatte –, überwältigte er sie mit einem tiefen, alles verzehrenden Kuss von der Art, die ihr die Knie hätte weich werden lassen, hätte sie gestanden.

Doch sie stand nicht, und Alexia war nun völlig wach und

nicht willens, ihren Knien nachzugeben oder den Lippen ihres Mannes oder irgendeinem anderen Bereich ihres Körpers.

»Conall, ich bin sehr wütend auf dich!« Sie atmete schwer, während sie diese Anschuldigung hervorbrachte, und versuchte sich daran zu erinnern, warum eigentlich.

Er biss sie sanft in die weiche Stelle zwischen Schulter und Hals. Alexia ließ ein leises Stöhnen hören.

»Was habe ich diesmal angestellt?«, fragte er und hielt kurz inne, bevor sein Mund mit der Erkundung ihres Körpers fortfuhr. Ihr Ehemann, der unerschrockene Forscher.

Alexia wand sich in dem Versuch, sich ihm zu entziehen. Doch ihre Bewegungen hatten nur zur Folge, dass er aufstöhnte und noch drängender zu Werke ging.

»Du hast mich mit einem ganzen Regiment, das auf meinem Rasen kampierte, alleingelassen«, erinnerte sie sich endlich wieder an ihren Vorwurf.

»Mhmm.« Warme Küsse bedeckten ihren Oberkörper.

»Und obendrein war da noch ein gewisser Major Channing Channing von den Chesterfield Channings.«

Ihr Gemahl hielt kurz in seinem Knabbern inne. »So, wie du das sagst, klingt es, als wäre er eine Art Krankheit.«

»Du bist ihm doch vermutlich schon einmal begegnet, oder?«

Der Earl schnaubte leise und fing wieder an, sie zu küssen, wobei seine Lippen über ihren Bauch nach unten wanderten.

»Du wusstest, dass sie kommen, und hast es nicht für nötig befunden, mich darüber zu informieren.«

Er seufzte, ein zarter Atemhauch auf ihrem nackten Bauch. »Lyall.«

Ärgerlich knuffte ihn Alexia gegen die Schulter, doch er nahm seine amourösen Zuwendungen an ihrer unteren Körperhälfte ungerührt wieder auf. »Genau – Lyall musste mich meinem

67

eigenen Rudel vorstellen. Die Soldaten, die Teil dieses Rudels sind, hatte ich bisher noch nicht kennengelernt, erinnerst du dich?«

»Mir wurde von meinem Beta zu verstehen gegeben, dass du eine besonders schwierige Situation in die Hand genommen und absolut zufriedenstellend geregelt hast«, sagte er zwischen zwei zärtlichen Küssen. »Lust, etwas anderes in die Hand zu nehmen?«

Alexia hatte tatsächlich Lust darauf. Warum sollte sie die Einzige sein, die schwer atmete? Sie zog ihn zu einem ordentlichen Kuss zu sich hoch und griff nach unten.

»Und was ist mit diesem Massenexorzismus in London? Du hieltst es auch nicht für nötig, mir davon zu erzählen?«, brummte sie mürrisch, während sie sanft zudrückte.

»Ähm, nun ja, das …« Er keuchte leicht in ihr Haar. »… hat aufgehört.« Er knabberte an ihrem Hals, und seine Zuwendungen wurden sogar noch fordernder.

»Warte!«, quiekte Alexia. »Wir führen gerade eine Unterhaltung!«

»*Du* führst eine Unterhaltung«, entgegnete Conall, bevor er sich daran erinnerte, dass es nur eine einzige absolute Methode gab, seine Frau zum Schweigen zu bringen. Er beugte sich vor und versiegelte ihr die Lippen mit den seinen.

## Hutkauf und andere Schwierigkeiten

Nachdenklich lag Alexia da, starrte an die Decke und fühlte sich so feucht und schlapp wie ein halbgares Omelett. Plötzlich versteifte sie sich. »*Was* hast du gesagt, hat aufgehört?«

Ihre Frage wurde von einem leisen Schnarchen beantwortet. Anders als Vampire waren Werwölfe tagsüber nicht wie tot. Sie schliefen nur. Sehr, sehr tief.

Nun, nicht *dieser* Werwolf hier. Zumindest nicht, wenn Lady Maccon das nicht wollte. Hart stieß sie ihrem Mann den Daumen in die Rippen.

Vielleicht war es der Stoß, möglicherweise auch die Berührung einer Außernatürlichen, jedenfalls erwachte er mit einem leisen Schnaufen.

»Was hat aufgehört?«

Bei dem herrischen Gesichtsausdruck, mit dem seine Gattin auf ihn herabstarrte, fragte sich Lord Maccon einen Augenblick lang, was er sich eigentlich dabei gedacht hatte, sein Leben an der Seite so einer Frau verbringen zu wollen. Alexia beugte sich über ihn und knabberte an seiner Brust. Ach ja, Abenteuerlust und Leidenschaft.

Das Knabbern endete abrupt. »Nun?«

Und Manipulation.

Seine verschlafenen goldbraunen Augen wurden schmal. »Hört dein Verstand eigentlich niemals auf zu arbeiten?«

Alexia bedachte ihn mit einem schelmischen Blick. »Nun ja, schon.« Sie betrachtete die Sonnenstrahlen, die an der Kante des schweren Samtvorhangs vorbei ins Zimmer fielen. »Du bist offenbar in der Lage, ihn für gut zwei Stunden aussetzen zu lassen.«

»Ist das alles? Was halten Sie davon, Lady Maccon, wenn wir es mit drei versuchen?«

Alexia versetzte ihm einen Klaps, ohne wirklich verärgert zu sein. »Bist du nicht eigentlich zu alt für diese Art von ausdauernden Leibesertüchtigungen?«

»Wie kannst du so etwas sagen, meine Liebe!«, schnaubte der Earl entrüstet. »Ich bin doch erst knapp über zweihundert, praktisch noch ein Welpe!«

Doch ein zweites Mal würde sich Lady Maccon nicht so leicht ablenken lassen. »Also, was hat aufgehört?«

Er seufzte. »Dieses seltsame außernatürliche Massenphänomen hat heute Morgen um etwa drei Uhr früh aufgehört. Jeder Übernatürliche wurde wieder zu dem, was er eigentlich ist, mit Ausnahme der Gespenster. Alle Geister, die in der Gegend des Themseufers ihre Ruhestätte hatten, scheinen dauerhaft exorziert zu sein. Ungefähr eine Stunde, nachdem die Normalität wieder eingekehrt war, brachten wir einen Geist, der sich freiwillig dafür gemeldet hatte, mit seiner Leiche in das Gebiet. Ihm geschah nichts, und er blieb an seine sterblichen Überreste gebunden. Also sollten neue Gespenster in der Gegend ohne Schwierigkeiten entstehen können, doch all die alten sind endgültig fort.«

»Dann war es das also? Krise vorbei?« Lady Maccon war

enttäuscht. Sie durfte nicht vergessen, all das in ihr kleines Recherchebüchlein zu notieren.

»Oh, das glaube ich nicht. Das ist nichts, was sich unter den sprichwörtlichen Teppich kehren lässt. Wir müssen herausfinden, was genau geschehen ist. Jeder weiß von dem Vorfall, sogar das Tageslichtvolk. Obwohl die zugegebenermaßen darüber weitaus weniger besorgt sind als die Übernatürlichen. Alle wollen wissen, was passiert ist.«

»Einschließlich Königin Victoria«, warf Alexia ein.

»Ich verlor mehrere ausgezeichnete Gespensteragenten bei diesem Massenexorzismus. Ebenso wie die Krone. Außerdem hatte ich im Büro Besuch von der *Times,* dem *Nightly Aethograph* und dem *Evening Leader,* ganz zu schweigen von einem sehr wütenden Lord Ambrose.«

»Mein armer Liebling!« Lady Maccon streichelte ihm mitfühlend über den Kopf. Der Earl hasste es, mit der Presse zu tun zu haben, und er konnte es kaum ertragen, sich in einem Raum mit Lord Ambrose aufzuhalten. »Ich nehme an, dass die Sache Countess Nadasdy in helle Aufregung versetzt hat.«

»Vom Rest ihres Hauses ganz zu schweigen. Schließlich befand sich seit Tausenden von Jahren keine Königin mehr in solcher Gefahr.«

Alexia schnaubte leise. »Das hat ihnen allen vermutlich nicht geschadet.« Es war kein Geheimnis, dass sie für die Königin des Westminster-Hauses wenig Sympathie hegte und ihr absolut misstraute. Lady Maccon und Countess Nadasdy begegneten einander dennoch mit ausgesuchter Höflichkeit. Die Countess lud Lord und Lady Maccon *immer* zu ihren seltenen und heiß begehrten Soireen ein, und Lord und Lady Maccon nahmen demonstrativ *immer* daran teil.

»Weißt du, dass Lord Ambrose die Kühnheit besaß, mir zu

drohen? Mir!« Der Earl knurrte regelrecht. »Als ob es meine Schuld wäre!«

»Vermutlich dachte er eher, es wäre meine«, überlegte seine Frau.

Daraufhin wurde Lord Maccon sogar noch wütender. »*Aye*, nun … Er und sein ganzer Stock sind verdammte Arschlöcher, und was sie glauben, interessiert mich einen Scheiß!«

»Conall, bitte, deine Ausdrucksweise! Außerdem waren der Wesir und der Diwan der gleichen Meinung.«

»Haben sie dir gedroht?« Der Earl fuhr kerzengerade in die Höhe und stieß knurrend ein paar saftige Gossenausdrücke aus.

Alexia unterbrach seine Schimpftirade mit den Worten: »Ich kann ihren Standpunkt vollkommen nachvollziehen.«

»Was?«

»Denk doch mal vernünftig darüber nach, Conall. Ich bin die einzige Außernatürliche in dieser Gegend, und soweit man weiß, haben nur Außernatürliche diese Wirkung auf Übernatürliche. Das ist ein völlig logischer Gedanke.«

»Nur dass wir beide wissen, dass du es nicht warst.«

»Ganz genau! Wer war es also? Oder was war es? Was ist wirklich passiert? Ich bin sicher, du hast irgendeine Theorie.«

Daraufhin lachte ihr Ehemann glucksend. Er war mit einer Frau ohne Seele verheiratet, da hätte ihn der ständige Pragmatismus, den sie an den Tag legte, nicht überraschen sollen. Dennoch erstaunt darüber, wie schnell es seiner Frau gelang, seine Laune zu verbessern, indem sie einfach sie selbst war, sagte er: »Du zuerst, Weib.«

Alexia zog ihn zu sich herunter, um neben ihm zu liegen, und bettete ihren Kopf in die Kuhle zwischen seiner Brust und seiner Schulter. »Das Schattenkonzil glaubt, dass es sich um irgendeine Art neu entwickelter technischer Waffe handelt, und hat die Königin über diese Einschätzung informiert.«

»Bist du auch der Meinung?« Seine Stimme war ein Grollen unter ihrem Ohr.

»In diesen modernen Zeiten wäre das eine Möglichkeit, aber das ist bestenfalls eine vorläufige Hypothese. Könnte sein, dass Darwin recht hat und wir ein neues Zeitalter außernatürlicher Evolution erreicht haben. Könnte sein, dass die Templer irgendetwas damit zu tun haben. Könnte sein, dass wir irgendetwas Wichtiges übersehen haben.« Sie richtete ihren scharfen Blick auf ihren stummen Gatten. »Nun, was hat denn BUR herausgefunden?«

Alexia hatte die heimliche Theorie, dass das Teil ihrer Rolle als Muhjah war. Königin Victoria hatte ein unerwartet positives Interesse daran gezeigt, als Alexia Tarabotti Conall Maccon hatte heiraten wollen, noch bevor Alexia den Posten annahm. Lady Maccon fragte sich oft, ob dahinter nicht der Wunsch nach einer besseren Kommunikation zwischen BUR und dem Schattenkonzil gesteckt hatte. Allerdings hatte Königin Victoria wahrscheinlich nicht angenommen, dass sich diese Kommunikation auf so fleischliche Art und Weise vollziehen würde.

»Wie viel weißt du über das alte Ägypten, Liebes?« Conall schob sie sanft von sich und stützte sich auf einen Arm auf, während er träge mit der freien Hand den Schwung ihrer Hüfte entlangstreichelte.

Alexia stopfte sich ein Kissen unter den Kopf und zuckte die Schultern. Die Bibliothek ihres Vaters enthielt eine große Sammlung von Papyrusrollen. Er hatte eine gewisse Vorliebe für Ägypten gehegt, doch Alexia war stets mehr am klassischen Altertum interessiert gewesen. Der Nil und seine Umgebung hatten etwas unselig Wildes an sich, und sie war viel zu praktisch veranlagt, um sich für das Arabische mit seinen bildhaften Schriftzeichen zu begeistern, zumal das Lateinische mit seiner mathematischen Präzision eine attraktive Alternative bot.

Lord Maccon spitzte die Lippen. »Es gehörte einst uns, wusstest du das? Den Werwölfen. Vor sehr langer Zeit, viertausend Jahren oder länger, Mondkalender und all das. Lange bevor das Tageslichtvolk in Griechenland eine Kultur schuf und die Vampire die Grenzen Roms ausdehnten. Du hast gesehen, wie ich meinen menschlichen Körper beibehalten und nur meinen Kopf in Wolfsgestalt verwandeln kann …«

»Diese Sache, die nur echte Alphas können.« Alexia erinnerte sich noch gut an das eine Mal, als sie ihn dabei beobachtet hatte. Es war verstörend und auch irgendwie abstoßend gewesen.

Er nickte. »Bis zum heutigen Tag nennen wir es die Anubis-Gestalt. Die Heuler sagen, dass wir im alten Ägypten eine Zeit lang als Gottheiten verehrt wurden. Und es gibt Legenden über eine Krankheit, eine Massenepidemie, die nur die Übernatürlichen heimsuchte: die Gottesbrecher-Plage, eine Seuche, die die übernatürlichen Fähigkeiten aufhob. Man sagt, sie säuberte den Nil von Werwölfen und Vampiren gleichermaßen. Sie alle fielen als Sterbliche innerhalb einer Generation dem Tod anheim, und so kam es tausend Jahre lang am Nil zu keiner Verwandlung mehr.«

»Und jetzt?«

»Jetzt gibt es in ganz Ägypten nur noch einen einzigen Vampirstock, in der Nähe von Alexandria, so weit nördlich wie möglich, um noch im Delta zu sein. Sie repräsentieren das, was vom Ptolemäus-Haus noch übrig ist. Nur dieser eine Stock, und er besteht nur aus sechs Vampiren. Und ein paar räudige Rudel durchstreifen die Wüste am Oberlauf des Nils, tief im Süden. Aber man sagt, im Tal der Könige herrscht immer noch die Seuche.«

Alexia dachte darüber nach. »Also glaubst du, wir könnten es mit einer Epidemie zu tun haben? Einer Krankheit wie dieser Gottesbrecher-Plage?«

»Das wäre möglich.«

»Aber die Plage von London war plötzlich einfach weg.«

Conall rieb sich mit seiner großen, schwieligen Hand übers Gesicht. »Werwolflegenden werden mündlich überliefert, von Heuler zu Heuler. Wir schreiben sie nicht nieder. Deshalb verändern sich die Legenden mit der Zeit. Es ist möglich, dass diese Plage in der Vergangenheit nicht so schlimm war, wie wir sie in Erinnerung haben, oder dass man damals einfach nicht wusste, dass man das Gebiet verlassen konnte. Oder es besteht die Möglichkeit, dass wir es jetzt mit einer völlig neuen Form dieser Krankheit zu tun haben.«

Alexia zuckte mit den Schultern. »Das ist zumindest eine genauso gute Theorie wie unsere Waffenhypothese. Ich vermute, es gibt nur eine einzige Möglichkeit, das herauszufinden.«

»Dann hat dich die Königin also auf den Fall angesetzt?« Dem Earl gefiel die Vorstellung nie, dass Alexia Außeneinsätze unternahm. Als er sie damals für den Posten der Muhjah vorgeschlagen hatte, war er der Meinung gewesen, es handle sich um eine sichere politische Stellung, voller Papierkram und Debatten am Schreibtisch. Es war so lange her, dass England einen Muhjah gehabt hatte, dass sich nur noch wenige daran erinnerten, was der außernatürliche Ratgeber der Königin eigentlich genau machte. In der Tat war es ihre Aufgabe, für das legislative Gleichgewicht zwischen den Vampirintrigen des Wesirs und der militärischen Besessenheit des Diwans zu sorgen. Doch ihr kam auch die Rolle eines mobilen Informationssammlers zu, da Außernatürliche weder durch Orts- noch Rudelgebundenheit eingeschränkt waren. Lord Maccon war rasend vor Wut gewesen, als er dies erfuhr. Werwölfe verachteten Spionage weitgehend als etwas Unehrenhaftes, als Metier der Vampire. Er hatte Alexia sogar vorgeworfen, eine Art Drohne von Königin Victoria zu sein. Alexia hatte es ihm heimgezahlt, indem sie eine ganze Woche lang ihr voluminösestes Nachthemd trug.

»Fällt dir jemand ein, der besser dafür geeignet wäre?«

»Aber das könnte ziemlich gefährlich werden, wenn es sich um eine Waffe handelt, wenn also wirklich Absicht hinter dieser Sache steckt.«

Lady Maccon stieß ein abfälliges Schnauben aus. »Für jeden anderen außer für *mich*. Ich bin die Einzige, die davon nicht beeinflusst wird, soweit ich das beurteilen kann. Ich bleibe im Wesentlichen unverändert. Nun ja, ich und noch eine Art von Wesen. Denn mir fällt gerade ein, dass der Wesir heute Abend etwas sehr Interessantes gesagt hat.«

»Ach, wirklich? Was für ein erstaunliches Vorkommnis.«

»Er sagte, laut den Edikten existiert ein Geschöpf, das noch schlimmer sei als ein Seelensauger. Oder vielleicht existierte es *früher* einmal. Du weißt nicht zufällig etwas darüber, mein werter Gemahl, oder etwa doch?« Sie betrachtete Conalls Miene sehr aufmerksam.

In seinen goldbraunen Augen flackerte aufrichtige Überraschung auf. Darauf zumindest schien er keine vorbereitete Antwort zu haben.

»Von so etwas habe ich noch nie gehört. Andererseits sind wir auch recht unterschiedlich in unserer Wahrnehmung, die Vampire und wir Werwölfe. Wir betrachten dich als einen Fluchbrecher, nicht als Seelensauger, und halten dich deshalb nicht für schlimm. Also gibt es für Werwölfe viele schlimmere Dinge als dich. Für die Vampire? Da gibt es uralte Sagen, die von einem Schrecken berichten, der sowohl dem Tag als auch der Nacht angehört. Die Werwölfe nennen ihn den *Hautstehler*. Aber das ist nur ein Mythos.«

Alexia nickte.

Eine Hand strich wieder sanft ihre geschwungene Hüfte entlang.

»Sind wir jetzt fertig mit Reden?«, fragte der Earl in leidendem Tonfall.

Alexia ergab sich seinen fordernden Berührungen, aber natürlich nur, weil er sich so mitleiderregend anhörte. Es hatte überhaupt nichts damit zu tun, dass ihr eigenes Herz schneller schlug.

Sie vergaß völlig, Conall davon zu erzählen, dass der Alpha seines ehemaligen Rudels den Tod gefunden hatte.

Alexia erwachte ein wenig später als sonst, nur um festzustellen, dass ihr Ehemann bereits fort war. Sie erwartete, ihn am Abendbrottisch anzutreffen, deshalb war sie nicht übermäßig beunruhigt darüber. Da sie im Geiste bereits mit ihren Nachforschungen beschäftigt war, vergaß sie, gegen das Ensemble zu protestieren, das ihre Zofe für sie ausgewählt hatte, sondern sagte nur »Das dürfte ganz gut passen, meine Liebe« auf das von Angelique vorgeschlagene Promenadenkleid aus blassblauer Seide und weißer Spitze.

Die Zofe war verblüfft über Alexias duldsames Einverständnis, allerdings reichte dieses Erstaunen nicht aus, um sie in ihrer Tüchtigkeit zu beeinträchtigen. In nicht einmal einer knappen halben Stunde hatte sie ihre Herrin adrett angekleidet, wenn auch eine Spur zu sehr *de mode* für Alexias üblichen Geschmack.

Alle anderen saßen bereits am Tisch. In diesem besonderen Fall beinhaltete »alle anderen« das Rudel, sowohl die ständig anwesenden als auch die zurückgekehrten Mitglieder, die Hälfte der Claviger und den unerträglichen Major Channing – ungefähr dreißig an der Zahl. »Alle anderen« schien allerdings den Herrn des Hauses nicht mit einzuschließen. Lord Maccons Abwesenheit war deutlich spürbar, selbst in einer so großen Menge.

Also ließ sich Lady Maccon neben Professor Lyall auf ihren Stuhl plumpsen. Sie schenkte ihm ein kleines Lächeln als halbherzige Begrüßung. Der Beta hatte sein Mahl noch nicht angerührt, da er es vorzog, mit einer heißen Tasse Tee und der Abendzeitung zu beginnen.

Erschrocken von ihrem plötzlichen Erscheinen rappelte sich der Rest des Tisches auf. Mit einer Handbewegung bedeutete Alexia ihnen, wieder Platz zu nehmen, und sie setzten sich mit reichlichem Geklapper. Professor Lyall war mit der vollendeten Anmut eines Tänzers aufgestanden, hatte sich leicht verbeugt und wieder Platz genommen. Und all das, ohne seine Zeile in der Zeitung aus den Augen zu verlieren.

Lady Maccon nahm sich schnell etwas Kalbfleisch und ein paar in Teig frittierte Apfelringe und fing an zu essen, damit die anderen am Tisch damit aufhörten, solch ein Aufhebens zu veranstalten, und mit ihrem eigenen Mahl fortfuhren. Also wirklich, manchmal war es einfach anstrengend, als Dame mit zwei Dutzend Gentlemen zusammenzuleben. Ganz zu schweigen von den Hunderten, die nun auf dem Gelände von Woolsey Castle kampierten.

Nach nur einem kurzen Augenblick, damit sich der Beta ihres Mannes an ihre Anwesenheit gewöhnen konnte, schlug Lady Maccon zu. »Also gut, Professor Lyall, ich gebe auf: In welcher Angelegenheit ist er nun schon wieder verschwunden?«

Der weltgewandte Werwolf entgegnete nur: »Rosenkohl?«

Entsetzt lehnte Lady Maccon ab. Ihr schmeckten fast alle

Gerichte, aber ein Rosenkohl war für sie nichts weiter als ein unterentwickelter kleiner Kohlkopf.

»*Shersky & Droop* bieten ein höchst interessantes neues Gerät zum Verkauf an«, sagte Professor Lyall und raschelte mit seiner Zeitung. »Es ist eine besonders fortschrittliche Art von Teekessel, für die Luftfahrt entworfen, die an der Bordwand von Luftschiffen befestigt werden kann. Es nutzt die Windkraft über diese kleine kreiselförmige Vorrichtung, wodurch genug Energie erzeugt wird, um das Wasser zu kochen.« Er deutete auf die Werbeanzeige. Gegen ihren Willen ließ Alexia sich davon ablenken.

»Wirklich? Wie faszinierend. Und so überaus nützlich für diejenigen, die häufig mit Luftschiffen reisen. Ich frage mich, ob …« Sie verstummte und bedachte ihn mit argwöhnischem Blick. »Professor Lyall, Sie versuchen, mich vom Thema abzulenken. Wohin ist mein Ehemann verschwunden?«

Der Beta legte die nun nutzlose Zeitung weg und nahm sich ein schönes Stück gebratener Seezunge von einem silbernen Tablett. »Lord Maccon brach bei Anbruch der Abenddämmerung auf.«

»Das war es nicht, wonach ich gefragt habe.«

Auf dem Platz neben Lyall kicherte Major Channing leise in seine Suppe.

Wütend funkelte Alexia ihn an und richtete dann einen scharfen Blick auf den wehrlosen Tunstell, der auf der anderen Seite der Tafel bei den Clavigern saß. Wenn Lyall schon nicht reden wollte, dann vielleicht Tunstell. Der Rotschopf begegnete ihrem wütenden Blick mit weit aufgerissenen Augen und stopfte sich geschwind einen gewaltigen Bissen Kalbfleisch in den Mund, wobei er sich alle Mühe gab, so auszusehen, als wisse er von absolut gar nichts.

»Würden Sie mir wenigstens sagen, ob er anständig angezogen war?«

Tunstell kaute bedächtig. Sehr bedächtig.

Lady Maccon wandte sich wieder Professor Lyall zu, der gelassen seine Seezunge klein schnitt. Lyall war einer der wenigen Werwölfe, denen sie bisher begegnet war, die Fisch statt Fleisch bevorzugten.

»Ist er auf dem Weg ins Claret's?«, fragte sie in der Annahme, der Earl könne vor der Arbeit möglicherweise etwas in seinem Club zu erledigen haben.

Professor Lyall schüttelte den Kopf.

»Ich verstehe. Dann spielen wir also ein kleines Ratespiel?«

Der Beta stieß einen leisen Seufzer aus und legte Messer und Gabel mit großer Sorgfalt am Rand seines Tellers ab, dann betupfte er sich unnötigerweise mit dem Zipfel seiner Serviette die Mundwinkel.

Lady Maccon wartete geduldig und stocherte inzwischen in ihrem eigenen Abendessen herum. Nachdem Professor Lyall sich die Damastserviette wieder auf den Schoß gelegt und die Brille auf seiner Nase hochgeschoben hatte, fragte sie: »Nun?«

»Er erhielt heute Morgen eine Nachricht. Mit den Einzelheiten bin ich nicht vertraut. Er fluchte wie ein Droschkenkutscher und machte sich auf nach Norden.«

»Wohin genau nach Norden?«

Professor Lyall seufzte. »Ich glaube, er ist auf dem Weg nach Schottland.«

»Er ist *was*?«

»Und er hat Tunstell nicht mitgenommen.« Mit deutlicher Verärgerung stellte Professor Lyall das Offensichtliche fest und deutete auf den Rotschopf, der daraufhin noch schuldbewusster aussah und noch erpichter darauf war weiterzukauen, anstatt sich an der Unterhaltung zu beteiligen.

Lady Maccon begann sich Sorgen zu machen. »Ist er in Gefahr? Hätten Sie dann nicht mit ihm gehen sollen?«

Lyall schnaubte verächtlich. »Ja. Stellen Sie sich nur seine Halsbinde vor, wenn ein Kammerdiener sie ihm nicht ordentlich bindet.« Der Beta, stets nach dem Höchstmaß unaufdringlicher Eleganz gekleidet, zuckte bei dieser entsetzlichen Vorstellung regelrecht zusammen.

Insgeheim stimmte Alexia ihm zu.

»Konnte mich nicht mitnehmen«, murmelte Tunstell. »Musste in Wolfsgestalt reisen. Es fahren keine Züge, weil die Lokomotivführer streiken. Nicht, dass es mir etwas ausgemacht hätte mitzugehen; die Laufzeit meines Theaterstücks ist beendet, und ich war noch nie in Schottland.« In seinem Tonfall schwang ein Hauch von Gereiztheit.

Hemming, einer der dauerhaft auf Woolsey residierenden Rudelmitglieder, schlug Tunstell hart auf die Schulter. »Respekt!«, tadelte er knurrend, ohne von seinem Teller hochzublicken.

»Wohin in Schottland genau hat sich mein Mann aufgemacht?«, drängte Lady Maccon auf Einzelheiten.

»Die südlichen Highlands, so wie ich es verstanden habe«, antwortete der Beta.

Alexia fand zu ihrer Gelassenheit zurück. Das bisschen, das sie besaß. Was zugegebenermaßen im Allgemeinen nicht allzu viel war. Die südlichen Highlands waren die Gegend, wo Conall früher gelebt hatte. Endlich glaubte sie zu verstehen. »Ich nehme an, er hat herausgefunden, dass der Alpha seines ehemaligen Rudels getötet wurde.«

Nun war es an Major Channing, überrascht zu sein. Der

blonde Mann spuckte beinahe seine frittierten Apfelringe aus. »Woher wissen *Sie* denn davon?«

Alexia blickte von ihrer Tasse Tee hoch. »Ich weiß so manches.«

Daraufhin verzog Major Channings seinen hübschen Mund.

»Seine Lordschaft sagte etwas davon, sich um einen unangenehmen Notfall in der Familie kümmern zu müssen«, erklärte Professor Lyall.

»Bin ich denn nicht auch Teil der Familie?«, fragte Lady Maccon verwundert.

Worauf Lyall leise vor sich hin flüsterte: »Und oftmals unangenehm.«

»Vorsichtig, Professor. Nur eine einzige Person darf mir ungestraft Beleidigungen ins Gesicht sagen, und Sie sind ganz sicher nicht groß genug, um dieser Jemand zu sein.«

Lyall errötete tatsächlich. »Ich bitte um Vergebung, *Herrin*. Ich vergaß mich.« Er betonte ihren Titel und zog seine Halsbinde nach unten, um seinen Hals leicht zu entblößen.

»*Wir alle* sind seine Familie! Und er hat uns einfach zurückgelassen.« Major Channing schien über die Abreise von Alexias Gatten sogar noch verärgerter zu sein als sie selbst. »Was für ein Pech, dass er nicht vorher mit mir gesprochen hat. Ich hätte ihm einen Grund zum Bleiben geben können.«

Alexia richtete ihre braunen Augen auf den Woolsey-Gamma. »Ach ja?«

Doch Major Channing zerbrach sich bereits über etwas anderes den Kopf. »Natürlich hätte er es wissen können oder zumindest vermuten. Was *haben* die wohl in all diesen Monaten angestellt ohne einen Alpha, der sie anführt?«

»Ich weiß es nicht«, drängte Alexia, obwohl seine Worte eindeutig nicht an sie gerichtet waren. »Warum sagen Sie nicht *mir*, was Sie ihm sagen wollten?«

Erschrocken zuckte Major Channing zusammen und schaffte es, gleichzeitig schuldbewusst und erbost auszusehen. Die gesamte Aufmerksamkeit aller war auf ihn gerichtet.

»Ja«, erklang Lyalls sanfte Stimme. »Warum tun Sie das nicht?« In seiner wohleinstudierten Gleichgültigkeit lag ein stählerner Tonfall.

»Ach, da ist nicht viel zu erzählen. Nur, dass während der ganzen Zeit, als wir auf dem Schiff waren, und während der Reise übers Mittelmeer und durch die Meerenge keiner von uns Wolfsgestalt annehmen konnte. Sechs Regimenter mit vier Rudeln, und allen von uns wuchsen Bärte; wir waren die ganze Zeit über sterblich. Doch sobald wir das Schiff verlassen und uns ein Stück Richtung Woolsey begeben hatten, gewannen wir auf einmal unser altes übernatürliches Selbst zurück.«

»Das ist sehr interessant angesichts der jüngsten Vorfälle hier in London. Und Sie haben es nicht geschafft, meinem Mann davon zu berichten?«

»Er hatte keine Zeit für mich.« Channing wirkte noch aufgebrachter als sie selbst.

»Und Sie haben das als Kränkung empfunden und ihn nicht gezwungen, Ihnen zuzuhören. Das war nicht nur dumm, sondern könnte sich noch als sehr folgenschwer erweisen.« Alexia war wütend. »Ist da etwa jemand ein wenig eifersüchtig?«

Heftig schlug Major Channing mit der flachen Hand auf den Tisch, dass das Geschirr schepperte. »Wir sind gerade erst nach sechs Jahren in der Fremde zurückgekehrt, und unser erlauchter Alpha verschwindet einfach und lässt sein Rudel im Stich, um sich um die Angelegenheiten eines *anderen* Rudels zu kümmern!« Vor Selbstgerechtigkeit spuckte der Major die Worte regelrecht aus.

»Yep«, meinte Hemming, »eindeutig eifersüchtig.«

Drohend zeigte Major Channing mit dem Finger auf ihn. Er hatte große, elegante Hände, doch sie waren schwielig und rau, und Alexia fragte sich unwillkürlich, welches tiefste Hinterland er wohl in den Jahren urbar gemacht hatte, bevor er zum Werwolf geworden war. »Sei vorsichtig mit deinen Worten, Welpe! Ich stehe im Rang über dir.«

Hemming neigte den Kopf zur Seite und entblößte die Kehle als Zeichen, dass er die Drohung als gerechtfertigt ansah. Danach behielt er seine Meinung für sich.

Tunstell und der Rest der Claviger folgten der Unterhaltung interessiert und mit großen Augen. Es war eine völlig neue Erfahrung für sie, dass das gesamte Rudel daheim war. Die *Coldsteam Guards* waren lange genug in Indien stationiert gewesen, dass die meisten der Woolsey-Claviger das ganze Rudel nie kennengelernt hatten.

Lady Maccon entschied, dass sie für einen Abend genug von Major Channing hatte. Diese neue Information machte es sogar noch dringender, sich auf den Weg in die Stadt zu begeben, deshalb erhob sie sich von ihrem Stuhl und rief nach der Kutsche.

»Noch einmal zurück nach London heute Abend, Mylady?«, fragte Floote verwundert, als er im Foyer mit ihrem Hut und Mantel erschien.

»Ja, leider.« Seine Herrin wirkte beunruhigt.

»Werden Sie Ihre Aktentasche benötigen?«

»Heute Abend nicht, Floote. Ich fahre nicht in meiner Funktion als Muhjah. Es ist besser, wenn ich so unauffällig wie möglich erscheine.«

Flootes Schweigen sprach Bände, wie es so oft der Fall war. Was seine geliebte Herrin an Verstand zu bieten hatte, fehlte ihr an Feingefühl. Sie war in etwa so unauffällig wie einer von Ivy Hisselpennys Hüte.

Alexia verdrehte die Augen. »Ja, schon gut, ich verstehe, was Sie meinen. Aber da gibt es etwas, das mir in Bezug auf den Vorfall von letzter Nacht entgangen ist. Und wir wissen nun, dass das, was immer es auch war, mit den Regimentern in die Stadt kam. Ich muss Lord Akeldama treffen. Seine Jungs werden bestimmt etwas herausgefunden haben, das BUR nicht in Erfahrung bringen konnte.«

Floote sah leicht besorgt aus. Eines seiner Augenlider zuckte beinahe unmerklich, und es wäre Alexia nie aufgefallen, hätte sie ihn nicht schon seit sechsundzwanzig Jahren gekannt. Er hieß ihre Verbrüderung mit dem absonderlichsten aller Vampirschwärmer Londons nicht gut.

»Kein Grund zur Beunruhigung, Floote. Ich werde außerordentliche Sorgfalt walten lassen. Schade nur, dass ich keinen wirklichen Vorwand habe, heute Abend in die Stadt zu fahren. Die Leute werden bemerken, dass ich mit meinen üblichen Gepflogenheiten breche.«

Eine schüchterne Frauenstimme meldete sich zu Wort: »Mylady, dabei könnte ich möglicherweise behilflich sein.«

Mit einem Lächeln sah Alexia auf. Frauenstimmen waren selten auf Woolsey Castle, doch diese gehörte zu den wenigen, die man häufig hörte. Was Gespenster betraf, war die Ehemalige Merriway recht zugänglich, und Alexia hatte sie im Laufe der letzten paar Monate ins Herz geschlossen. Auch wenn sie schüchtern war.

»Guten Abend, Ehemalige Merriway. Wie geht es Ihnen heute?«

»Ich halte mich immer noch zusammen, Herrin«, antwortete das Gespenst. In der Helligkeit des von Gaslampen erleuchteten

85

Foyers schien die Ehemalige Merriway nichts weiter als schimmernder grauer Nebel zu sein; das Foyer befand sich am äußersten Rand ihres Spukreviers, deshalb fiel es ihr schwer, sich zu verdichten. Das wiederum bedeutete, dass sich ihre sterblichen Überreste irgendwo im oberen Teil von Woolsey Castle befinden mussten, vermutlich irgendwo eingemauert. Alexia zog es vor, nicht darüber nachzudenken, und sie hoffte, sie nicht irgendwann einmal zu riechen.

»Ich habe Ihnen eine persönliche Botschaft zu überbringen, Mylady.«

»Von meinem unmöglichen Ehemann?« Das zu erraten war keine große Kunst, da Lord Maccon der Einzige war, der lieber einen Geist beauftragte, statt eine herkömmliche Art der Kommunikation zu nutzen, wie etwa ausnahmsweise einmal zu seiner eigenen Frau zu gehen und mit ihr zu reden, bevor er das Haus verließ.

Die geisterhafte Gestalt schwankte ein wenig auf und ab, Merriways Version eines Nickens. »Von seiner Lordschaft, ja.«

»Also?«, bellte Alexia.

Zitternd huschte die Ehemalige Merriway ein wenig zurück. Trotz Alexias wortreicher Versprechen, nicht suchend durchs Schloss zu wandern, um Hand an Merriways Leichnam zu legen, konnte das Gespenst ihre Angst vor der Außernatürlichen nicht überwinden. Wenn sich Alexia ihr gegenüber missgestimmt verhielt, sah sie sich jedes Mal unmittelbar vor dem Exorzismus, was in Anbetracht von Alexias Charakter einen Dauerzustand der Nervosität für sie zur Folge hatte.

Alexia seufzte und milderte ihren Tonfall. »Bitte, was war seine Botschaft an mich, Ehemalige Merriway?« Sie sah in den Wandspiegel, um ihren Hut festzustecken, wobei sie sorgsam darauf achtete, Angeliques Frisur nicht zu zerstören. Das Hütchen saß auf völlig nutzlose Weise weit hinten auf ihrem Kopf, doch da keine Sonne schien, nahm Alexia an, dass sie auf den mangelnden Schatten problemlos verzichten konnte.

»Sie sollen einen Hut kaufen gehen«, sagte die Ehemalige Merriway ziemlich unerwartet.

Alexia runzelte die Stirn und streifte ihre Handschuhe über. »Ach, soll ich das, ja?«

Die Ehemalige Merriway wippte ein weiteres Mal nickend auf und ab. »Er empfiehlt ein neu eröffnetes Etablissement in der Regent Street namens Chapeau de Poupe. Er betonte, dass Sie es unverzüglich aufsuchen sollten.«

Lord Maccon hatte ja schon kaum Interesse an seiner eigenen äußeren Erscheinung. Lady Maccon konnte schwerlich glauben, dass er sich mit einem Mal für die ihre interessierte.

»Ach, na ja«, sagte sie. »Mir fiel nur gerade auf, dass mir dieser Hut hier nicht besonders gefällt. Nicht, dass ich wirklich einen neuen bräuchte.«

»Nun, ich kenne jemanden, der sehr wohl einen bräuchte«, kam es hinter ihrer Schulter mit unerwarteter Inbrunst von Floote.

»Oh, es tut mir *schrecklich* leid, dass Sie gestern diese Weintrauben zu Gesicht bekamen«, entschuldigte sich Alexia. Der arme Floote hatte ein sehr empfindsames Gemüt.

»Uns allen ist Leid beschieden«, zitierte Floote weise. Dann reichte er ihr einen Sonnenschirm aus blauer und weißer Spitze, geleitete sie die Treppe hinunter und half ihr in die wartende Kutsche.

»Zum Stadthaus der Hisselpennys«, wies er den Kutscher an. »Unverzüglich.«

»Ach, Floote.« Lady Maccon streckte den Kopf aus dem Fenster, als die Kutsche bereits die Auffahrt hinunterratterte. »Wären

Sie so freundlich, die morgige Dinnerparty abzusagen. Da sich mein Mann entschieden hat, durch Abwesenheit zu glänzen, hat es schlicht und ergreifend keinen Sinn.«

Floote nickte der sich entfernenden Kutsche bestätigend hinterher und ging, um sich um die Einzelheiten zu kümmern.


Alexia empfand es als durchaus gerechtfertigt, unangemeldet auf Ivys Türschwelle zu stehen, da Ivy am Abend zuvor exakt das Gleiche getan hatte.

Alexias Freundin saß lustlos im vorderen Salon des bescheidenen Stadthauses der Hisselpennys, um Besucher zu empfangen. Sie freute sich sehr, Alexia zu sehen, obwohl deren Aufwartung völlig unerwartet kam. Der gesamte Haushalt der Hisselpennys war für gewöhnlich erfreut, wenn sich Lady Maccon die Ehre gab. Niemand von ihnen hätte es je für möglich gehalten, dass Ivys merkwürdige Freundschaft mit dem altjüngferlichen Blaustrumpf Alexia Tarabotti zu solch einem gesellschaftlichen *Coup de grâce* erblühen würde.

Lady Maccon rauschte in den Raum, wo Mrs. Hisselpenny mit klappernden Stricknadeln stumme Wache über das endlose Geplapper ihrer Tochter hielt.

»Oh, Alexia! Wunderbar!«

»Guten Abend, Ivy. Wie geht es dir?«

Es war ziemlich unklug, Miss Hisselpenny eine Frage wie diese zu stellen, da sie dazu neigte, sie stets sehr ausführlich zu beantworten, mit allen quälenden Einzelheiten.

»Hältst du das für möglich? Die Bekanntgabe meiner Verlobung mit Captain Featherstonehaugh stand heute Morgen in der *Times,* und den ganzen Tag über hat mich praktisch *niemand* besucht, gerade mal vierundzwanzig Leute, und als sich Bernice letzten Monat verlobte, da hatte sie siebenundzwanzig Besucher!

Schäbig nenne ich das, absolut schäbig. Obwohl ich vermute, mit dir, liebste Alexia, macht es fünfundzwanzig.«

»Ivy«, sagte Alexia ohne lange zu fackeln. »Warum noch hier herumsitzen und weitere Beleidigungen über sich ergehen lassen? Du brauchst ganz eindeutig etwas Ablenkung. Und ich glaube zudem, dass du ganz dringend einen neuen Hut brauchst. Wir beide sollten einen kaufen gehen.«

»Gleich jetzt sofort?«

»Ja, unverzüglich. Wie ich hörte, hat gerade erst ein neuer Laden in der Regent Street eröffnet. Sollen wir ihn mit unserer Gunst beehren?«

»Oh.« Ivys Wangen röteten sich vor Freude. »Der Chapeau de Poupe? Das Angebot dort soll wirklich sehr gewagt sein. Manche Dame meines Bekanntenkreises hat den Laden sogar als *frivol* bezeichnet.« Bei diesem Wort entschlüpfte Ivys ewig stummer Mama ein leises Aufkeuchen, doch da die gute Dame ihrem scharfen Einatmen keine begleitende Bemerkung beisteuerte, fuhr Ivy fort. »Weißt du, nur die unverfrorensten Damen frequentieren dieses Etablissement. Die Schauspielerin Mabel Dair soll dort regelmäßig vorbeischauen. Und von der Inhaberin sagt man, dass sie selbst ziemlich skandalös sei.«

Der empörte Tonfall ihrer Freundin verriet Alexia, dass Ivy regelrecht darauf brannte, dem Chapeau de Poupe einen Besuch abzustatten.

»Nun, das klingt ja gerade so, als wäre es genau der richtige Ort, um etwas für die Wintersaison zu suchen, das ein wenig ungewöhnlicher ist. Und als frisch verlobte Dame – das ist dir doch hoffentlich klar – musst du einfach einen neuen Hut haben.«

»Muss ich das?«

»Vertrau mir, meine liebste Ivy – das *musst* du unbedingt!«

»Nun, Ivy, Liebes«, meinte Mrs. Hisselpenny mit sanfter Stimme, während sie aufblickte und ihr Strickzeug zur Seite legte. »Du solltest gehen und dich umziehen. Es schickt sich nicht, Lady Maccon mit so einem großzügigen Angebot warten zu lassen.«

Derart ausdrücklich zu etwas gedrängt, was sie ohnehin lieber als alles andere auf der Welt tun wollte, trabte Ivy unter nur schwachem, vorgetäuschtem Protest die Treppe empor.

»Sie werden doch versuchen, ihr zu helfen, nicht wahr, Lady Maccon?« Mrs. Hisselpennys Blick über den erneut klappernden Stricknadeln wirkte ziemlich verzweifelt.

Alexia glaubte, die Frage richtig verstanden zu haben. »Machen Sie sich Sorgen wegen dieser plötzlichen Verlobung?«

»O nein, Captain Featherstonehaugh ist eine ziemlich angemessene Partie. Nein, ich bezog mich auf Ivys Vorlieben hinsichtlich ihres Kopfputzes.«

Alexia verkniff sich ein Lächeln und bemühte sich um einen völlig ernsten Gesichtsausdruck. »Natürlich. Ich werde mein Bestes geben, für Königin und Vaterland.«

Der Diener der Hisselpennys erschien mit einem Tablett, und Lady Maccon nippte wenig später und mit tiefer Erleichterung an einer Tasse frisch aufgebrühten Tees. Alles in allem war es schließlich bisher ein anstrengender Abend gewesen. Und wenn er in naher Zukunft auch noch Ivy und Hüte beinhaltete, würde er sehr wahrscheinlich noch anstrengender werden. Tee war an diesem Punkt eine medizinische Notwendigkeit. Zum Glück hatte Mrs. Hisselpenny daran gedacht, welchen anzubieten.

Eine Viertelstunde lang suchte Lady Maccon Zuflucht bei qualvoll-angenehmem Geplauder übers Wetter. Ivy kehrte keine Sekunde zu früh zurück. Sie trug ein Promenadenkleid aus orangefarbenem Taft, das von unzähligen Rüschen regelrecht

90

erdrückt wurde, eine Überjacke aus champagnerfarbenem Brokat und einen besonders bemerkenswerten Blumentopfhut, der, wie nicht anders zu erwarten, mit einer Horde Seidenchrysanthemen dekoriert war, zwischen denen hier und dort eine kleine Biene aus Federn an einem langen Stück Draht hervorragte.

Alexia vermied es, den Hut länger zu betrachten, dankte Mrs. Hisselpenny für den Tee und scheuchte Ivy in die Woolsey-Kutsche. Um sie herum erwachte das Londoner Nachtleben, Gaslaternen wurden entzündet, elegant gekleidete Paare winkten Mietkutschen herbei, hier und dort lärmten torkelnde Gruppen junger Männer.

Alexia schickte ihren Kutscher zur Regent Street, und kurz darauf erreichten sie das Chapeau de Poupe.


Alexia war völlig ratlos, aus welchem Grund ihr Mann wollte, dass sie das Chapeau de Poupe aufsuchte.

»Bist du dir sicher, dass du mit mir Hüte kaufen willst, Alexia?«, fragte Ivy, als sie durch die schmiedeeiserne Tür in den Laden traten. »Dein diesbezüglicher Geschmack unterscheidet sich von meinem ganz und gar.«

»Das will ich doch inständig hoffen«, entgegnete Lady Maccon aus tiefstem Herzen, während sie die blumenübersäte Monstrosität auf den glänzend schwarzen Locken ihrer Freundin betrachtete.

Der Laden erwies sich als genau so, wie Ivy berichtet hatte. Er hatte ein außergewöhnlich modernes Erscheinungsbild, helle, duftige Musselinvorhänge, graugrün und pfirsichfarben gestreifte Wände und Bronzemöbel mit klaren Linien und passenden Bezügen.

»Huii!«, machte Ivy und sah sich mit großen Augen um. »Ist das hier nicht einfach *zu* französisch?«

Ein paar Hüte waren auf Tischchen drapiert oder hingen an Wandhaken, doch die meisten baumelten an dünnen goldenen Kordeln von der Decke. Sie hingen auf unterschiedlicher Höhe, sodass man durch sie hindurchstreifen musste, wenn man sich im Laden umherbewegte, und sie schwangen leicht hin und her, wie eine fremdartige Vegetation – Kappen aus besticktem Batist mit Mechelener Spitze, italienische Schäferinnenhüte aus Stroh, Kapotthütchen aus Faille, Toques aus Samt, die sogar Ivys Blumentopf in den Schatten stellten, und haarsträubende Pifferaro-Hüte.

Sofort zog die hässlichste Kreation Ivy in den Bann: eine kanariengelbe Filztoque, verziert mit schwarzen Johannisbeeren, schwarzen Samtschleifen und einem Paar grüner Federn, die an einer Seite wie Insektenfühler abstanden.

»O nein, nicht den!«, riefen Alexia und eine weitere Stimme gleichzeitig, als Ivy die Hand ausstreckte, um den Hut von der Wand zu nehmen.

Ivy ließ die Hand sinken, und als sie und Lady Maccon sich umdrehten, sahen sie eine äußerst bemerkenswert aussehende Frau aus einem durch einen Vorhang abgetrennten Hinterzimmer treten.

Neidlos dachte Alexia bei sich, dass sie höchstwahrscheinlich die schönste Frau war, die sie je gesehen hatte. Sie hatte einen bezaubernden kleinen Mund, große grüne Augen, hohe Wangenknochen und Grübchen, wenn sie lächelte, was sie im Augenblick tat. Normalerweise hatte Alexia etwas gegen Grübchen, doch zu dieser Frau passten sie. Vielleicht weil sie einen Kontrast zu ihrer schmalen, hageren Figur und dem braunen Haar darstellten, das sie unmodisch kurz geschnitten trug, so als wäre sie ein Mann.

Ivy schnappte nach Luft, als sie sie sah.

Und das nicht wegen der Haare. Oder zumindest nicht *nur*. Sondern weil die Frau auch noch vom Kopf bis zu den in glänzenden Stiefeln steckenden Füßen makellos und stilvoll gekleidet war – für einen *Mann*. Jackett, Hosen und Weste waren allesamt nach der neuesten Mode. Ein Zylinder thronte auf dem skandalös kurzen Haar, und ihre burgunderfarbene Halsbinde war zu einem seidenen Wasserfall geknotet. Und dennoch machte es nicht den Anschein, als wolle sie ihre Weiblichkeit verstecken. Ihre Stimme war tief und melodisch, aber eindeutig die einer Frau.

Alexia nahm ein Paar rotbraune Ziegenlederhandschuhe aus einem Präsentierkörbchen. Sie fühlten sich butterweich an, und Alexia betrachtete sie eingehend, um die Frau nicht anzustarren.

»Ich bin Madame Lefoux. Willkommen im Chapeau de Poupe! Wie kann ich den feinen Damen behilflich sein?« Sie hatte den Hauch eines französischen Akzents, aber wirklich nur den allerwinzigsten Hauch, ganz im Gegensatz zu Angelique, der es einfach nicht gelingen wollte, ein »H« auszusprechen.

Ivy und Alexia machten einen Knicks und neigten zugleich leicht den Kopf, wie man es neuerdings tat, um zu zeigen, dass man am Hals keine Bissmale hatte; man wollte nicht für eine Drohne gehalten werden, ohne dabei die Vorzüge vampirischer Protektion zu genießen. Madame Lefoux tat es ihnen gleich, obwohl unmöglich zu erkennen war, ob sich an ihrem Hals unter dieser kunstfertig gebundenen Halsbinde Bissspuren befanden. Alexia bemerkte mit Interesse die zwei Krawattennadeln, eine aus Silber und eine aus Holz. Madame Lefoux mochte ihren Laden zwar zu nächtlicher Stunde geöffnet haben, doch sie war vorsichtig.

»Meine Freundin Miss Hisselpenny hat sich kürzlich verlobt und braucht nun dringend einen neuen Hut«, sagte Alexia. Sich selbst stellte sie nicht vor, zumindest noch nicht. Lady Maccon war ein Name, den man am besten in Reserve behielt.

Madame Lefoux musterte Ivys üppige Blumen und wippernde Federbienen. »Ja, das ist recht offensichtlich. Bitte kommen Sie, Miss Hisselpenny. Ich glaube, ich habe hier drüben etwas, das perfekt zu diesem Kleid passt.«

Pflichtbewusst trottete Ivy der eigenartig gekleideten Frau hinterher. Sie warf Alexia einen Blick über die Schulter zu, der so deutlich besagte, als hätte sie die Courage, es auszusprechen: *Was, zum Kuckuck, trägt sie da eigentlich?*

Alexia wanderte hinüber zu der abscheulichen gelben Toque, vor der Madame Lefoux und sie Ivy so hastig abgeraten hatten. Sie passte absolut nicht zum allgemein niveauvollen Tenor der anderen Hüte, so als wäre sie gar nicht für den Verkauf bestimmt.

Da die außergewöhnliche Ladenbesitzerin völlig durch Ivy abgelenkt schien (nun, wer wäre das nicht?), benutzte Alexia den Griff ihres Sonnenschirms, um die Toque leicht anzuheben und einen verstohlenen Blick darunter zu werfen. Und genau in diesem Augenblick erschloss sich ihr, warum ihr Mann sie ins Chapeau de Poupe geschickt hatte.

Unter der grässlichen Kopfbedeckung war ein Schalter versteckt, der dem Hut als Haken diente. Schnell rückte Alexia den Hut wieder zurecht und wandte sich ab, um unschuldig im Laden umherzuschlendern und Interesse an verschiedenen Accessoires vorzutäuschen. Allmählich bemerkte sie immer mehr kleine Hinweise auf eine zweite Natur des Chapeau de Poupe: Kratzspuren auf dem Fußboden in der Nähe einer Wand, die *anscheinend* keine Tür hatte, und mehrere Gaslampen, die nicht entzündet waren; Alexia hätte gutes Geld darauf verwettet, dass es überhaupt keine Lampen waren.

Natürlich wäre Lady Maccon keinesfalls derart neugierig gewesen, hätte ihr Gatte nicht darauf bestanden, dass sie diesem Etablissement einen Besuch abstattete. Der Rest des Ladens war ziemlich unverdächtig, nach der neuesten Mode eingerichtet und voller Hüte, die hübsch genug waren, um sogar *ihrem* nicht vorhandenen Geschmack zu gefallen. Doch die Kratzer und der versteckte Schalter machten Alexia neugierig, sowohl bezüglich des Ladens als auch der Besitzerin. Lady Maccon mochte zwar seelenlos sein, doch sie hatte zweifellos einen hellwachen Verstand.

Sie wanderte zu Madame Lefoux hinüber, die Miss Hisselpenny tatsächlich dazu überredet hatte, einen schmeichelhaften kleinen Strohhut mit aufgeschlagener Vorderpartie aufzusetzen, dessen Krone von ein paar eleganten cremefarbenen Blumen und einer anmutigen blauen Feder geziert wurde.

»Ivy, das sieht bemerkenswert gut an dir aus«, lobte sie.

»Danke, Alexia, aber findest du ihn nicht ein wenig zu zurückhaltend? Ich bin nicht ganz davon überzeugt, dass er mir gefällt.«

Lady Maccon und Madame Lefoux tauschten einen bedeutsamen Blick.

»Nein, das finde ich nicht. Er ist überhaupt nicht wie dieses schreckliche gelbe Ding dort hinten, das anfangs dein Interesse weckte. Ich habe es mir noch einmal genauer angesehen, weißt du, und es ist wirklich ziemlich scheußlich.«

Madame Lefoux warf Alexia von der Seite her einen Blick zu. Ihr schönes Gesicht wirkte plötzlich hart, und die Grübchen waren verschwunden.

Alexia lächelte, ein Zähnezeigen ohne Freundlichkeit. Man konnte nicht mit Werwölfen zusammenleben, ohne sich ein paar von ihren Eigenarten anzueignen. »Der Hut kann doch unmöglich von Ihnen entworfen worden sein?«, sagte sie sanft zu der Ladenbesitzerin.

»Die Arbeit eines Lehrlings, das versichere ich Ihnen«, antwortete Madame Lefoux mit einem winzigen Schulterzucken. Sie setzte Ivy einen neuen Hut auf, diesmal einen mit etwas mehr Blumen.

Miss Hisselpenny reckte sich stolz.

»Gibt es noch andere ... wie diesen?«, fragte Alexia, immer noch auf den hässlichen gelben Hut bezogen.

»Nun, da wäre dieser Reithut.« Die Stimme der Ladenbesitzerin klang argwöhnisch.

Lady Maccon nickte. Madame Lefoux meinte den Hut, der den Schleifspuren, die Alexia auf dem Fußboden bemerkt hatte, am nächsten war. Sie verstanden einander.

Es folgte eine Pause, während der Ivy ihr Interesse an einer Kreation in mattem Rosa mit Federquasten bekundete. Alexia drehte den Stiel ihres geschlossenen Sonnenschirms zwischen den behandschuhten Fingern.

»Sie scheinen außerdem ein Problem mit einigen Ihrer Gaslampen zu haben«, sagte sie dann sanft und zuckersüß.

»In der Tat.« Ein deutlicher Ausdruck der Anerkennung flackerte kurz über Madame Lefoux' Gesicht. »Und da ist natürlich auch noch der Türgriff. Aber Sie wissen ja, wie das ist – wenn man ein neues Etablissement eröffnet, gibt es hinterher immer noch ein paar Macken auszubessern.«

Lady Maccon verfluchte sich im Stillen. Der Türgriff – wie hatte sie den nur übersehen können? Beiläufig schlenderte sie hinüber und stützte sich auf ihren Sonnenschirm, um ihn sich genauer anzusehen.

Ivy, völlig unempfänglich für den unterschwelligen Ton der Unterhaltung, setzte sich probeweise den nächsten Hut auf.

Der Griff an der Innenseite der Eingangstür war viel größer, als er sein sollte, und das Schloss bestand aus einer komplizierten Aneinanderreihung von Bolzen und Zahnrädern, eine viel stärkere Sicherheitsvorrichtung als für jeden gewöhnlichen Hutladen erforderlich.

Alexia fragte sich, ob Madame Lefoux möglicherweise eine französische Spionin war.

»Nun ja«, erzählte Ivy Madame Lefoux gerade im Plauderton, als Alexia sich wieder zu ihnen gesellte, »Alexia sagt immer, mein Stilgefühl wäre katastrophal, aber ich habe absolut keine Ahnung, was sie zu dieser Meinung veranlassen könnte. Ihr Geschmack ist oftmals so banal.«

»Mir fehlt vielfach die Fantasie«, gab Alexia zu. »Aus diesem Grund habe ich auch eine sehr kreative französische Zofe.«

Bei diesen Worten wirkte Madame Lefoux mit einem Mal leicht interessiert, und ihre Grübchen zeigten sich bei einem schiefen Lächeln. »Und diese exzentrische Eigenheit, sogar nachts einen Sonnenschirm bei sich zu tragen? Ich nehme an, ich habe die Ehre mit Lady Maccon?«

»Alexia«, fragte Miss Hisselpenny schockiert. »Hast du dich etwa noch gar nicht vorgestellt?«

»Nun ja, ich …« Alexia suchte krampfhaft nach einer Ausrede, als …

*Bumm!*

Die Welt um sie herum explodierte in Dunkelheit.

# Vom richtigen Umgang mit Sonnenschirmen

Ein gewaltiger Knall erschütterte das Mauerwerk um sie herum.

Die Hüte schwangen heftig hin und her. Ivy stieß einen so schrillen Schrei aus, dass er hätte Milch gerinnen lassen können. Jemand anderes schrie ebenfalls, allerdings geradezu nüchtern im Vergleich zu Ivy. Die Gasbeleuchtung erlosch, und der Laden versank in Dunkelheit.

Es dauerte einen Augenblick, bis Lady Maccon bewusst wurde, dass die Explosion kein Anschlag auf ihr Leben war. In Anbetracht ihrer Erfahrungen im Laufe des vergangenen Jahres war das eine interessante Abwechslung. Doch das brachte sie zu der Frage, ob diese Explosion jemand anderen hatte töten sollen.

»Ivy?«, fragte Alexia in die Dunkelheit hinein.

Stille.

»Madame Lefoux?«

Immer noch Stille.

Alexia kauerte sich in die Hocke, soweit ihr Korsett dies zuließ, und tastete umher, während sie angestrengt versuchte, ihre Augen an die Dunkelheit zu gewöhnen. Sie fühlte Taft: die Rüschen, die zu Ivys hingestreckter Gestalt gehörten.

Alexia schnürte es die Brust zu.

Sie tastete Ivy nach Verletzungen ab, doch Miss Hisselpenny schien unversehrt. Leichte Atemstöße streiften Lady Maccons Handrücken, als sie ihn Ivy unter die Nase hielt, und sie konnte auch den Puls ertasten – schwach, aber regelmäßig. Offensichtlich war Miss Hisselpenny einfach nur ohnmächtig geworden.

»Ivy!«, zischte sie.

Nichts.

»Ivy, bitte!«

Miss Hisselpenny regte sich leicht und murmelte leise: »Ja, Mr. Tunstell?«

*Ach, herrje*, dachte Alexia. Was für eine schrecklich unpassende Verbindung, und zudem war Ivy noch mit einem anderen verlobt. Sie hatte ja keine Ahnung gehabt, dass die Dinge bereits so weit gediehen waren. Dann verspürte sie einen jähen Anflug von Mitleid. Sie wollte Ivy ihre Träume lassen, vorerst zumindest.

Also ließ sie ihre Freundin liegen, wo sie war, und auch ihr Riechsalz stecken.

Madame Lefoux hingegen war nirgends auffindbar. Offenbar hatte sie sich in der Finsternis davongemacht. Vielleicht auf der Suche nach der Ursache der Explosion. Oder vielleicht *war* sie die Ursache der Explosion.

Alexia konnte sich schon denken, wohin die Französin verschwunden war. Da sich ihre Augen inzwischen einigermaßen an die Dunkelheit gewöhnt hatten, arbeitete sie sich an der Wand entlang zum hinteren Teil des Ladens, wo sie die Schleifspuren gesehen hatte.

Sie tastete die Tapete nach irgendeinem Schalter oder Hebel ab und wurde schließlich hinter einer Ausstellungsvitrine für Handschuhe fündig. Sie drückte den Hebel kräftig nach unten, und eine Tür schwang vor ihr auf, die ihr beinahe gegen die Nase knallte.

Lady Maccon konnte erkennen, dass sich dahinter kein Zimmer oder Gang befand, sondern ein Schacht, in dessen Mitte mehrere Kabel von oben nach unten verliefen und an dessen Seitenwänden zwei Führungsschienen angebracht waren. Sich am Türrahmen festklammernd, streckte sie den Kopf hinein und sah hinauf. Den ganzen oberen Bereich des Schachts nahm etwas ein, das wie eine dampfbetriebene Winde aussah.

Sie entdeckte eine Kordel seitlich der Tür, und als sie daran zog, setzte sich die Winde in Bewegung. Unter einigem Geächze und Geknirsche und dem Stampfen einer Dampfmaschine tauchte ein käfigartiger Kasten aus den Tiefen des Schachts empor. Alexia war mit diesem Konzept bereits vertraut – eine Aufzugskammer. Sie hatte es im Hypocras Club schon einmal mit einer weniger anspruchsvollen Version davon zu tun gehabt und dabei herausgefunden, dass ihr Magen darauf nicht gerade verträglich reagierte. Doch dessen ungeachtet betrat sie den Käfig, schloss das Gitter hinter sich und drehte an einer Kurbel an der Seite, um die Konstruktion abzusenken.

Der Käfig kam mit einem Rumms auf dem Boden auf, was Alexia heftig gegen die Wand taumeln ließ. Den Sonnenschirm abwehrend vor sich haltend, als wäre er ein Cricket-Schläger, öffnete sie das Gitter und trat in einen hell erleuchteten unterirdischen Gang.

Einen Beleuchtungsmechanismus wie diesen hatte Lady Maccon noch nie zuvor gesehen. Es musste sich um eine Art Gas handeln, doch es sah aus wie ein orangefarbener Nebel in einer Glasröhre, die an der Decke angebracht war. Der Nebel wirbelte kräuselnd in diesem Gefäß umher, wodurch die Beleuchtung ungleichmäßig und schwach erschien, in merkwürdigen, sich verändernden Mustern. *Licht in Form von Wolken*, dachte Alexia fantasiereich.

Am Ende des Ganges befand sich eine offene Tür, aus der helleres orangefarbenes Licht und drei wütende Stimmen drangen. Als sie näher kam, wurde Alexia klar, dass der Gang direkt unter der Regent Street verlaufen musste. Sie erkannte auch, dass sich die Stimmen auf Französisch stritten.

Alexia beherrschte die modernen Sprachen, deshalb konnte sie einigermaßen verstehen, worum es ging.

»Was, um alles in der Welt, ist nur in dich gefahren?«, fragte Madame Lefoux, die Stimme immer noch sanft, trotz ihrer Verärgerung.

Die Tür schien in eine Art Labor zu führen, obwohl es ganz anders aussah als die Laborräume, die Alexia im Hypocras Club oder in der Royal Society gesehen hatte. Es hatte eher den Anschein einer Fabrikhalle, mit riesigen Maschinenanlagen und allerlei anderen Gerätschaften.

»Nun ja, weißt du, ich konnte einfach den Boiler nicht zünden.«

Verstohlen spähte Alexia in den Raum. Er war geräumig und befand sich in heillosem Durcheinander. Behälter waren von den Tischen geschleudert worden, Glas war zerbrochen, und Tausende von winzigen Zahnrädern lagen auf dem schmutzigen Boden verstreut. Ein Gewirr aus Seilen und Kabelschlingen lag zusammen mit dem Hutständer, an dem sie einst gehangen hatten, auf dem Fußboden. Überall bedeckte schwarzer Ruß die Röhren, Zahnräder und Federn, die nicht heruntergefallen waren, und die größeren Maschinenteile.

Außerhalb des unmittelbaren Explosionsbereichs war ebenfalls alles in Unordnung. Ein Brilloskop lag auf einem Stapel wissenschaftlicher Bücher, große und mit Bleistift auf steifes gelbliches Papier gekritzelte Diagramme waren wahllos an die Wände geheftet. Es war deutlich, dass gerade irgendein Unfall stattgefunden hatte, doch es war ebenso offensichtlich, dass sich der Raum auch schon vor dem unglücklichen Ereignis in einem äußerst unordentlichen Zustand befunden hatte.

Es war laut, da sich viele der Maschinen und Geräte, die von der Explosion nicht in Mitleidenschaft gezogen worden waren, in Betrieb befanden. Dampf zischte, und es pfiff, Zahnräder ratterten, metallische Kettenglieder rasselten, und Ventile quietschten. Eine Kakophonie des Lärms, wie sie ansonsten nur in den großen Fabriken im Norden herrschte. Doch es war kein aufdringlicher Lärm, eher eine Symphonie des Maschinenbaus.

Halb verborgen von dem Durcheinander stand Madame Lefoux, breitbeinig wie ein Mann, die Hände in die hageren, in Hosen gehüllten Hüften gestützt, und starrte wütend auf ein schmutziges Kind hinab. Ein ölverschmiertes Gesicht, dreckige Hände und eine vorwitzig schief auf dem Kopf sitzende Ballonmütze vervollständigten das Bild des kleinen Bengels. Er steckte offenbar gehörig in der Klemme, schien allerdings weniger zerknirscht als vielmehr aufgeregt über sein versehentliches pyrotechnisches Debakel zu sein.

»Also, Quesnel, was hast du gemacht?«

»Ich habe nur einen Stofffetzen mit Äther getränkt und in die Flamme geworfen. Äther fängt doch Feuer, oder nicht?«

»Ach, um Himmels willen, Quesnel! Hörst du eigentlich nie zu?« Das kam von einer neuen Stimme, einem Gespenst, das sich den Anschein gab, als würde es wie im Damensattel auf einem umgestürzten Fass sitzen. Es handelte sich um eine sehr kompakt aussehende Erscheinung, was bedeutete, dass der dazugehörende Leichnam in der Nähe und gut erhalten sein musste. Die Regent Street lag ein gutes Stück nördlich des exorzierten

Bereichs, deshalb war das Gespenst dem Zwischenfall der letzten Nacht un-tot entkommen. Wenn der Akzent, mit dem es sprach, irgendein Anhaltspunkt war, dann musste seine Leiche aus Frankreich hierher gebracht worden sein, oder die Person, die es einst gewesen war, starb als Einwanderin in London. Seine Züge waren scharf geschnitten, das Gesicht einer gut aussehenden älteren Frau, die Madame Lefoux ähnlich sah. Die Arme hatte der Geist verärgert vor der Brust verschränkt.

»Äther!«, kreischte Madame Lefoux.

»Nun, ja …«, gestand der kleine Gassenjunge.

»Aber Äther ist explosiv, du kleiner …« Ein Schwall unschöner Worte folgte, die es dennoch vermochten, in Madame Lefoux' weicher Stimme schön zu klingen.

»Ach«, antwortete der Junge mit einem unverschämten Grinsen. »Aber es hat so toll geknallt!«

Alexia konnte nicht anders, sie musste leise kichern.

Alle drei schnappten erschrocken nach Luft und sahen zu ihr hin.

Lady Maccon straffte sich, strich sich das blauseidene Promenadenkleid glatt und betrat, ihren Sonnenschirm vor- und zurückschwingend, den großen düsteren Raum.

»Ah«, rief Madame Lefoux und kehrte wieder zu ihrem makellosen Englisch zurück, indem sie sagte: »Willkommen in meiner Erfinderwerkstatt, Lady Maccon.«

»Sie sind eine Frau mit vielen Talenten, Madame Lefoux. Eine Erfinderin ebenso wie eine Putzmacherin.«

Madame Lefoux neigte leicht den Kopf. »Wie Sie sehen, überschneidet sich beides manchmal. Mir hätte klar sein sollen, dass Sie die Funktion der Motorwinde begreifen und mein Laboratorium finden würden, Lady Maccon.«

»Oh«, entgegnete Alexia, »hätte es das?«

Die Französin lächelte sie mit ihren Grübchen an und beugte sich vor, um eine heruntergefallene Phiole mit einer silbernen Flüssigkeit aufzuheben, die Quesnels Explosion unbeschadet überstanden hatte. »Ihr Ehemann sagte mir, dass Sie klug sind. Und dazu neigen, sich stets einzumischen.«

»Das klingt nach ihm.« Alexia bahnte sich ihren Weg durch das Durcheinander und hob dabei geziert die Röcke an, damit sie sich nicht in Glasscherben verfingen. Aus der Nähe betrachtet war es erstaunlich, welche Gerätschaften sich in Madame Lefoux' Erfinderwerkstatt befanden. Es gab ein ganzes Fließband mit halb zusammengesetzten Brilloskopen, einen riesigen Apparat, der aussah, als bestünde er aus dem Innenleben mehrerer Dampfmaschinen, das man an ein Galvanometer geschweißt hatte, ein Kutschrad und ein Weidenkörbchen in Form eines Huhns.

Alexia brachte ihre strapaziöse Reise durch den Raum hinter sich, wobei sie nur ein einziges Mal über einen großen Ventilhahn stolperte, und nickte dem Kind und dem Gespenst höflich zu.

»Sehr erfreut. Lady Maccon, zu Ihren Diensten.«

Der Winzling von einem Jungen grinste sie an, machte eine aufwendige Verbeugung und sagte: »Quesnel Lefoux.«

Alexia bedachte ihn mit einem ausdruckslosen Blick. »Und, *hast* du nun den Boiler gezündet?«

Quesnel wurde rot. »Nicht direkt. Aber ich habe ein Feuer entzündet. Das sollte doch auch etwas wert sein, denken Sie nicht?« Sein Englisch war hervorragend.

Madame Lefoux warf die Hände himmelwärts.

»Zweifellos«, pflichtete Lady Maccon ihm bei. Sie hatte das Kind soeben für alle Zeit ins Herz geschlossen.

Das Gespenst stellte sich als die Ehemalige Beatrice Lefoux vor.

Alexia nickte ihr höflich zu, was den Geist überraschte, denn die Untoten wurden von den Lebenden oftmals recht herablassend behandelt. Doch Lady Maccon wahrte stets die Form.

»Mein unmöglicher Sohn und meine körperlose Tante«, erklärte Madame Lefoux, wobei sie Alexia ansah, als würde sie auf etwas warten.

Lady Maccon speicherte die Tatsache in ihrem Hinterkopf, dass sie alle denselben Familiennamen trugen. Hatte Madame Lefoux den Vater des Kindes nicht geheiratet? Wie skandalös. Aber Quesnel sah seiner Mutter überhaupt nicht ähnlich. Er war ein flachsblondes Geschöpf mit spitzem Kinn und riesigen veilchenblauen Augen, und er hatte auch keine Grübchen.

An ihre Familie gerichtet sagte die Erfinderin: »Das hier ist Alexia Maccon, Lady Woolsey. Sie ist außerdem Muhjah der Königin.«

»Ah, mein Mann hielt es also für angebracht, Ihnen gegenüber diese kleine Tatsache zu erwähnen?« Alexia war überrascht. Es wussten nicht viele von ihrer politischen Position, und sie und ihr Gatte zogen es vor, es dabei zu belassen, auch was ihren Zustand der Außernatürlichkeit betraf: Conall, weil er seine Frau aus Gefahr heraushalten wollte; Alexia, weil sich die meisten Personen, ob übernatürlich oder nicht, gegenüber Seelenlosen ganz eigenartig verhielten.

»Sie sind der Muhjah?«, fragte der Geist von Beatrice Lefoux. »Nichte, du erlaubst einem Exorsisten, sisch in die Nä'e meines Leichnams su begeben? Gedankenloses, 'erzloses Kind! Du bist schlimmer als dein Sohn!« Ihr Akzent war viel ausgeprägter als der ihrer Nichte. Heftig wich sie vor Alexia zurück und schwebte von dem Fass hoch, auf dem zu sitzen sie vorgegeben hatte. Als ob Alexia ihrem Geist tatsächlich irgendwelchen Schaden hätte zufügen können. Alberne Kreatur.

Lady Maccon runzelte die Stirn, als ihr bewusst wurde, dass die Anwesenheit der Geistertante Madame Lefoux als Verdächtige im Fall des Massenexorzismus ausschloss. Sie hätte keine entsprechende Waffe erfinden können, jedenfalls nicht hier, während der Geist ihrer Tante in der Erfinderwerkstatt spukte.

»Tante, sei nicht so schreckhaft! Lady Maccon kann dich nur vernichten, wenn sie deine Leiche berührt, und nur ich weiß, wo die aufbewahrt ist.«

Alexia rümpfte die Nase. »Bitte echauffieren Sie sich nicht derart, Ehemalige Lefoux. Ich ziehe es vor, nach Möglichkeit keine Exorzismen durchzuführen. Verwesendes Fleisch ist ziemlich matschig.« Sie erschauderte leicht.

»Oh – na, vielen Dank auch«, entgegnete das Gespenst schnippisch.

»Iiih!«, rief Quesnel fasziniert. »Haben Sie denn schon viele Leichen gesehen und Gespenster exorziert?«

Alexia sah ihn aus schmalen Augen an, und sie hoffte, dass ihr Blick wissend und geheimnisvoll wirkte, dann wandte sie sich wieder seiner Mutter zu. »Also, in welcher Eigenschaft unterrichtete Sie mein Mann von meiner Natur und Position?«

Madame Lefoux lehnte sich ein wenig zurück, einen schwachen Ausdruck der Belustigung auf dem lieblichen Gesicht. »Was könnten Mylady damit meinen?«

»Suchte er Sie in seiner Eigenschaft als Alpha auf, als Earl oder als Leiter von BUR?«

Daraufhin traten Madame Lefoux' Grübchen ein weiteres Mal in Erscheinung. »Ach ja, die vielen Gesichter des Conall Maccon.«

Alexia stutzte. Die Französin hatte Conalls Vornamen gebraucht. »Und wie lange genau kennen Sie meinen Ehemann schon?« Ungewöhnliche Kleidung war eine Sache, lockere Moralvorstellungen eine andere.

»Beruhigen Sie sich, Mylady. Mein Interesse an Ihrem Gatten ist rein professionell. Er und ich kennen uns durch BUR, aber vor einem Monat suchte er mich auf in seiner Eigenschaft als Earl und Ihr Ehemann. Er wünschte, dass ich ein besonderes Geschenk für Sie anfertige.«

»Ein Geschenk?«

»Allerdings.«

»Nun, wo ist es?«

Madame Lefoux sah ihren Sohn an. »Du, verschwinde und hol Putzzeug, warmes Wasser und Seife! Deine ehemalige Großtante wird dir sagen, was du mit Wasser säubern kannst und was auf andere Art und Weise gereinigt werden muss. Du hast eine sehr lange Nacht vor dir.«

»Aber, *Maman*! Ich wollte doch einfach nur wissen, was passiert!«

»Na, nun weißt du es: Es macht deine *Maman* böse und bringt dir nächtelanges Putzen ein.«

»Ach, *Maman* …«

»Gleich sofort, Quesnel!«

Quesnel seufzte laut und trollte sich, nachdem er Lady Maccon über die Schulter zuwarf: »Nett, Sie kennengelernt zu haben«.

»Das wird ihm eine Lehre sein, Experimente ohne gesicherte Hypothese durchzuführen. Bitte folge ihm, Beatrice, und halte ihn uns für wenigstens eine Viertelstunde vom Leib, während ich meine Angelegenheit mit Lady Maccon zu Ende bringe.«

»Sich mit einer Außernatürlichen su verbrüdern! Du spielst ein weitaus gefährlicheres Spiel als ich su meiner Zeit, meine liebe Nichte«, murmelte das Gespenst mürrisch, doch es löste sich eilig genug auf, vermutlich, um sich dem Jungen an die Fersen zu heften.

»Es war mir ein Vergnügen, Ihre Bekanntschaft zu machen, Ehemalige Lefoux«, sagte Alexia in die nun leere Luft.

»Bitte nehmen Sie sie nicht ernst. Meine Tante war schon zu Lebzeiten schwierig. Genial, aber schwierig. Eine Erfinderin wie ich, wissen Sie, aber weniger gesellschaftlich geschult, fürchte ich.«

Lady Maccon lächelte. »Ich habe schon viele solche Wissenschaftler kennengelernt, und die meisten von ihnen konnten Genialität nicht als Entschuldigung vorweisen. Das soll nicht heißen, dass sie das nicht von sich behauptet hätten, nur dass …« Sie verstummte. Sie redete belangloses Zeug. Alexia wusste nicht genau, warum, aber irgendetwas an der schönen, eigenartig gekleideten Französin machte sie nervös.

»Nun.« Die Erfinderin trat näher. Sie roch nach Vanille und Maschinenöl. »Jetzt sind wir allein. Es ist mir ein aufrichtiges Vergnügen, Sie kennenzulernen, Lady Maccon. Das letzte Mal, als ich mich in der Gesellschaft eines Außernatürlichen befand, war ich ein kleines Kind. Und natürlich war er nicht annähernd so eindrucksvoll wie Sie.«

»Nun ja … äh, danke schön.« Alexia war ein klein wenig überrumpelt von dem Kompliment.

Die Erfinderin nahm sanft ihre Hand. »Keine Ursache.«

Die Handfläche der Französin war schwielig. Lady Maccon konnte sogar durch die Handschuhe hindurch spüren, wie rau sie war. Bei der Berührung verspürte sie ein gewisses Herzklopfen, das sie bis zu diesem Augenblick nur mit dem anderen Geschlecht und noch spezieller mit ihrem Ehemann in Zusammenhang brachte. Normalerweise war Alexia so schnell durch nichts zu erschrecken. Dadurch schon.

Sobald es sich geziemte, entzog sie Madame Lefoux die Hand und errötete dabei heftig unter ihrer braunen Haut. Sie ignorierte dieses Phänomen, das sie als rüden Verrat ihres eigenen Körpers betrachtete, und versuchte einen Augenblick lang erfolglos, sich an den Grund zu erinnern, aus dem sie hier miteinander allein waren. Ach ja, weil ihr *Ehemann* darauf bestanden hatte.

»Ich glaube, Sie haben möglicherweise etwas für mich«, sagte sie schließlich.

Madame Lefoux nahm ihren Zylinder ab. »Das habe ich in der Tat. Einen Augenblick, bitte.« Mit einem verschmitzten Lächeln ging sie zu einer Seite des Labors hinüber und wühlte eine Weile lang in einer großen Reisetruhe. Schließlich tauchte sie mit einer langen, schmalen Holzkiste wieder daraus hervor.

Voller Erwartung hielt Lady Maccon den Atem an.

Madame Lefoux trug die Kiste zu ihr hinüber und klappte den Deckel auf.

Im Innern befand sich ein nicht gerade einnehmend aussehender Sonnenschirm von ausgefallener Form und nichtssagendem Stil. Er war von schiefergrauer Farbe, mit Spitzenborte gesäumt und üppiger cremefarbener Rüsche verziert. Der Parasol hatte eine eigentümlich lange Spitze, die mit zwei eiförmigen Metallkugeln, die wie Samenkapseln aussahen, geschmückt war, eine davon nahe der Stoffbespannung und die andere näher an der Spitze. Seine Speichen waren übergroß, was ihn wuchtig und regenschirmähnlich erscheinen ließ, und der Schaft war extrem lang und endete in einem dicken, knubbeligen, reich verzierten Griff. Der sah aus wie etwas, das eine antike ägyptische Säule hätte zieren können, geschnitzte Lotosblüten – oder eine Art Ananas. Die Einzelteile des Sonnenschirms bestanden gänzlich aus Messing, augenscheinlich in verschiedenen Legierungen, was ihm ein breit gefächertes Farbspektrum verlieh.

»Tja, Conalls Geschmack hat wieder zugeschlagen«, bemerkte Alexia, deren eigenes Stilgefühl, wenn es auch nicht besonders einfallsreich oder elegant war, wenigstens nicht zum Bizarren tendierte.

Madame Lefoux zeigte wieder ihre Grübchen. »Ich gab mein Bestes hinsichtlich der Trageeigenschaft.«

Alexia war fasziniert. »Darf ich?«

Die Erfinderin hielt ihr das Kästchen hin, und Lady Maccon hob die Monstrosität heraus. »Er ist schwerer, als er aussieht.«

»Das ist einer der Gründe, warum ich ihn so überaus lang gemacht habe. Ich dachte, er könnte zusätzlich auch als Gehstock dienen. Dann müssen Sie ihn nicht immer tragen.«

Alexia probierte es aus. Die Höhe war dafür ideal. »Ist es denn wahrscheinlich, dass ich ihn überallhin mitnehmen muss?«

»Ich glaube, Ihr geschätzter Herr Gemahl würde es so bevorzugen.«

Alexia hatte da so ihre Einwände. Das Ding tendierte auf der Messskala für Sonnenschirme sehr in Richtung »hässlich«. All das Messing und Grau, ganz zu schweigen von den Zierelementen, würde zu den meisten ihrer liebsten Tageskleider ganz grässlich aussehen.

»Außerdem musste er natürlich robust genug sein, um als Verteidigungswaffe dienen zu können.«

»Eine vernünftige Maßnahme, wenn man meine Vorlieben bedenkt.« Lady Maccon hatte schon mehr als einen Sonnenschirm zerstört, indem sie ihn auf dem Schädel von jemandem zum Einsatz brachte.

»Würden Sie gern seine Arthroskopie sehen?« Madame Lefoux strahlte förmlich, als sie dieses Angebot machte.

»Er hat Arthroskopie? Ist das gesund?«

»Aber natürlich! Glauben Sie, ich würde einen Gegenstand ohne triftigen Grund so hässlich gestalten?«

Alexia reichte ihr das schwere Accessoire zurück. »Auf jeden Fall.«

Madame Lefoux nahm den Schirm am Griff, sodass Alexia weiter die Spitze in der Hand halten konnte. Bei näherer Betrachtung erkannte sie, dass an einer Seite der Spitze ein winziges hydraulisches Scharnier angebracht war.

»Wenn Sie hier drücken«, Madame Lefoux deutete auf eine der Lotosblüten am Schaft unmittelbar über dem großen Griff, »öffnet sich die Spitze und verschießt einen Pfeil, der mit einem lähmenden Gift versehen ist. Und wenn Sie den Griff so drehen …«

Alexia schnappte nach Luft, als direkt über der Stelle, an der sie die Spitze umfasst hielt, zwei gefährlich spitze, lange Stacheln hervorschossen, einer aus Silber und einer aus Holz.

»Ihre Krawattennadeln waren mir bereits aufgefallen«, meinte Lady Maccon.

Madame Lefoux kicherte und strich mit ihrer freien Hand darüber. »Oh, sie sind mehr als nur einfache Krawattennadeln.«

»Daran habe ich nicht den geringsten Zweifel. Kann der Sonnenschirm sonst noch etwas?«

Madame Lefoux blinzelte ihr zu. »Ach, das ist erst der Anfang. Sehen Sie, Lady Maccon, in diesem Metier bin ich eine Künstlerin.«

Alexia leckte sich die Unterlippe. »Allmählich begreife ich das. Und dabei dachte ich zunächst, nur Ihre Hüte wären außergewöhnlich!«

Die Französin errötete leicht, was sogar in dem orangefarbenen Licht zu erkennen war. »Drücken Sie diese Lotosblüte hier, und zwar so.«

Jedes Geräusch im Labor verstummte. All das Stampfen, Klappern und Zischen der Dampfwolken, das als Lautuntermalung in den Hintergrund gerückt war, machte sich mit einem Mal durch seine Abwesenheit bemerkbar.

»Was …?« Alexia blickte um sich. Alles war still.

Und dann, Augenblicke später, setzten die Maschinen wieder ein.

»Was ist passiert?«, fragte sie und starrte ehrfürchtig den Sonnenschirm an.

»Dieses Gerät hier«, die Erfinderin deutete auf das eiförmige Ansatzstück nahe der Stoffbespannung des Schirms, »hat ein magnetisches Störfeld ausgesendet. Es wirkt auf jedes Metall aus der Eisen-, Nickel- oder Kobaltfamilie, einschließlich Stahl. Wenn Sie aus irgendeinem Grund eine Dampfmaschine anhalten müssen, können Sie das auf diese Weise tun, allerdings nur für einen kurzen Zeitraum.«

»Bemerkenswert!«

Wieder errötete die Französin. »Das Störfeld ist nicht meine Erfindung, aber ich habe es erheblich kleiner als den Originalentwurf von Babbage gemacht.« Sie fuhr fort: »Die Rüschen enthalten mehrere verborgene Taschen und sind bauschig genug, um darin kleine Gegenstände zu verstecken.« Sie griff in die üppigen Rüschen und zog eine kleine Phiole hervor.

»Gift?«, fragte Alexia, den Kopf leicht zur Seite neigend.

»Natürlich nicht! Etwas viel Wichtigeres: Parfüm. Wir können Sie ja wohl kaum unparfümiert in den Kampf ziehen lassen, oder?«

»Oh.« Alexia nickte ernst. Madame Lefoux war eben *doch* Französin. »Natürlich nicht.«

Madame Lefoux spannte den Schirm auf und enthüllte dabei, dass der Parasol eine altmodische Pagodenform hatte. »Wenn Sie ihn wenden«, sie drehte ihn um, sodass der Schirm in die falsche Richtung zeigte, »dann drücken und drehen Sie hier.« Sie deutete auf eine kleine Erhebung unmittelbar über dem Magnetstörfeld-Schalter, in die ein winziges Drehrädchen eingelassen war. »Ich habe es so entworfen, dass es etwas schwerer zu bedienen ist, damit es nicht versehentlich ausgelöst wird. Die Kappen an den Speichenspitzen öffnen sich und verströmen einen feinen Nebel. Bei einem Klicken geben drei davon eine Mixtur aus *lapis lunearis* und Wasser ab. Bei zweimaligem Klicken versprühen die anderen drei Speichen in Schwefelsäure gelöstes *lapis solaris*. Vergewissern Sie sich, dass Sie und alle, die Ihnen lieb sind, außer Reichweite sind und mit dem Wind im Rücken stehen. Während das *lunearis* nur eine leichte Hautreizung hervorruft, ist das *solaris* giftig und tötet Menschen ebenso, wie es Vampire handlungsunfähig macht.« Mit einem plötzlichen Grinsen fügte die Erfinderin hinzu: »Nur Werwölfe sind immun dagegen. Für die ist natürlich das *lunearis* gedacht. Ein direktes Besprühen macht diese Spezies für mehrere Tage schwer krank und hilflos. Dreimal klicken, und beides verströmt gleichzeitig.«

»Ziemlich erstaunlich, Madame!« Alexia war gebührend beeindruckt. »Ich wusste gar nicht, dass es Gifte gibt, die in der Lage sind, diese beiden Spezies außer Gefecht zu setzen.«

»Ich hatte einmal Zugang zu einem Teil einer Abschrift der erweiterten Ordensregeln der Templer«, erklärte Madame Lefoux verhalten.

Lady Maccon blieb der Mund offen stehen. »Sie hatten *was?*«
Doch die Französin ging nicht weiter darauf ein.

Alexia nahm den Sonnenschirm und drehte ihn ehrfürchtig in den Händen. »Ich werde natürlich über die Hälfte meiner Garderobe ändern müssen, damit sie dazupasst. Aber ich nehme an, das ist es wert.«

Madame Lefoux' Grübchen vertieften sich vor Freude. »Außerdem hält er schließlich ja auch die Sonne ab.«

Lady Maccon schnaubte belustigt. »Was den Preis anbelangt, hat sich mein Mann bereits um diesen Aspekt gekümmert?«

Abwehrend hob die Französin eine Hand. »Oh, ich bin mir sicher, dass sich Woolsey die Ausgabe leisten kann. Ich hatte schon früher mit Ihrem Rudel geschäftlich zu tun.«

Alexia lächelte. »Mit Professor Lyall?«

»Hauptsächlich. Er ist ein eigenartiger Mann. Man fragt sich manchmal, was seine Beweggründe sind.«

»Er ist kein normaler Mann.«

»Eben darum.«

»Und was ist mit Ihnen?«

»Ich bin ebenfalls kein Mann. Es gefällt mir nur, mich wie einer zu kleiden.« Madame Lefoux hatte Alexias Frage absichtlich missverstanden.

»Das sagen Sie«, erwiderte Lady Maccon. Dann runzelte sie die Stirn, als ihr etwas einfiel, das Ivy über den neuen Hutladen gesagt hatte: dass Schauspielerinnen wie Mabel Dair ihn bekanntermaßen frequentieren. »Sie machen mit den Vampirhäusern ebenso Geschäfte wie mit den Rudeln.«

»Und wie kommen Sie darauf?«

»Miss Hisselpenny erwähnte, dass Miss Dair Ihr Etablissement besucht. Sie ist eine Westminster-Drohne.«

Die Französin wandte sich ab und tat so, als würde sie sich ganz darauf konzentrieren, das Labor aufzuräumen. »Ich beliefere alle, die sich meine Dienste leisten können.«

»Schließt das auch Einzelgänger und Schwärmer mit ein?

Haben Sie zum Beispiel bereits etwas nach … sagen wir: Lord Akeldamas Geschmack angefertigt?«

»Ich hatte bisher noch nicht das Vergnügen«, antwortete die Erfinderin.

Alexia bemerkte sehr wohl, dass die Französin *nicht* behauptete, noch nie von Lord Akeldama *gehört* zu haben, und sagte: »Ah, das ist ein gravierendes Versäumnis, das sofort korrigiert werden sollte. Hätten Sie später heute Abend Zeit für einen Tee, sagen wir etwa gegen Mitternacht? Ich werde mit dem fraglichen Gentleman Rücksprache halten, ob er verfügbar ist.«

Madame Lefoux wirkte neugierig, aber ebenso argwöhnisch. »Ich glaube, ich könnte es einrichten. Wie überaus liebenswürdig von Ihnen, Lady Maccon!«

Alexia neigte huldvoll den Kopf. »Ich werde Ihnen eine Karte mit der Adresse zukommen lassen, wenn er bereit ist, Sie und mich zu empfangen.« Zuerst wollte sie mit Lord Akeldama allein sprechen.

In diesem Moment erklang über das Lärmen der Maschinen hinweg ein quengeliges, schrilles »Alexia?«.

Lady Maccon wirbelte herum. »Ach herrje, Ivy! Sie hat doch hoffentlich nicht den Weg hierher gefunden! Ich dachte, ich hätte die Tür der Aufzugskammer hinter mir geschlossen.«

Madame Lefoux wirkte ungerührt. »Oh, machen Sie sich keine Sorgen. Das ist nur ihre Stimme. Ich verfüge über ein akustisches Lauterfassungs- und -ausgabegerät, das die Geräusche aus dem Laden hier herunterleitet.« Sie deutete auf einen trompetenförmigen Gegenstand, der an mehreren Kabeln von der Decke hing. Lady Maccon hatte ihn für eine Art Grammophon gehalten, doch Ivys Stimme ertönte daraus, so klar und deutlich, als befände sie sich bei ihnen im Labor. Erstaunlich.

»Vielleicht sollten wir in den Laden zurückkehren und uns um sie kümmern«, schlug die Erfinderin vor.

Alexia, die ihren neuen Sonnenschirm wie ein Baby an den üppigen Busen drückte, nickte.

Also taten sie es und stellten fest, dass die Gasbeleuchtung wieder in Betrieb war. Im hellen Licht des leeren Ladens befand sich Miss Hisselpenny immer noch auf dem Fußboden, hatte sich inzwischen jedoch aufgesetzt und sah blass und verwirrt aus.

»Was ist passiert?«, verlangte sie zu wissen, als Lady Maccon und Madame Lefoux auf sie zu eilten.

»Es gab einen lauten Knall, und du bist in Ohnmacht gefallen«, antwortete Alexia. »Wirklich, Ivy, wenn du dein Korsett nicht immer so eng schnüren würdest, wärst du nicht so anfällig für solche Ohnmachtsanfälle. Angeblich ist das furchtbar schlecht für die Gesundheit.«

Bei der Erwähnung ihrer *Unterwäsche* in einem öffentlichen Hutladen schnappte Miss Hisselpenny entsetzt nach Luft. »Bitte, Alexia, verbreite doch nicht so einen radikalen Unsinn. Als Nächstes willst du wohl auch noch, dass ich mich der Kleiderreform anschließe und ein Bloomer-Kostüm trage!«

Lady Maccon verdrehte die Augen. Schon allein die bloße Vorstellung … *Ivy* in Pluderhosen!

»Was hast du denn da?«, fragte Miss Hisselpenny, den Blick auf den Sonnenschirm gerichtet, den sich Lady Maccon gegen die Brust drückte.

Alexia ging in die Hocke, um ihrer Freundin den Parasol zu zeigen.

»Also, Alexia, der ist ja wirklich sehr schön. Er spiegelt deinen üblichen Geschmack überhaupt nicht wider«, meinte Miss Hisselpenny voll freudiger Anerkennung.

Das war wieder einmal typisch Ivy, dass ihr das abscheuliche Ding auch noch gefiel!

Begierig sah Miss Hisselpenny zu der Französin hoch. »Ich hätte gern genau so einen, vielleicht in einem schönen Zitronengelb mit schwarzen und weißen Streifen. Hätten Sie so ein Stück?«

Madame Lefoux' entsetzter Gesichtsausdruck ließ Alexia kichern.

»Ich denke nicht«, brachte die Erfinderin schließlich krächzend hervor, nachdem sie sich zweimal geräuspert hatte. »Soll ich ...«, sie zuckte leicht zusammen, »Ihnen einen bestellen?«

»Ach, bitte tun Sie das!«

Alexia erhob sich und meinte leise auf Französisch: »Vielleicht lieber ohne die zusätzliche Ausstattung.«

»Mhmm«, antwortete Madame Lefoux zustimmend.

Eine kleine Glocke bimmelte fröhlich, als jemand den Laden betrat. Miss Hisselpenny rappelte sich aus ihrer würdelosen Haltung am Fußboden auf.

Den Wald aus herabhängenden Hüten vor sich teilend, kam der Neuankömmling auf sie zu, und als er Ivys Notlage erblickte, sprang er ihr eilends zu Hilfe.

»Aber Miss Hisselpenny, fühlen Sie sich nicht wohl? Lassen Sie mich Ihnen meine bescheidensten Dienste anbieten!«

»Tunstell!« Alexia funkelte den jungen Mann an. »Was machen *Sie* denn hier?«

Der rothaarige Claviger schenkte ihr keine Beachtung, seine einzige Sorge galt Miss Hisselpenny.

An seinen Arm geklammert kam Ivy wieder auf die Beine, dabei lehnte sie sich schwach an ihn und blickte aus großen, dunklen Augen zu ihm hoch.

Tunstell schien in den Blick dieser Augen einzutauchen und

träge darin herumzuschwimmen wie ein dümmlicher Goldfisch.

Schauspieler, alle beide. Alexia piekte ihn mit der Spitze ihres neuen Sonnenschirms in den hübsch in äußerst enge Hosen verpackten Hintern. »Tunstell, erklären Sie mir auf der Stelle Ihre Anwesenheit!«

Tunstell zuckte zusammen und sah sie, gekränkt über diese Misshandlung, an.

»Ich habe eine Nachricht von Professor Lyall«, sagte er, als ob sie irgendwie daran schuld wäre.

Lady Maccon fragte nicht, woher Lyall wusste, dass sie im Chapeau de Poupe zu finden war. Die Wege des Betas ihres Mannes waren oft unergründlich, und es war vielleicht besser, nicht alles zu wissen.

»Nun?«

Tunstell starrte Miss Hisselpenny abermals direkt in die Augen.

Ungeduldig klopfte Alexia mit dem Sonnenschirm auf den Fußboden und genoss das metallisch klickende Geräusch, das er erzeugte. »Die Nachricht!«

»Er bittet Sie, ihn bei BUR in einer dringlichen Angelegenheit aufzusuchen«, sagte Tunstell, ohne sie dabei anzusehen.

*Eine dringliche Angelegenheit* war Rudel-Code für Lady Maccon in ihrer Funktion als Muhjah. Lyall hatte irgendeine Information von der Krone. Alexia nickte. »Ivy, du hast doch bestimmt nichts dagegen, wenn ich dich Tunstells Obhut übergebe, oder? Du kannst deine Einkäufe zu Ende bringen, und er wird dafür sorgen, dass du sicher nach Hause gelangst. Das werden Sie doch, Tunstell?«

»Es wäre mir ein überaus großes Vergnügen.« Tunstell strahlte.

»Oh, ich glaube, das wäre mir sehr genehm«, hauchte Ivy, sein Lächeln erwidernd.

Lady Maccon fragte sich, ob sie selbst sich bei Lord Maccon je so töricht angestellt hatte. Dann kam ihr in den Sinn, dass sich bei ihr Zuneigung für gewöhnlich in Form von Drohungen und verbalen Sticheleien äußerte. Sie klopfte sich innerlich lobend auf die Schulter, dass sie derartige Sentimentalitäten nie an den Tag gelegt hatte.

Die Erfinderin-Schrägstrich-Putzmacherin begleitete sie zur Tür.

»Ich werde Ihnen umgehend eine Karte senden, sobald ich erfahre, ob Lord Akeldama heute verfügbar ist. Er sollte eigentlich zu Hause sein, aber bei Schwärmern kann man nie wissen. Diese Sache mit Professor Lyall kann unmöglich lange dauern.« Alexia warf einen Blick zurück auf Tunstell und Ivy, die sich in einem übermäßig vertraulichen *Tête-à-tête* befanden. »Bitte versuchen Sie, Miss Hisselpenny davon abzuhalten, irgendetwas Scheußliches zu kaufen, und sorgen Sie dafür, dass Tunstell sie in eine Mietkutsche steckt, aber nicht selbst mit einsteigt.«

»Ich werde mein Bestes geben, Lady Maccon«, versprach Madame Lefoux mit einer knappen Verbeugung – so knapp, dass es beinahe schon unhöflich war. Dann, in einer blitzschnellen Bewegung, ergriff sie Alexias Hand. »Es war mir ein großes Vergnügen, Sie endlich kennenzulernen, Mylady.« Ihr Griff war fest und sicher. Natürlich verlieh das Stemmen und Zusammenbauen all dieser unterirdischen Gerätschaften jedem eine gewisse Muskelkraft, sogar dieser spindeldürren Frau, die vor ihr stand. Die Finger der Erfinderin streichelten Alexias Handgelenk dicht oberhalb des perfekt sitzenden Handschuhs, so flüchtig, dass Alexia sich nicht sicher war, ob es tatsächlich geschehen war. Wieder war da dieser schwache Duft nach Vanille vermischt mit

Getriebeöl. Dann lächelte Madame Lefoux, ließ Alexias Hand los und wandte sich ab, um in dem Laden und dem Urwald aus schwingendem modischen Kopfputz zu verschwinden.

Professor Lyall und Lord Maccon teilten sich ein Büro im Hauptquartier von BUR in der Fleet Street, doch es war stets beträchtlich aufgeräumter, wenn der Earl nicht anwesend war. Lady Alexia Maccon rauschte hinein, schwang stolz ihren neuen Sonnenschirm und hoffte, dass Lyall sie darauf ansprechen würde. Doch Professor Lyall saß leicht abgelenkt hinter einem Stapel Papierkram und einem Haufen Metallrollen, auf denen mit Säure eingeätzte Notizen standen. Als er sich erhob, sich verbeugte und wieder Platz nahm, geschah dies mehr aus Selbstverständlichkeit denn aus Höflichkeit. Was auch immer vorgefallen war, nahm eindeutig all seine beachtliche Aufmerksamkeit in Anspruch. Sein Brilloskop thronte hochgeschoben auf seinem Kopf und zerdrückte ihm die Frisur. War es möglich, dass seine Halsbinde einen kleinen Tick schief saß?

»Geht es Ihnen gut, Professor Lyall?«, fragte Alexia ziemlich besorgt wegen der Halsbinde.

»Ich erfreue mich bester Gesundheit, danke der Nachfrage, Lady Maccon. Ihr Mann ist es, der mir Sorgen bereitet, und ich habe gegenwärtig keine Möglichkeit, ihn zu erreichen und ihm etwas mitzuteilen.«

»Ja«, sagte die Frau des Earls trocken, »ich werde täglich mit einem ähnlichen Dilemma konfrontiert, häufig, wenn er und ich uns unterhalten. Was hat er denn nun wieder angestellt?«

Professor Lyall lächelte schmal. »O nein, es ist nichts dergleichen. Es ist nur so, dass diese Vermenschlichungsplage wieder zugeschlagen hat, diesmal weiter nördlich, ungefähr auf Höhe von Farthinghoe.«

Bei dieser neuen Information runzelte Alexia die Stirn. »Eigenartig. Sie wandert?«

»Und das in dieselbe Richtung wie Lord Maccon. Allerdings ihm ein wenig voraus.«

»Und er weiß nichts davon, oder?«

Lyall schüttelte den Kopf.

»Diese Familienangelegenheit ... Es geht um den toten Alpha, nicht wahr?«

Lyall ignorierte die Frage und sagte stattdessen: »Ich habe keine Ahnung, wie es sich so schnell fortbewegen kann. Seit gestern fahren keine Züge – Streik. Das sieht dem Tageslichtvolk ähnlich, dass sie sich in so einer Situation völlig nutzlos machen!«

»Vielleicht per Kutsche?«

»Könnte sein. Es scheint sich schnell fortzubewegen. Ich würde dem Earl gern diese Information zukommen lassen, aber es besteht keine Möglichkeit, mit ihm Verbindung aufzunehmen, bis er das Büro in Glasgow erreicht. Was immer es ist, es ist mobil, und Conall weiß nichts davon.«

»Glauben Sie, er könnte es einholen?«

Der Beta schüttelte erneut den Kopf. »Nicht bei der Geschwindigkeit, mit der es sich bewegt. Lord Maccon ist schnell, aber er sagte, dass er sich nicht hetzen will. Wenn es weiterhin mit dieser Geschwindigkeit nach Norden wandert, erreicht es Schottland mehrere Tage vor ihm. Ich habe unseren Agenten im Norden eine Nachricht zukommen lassen, aber ich dachte, Sie als Muhjah sollten ebenfalls Bescheid wissen.«

Alexia nickte.

»Werden Sie auch die anderen Mitglieder des Schattenkonzils informieren?«

Daraufhin runzelte Lady Maccon die Stirn. »Ich glaube nicht, dass das im Augenblick besonders klug wäre. Vermutlich kann das bis zu unserer nächsten Versammlung warten. Sie, Professor, sollten natürlich einen Bericht abfassen, aber ich werde keine besonderen Anstrengungen unternehmen, diese Informationen dem Wesir und dem Diwan vorab zukommen zu lassen.«

Der Beta nickte und fragte sie nicht nach ihren Gründen.

»Gut, Professor Lyall. Wenn es sonst nichts gibt, mache ich mich auf den Weg. Ich brauche Lord Akeldamas Rat.«

Professor Lyall bedachte sie mit einem unergründlichen Blick. »Nun, ich vermute, irgendjemand muss dafür ja Verwendung haben. Guten Abend, Lady Maccon.«

Alexia ging, ohne Professor Lyall ihren neuen Sonnenschirm gezeigt zu haben.

# Lord Akeldamas neueste Errungenschaft

Lord Akeldama war tatsächlich zu Hause und empfing Alexia, und obwohl sie ihren Besuch nicht vorher angemeldet hatte, schien er aufrichtig erfreut, sie zu sehen. Durch das bewusst frivole Gebaren des Vampirs war das zwar schwer zu sagen, doch Alexia glaubte, hinter den Schmeicheleien und übertriebenen Gesten aufrichtige Wärme zu entdecken.

Der alte Vampir tänzelte auf sie zu, um sie zu begrüßen, beide Arme ausgestreckt. Er war in seine Version des »zwanglosen Gentlemans daheim« gekleidet. Für die meisten Männer mit Geschmack und den nötigen Mitteln bedeutete dies Smokingjacke, Opernschal, lange Hosen und Derbys mit weichen Sohlen. Lord Akeldamas Jacke hingegen war aus makellos weißer Seide, mit schwarzen Vögeln einer schlanken, orientalisch anmutenden Art bestickt, der Schal hatte ein leuchtend petrolfarbenes Pfauenmuster, die Hosen waren nach neuester Mode aus eng anliegendem schwarzen Jacquard und die Schuhe von auffallendem Schnitt, weiß und mit schwarzer Ferse und Spitze, was von den meisten als ziemlich vulgär empfunden wurde.

»Meine *liebste* Alexia! Was für ein glücklicher Zufall! Gerade wurde mir die absolut göttlichste neue *Spielerei* geliefert. Du *musst* einfach einen Blick darauf werfen und mir deine fachkundige Meinung dazu sagen!« Lord Akeldama nannte Lady Maccon bei ihrem Vornamen und tat das bereits seit jenem Abend, da sie sich kennengelernt hatten. Als Alexia aber mit festem Griff seine Hände nahm, wurde ihr auf einmal bewusst, dass sie keine Ahnung hatte, wie der seine lautete.

Beim Kontakt mit der Außernatürlichen verwandelte sich Lord Akeldama von übernatürlich schön mit schneeweißer Haut und golden schimmerndem, blondem Haar in den einfach nur hübschen jungen Mann, der er einst vor seiner Verwandlung gewesen war.

Lady Maccon küsste ihn sanft auf beide Wangen, als wäre er ein kleines Kind. »Und wie geht es Ihnen heute Abend, Mylord?«

Er lehnte sich leicht an sie, in seinem vollkommen menschlichen Zustand einen Augenblick lang ruhig, bevor er sein lebhaftes Geplauder wieder aufnahm. »Absolut *hervorragend*, mein kleines Teegebäck, absolut *hervorragend*! Etwas Rätselhaftes geht hier in London vor, und ich habe mich kopfüber hineingestürzt. Du weißt doch, wie sehr ich Rätselhaftes *liebe*!« Er küsste sie ebenfalls, gab ihr einen lauten Schmatzer auf die Stirn, um sie dann liebevoll bei sich unterzuhaken.

»Und natürlich ist meine bescheidene kleine Behausung nach dem Wirbel von gestern in heller Aufregung.« Er führte sie in besagte Behausung, die alles andere als bescheiden war. Die extravagante Empfangshalle hatte ein Fresko an der gewölbten Decke, und Marmorbüsten von heidnischen Gottheiten standen an den Wänden. »Ich nehme an, *du* weißt *alles* darüber, du mächtige politische *Narzisse*, du!«

Alexia liebte Lord Akeldamas Salon. Nicht, dass sie dergleichen in ihrem eigenen Heim geduldet hätte, doch es war ein schöner Ort für einen Besuch. Dabei wirkte der Raum ziemlich altmodisch, mit viel Weiß und Blattgold, wie aus einem französischen Gemälde aus vornapoleonischen Zeiten.

Unsanft warf der Vampir eine fette, scheckige Katze von ihrem Schlafplatz auf einem kleinen, mit Quasten verzierten Goldbrokat-Sofa und nahm anmutig statt ihrer darauf Platz. Lady Maccon ließ sich ihm gegenüber in einen Armsessel nieder, in dem sie saß wie auf einem Thron.

»Also, mein sahniges *Creme*törtchen. Gestern Nacht erzählte Biffy mir eine *aller*liebste kleine Geschichte!« Lord Akeldamas ätherisches Gesicht unter der unnötigen Schicht aus weißem Puder und rosigem Rouge wirkte angespannt vor Eifer. »Eine ziemlich romantische Gute-Nacht-Geschichte.«

Lady Maccon war sich nicht sicher, ob sie diese Geschichte hören wollte. »Oh, äh … Hat er das? Wo ist Biffy übrigens? Ist er in der Nähe?«

Lord Akeldama fingerte an seinem Monokel mit Goldrand herum. Die Linse war natürlich nur aus ungeschliffenem Glas. Wie alle Vampire verfügte er über perfekte Sehkraft. »Oh, der unartige Junge treibt irgendwo nicht allzu weit von hier irgendeinen Unfug, da bin ich mir sicher. Er ist ein wenig aus dem Häuschen wegen einer Halsbinde, aber mach dir deshalb keine Sorge! Lass mich dir lieber erzählen, was er gestern Abend gesehen hat.«

Lady Maccon kam ihm zuvor. »Bevor Sie das tun, Mylord, könnten wir eine Einladung an eine neue Bekanntschaft, die ich gemacht habe, versenden? Es würde mir sehr gefallen, wenn Sie beide sich kennenlernen.«

Davon war Lord Akeldama sofort begeistert. »Also *wirklich*, meine liebe kleine Zwergpomeranze, wie aufmerksam von dir! Wer ist denn der Gentleman?«

»Die *Dame* ist eine gewisse Madame Lefoux.«

Daraufhin lächelte Lord Akeldama leicht. »Wie ich hörte, warst du vor Kurzem Hüte kaufen.«

Alexia schnappte nach Luft. »Woher wissen Sie das denn? Oh, wie ärgerlich! Wollen Sie damit etwa sagen, dass Sie mit der Dame bereits bekannt sind? Madame Lefoux hat nichts dergleichen angedeutet.«

»Du kannst wohl schwerlich von *mir* erwarten, *meine* Quellen preiszugeben, mein Schneeflöckchen. Was den Rest anbelangt: Ich kenne sie nicht. Ich habe nur von ihr *gehört*, und es würde mich tatsächlich sehr freuen, ihr offiziell vorgestellt zu werden. Wie mir zu Ohren kam, hat sie eine Vorliebe für männliche Kleidung! Ich werde ihr sofort meine Karte senden.« Er streckte die Hand aus und zog an einem kleinen Glockenstrang. »Nun sag mir: *Was* hast du dieser *skandalösen* Französin abgekauft, meine kleine Apfelsine?«

Alexia zeigte ihm den Sonnenschirm.

Lord Akeldama war schockiert über dessen Aussehen. »Du liebe Güte, er ist ziemlich …«, er räusperte sich, »*auffallend*, findest du nicht?«

Alexia fand diese Bemerkung absurd von einem Mann, der schwarz-weiße Schuhe und einen petrolfarbenen Schal trug. Also sagte sie nur: »Ja, aber er kann die schönsten Dinge!« Gerade wollte sie es ihm genauer erläutern, als ein höfliches Klopfen sie unterbrach und Biffy ins Zimmer trabte.

»Sie haben geläutet?« Biffy war ein sympathischer junger Kerl mit modischen Neigungen und außerordentlichen körperlichen Vorzügen, der immer dann aufzutauchen beliebte, wenn es am wenigsten erwartet wurde und am dringendsten notwendig war. Hätte er nicht von Geburt an Rang und Reichtum gehabt, er hätte einen ausgezeichneten Butler abgegeben. Er war Lord Akeldamas Lieblingsdrohne, allerdings hätte der Vampir ebenso wenig jemals offen zugegeben, eine seiner Drohnen zu bevorzugen, wie er jemals zwei Tage hintereinander dieselbe Weste trug. Alexia musste zugeben, dass Biffy etwas Besonderes an sich hatte. Er war ohne Zweifel ein Meister mit dem Lockeneisen, viel besser im Arrangieren von Frisuren als sogar Angelique.

»Biffy, mein *Täubchen*, saus doch hurtig zu diesem fabelhaften neuen Hutladen in der Regent Street und bring die Inhaberin zu einem kleinen geselligen Beisammensein her, wärst du so lieb? Bist ein *braver* Junge! Sie sollte meine Einladung bereits erwarten.«

Biffy lächelte. »Selbstverständlich, Mylord! Guten Abend, Lady Maccon. Ist dieses Arrangement Ihr Werk? Denn wissen Sie, der Herr hier brennt regelrecht darauf, Madame Lefoux kennenzulernen, schon seit sie diesen Laden eröffnet hat, doch ihm wollte beim besten Willen kein passender Vorwand für eine Einladung einfallen.«

»Biffy!«, zischte Lord Akeldama.

»Nun, aber so ist es doch!«, entgegnete Biffy trotzig.

»Fort mit dir, du unmöglicher Bengel, und halt diesen *entzückenden* Mund!«

Biffy verbeugte sich knapp und tänzelte leichtfüßig hinaus, wobei er im Vorübergehen seinen Hut und die Handschuhe von einem Beistelltischchen nahm.

»Dieser junge Frechdachs wird mich noch ins Grab bringen! Allerdings hat er ein *bewundernswertes* Talent dafür, zur richtigen Zeit am richtigen Ort zu sein. Gestern Abend zum Beispiel war er vor dem *Pickled Crumpet*, diesem *schrecklichen* kleinen Pub in der Nähe von St. Bride's, bekannt für sein Übermaß an Militär und Bluthuren. *Keineswegs* sein übliches Wasserloch. Und du errätst *nie*, wen er dort in einer Seitengasse direkt hinter dem Pub herumschleichen sah!«

127

Lady Maccon seufzte. »Meinen Ehemann?«

Lord Akeldama war schwer geknickt. »Er hat es dir erzählt.«

»Nein, es ist nur genau die Art von Ort, an der mein Mann herumschleichen würde.«

»Nun, da *kann* ich dir aber was *erzählen*, meine kleine Petunienblüte! Biffy sagt, dass er sich in einem *absolut* unschicklichen Zustand befand, als er versuchte, die Fleet Street zu erreichen.«

»Betrunken?« Lady Maccon hatte ihre Zweifel. Im Allgemeinen neigten Werwölfe nicht zur Trunkenheit. Das ließ ihre Konstitution nicht zu. Außerdem *klang* das schlicht und einfach nicht nach ihrem Mann.

»O nein, der arme Kerl hatte Bekanntschaft mit diesem *verhängnisvollen* Übel gemacht, das die Innenstadt heimsuchte, und sich recht unvermittelt völlig menschlich und unbekleidet im Herzen Londons wiedergefunden.« Lord Akeldamas Augen funkelten.

Lady Maccon konnte einfach nicht anders und musste lachen. »Kein Wunder, dass er mir nichts von diesem Vorfall erzählt hat, der Ärmste!«

»Nicht, dass Biffy sich über dieses Spektakel beschwert hätte.«

»Nun ja, wer würde das schon?« Ehre, wem Ehre gebührte: Alexias Ehemann hatte wirklich eine recht famose Figur. »Allerdings ist das interessant. Es bedeutet, dass man nicht anwesend sein muss, wenn diese anti-übernatürliche Seuche zuschlägt. Wenn man zufällig in die befallene Gegend schlendert, ereilt es einen ebenso.«

»Du glaubst also, es ist irgendeine Art von *Krankheit*, mein kleiner Pumpernickel?«

Nachdenklich legte Miss Maccon den Kopf schief. »Ich weiß nicht mit Sicherheit, was es sein könnte. Was glauben Sie, das es ist?«

Lord Akeldama läutete an einem anderen Klingelstrang nach Tee. »Ich glaube, es ist eine Art Waffe«, sagte er ungewöhnlich unverblümt.

»Sie haben schon einmal von so etwas gehört?« Lady Maccon setzte sich kerzengerade auf und starrte ihren Freund gespannt an. Lord Akeldama war ein sehr alter Vampir. Es gab Gerüchte, dass er sogar noch älter war als Countess Nadasdy, und jeder wusste, dass sie fünfhundert Jahre und noch älter war.

Der Vampir warf seinen Zopf langer, blonder Haare über die Schulter. »Nein, das habe ich nicht. Aber es *fühlt* sich nicht *an* wie eine Krankheit, und meine Erfahrung mit dem Hypocras Club hat mich gelehrt, die moderne Wissenschaft und ihre vulgäre technische *Herumpfuscherei* nicht zu unterschätzen.«

Lady Maccon nickte. »Da bin ich Ihrer Meinung, ebenso wie der Rest des Schattenkonzils. BUR hält immer noch daran fest, dass es eine Krankheit ist, aber auch ich tendiere zu einer neumodischen Waffe. Haben Ihre Jungs schon irgendetwas Bedeutsames herausgefunden?«

Lord Akeldama blies die Backen auf. Es gefiel ihm nicht, offen zuzugeben, dass seine Sammlung von angeblich nur dekorativen, aber unbedeutenden Drohnen mit hochkarätigen Familienverbindungen und wenig offensichtlichem Verstand in Wirklichkeit vollendete Spione waren. Er fand sich damit ab, dass Alexia und durch sie auch Lord Maccon und BUR von seinen Aktivitäten wussten, doch es gefiel ihm nicht, wenn das offen zur Sprache kam.

»Nicht so viel, wie ich gehofft hatte. Obwohl es heißt, dass eines der Schiffe, die *Spanker*, die eine Vielzahl von Regimentern mit den dazugehörigen Rudelmitgliedern transportierte, während der *gesamten* Überfahrt nach Hause von einem *menschlichen Leiden* befallen war.«

»Ja, Major Channing erwähnte etwas in der Art. Obwohl das Rudel, als es Woolsey Castle erreichte, wieder zu übernatürlicher Normalität zurückgekehrt war.«

»Und was denken *wir* über Major Channing?«

»*Wir* versuchen *überhaupt nicht* an dieses abstoßende Individuum zu denken.«

Lord Akeldama lachte, während ein gut aussehender junger Butler mit einem Teetablett den Raum betrat. »Weißt du, ich versuchte einst, ihn zu rekrutieren, vor einigen Jahrzehnten.«

»Wirklich?« Lady Maccon konnte sich mit dieser Vorstellung nicht anfreunden. Sie glaubte nicht, dass Major Channing in Lord Akeldamas »Richtung« tendierte, um nur einen Grund zu nennen, der sie in dieser Hinsicht skeptisch machte, obwohl es da ja immer wieder diese Gerüchte über Männer beim Militär gab.

»Er war ein *großartiger* Bildhauer, bevor er verwandelt wurde, wusstest du das? Uns allen war klar, dass er ein Übermaß an Seele hatte. Vampire und Werwölfe wetteiferten miteinander darum, seine Gönner zu sein. Solch ein süßes, talentiertes junges Ding!«

»Wir sprechen hier von *demselben* Major Channing?«

»Er gab *mir* einen Korb und ging in den Soldatendienst, hielt das für *romantischer*. Schließlich wurde er während des Napoleonkriegs zur zottigen Seite des Übernatürlichen konvertiert.«

Alexia war sich nicht sicher, was sie davon halten sollte. Deshalb kehrte sie wieder zum ursprünglichen Thema zurück. »Wenn es eine Waffe ist, dann muss ich herausfinden, wo man sie hingebracht hat. Lyall sagte, dass der Auslöser dieser Plage nach Norden unterwegs ist, und wir glauben, in einer Kutsche. Die Frage ist, wohin, und wer führt diese Waffe mit sich?«

»Und *was* genau ist es?«, fügte der Vampir hinzu, während er den Tee einschenkte. Lady Maccon nahm ihren mit Milch und etwas Zucker, er seinen mit einem Schuss Blut und einem

Spritzer Zitrone. »Nun, wenn Professor Lyall behauptet, er wäre nach Norden unterwegs, dann also nach Norden. Der Beta deines Mannes irrt sich *nie*.« In Lord Akeldamas Stimme lag ein eigenartiger Tonfall. Alexia musterte ihn scharf. Er fügte nur hinzu: »Wann?«

»Kurz, bevor ich hierherkam.«

»Nein, nein, meine Schlüsselblume! Ich meine, wann hat *es* angefangen, sich nach Norden zu bewegen?« Er reichte ihr ein kleines Tablett mit Keksen, lehnte aber ab, selbst davon zu kosten.

Lady Maccon überschlug es schnell im Kopf. »Scheint so, als habe es London spät am gestrigen Abend oder heute am frühen Morgen verlassen.«

»Als die Vermenschlichung in London aufhörte?«

»Ganz genau.«

»Also müssen wir wissen, welche Regimenter oder Rudel oder Einzelpersonen auf der *Spanker* nach London kamen und gestern Abend oder heute Morgen nach Norden weiterreisten.«

Lady Maccon hatte das unheilvolle Gefühl, dass alle Fingerzeige in eine bestimmte Richtung hindeuteten. »Ich hege großes Vertrauen in Professor Lyall und bin mir sicher, dass er dieser Frage bereits nachgeht.«

»Aber du hast bereits eine ziemlich gute Vorstellung davon, wer die Täter sein könnten, nicht wahr, meine kleine *Lavendelblüte*?« Lord Akeldama richtete sich aus seiner entspannt in die Couch zurückgelehnten Haltung auf und beugte sich vor, um sie durch sein Monokel zu mustern.

Lady Maccon seufzte. »Nennen Sie es Intuition!«

Der Vampir lächelte und zeigte dabei seine zwei langen Eckzähne, spitz und eindeutig tödlich. »Ach ja, deine außernatürlichen Vorfahren waren schon seit Generationen Jäger, mein

*Zuckerstück.*« Der Anstand erlaubte es ihm nicht, sie daran zu erinnern, dass sie Vampire gejagt hatten.

»O nein, ich sagte ›Intuition‹, nicht ›Instinkt‹.«

»Ach?«

»Vielleicht sollte ich sagen ›weibliche Intuition einer Ehefrau‹.«

»Ah.« Lord Akeldamas Lächeln wurde breiter. »Du glaubst, dein überdimensionaler Gatte könnte irgendetwas mit dieser Waffe zu schaffen haben.«

Stirnrunzelnd knabberte Lady Maccon an einem Keks. »Nein, nicht direkt, aber wo mein werter Herr Gemahl hingeht …« Sie verstummte.

»Du glaubst, die ganze Sache könnte mit seinem Besuch in Schottland zusammenhängen.«

Alexia nippte an ihrem Tee und blieb stumm.

»Du glaubst, es hat etwas damit zu tun, dass das Kingair-Rudel seinen Alpha verloren hat.«

Alexia stutzte. Ihr war nicht bewusst gewesen, dass diese kleine Tatsache allgemein bekannt war. Wie gelangte Lord Akeldama nur so schnell an solche Informationen? Es war wirklich bemerkenswert. Hätte die Krone doch auch über ein derart effizientes Agentennetz verfügt! Oder BUR.

»Ein Rudel ohne Alpha kann schon schlechtes Benehmen an den Tag legen, aber in diesem Ausmaß? Glaubst du …«

Lady Maccon fiel ihrem Freund ins Wort. »Ich *glaube*, Lady Maccon könnte sich plötzlich durch die schmutzige Londoner Luft recht beklemmt fühlen. Ich glaube, Lady Maccon hat eine Erholungsreise nötig. In den Norden vielleicht. Wie ich hörte, soll Schottland zu dieser Jahreszeit ganz bezaubernd sein.«

»Bist du noch bei Trost? Schottland ist absolut *grässlich* zu dieser Jahreszeit!«

»In der Tat, warum sollte jemand dorthin verreisen wollen, ganz besonders, wenn keine Züge fahren?« Das kam von einer neuen Stimme, die von einem schwachen französischen Akzent gefärbt war.

Madame Lefoux trug immer noch Männerkleidung, obwohl die für ihren Besuch formeller war, denn sie hatte die farbenfrohe Halsbinde gegen eine aus weißem Linon und den braunen Zylinder gegen einen schwarzen ausgetauscht.

»Lady Maccon glaubt, eine Luftveränderung nötig zu haben«, antwortete Lord Akeldama, während er sich erhob und seinem neuen Gast entgegenschritt, um ihn zu begrüßen. »Madame Lefoux, nehme ich an.«

Alexia errötete darüber, in ihrer Überraschung den Moment verpasst zu haben, beide einander vorzustellen, doch ihnen schien es gleich zu sein.

»Sehr erfreut, Lord Akeldama. Ein Vergnügen, endlich Ihre Bekanntschaft zu machen! Ich habe schon viel von Ihnen gehört.« Die Erfinderin besah sich aufmerksam die auffallenden schwarz-weißen Schuhe und die Smokingjacke des Vampirs.

»Und ich von Ihnen«, entgegnete der Vampir und fasste die modische Männerkleidung der Erfinderin ebenso kritisch ins Auge.

Alexia registrierte einen gewissen unterschwelligen Argwohn bei beiden, so als wären sie zwei Geier, die über demselben Kadaver kreisten.

»Nun, über Geschmack lässt sich bekanntlich streiten«, meinte die Französin sanft. Lord Akeldama fühlte sich zunächst von ihren Worten angegriffen, doch die Dame hatte sich bereits von ihm abgewandt und sprach zu Alexia. »Aber Schottland, Lady Maccon? Sind Sie sich da sicher?«

Ein Ausdruck wachsamer Anerkennung huschte über das

Gesicht des Vampirs. »Bitte setzten Sie sich«, bot er ihr Platz an. »Sie duften übrigens göttlich. Vanille? Ein bezaubernder Duft. Und so überaus *feminin*!«

*War das etwa eine Retourkutsche?*, fragte sich Alexia.

Madame Lefoux nahm dankend eine Tasse Tee entgegen und ließ sich auf ein weiteres kleines Kanapee nieder, neben die vertriebene gescheckte Katze. Das Tier war eindeutig der Überzeugung, Madame Lefoux wäre nur gekommen, um sie unter dem Kinn zu kraulen. Die Erfinderin tat ihr den Gefallen.

»Schottland«, entgegnete Lady Maccon bestimmt. »Per Luftschiff, denke ich. Ich werde mich sofort um die Vorbereitungen kümmern und morgen abreisen.«

»Das wird schwierig werden. Giffard's hat nicht für nächtliche Kunden geöffnet.«

Lady Maccon nickte verstehend. Luftschiffe waren auf das Tageslichtvolk ausgerichtet und nicht auf die Übernatürlichen. Ein Vampir konnte nicht mit ihnen fahren, da sie zu hoch über seinem Revier und damit außerhalb davon schwebten. Ein Geist war für gewöhnlich an seinen Leichnam gebunden. Und Werwölfe flogen nicht gern, da sie dazu neigten, schrecklich luftkrank zu werden, wie ihr Ehemann ihr erklärt hatte, als sie ihm gegenüber das erste und einzige Mal Interesse an dieser Art von Transportmittel angedeutet hatte.

»Morgen Nachmittag«, verbesserte sie. »Aber lassen Sie uns nun über angenehmere Dinge plaudern. Lord Akeldama, sind Sie interessiert daran, etwas über ein paar von Madame Lefoux' Erfindungen zu hören?«

»Allerdings.«

Madame Lefoux beschrieb einige ihrer jüngsten Gerätschaften. Trotz seines altmodischen Hauses war Lord Akeldama von modernen technischen Entwicklungen fasziniert.

»Alexia hat mir ihren neuen Sonnenschirm gezeigt. Sie leisten *beeindruckende* Arbeit. Sind Sie *zufällig* auf der Suche nach einem Gönner?«, fragte er nach etwa einer Viertelstunde angeregter Unterhaltung, während der ihn die Französin zumindest mit ihrer Intelligenz beeindruckt hatte.

Die Erfinderin verstand die unausgesprochene Botschaft und schüttelte den Kopf. In Anbetracht von Madame Lefoux' Auftreten und ihren Fähigkeiten zweifelte Alexia keine Sekunde daran, dass sie in der Vergangenheit bereits ähnliche Angebote erhalten hatte. »Haben Sie vielen Dank, Mylord! Sie erweisen mir eine besondere Gunst, da ich weiß, dass Sie männliche Drohnen bevorzugen. Aber ich bin gut situiert und erfreue mich meiner Unabhängigkeit, und ich verspüre nicht den Wunsch nach Unsterblichkeit.«

Lady Maccon verfolgte den Wortwechsel mit großem Interesse. Offenbar glaubte Lord Akeldama, Madame Lefoux verfüge über ein Übermaß an Seele. Nun, da sich ihre Tante in ein Gespenst verwandelt hatte, lag das möglicherweise in der Familie. Sie wollte gerade eine undiplomatische Frage stellen, als Lord Akeldama aufstand und sich die langgliedrigen weißen Hände rieb.

»Nun, meine kleinen *Butterblumen* ...«

*Oh-oh!* Alexia zuckte innerlich vor Mitgefühl zusammen. Madame Lefoux hatte Akeldama-Kosenamen-Status erreicht. Nun würden sie beide gemeinsam leiden müssen.

»Würden meine *bezaubernden* Blütenknospen gern meine neueste Errungenschaft sehen? Eine wahre Schönheit!«

Alexia und Madame Lefoux tauschten einen Blick, stellten ihre Teetassen ab und erhoben sich widerspruchslos, um ihm zu folgen.

Lord Akeldama führte sie hinaus in die vergoldete Eingangshalle mit dem Deckengewölbe, wo sich eine mit jedem Absatz immer aufwendiger werdende Treppe emporschwang. Schließlich erreichten sie das oberste Stockwerk des Stadthauses und betraten etwas, das eigentlich der Dachboden hätte sein sollen. Der war jedoch, wie sich herausstellte, in ein aufwendiges Zimmer verwandelt worden, das mit mittelalterlichen Wandteppichen geschmückt war und in dem eine riesige Kiste stand, die groß genug war, zwei Pferden darin Platz zu bieten. Sie befand sich durch ein kompliziertes System aus Federn etwas erhöht über dem Fußboden und war mit dickem, wattiertem Stoff ausgekleidet, um zu verhindern, dass Umgebungsgeräusche ins Innere dringen konnten. Die Kiste selbst bestand aus zwei kleinen Kammern voller Gerätschaften. Die erste bezeichnete Lord Akeldama als die Sende- und die zweite als die Empfangskammer.

Alexia hatte so etwas noch nie zuvor gesehen.

Madame Lefoux schon. »Aber, Lord Akeldama, was für ein Aufwand! Sie haben sich eine äthografische Transmitter-Anlage zugelegt!« Mit anerkennender Begeisterung sah sie sich im überfüllten Innern der ersten Kammer um. »Wunderschön!« Ehrfürchtig strich die Erfinderin mit den Fingerspitzen über die vielen Skalen und Schalter auf den Apparaturen in der Sendekammer.

Lady Maccon runzelte die Stirn. »Man sagt, die Königin besäße eine, offenbar als Ersatz für den Telegrafen, nachdem sich die Telegrafie als völlig unrentable Methode der Kommunikation erwiesen hat.«

Lord Akeldama schüttelte traurig das blonde Haupt. »Es bekümmert mich *zutiefst*, von diesem Misserfolg lesen zu müssen. Ich hatte solche Hoffnungen auf den Telegrafen gesetzt.« Seitdem hatte eine spürbare Lücke in Sachen Fernstreckenkommunikation existiert, während sich die wissenschaftliche Gemeinschaft bemühte, etwas zu erfinden, das kompatibler mit hochgradig magnetischen Äthergasen war.

»Der Äthograf ist ein kabelloses Kommunikationsgerät, deshalb leidet er nicht unter solch schweren Störungen der elektromagnetischen Strömungen wie der Telegraf«, erklärte Lord Akeldama.

Lady Maccon sah ihn aus schmalen Augen an. »Ich habe von der neuen Technologie *gelesen*. Nur habe ich nicht geglaubt, schon so bald ein solches Gerät zu Gesicht zu bekommen.« Alexia hatte sich über zwei Wochen lang darum bemüht, den Äthografen der Königin besichtigen zu dürfen, allerdings ohne Erfolg. Seine Funktionsweise war ein wenig heikel, deshalb durfte es zu keiner Störung kommen, während er in Betrieb war. Ebenso erfolglos hatte sie versucht, den Äthografen von BUR zu sehen zu bekommen. Sie wusste, dass es einen davon in den Londoner Büros gab, da sie dazugehörende geätzte Metallrollen herumliegen gesehen hatte. Ihr werter Herr Gemahl hatte sich diesbezüglich ganz unmöglich benommen. »Weib«, hatte er schließlich in tiefster Frustration konstatiert, »ich kann die Geschäfte nicht einfach unterbrechen, nur um deine Neugier zu befriedigen!« Zu Alexias Pech befanden sich beide Äthografen, seit sie sich im Besitz der Regierung befanden, ununterbrochen in Betrieb.

Lord Akeldama nahm eine geätzte Metallrolle, rollte sie auf und schob sie in einen speziellen Rahmen. »Man stellt die Nachricht zur Übertragung bereit, so, und aktiviert den Ätherokonvektor.«

Madame Lefoux, die sich mit eifrigem Interesse umgesehen hatte, unterbrach ihn mitten in seinen Erklärungen. »Man muss natürlich zuerst einen ausgehenden Kristallröhren-Frequensor einsetzen, genau hier.« Sie deutete auf das Schaltpult und stutzte. »Wo ist die Resonator-Gabel?«

»Ha!«, krähte der Vampir, offensichtlich begeistert darüber, dass sie das Fehlen bemerkt hatte. »Das ist das neueste Modell, meine *Kürbisblüte*! Er wird nicht über *kristallines* Kompatibilitätsprotokoll betrieben!«

Mit halb beleidigtem, halb amüsiertem Gesichtsausdruck sah Madame Lefoux Lady Maccon an. »Kürbisblüte«, formte sie lautlos mit den Lippen.

Alexia zuckte nur mit den Schultern.

»Normalerweise«, erklärte Lord Akeldama, der ihr Schulterzucken falsch interpretierte, »erfordert die Transmissionskomponente des Äthografen die Installation einer speziellen Röhre, abhängig vom beabsichtigen Bestimmungsort der Nachricht. Verstehst du, im Empfangsraum des anderen muss ein Pendant der Röhre installiert sein. Nur wenn sich beide Röhren an ihrem Platz befinden, kann eine Nachricht von A nach B übermittelt werden. Das Problem ist natürlich, dass von beiden Seiten zuvor eine genau Zeit vereinbart werden muss, und beide müssen im Besitz der passenden Röhre sein. Die Königin verfügt über eine ganze Bibliothek von Röhren, die mit verschiedenen im ganzen Reich verteilten Äthografen korrespondieren.«

Madame Lefoux runzelte die Stirn. »Und Ihr Gerät hat keine? Das erscheint mir nicht gerade sehr nützlich, Lord Akeldama, eine Nachricht in den Äther zu senden, ohne dass es am anderen Ende jemanden gibt, der sie empfangen kann.«

»Ha!«, wiederholte der Vampir und hüpfte auf seinen lächerlichen Schuhen selbstgefällig in der winzigen Kammer umher. »*Mein* Äthograf braucht keine! Ich habe ihn mit der neuesten Technologie in Sachen Frequenztransmitter ausstatten lassen, sodass ich ihn auf jede gewünschte äthomagnetische Einstellung ausrichten kann. Alles, was ich wissen muss, ist die Ausrichtung der Kristallröhre am Empfänger. Und um selbst zu empfangen, brauche ich nur die richtige Uhrzeit, einen guten Suchlauf und jemanden, der meine Codes kennt. Manchmal kann ich sogar Nachrichten auffangen, die für *andere* Äthografen bestimmt sind.« Er runzelte für einen Moment die Stirn. »Die Geschichte meines Lebens, wenn man so darüber nachdenkt.«

»Gütiger Himmel!« Madame Lefoux war offensichtlich beeindruckt. »Ich hatte keine Ahnung, dass solch eine Technologie überhaupt existiert. Ich wusste natürlich, dass daran gearbeitet wird, aber nicht, dass man sie endlich gebaut hat. Beeindruckend! Dürften wir das Gerät in Aktion erleben?«

Der Vampir schüttelte den Kopf. »Ich habe im Augenblick keine zu sendenden Nachrichten und erwarte auch keine eingehenden.«

Madame Lefoux sah schwer enttäuscht aus.

»Also, was genau geschieht dann?«, fragte Lady Maccon, die die Anlage immer noch aufmerksam betrachtete.

Lord Akeldama war nur zu erfreut, es ihr erklären zu dürfen. »Ist euch aufgefallen, dass sich auf dem metallischen Papier ein schwaches Raster befindet?«

Alexia richtete ihre Aufmerksamkeit auf eine Metallrolle, die ihr Lord Akeldama reichte. Die Oberfläche war tatsächlich in ein gleichmäßiges Raster unterteilt. »Ein Buchstabe pro Kästchen?«, stellte sie ihre Hypothese auf.

Lord Akeldama nickte und erklärte: »Das Metall wird einer chemischen Lösung ausgesetzt, was bewirkt, dass die eingeätzten Buchstaben ausgewaschen werden. Dann tasten zwei Nadeln jedes Rasterkästchen ab, eine an der Oberseite und die andere an der Unterseite. Sie schlagen Funken, sobald sie miteinander durch die Buchstaben in Kontakt kommen. *Das* verursacht eine

Ätherwelle, die von der oberen Äthersphäre zurückgeworfen wird und – kommt es nicht zu solaren Interferenzen – *weltweit überträgt*.« Während er sprach, wurden seine Gesten immer hektischer, und bei den letzten zwei Worten drehte er eine kleine Pirouette.

»Erstaunlich.« Lady Maccon war beeindruckt, sowohl von der Technologie als auch von Lord Akeldamas Überschwänglichkeit.

Er hielt kurz inne, um seine Gelassenheit wiederzuerlangen, dann fuhr er mit seinen Erklärungen fort. »Nur eine Empfangskammer, die auf die entsprechende Frequenz eingestellt ist, wird in der Lage sein, die Nachricht zu empfangen. Kommt mit!«

Er führte sie in den Empfangsbereich des Äthografen.

»Empfänger, auf dem Dach *direkt* über uns montiert, nehmen die Signale auf. Es erfordert einen geübten Bediener, die Umgebungsgeräusche herauszufiltern und das Signal zu verstärken. Die Botschaft erscheint dann dort«, er wedelte gestikulierend mit den Händen herum, als wären sie Flossen, und deutete auf zwei Glasscheiben, zwischen denen sich schwarze Partikel befanden, und einen Magneten, der auf einem hydraulischen Arm montiert darüber schwebte, »immer ein Buchstabe nach dem andern.«

»Also muss jemand anwesend sein und jeden Buchstaben aufschreiben?«

»Und er muss dabei absolut leise sein«, fügte Madame Lefoux hinzu, während sie die Feinheit der Aufhängung in Augenschein nahm.

»Und man muss sofort bereit sein, denn die Botschaft zerstört sich mit ihrem Fortschreiten selbst«, ergänzte Lord Akeldama.

»Jetzt verstehe ich den Grund für den schallsicheren Raum und warum er sich auf dem Dachboden befindet. Das hier ist

140

eindeutig ein höchst empfindliches Gerät.« Lady Maccon fragte sich, ob *sie* solch einen Apparat wohl bedienen konnte. »Sie haben in der Tat eine beeindruckende Anschaffung getätigt.«

Lord Akeldama grinste, und Alexia bedachte ihn mit einem verschmitzten Blick. »Also wie genau *lautet* denn nun Ihr Kompatibilitätsprotokoll, Lord Akeldama?«

Der Vampir gab vor, beleidigt zu sein, und starrte kokett zur Decke der Kiste hoch. »Also wirklich, Alexia, was für eine Frage bei deiner *aller*ersten Vorführung!«

Lady Maccon lächelte nur.

Lord Akeldama rückte an ihre Seite und schob ihr ein kleines Stück Papier zu, auf dem eine Reihe von Zahlen stand. »Ich habe das Elf-Uhr-Zeitfenster speziell für dich reserviert, meine Liebe, und werde heute in einer Woche damit anfangen, alle Frequenzen zu überwachen.« Geschäftig verschwand er und tauchte mit einer facettierten Kristallröhre wieder auf. »Hier, nimm sie. Sie ist auf meine Frequenz eingestellt, für den Fall, dass der Apparat, den du benutzt, nicht so modern ist wie meiner.«

Alexia steckte das Stück Papier und die Kristallröhre in eine der versteckten Taschen ihres neuen Sonnenschirms. »Gibt es noch andere Privathaushalte, die einen besitzen?«, fragte sie.

»Schwer zu sagen«, antwortete Lord Akeldama. »Der Empfänger *muss* auf dem Dach montiert sein, also könnte man theoretisch ein Luftschiff mieten und umherfliegen, um genau danach Ausschau zu halten. Aber ich glaube kaum, dass das eine effiziente Methode wäre. Äthografen sind sehr teuer, und es gibt nur wenige Privatleute, die sich diese Ausgabe leisten könnten. Die Krone hat zwei davon, und ansonsten habe ich die Liste offizieller Kompatibilitätsprotokolle: Das sind ein wenig mehr als hundert Äthografen über das Empire verteilt.«

Widerstrebend wurde Alexia bewusst, dass es Zeit war zu gehen, zumal wenn sie noch immer nach Schottland wollte, denn dann gab es für sie an diesem Abend noch eine Menge vorzubereiten. Unter anderem musste sie der Königin eine Nachricht zukommen lassen, damit diese darüber informiert war, dass ihre Muhjah in den nächsten paar Wochen nicht an den Zusammenkünften des Schattenkonzils teilnehmen würde.

Sie verabschiedete sich von Lord Akeldama, und Madame Lefoux tat es ihr gleich, sodass die beiden Damen sein Haus gemeinsam verließen. Sie hielten auf der Vordertreppe kurz inne.

»Haben Sie wirklich vor, morgen mit dem Luftschiff nach Schottland zu fahren?«, fragte die Französin, während sie sich die feinen grauen Ziegenlederhandschuhe zuknöpfte.

»Ich halte es für das Beste, wenn ich meinem Ehemann nachreise.«

»Reisen Sie allein?«

»Oh, ich werde Angelique mitnehmen.«

Madame Lefoux stutzte leicht bei dem Namen. »Eine Französin?«

»Ich erwähnte sie bereits in Ihrem Hutladen«, erinnerte Alexia. »Meine Zofe. Sie kommt aus dem Westminster-Haus und ist sehr geschickt mit dem Lockeneisen.«

»Dessen bin ich mir sicher, wenn sie einst Countess Nadasdy diente«, erwiderte die Erfinderin mit angestrengter Gleichgültigkeit.

Alexia hatte das Gefühl, dass hinter dieser Bemerkung eine gewisse Doppeldeutigkeit steckte.

Doch Madame Lefoux gab ihr keine Gelegenheit nachzuhaken, nickte ihr stattdessen zum Abschied zu, stieg in eine wartende Mietkutsche und war verschwunden, bevor Lady Maccon noch Zeit hatte, mehr zu sagen als ein höfliches »Guten Abend«.

Professor Randolph Lyall war ungeduldig, doch das merkte man ihm nicht an. Zum Teil deshalb, weil er im Augenblick wie ein leicht verwahrloster Hund mit zotteligem Fell aussah, der sich bei den Mülltonnen in der Seitengasse neben Lord Akeldamas Stadthaus herumtrieb.

Wie lange konnte es denn nur dauern, mit einem Vampir ein paar Tassen Tee zu trinken? Offensichtlich eine ganze Weile, wenn es sich um Lord Akeldama und Lady Maccon handelte. Wenn die beiden zusammen waren, quatschten sie sich gegenseitig einen Blumenkohl ans Ohr. Er hatte sie bisher erst bei einer denkwürdigen Gelegenheit dabei erlebt und es seitdem tunlichst vermieden, diese Erfahrung zu wiederholen.

Madame Lefoux stellte eine überraschende Ergänzung des geselligen Beisammenseins dar, obwohl sie vermutlich nicht viel zu der Unterhaltung beitragen konnte. Es war seltsam, sie außerhalb ihres Ladens zu sehen. Professor Lyall machte sich in Gedanken eine Notiz: Sein Alpha sollte davon erfahren. Nicht, dass Lyall den Befehl hatte, die Erfinderin zu beobachten. Aber Umgang mit Madame Lefoux zu pflegen, war gefährlich.

Er wandte sich um, die Nase in den Wind. Eine eigenartige neue Witterung lag in der Luft.

Dann bemerkte er die Vampire. Zwei von ihnen lauerten versteckt in den Schatten ein gutes Stück von Lord Akeldamas Haus entfernt. Hätten sie sich noch ein Stückchen näher gewagt, hätte der weibische Vampir die Anwesenheit von Larven in seinem Revier, die nicht seiner Blutlinie entstammten, gespürt. Warum waren sie hier? Was hatten sie vor?

Lyall nahm den Schwanz zwischen die Hinterläufe und schlich schnell in einem Kreis um sie herum, um sich ihnen unbemerkt von hinten zu nähern. Natürlich war der Geruchssinn von Vampiren nicht annähernd so gut wie der von Werwölfen, doch dafür hörten sie besser.

Er versuchte, so lautlos wie möglich zu sein, als er sich an sie heranschlich.

Keiner der Vampire war ein BUR-Agent, so viel war sicher. Wenn Lyall sich nicht irrte, gehörten sie zur Westminster-Brut.

Sie schienen nichts anderes zu tun, als einfach nur zu beobachten.

»Blutige Reißzähne!«, fluchte schließlich einer von ihnen. »Wie lange kann es denn verdammt noch mal dauern, ein paar Tässchen Tee zu trinken? Insbesondere, wo doch der Gastgeber gar keinen Tee trinkt?«

Professor Lyall wünschte sich, seine Pistole bei sich zu haben. Doch das war nicht so einfach, wenn man sie im Maul tragen musste.

»Denk dran, er will, dass wir unentdeckt bleiben. Wir sollen nur beobachten. Will sich nicht wegen nichts mit den Werwölfen anlegen, du weißt schon …«

Lyall, der es *nicht* wusste, wollte es unbedingt in Erfahrung bringen, doch die Vampire gingen nicht näher darauf ein.

»Ich glaube, er ist paranoid.«

»Es steht uns nicht zu, seine Entscheidungen in Zweifel zu ziehen, aber ich glaube, die Herrin ist deiner Meinung. Das hält sie allerdings nicht davon ab, ihm den Gefallen zu …«

Jäh hob der andere Vampir die Hand und schnitt seinem Kameraden mit dieser Geste das Wort ab.

Lady Maccon und Madame Lefoux traten aus Lord Akeldamas Stadthaus und verabschiedeten sich auf der Treppe voneinander. Madame Lefoux stieg in eine Mietkutsche, und Lady Maccon blieb mit einem nachdenklichen Gesichtsausdruck allein auf den Stufen zurück.

Die zwei Vampire setzten sich in ihre Richtung in Bewegung. Lyall wusste nicht, was sie im Schilde führten, aber er vermutete, dass es nichts Gutes war.

Blitzschnell schlitterte er einem der Vampire zwischen die Beine und brachte ihn zu Fall, mit der nächsten Bewegung sprang er den anderen an und grub ihm die Zähne heftig in den Knöchel.

Der erste Vampir reagierte sofort und sprang so schnell zur Seite, dass es beinahe unmöglich war, der Bewegung mit dem Auge zu folgen, zumindest für einen Sterblichen. Doch Lyall war kein Sterblicher.

Mit einem Satz warf er sich dem Vampir in die Seite und schleuderte ihn mit dem ganzen Gewicht seines Wolfskörpers aus der Bahn. Der zweite Vampir setzte ihm nach und packte ihn am Schwanz.

Das ganze Handgemenge fand beinahe völlig lautlos statt, nur das Klappen zuschnappender Kiefer war zu hören.

Es gab Lady Maccon gerade genug Zeit – obwohl ihr nicht bewusst war, dass sie sie brauchte –, um in die Woolsey-Kutsche zu steigen und sich auf den Weg zu machen.

Die beiden Vampire hielten inne, sobald das Gefährt außer Sicht war.

»Na, das ist ja eine dumme Situation jetzt!«, sagte der eine.

»Werwölfe!«, stieß der andere angewidert hervor. Er spuckte in Lyalls Richtung, der mit gesträubtem Nackenfell zwischen ihnen hin und her strich, um eine Verfolgung unmöglich zu machen. Er blieb kurz stehen, um geziert an der Spucke zu schnüffeln – Eau de Westminster-Haus.

»Wirklich«, sagte der erste Vampir zu Lyall. »Wir wollten diesem dunklen italienischen Kopf kein Härchen krümmen. Wir sollten einfach nur etwas überprüfen. Niemand hätte je etwas davon gemerkt.«

Der andere stieß ihm heftig den Ellbogen in die Rippen. »Sei still, das ist Professor Lyall, Lord Maccons Beta. Je weniger er weiß, umso besser!«

Mit diesen Worten zogen sie grüßend die Hüte vor dem immer noch knurrenden, immer noch das Fell sträubenden Wolf und drehten sich um, um in gemächlichem Schritt Richtung Bond Street davonzuschlendern.

Professor Lyall wollte ihnen zunächst folgen, doch dann entschied er sich für vorbeugende Maßnahmen und lief der Kutsche hinterher, um sicherzustellen, dass Alexia wohlbehalten zu Hause ankam.

Lady Maccon erwartete Professor Lyall bereits in dessen Büro, als er kurz vor der Morgendämmerung hereinkam. Er sah erschöpft aus, und sein ohnehin schon hageres Gesicht wirkte abgespannt.

»Ah, Lady Maccon, sind Sie etwa meinetwegen aufgeblieben? Wie freundlich von Ihnen.«

Sie suchte in seinen Worten nach Sarkasmus, doch wenn es den gab, verbarg er ihn geschickt. Alexia fragte sich oft, ob er vor seiner Verwandlung Schauspieler gewesen und es ihm irgendwie gelungen war, an seinem kreativen Talent festzuhalten, obwohl er den größten Teil seiner Seele für die Unsterblichkeit geopfert hatte. Er war so unglaublich geschickt darin, genau das zu tun und zu sein, was man von ihm erwartete.

Lyall bestätigte ihren Verdacht. Was immer es auch war, das diesen umfassenden Verlust übernatürlicher Fähigkeiten verursachte, wanderte definitiv nach Norden. BUR hatte herausgefunden, dass der Zeitpunkt, an dem London wieder zu übernatürlicher Normalität zurückgekehrt war, mit der Abreise des Kingair-Rudels nach Schottland übereinstimmte. Es überraschte ihn nicht, dass Lady Maccon zu demselben Schluss gelangt war.

Allerdings war er entschieden gegen die Idee, dass auch sie sich dorthin begab.

»Nun, wer sollte es denn sonst tun? Außerdem bleibe ich von dieser Heimsuchung völlig verschont.«

Professor Lyall starrte sie finster an. »*Niemand* sollte sich dorthin begeben. Der Earl ist vollkommen in der Lage, mit der Situation allein fertig zu werden, selbst wenn er im Augenblick noch nicht weiß, dass er es mit gleich zwei Problemen zu tun bekommt. Ihnen scheint noch nicht ganz klar zu sein, dass wir alle schon Jahrhunderte unversehrt überstanden haben, lange bevor Sie in unser Leben traten.«

»Wohl wahr, aber überlegen Sie mal, in was für einem Schlamassel Sie alle da ständig gesteckt haben.« Lady Maccon würde sich nicht abbringen lassen von der Vorgehensweise, für die sie sich entschieden hatte. »Jemand muss Conall sagen, dass das Kingair-Rudel für diese Sache verantwortlich ist.«

»Wenn das wirklich so ist, wird sich kein Mitglied des Rudels verwandeln können, und er wird das erkennen, sobald er dort ankommt. Seiner Lordschaft würde es nicht gefallen, würden Sie ihm folgen.«

»Seine Lordschaft kann mich am …« Lady Maccon hielt inne, überdachte ihre unfeinen Worte noch einmal und sagte dann: »… braucht es nicht zu gefallen. Und Ihnen ebenso wenig. Floote wird heute Morgen eine Passage für mich auf dem Nachmittags-Luftschiff nach Glasgow buchen. Seine Lordschaft kann sich dann mit mir darüber auseinandersetzen, sobald ich angekommen bin.«

Professor Lyall hegte nicht den geringsten Zweifel, dass sein armer Alpha genau das tun und ähnlich zurechtgestutzt werden würde. Trotzdem wollte er nicht so einfach nachgeben. »Sie werden zumindest Tunstell mitnehmen. Der Junge sehnt sich schon seit der Abreise seiner Lordschaft danach, den Norden zu sehen, und er wird ein Auge auf Sie haben.«

Lady Maccon gab sich weiterhin widerspenstig. »Ich brauche ihn nicht. Haben Sie schon meinen neuen Sonnenschirm in Augenschein genommen?«

Lyall hatte die Kaufbestellung gesehen und war gebührend beeindruckt gewesen. Aber er hatte noch einen weiteren Einwand: »Eine Dame, selbst eine verheiratete Lady, kann nicht ohne Begleitung per Luftschiff reisen. So etwas tut man einfach nicht. Dieser Tatsache sind wir beide, Sie und ich, uns nur allzu wohl bewusst.«

Lady Maccon runzelte die Stirn. Verflixt, er hatte recht! Sie seufzte und sagte sich, dass sie mit Tunstell wenigstens leichtes Spiel haben würde.

»Also gut, wenn Sie darauf bestehen«, fügte sie sich ungnädig.

Der unerschütterliche Beta, älter als die meisten noch in der weiteren Londoner Umgebung lebenden Werwölfe – Lord Maccon und den Diwan eingeschlossen – tat das Einzige, was er unter diesen Umständen tun konnte: Er zog die Halsbinde nach unten, um seine Kehle zu entblößen, verbeugte sich leicht und überließ Lady Maccon das Feld, indem er sich ohne ein weiteres Wort zu Bett begab.

Mylady schickte den bereits auf Abruf stehenden Floote los, um den armen Tunstell aus den Federn zu werfen und ihm die unerwartete Neuigkeit mitzuteilen, dass er nach Schottland aufbrechen würde. Der Claviger, der gerade erst ins Bett gestiegen war, da er den größten Teil der Nacht damit verbracht hatte, sich

Damenhüte anzusehen, machte sich ein klitzekleines bisschen Gedanken über den Geisteszustand seiner Herrin.

Kurz nach Sonnenaufgang begann Lady Maccon, die nur sehr wenig Schlaf bekommen hatte, zu packen. Oder genauer: Lady Maccon begann mit Angelique darüber zu streiten, was sie einpacken sollten. Doch dabei wurden sie unterbrochen, und zwar von dem Besuch des einzigen Menschen auf Erden, der Alexia bei verbalen Auseinandersetzungen immer wieder vernichtend zu schlagen in der Lage war.

Floote überbrachte die Karte.

»Gütiger Himmel, was in aller Welt macht *sie* denn hier? Und das auch noch zu so früher Stunde!« Alexia legte das Visitenkärtchen zurück auf das kleine Silbertablett, überprüfte ihr Aussehen, das nur leidlich dafür geeignet war, einen Besucher zu empfangen, und fragte sich, ob sie sich noch die Zeit nehmen sollte, sich umzuziehen. Ließ man einen Besucher besser warten, oder stellte man sich lieber der Kritik, nicht einer Dame von Stand entsprechend gekleidet zu sein? Sie entschied sich für Letzteres, um die Begegnung so schnell wie möglich hinter sich zu bringen.

Die Frau, die im Empfangszimmer auf sie wartete, war eine Blondine mit rosigem Teint, der eher der Kunstfertigkeit als der Natur zu verdanken war. Zudem trug sie ein rosa und weiß gestreiftes Besuchskleid, das besser zu einer halb so alten Dame gepasst hätte.

»Mama«, begrüßte Lady Maccon sie und hielt ihr die Wange für den halbherzigen Kuss hin, den ihre Mutter in ihre Richtung hauchte.

»O Alexia!«, rief Mrs. Loontwill aus, als habe sie ihre älteste Tochter schon seit Jahren nicht mehr gesehen. »Meine Nerven sind aufs Äußerste angegriffen, dabei steht die eigentliche Aufregung noch bevor! Ich benötige deine sofortige Unterstützung!«

Lady Maccon fehlten die Worte – etwas, das nicht allzu oft vorkam. Erstens hatte ihre Mutter kein beleidigendes Wort über ihr Aussehen verloren, und zweitens schien sie tatsächlich in irgendeiner Angelegenheit Alexias Hilfe zu benötigen.

»Setz dich doch, Mama! Du bist ja völlig konsterniert. Ich werde nach Tee schicken.« Sie deutete auf einen Stuhl, und Mrs. Loontwill ließ sich dankbar darauf nieder. »Rumpet«, wandte sich Alexia an den im Hintergrund wartenden Butler. »Tee, bitte. Oder würdest du Sherry bevorzugen, Mama?«

»Oh, meine Nerven sind nicht *so* stark angegriffen.«

»Tee, Rumpet.«

»Allerdings ist die Situation *wirklich* sehr ernst. Ich habe solches Herzrasen, dass ich beinahe anfange zu hydroventilieren, das kannst du mir glauben!«

»Hyperventilieren«, korrigierte ihre Tochter sie sanft.

Mrs. Loontwill entspannte sich leicht, dann fuhr sie urplötzlich wieder kerzengerade in die Höhe und sah sich hektisch um.

»Alexia, es ist doch keiner der *Gefährten* deines Ehemannes im Haus, oder?«

Das war die dezente Art ihrer Mutter, von dem Rudel zu sprechen.

»Mama, es ist helllichter Tag. Sie sind alle im Haus, aber im Bett. Ich selbst war ebenfalls den größten Teil der Nacht über auf.« Sie sagte das als subtilen Hinweis darauf, dass sie übernächtigt und müde war, damit ihre Mutter ein wenig Rücksicht auf sie nahm, doch die war für Subtilität nicht geschaffen.

»Nun, du *musstest* ja auch unbedingt in die Riege der Übernatürlichen einheiraten! Nicht, dass ich mich über deinen Fang beklagen will, meine Liebe, ganz im Gegenteil!« Mrs. Loontwill

150

warf sich stolz in die Brust und wirkte wie eine rosa gestreifte Wachtel. »Meine Tochter – Lady Maccon!«

Für Alexia war es ein unablässiger Quell des Erstaunens, dass das Einzige, was sie in ihrem ganzen Leben offenbar je geleistet hatte und ihre Mutter zufriedenstellte, ihre Hochzeit mit einem Werwolf war.

»Mama, du hast angedeutet, dass du mich wegen einer Angelegenheit von beträchtlicher Dringlichkeit aufgesucht hast. Was ist passiert?«

»Nun, es geht um deine Schwestern.«

»Du hast endlich kapiert, was für unerträgliche kleine Einfaltspinsel die beiden sind?«

»Alexia!«

»Was ist mit ihnen, Mama?« Lady Maccon war argwöhnisch. Es war nicht so, dass sie ihre Schwestern nicht liebte, sie *mochte* sie nur einfach nicht besonders. Sie waren ihre Halbschwestern, um genau zu sein, beide waren Misses Loontwills, wohingegen Alexia vor ihrer Heirat eine Miss Tarabotti gewesen war. Sie waren genauso blond, albern und nicht außernatürlich wie ihre rosa gestreifte Mama.

»Die beiden haben den schrecklichsten Streit miteinander.«

»Evylin und Felicity streiten sich? Was für eine Überraschung!« Der Sarkasmus ging völlig an Mrs. Loontwill vorbei.

»Ich weiß! Aber was ich dir sage, ist die reine Wahrheit! Du verstehst doch sicher, welchen Kummer mir das bereitet. Weißt du, Evylin hat sich verlobt. Natürlich ein nicht ganz so guter Fang wie deiner – und man darf ja auch nicht erwarten, dass ein Blitz zweimal an derselben Stelle einschlägt –, aber doch eine ganz passable Partie. Der Gentleman ist kein Übernatürlicher, dem Himmel sei Dank! *Ein* Schwiegersohn dieser Art ist mehr als genug. Nichtsdestotrotz kann Felicity die Tatsache nicht ertragen, dass ihre jüngere Schwester vor ihr heiraten wird. Sie verhält sich absolut garstig wegen dieser Sache. Also hat Evylin vorgeschlagen – und ich stimme ihr darin zu –, dass es ihr vielleicht guttun würde, eine Weile aus London fortzukommen. Darum schlug ich vor – und Mr. Loontwill war damit einverstanden –, dass sie einen Ausflug aufs Land unternimmt, um ihre Laune wieder aufzuheitern. Und deshalb habe ich sie hierher gebracht, zu dir.«

Lady Maccon konnte ihr nicht ganz folgen. »Du hast Evylin mitgebracht?«

»Aber nein, meine Liebe, nein! Hör doch richtig zu! Ich habe Felicity mitgebracht.« Mrs. Loontwill zog einen gerüschten Fächer hervor und fächelte sich damit heftig Luft zu.

»Was? *Hier*her?«

»Also nun gibst du dich aber absichtlich begriffsstutzig«, warf ihre Mutter ihr vor und stupste sie mit dem Fächer.

»Tue ich das?« Wo *blieb* Rumpet nur mit dem Tee? Lady Maccon hatte ihn dringend nötig. So eine Reaktion rief ihre Mutter oft bei ihr hervor.

»Ich habe sie natürlich hergebracht, damit sie bei dir bleiben kann.«

»Was? Für wie lange?«

»So lange, wie es nötig ist.«

»Aber was …«

»Ich bin sicher, du könntest die Gesellschaft eines Mitglieds deiner Familie gut gebrauchen«, beharrte ihre Mutter. Sie nahm sich einen Augenblick Zeit, um sich im Empfangszimmer umzusehen, einem etwas unordentlichen, aber freundlich gestalteten Raum voller Bücher und großer Ledermöbel. »Und dieser Ort hier könnte eindeutig den Einfluss einer zusätzlichen weiblichen Hand vertragen. Ich sehe hier nicht ein einziges Spitzendeckchen!«

»Warte …«

»Sie hat für einen zweiwöchigen Aufenthalt gepackt, aber …
Du verstehst doch sicher: Da ich eine Hochzeit vorzubereiten habe, muss sie möglicherweise länger auf Woolsey bleiben
und …«

»Jetzt warte einmal einen Augenblick!« Alexias Stimme war
schrill vor Verärgerung.

»Gut, dann wäre das ja geklärt.«

Alexia schnappte mit offenem Mund nach Luft wie ein Fisch
auf dem Trockenen.

Mrs. Loontwill, die sich offenbar von ihrem Herzrasen erholt
hatte, erhob sich. »Ich gehe jetzt und hole sie aus der Kutsche, ja?«

Lady Maccon folgte ihrer Mutter aus dem Empfangszimmer
und die Vordertreppe hinunter, um Felicity auf ihrem Rasen
vorzufinden, umgeben von einem gewaltigen Berg Gepäck.

Ohne weitere Umschweife küsste Mrs. Loontwill ihre beiden
Töchter auf die Wangen, stieg in die Kutsche und entschwand
in einem Wirbel aus Lavendelduft und rosa Streifen.

Immer noch geschockt musterte Lady Maccon ihre Schwester
von Kopf bis Fuß. Felicity trug einen langen Samtmantel nach
der neuesten Mode, weiß mit roter Vorderpartie und einer Reihe
von Hunderten winziger schwarzer Knöpfe, und einen langen
weißen Rock mit roten und schwarzen Schleifen. Das blonde
Haar war hochgesteckt, und ihr Hütchen thronte weit hinten
an ihrem Kopf, in genau der gewagten Art und Weise, die Angelique befürworten würde.

»Nun«, sagte Lady Maccon brüsk, »ich schätze, dann kommst
du wohl besser mit hinein.«

Felicity warf einen Blick auf ihre sie umgebenden Reiseta-
schen, manövrierte dann geziert um sie herum und rauschte die
Vordertreppe hoch und ins Haus.

»Rumpet, wären Sie bitte so freundlich?« Lady Maccon deutete mit dem Kinn auf die riesige Ansammlung von Gepäckstücken.

Rumpet nickte.

Als er an ihr vorbeiging, hielt Lady Maccon ihn auf. »Machen Sie sich nicht die Mühe, sie auszupacken, Rumpet. Zumindest nicht gleich. Wir wollen zunächst einmal sehen, ob wir das hier nicht anders lösen können.«

Der Butler nickte. »Sehr wohl, Mylady.«

Dann folgte Lady Maccon ihrer Schwester ins Haus.

Felicity hatte den Weg ins Empfangszimmer gefunden und schenkte sich gerade etwas Tee ein. Ohne zu fragen. Als Lady Maccon eintrat, hob sie flüchtig den Blick. »Ich muss schon sagen, du siehst etwas füllig im Gesicht aus, Schwester. Hast du zugenommen, seit ich dich das letzte Mal sah? Du weißt doch, ich sorge mich sehr um deine Gesundheit.«

Alexia verzichtete darauf zu erwidern, dass die einzige Sorge, die sich Felicity machte, der Handschuhmode der nächsten Saison galt. Sie setzte sich ihrer Schwester gegenüber, verschränkte die Arme demonstrativ vor dem üppigen Busen und funkelte sie finster an. »Heraus damit! Was ist der Grund, dass du es zulässt, derart zu mir abgeschoben zu werden?«

Felicity legte leicht den Kopf schräg, nippte an ihrem Tee und zögerte. »Also, dein Teint scheint sich etwas aufgehellt zu haben. Man könnte dich beinahe mit einer Engländerin verwechseln. Ich hätte das nie für möglich gehalten.«

Blasse Haut war in England populär, seit Vampire in die höchsten gesellschaftlichen Ränge aufgestiegen waren. Doch Alexia hatte den italienischen Teint ihres Vaters geerbt und kein Interesse daran, wie einer der Untoten auszusehen. »Felicity!«, sagte sie scharf.

Felicity sah zur Seite und schnalzte genervt mit der Zunge. »Also gut, wenn es denn unbedingt sein muss! Lass mich einfach nur sagen, dass es für mich wünschenswert ist, mich für eine kleine Weile aus London zurückzuziehen. Evylin benimmt sich übertrieben selbstgefällig. Du weißt ja, wie sie ist, wenn sie etwas hat und weiß, dass du es auch haben willst.«

»Die Wahrheit, Felicity!«

Felicity sah sich um, als suchte sie nach irgendeinem Anhaltspunkt oder Hinweis, der es ihr ermöglichte, die Frage zu beantworten, und sagte dann: »Mir kam zu Ohren, dass das Regiment hier auf Woolsey residiert.«

Ah, dachte Alexia, daher wehte also der Wind. »Oh, das kam dir zu Ohren, ja?«

»Nun … äh, ja. Sind sie nun hier?«

Lady Maccon sah sie aus schmalen Augen an. »Sie haben ihr Lager hinter dem Haus.«

Sofort erhob sich Felicity, strich sich die Röcke glatt und rückte ihre Locken zurecht.

»O nein, das wirst du nicht tun! Setz dich sofort wieder hin, junge Dame!« Es bereitete Alexia großes Vergnügen, ihre Schwester wie ein kleines Kind zu behandeln. »Es geht einfach nicht, du kannst nicht bei mir bleiben.«

»Aber warum denn nicht?«

»Weil ich selbst nicht hierbleibe. Ich habe Angelegenheiten in Schottland zu erledigen und reise noch heute Nachmittag ab. Ich kann dich wohl schwerlich allein und ohne Anstandsdame auf Woolsey zurücklassen, ganz *besonders* nicht, da sich das Regiment hier befindet. Stell dir nur vor, wie das aussehen würde!«

»Aber warum ausgerechnet Schottland? Ich würde mich nur fürchterlich ungern nach Schottland begeben. Das ist solch eine barbarische Gegend. Es ist ja *praktisch Irland*!« Felicity war eindeutig höchst beunruhigt über die Durchkreuzung ihres sorgfältig ausgefeilten Plans.

»Mein Gatte hält sich in Rudelangelegenheiten in Schottland auf. Ich werde ihn dort aufsuchen.«

»Ach, Quatsch!«, rief Felicity empört und ließ sich mit einem dumpfen *whupp* wieder auf ihren Stuhl fallen. »Was für ein schrecklicher Mist! Warum musst du nur immer so unpraktisch sein, Alexia? Kannst du denn nicht zur Abwechslung einmal an *mich* und *meine* Bedürfnisse denken?«

Lady Maccon unterbrach, was eine lange Schimpftirade zu werden drohte. »Ich bin überzeugt davon, dass dein Leid wirklich jeder Beschreibung spottet. Soll ich die Woolsey-Kutsche rufen lassen, damit du wenigstens stilvoll nach London zurückreisen kannst?«

Felicity blickte verdrießlich drein. »Das ist nicht zu tolerieren, Alexia! Mama wird dir den Kopf abreißen, wenn du mich jetzt wieder nach Hause schickst. Du weißt, wie sie in solchen Dingen ist.«

Das wusste Lady Maccon. Aber was sollte sie tun?

Nachdenklich sog Felicity die Luft durch die Zähne. »Ich nehme an, ich werde dich einfach nach Schottland begleiten müssen. Das wird natürlich fürchterlich langweilig werden, und du weißt ja, wie ich Reisen hasse. Aber ich werde es mit Würde ertragen.« Diese Idee schien Felicity eigenartig aufzumuntern.

Lady Maccon wurde bleich. »O nein, das wirst du ganz sicher nicht!« Eine Woche oder länger in der Gesellschaft ihrer Schwester, und sie würde bestimmt verrückt werden.

»Ich denke, die Idee hat ihre gute Seite.« Felicity lächelte breit. »Ich könnte dir Nachhilfe in Sachen Aussehen geben.« Sie ließ ihren Blick abschätzig über Alexia schweifen, von Kopf bis Fuß. »Es ist offensichtlich, dass du den Rat eines Experten benötigst. Also, wenn ich Lady Maccon wäre, ich würde keine so düstere Kleidung wählen.«

Lady Maccon rieb sich übers Gesicht. Ihre geistig umnachtete Schwester wegen einer dringend nötigen Luftveränderung aus London fortzubringen würde ein gutes Alibi abgeben. Felicity war zudem selbstverliebt genug, um Alexias etwaige Aktivitäten als Muhjah nicht zu bemerken. Und darüber hinaus hätte Angelique zur Abwechslung einmal jemand anderes, um den sie ein Getue machen konnte.

Das gab den Ausschlag.

»Also gut. Ich hoffe, du bist darauf vorbereitet, per Luftschiff zu reisen. Wir werden heute Nachmittag an Bord gehen.«

Felicity wirkte unsicher, was für sie ganz untypisch war. »Nun, wenn es sein muss. Aber ich bin sicher, dass ich nicht das richtige Hütchen für eine Luftreise eingepackt habe.«

»Huhu!« Eine Stimme hallte durch den Korridor vor der offenen Tür des Empfangszimmers. »Jemand zu Hause?«, flötete sie munter weiter.

»Was denn nun schon wieder?«, fragte sich Lady Maccon in der inständigen Hoffnung, ihren Abflug nicht zu verpassen. Sie wollte ihre Reise nicht aufschieben, ganz besonders jetzt nicht, da sie Felicity vom Regiment fernhalten musste.

Ein Kopf wurde durch die Tür gesteckt, und dieser Kopf trug einen Hut, der beinahe gänzlich aus kerzengerade in die Höhe stehenden roten und ein paar kleinen flaumigen weißen Federn zu bestehen schien. Er sah aus wie ein äußerst aufgeregter Staubwedel mit schwerem Pockenbefall.

»Ivy«, stellte Alexia fest und fragte sich, ob ihre liebe Freundin möglicherweise insgeheim die Anführerin einer Gesellschaft zur Befreiung lächerlicher Hüte war.

»Oh, Alexia! Ich habe mich selbst hereingebeten. Ich habe

157

keine Ahnung, wo Rumpet abgeblieben ist, aber ich sah, dass die Tür des Empfangszimmers offen stand, also schloss ich daraus, dass du wach sein musst, und dachte, ich sollte dir sagen ...« Sie verstummte, als sie bemerkte, dass Alexia nicht allein war.

»Aber, Miss Hisselpenny«, schnurrte Felicity. »Was machen *Sie* denn hier?«

»Miss Loontwill!« Blinzelnd starrte Ivy Alexias Schwester in höchster Überraschung an. »Ich könnte Ihnen dieselbe Frage stellen.«

»Alexia und ich unternehmen heute Nachmittag einen Ausflug nach Schottland.«

Der Staubwedel bebte vor Verwirrung. »Wirklich?« Ivy war offensichtlich verletzt, weil Alexia es nicht für nötig befunden hatte, sie über die geplante Reise zu informieren. Und dann zog sie auch noch Felicity als Begleitung vor, obwohl Ivy doch wusste, wie wenig Alexia ihre Schwester ausstehen konnte.

»Per Luftschiff.«

Miss Hisselpenny nickte weise. »Das ist vernünftig. Die Eisenbahn ist so eine unwürdige Art zu reisen. Dieses schnelle Dahinrasen. In der Luftfahrt liegt so viel mehr Gravität.«

»Ich musste das alles äußerst kurzfristig beschließen«, sagte Lady Maccon. »Sowohl die Reise als auch, dass Felicity mich begleitet. Es gibt ein paar häusliche Probleme bei den Loontwills. Offen gesagt ist Felicity eifersüchtig, dass Evy sich vermählen wird.« Auf keinen Fall würde Lady Maccon zulassen, dass ihre Schwester die Unterhaltung auf Kosten der Gefühle ihrer lieben Freundin an sich riss. Dass sie Felicitys Sticheleien über sich selbst ergehen lassen musste, war eine Sache, wenn sich diese aber gegen die wehrlose Miss Hisselpenny richteten, war dies eine völlig andere.

»Was für ein entzückender Hut!«, sagte Felicity abfällig zu Ivy.

Lady Maccon schenkte ihrer Schwester keine Beachtung. »Es tut mir leid, Ivy. Ich hätte dich eingeladen – du weißt, dass ich das hätte –, aber meine Mutter bestand darauf, das ich mich um Felicity kümmere, und du weißt ja, wie sie sein kann.«

Miss Hisselpenny nickte bedrückt. Sie kam ganz ins Zimmer und setzte sich. Ihr Kleid war recht schlicht für Ivys Verhältnisse: ein Promenadenkleid in Weiß mit roten Pünktchen, das mit nur einer einzigen Reihe roter Rüschen und weniger als sechs Schleifen aufwartete – allerdings waren die Rüschen sehr bauschig und die Schleifen recht groß.

»Ich bin mir allerdings sicher, dass die Luftfahrt schrecklich unsicher ist«, fügte Felicity hinzu. »Zumindest dann, wenn wir zwei Frauen allein reisen. Glaubst du nicht, dass du ein paar Mitglieder des Regiments bitten solltest, uns zu begleiten?«

»Nein, das denke ich ganz gewiss nicht!«, entgegnete Lady Maccon scharf. »Aber ich glaube, Professor Lyall wird darauf bestehen, uns Tunstell als Eskorte mitzugeben.«

Felicity schmollte. »Doch nicht etwa dieser furchtbare rothaarige Schauspieler? Er ist so fürchterlich fröhlich! Muss er unbedingt mitkommen? Könnten wir nicht stattdessen lieber einen netten Soldaten nehmen?«

Miss Hisselpenny reagierte ziemlich gereizt, als Tunstell derart herabgesetzt wurde. »Aber, Miss Loontwill, wie kühn Sie Ihre Meinung über junge Männer äußern, von denen Sie überhaupt nichts wissen! Ich wäre Ihnen sehr verbunden, würden Sie nicht mit solchen Diffusierungen und Verleumdungen um sich werfen.«

»Wenigstens habe ich eine eigene Meinung«, konterte Felicity schnippisch.

*Ach herrje*, dachte Alexia, *jetzt geht das wieder los!* Sie fragte sich, was eine »Diffusierung« sein mochte.

»Oh«, keuchte Miss Hisselpenny. »Ich habe ganz gewiss eine Meinung über Mr. Tunstell. Er ist in jeder Hinsicht ein tüchtiger und liebenswürdiger Gentleman.«

Felicity musterte Ivy mit einem abschätzenden Blick. »Dann muss ich wohl annehmen, Miss Hisselpenny, dass Sie mit dem fraglichen Gentleman übermäßig vertraut sind.«

Ivy wurde so rot wie ihr Hut.

Alexia räusperte sich. Zwar war es unklug von Ivy gewesen, gegenüber jemandem wie Felicity derart offen ihre Gefühle zu zeigen, doch Felicity benahm sich wie eine Harpyie. Wenn das eine Kostprobe ihres Verhaltens in letzter Zeit darstellte, war es kein Wunder, dass Mrs. Loontwill sie aus dem Haus haben wollte.

»Hört auf damit, alle beide!«

Miss Hisselpenny bedachte ihre Freundin mit einem flehenden Blick aus großen Kulleraugen. »Alexia, bist du sicher, dass du keine Möglichkeit siehst, dass ich dich ebenfalls begleiten könnte? Ich bin noch nie in einem Luftschiff gereist und würde so gern einmal Schottland sehen!«

In Wahrheit hatte Ivy schreckliche Angst vorm Fliegen und noch nie irgendein Interesse an der Geografie außerhalb Londons gezeigt. Sogar innerhalb Londons konzentrierte sich ihr geografisches Interesse hauptsächlich auf die Bond Street und Oxford Circus, aus offensichtlich materialistischen Gründen. Alexia Maccon hätte eine Närrin sein müssen, um nicht zu erkennen, dass Ivys Interesse Tunstells Anwesenheit galt.

»Nur, wenn du mir versicherst, dass dich deine Mutter und dein *Verlobter* entbehren können.« Lady Maccon betonte den Verlobten, in der Hoffnung, es könnte Ivy an ihre eingegangene Verpflichtung erinnern, sodass sie Vernunft annahm.

Miss Hisselpennys Augen leuchteten. »Oh, ich danke dir, Alexia!«

Und da ging sie hin, die Vernunft. Felicity sah aus, als habe man sie gerade gezwungen, einen lebenden Aal zu schlucken.

Lady Maccon seufzte. Nun ja, da sie schon gezwungen war, Felicity mitzunehmen, konnte es durch Miss Hisselpennys Anwesenheit auch nicht schlimmer werden. »Ach herrje«, stieß sie hervor. »Organisiere ich denn plötzlich ein geschlossenes Luftschiff-Kränzchen für Damen?«

Felicity bedachte sie mit unergründlichem Blick, und Ivy strahlte.

»Ich werde gleich zurück in die Stadt fahren, um Mamas Erlaubnis einzuholen und zu packen. Um wie viel Uhr fliegen wir?«

Lady Maccon sagte es ihr, und schon war Ivy fort und aus der Vordertür, ohne Alexia gesagt zu haben, warum sie überhaupt den Ausflug nach Woolsey Castle unternommen hatte.

»Es schaudert mich bei dem Gedanken, was diese Frau wohl als Kopfbedeckung für den Flug wählen wird«, sagte Felicity.

# Das Luftschiff-Kränzchen für Damen

Alexia sah schon die Artikel in den Gesellschaftsspalten der Zeitungen:

*Lady Maccon bestieg das Giffard-Langstrecken-Luftschiff, Standardpassagierklasse, begleitet von einer ungewöhnlich großen Entourage. Über die Landungsbrücke folgten ihr ihre Schwester Felicity Loontwill, gekleidet in ein rosafarbenes Reisekleid mit weiß gerüschten Ärmeln, und Miss Ivy Hisselpenny, die ein gelbes Reisekleid trug und einen dazu passenden Hut mit breitem Schleier, wie er gern von Abenteurern in insektenverseuchten Urwäldern benutzt wird. Ansonsten aber stellten die beiden jungen Damen vollkommen angemessene Reisebegleiterinnen dar und waren mit modernsten Luftreisebrillen und Ohrschützern ausgestattet sowie einigen anderen modernen technischen Accessoires, dafür konzipiert, eine Luftschiffreise so angenehm wie möglich zu machen.*

*Lady Maccon wurde außerdem von ihrer französischen Zofe und einem Gentleman als Eskorte begleitet. Letzterer, ein rotblonder Bursche, hat bereits bei mehr als einer Gelegenheit die Bühne betreten. Eigenartig erschien auch, dass Lady Maccon von ihrem persönlichen Sekretär, einem ehemaligen Butler, verabschiedet wurde, doch die Anwesenheit ihrer Mutter machte diesen Fauxpas wieder* wett. *Lady Maccon ist eine der herausragendsten Persönlichkeiten Londons, gilt aber auch als sehr exzentrisch, sodass über solche Dinge hinweggesehen werden muss.*

*Die Lady selbst trug ein Flugkleid nach neuestem Schnitt, mit festgeschnallten Rockhaltegurten und aus bleibeschwertem Saum, mit einer Tournüre aus sich abwechselnden schwarzen und petrolfarbenen Rüschen, die schmeichelhaft in der Ätherbrise flattern, und einem engen Mieder. Sie hatte eine mit petrolfarbenem Samt verbrämte Fliegerbrille um den Hals hängen und trug — sicher unter dem Kinn festgebunden — einen passenden Zylinder mit angemessen bescheidenem Schleier und herunterklappbaren Ohrenschützern, ebenfalls aus petrolfarbenem Samt. Nicht wenige der Damen, die an jenem Nachmittag im Hydepark spazieren gingen, blieben stehen, um sich zu fragen, wer wohl der Schneider ihres Kleides war, und eine gewisse ältere Dame mit wenig Skrupel schmiedete offen Pläne, Lady Maccon ihre ausgezeichnete Zofe abspenstig zu machen.*

*Lady Maccon trug allerdings einen geschmacklosen, geradezu befremdlich wirkenden Sonnenschirm in der einen und eine rote Lederaktentasche in der anderen Hand, wobei weder das eine noch das andere zu ihrem Gesamterscheinungsbild passte. Aber beim Reisen muss man das Gepäck entschuldigen. Alles in allem äußerten sich die nachmittäglichen Spaziergänger im Hydepark positiv über die elegante Abreise einer der am meisten diskutierten Bräute dieser Saison.*

Lady Maccon war der Meinung, dass sie wie eine Parade gefüllter Tauben ausgesehen hatten, und es war typisch, dass das, was der Londoner Gesellschaft gefiel, sie selbst verärgerte. Ivy und Felicity konnten es nicht lassen, sich zu zanken, Tunstell war widerlich quietschfidel, und Floote hatte sich geweigert, sie nach Schottland zu begleiten, mit der Begründung, er würde ansonsten in der Fülle der Tournüre ersticken. Alexia dachte gerade, dass es eine lange und ermüdende Reise werden würde, als ein makellos gekleideter junger Gentleman auftauchte. Der Anführer ihrer kleinen Prozession, ein erschöpft wirkender Schiffssteward, der versuchte, sie zu ihren jeweiligen Kabinen zu steuern, blieb in dem engen Gang stehen, um den Gentleman vorbeizulassen.

Stattdessen hielt der Gentleman an und zog grüßend vor der Parade von Neuankömmlingen den Hut. Der Geruch nach Vanille und Maschinenöl kitzelte Lady Maccon in der Nase.

»Aber Madame Lefoux!«, stieß Alexia verblüfft hervor. »Was, um alles in der Welt, machen *Sie* denn hier?«

Just in diesem Augenblick zerrte das Luftschiff jäh an den Tauen, als die riesige Dampfmaschine, die es durch den Äther manövrieren würde, rumpelnd zum Leben erwachte. Madame Lefoux stolperte nach vorn gegen Lady Maccon und richtete sich schließlich wieder auf, doch es kam Alexia vor, als würde sich die Französin dabei erheblich mehr Zeit lassen, als nötig gewesen wäre.

»Eindeutig weilen wir nicht mehr lange auf Erden, Lady Maccon«, meinte die Erfinderin und zeigte ihre Grübchen. »Ich dachte nach unserer Unterhaltung, dass mir ein Besuch in Schottland ebenfalls gefallen würde.«

Alexia runzelte die Stirn. So bald nach der Neueröffnung eines Ladens schon zu verreisen, ganz zu schweigen davon, dass sie sowohl ihren Sohn als auch ihre geisterhafte Tante zurückließ, erschien ihr als absolut unangemessen. Ohne Zweifel musste die Erfinderin irgendeine Art von Spionin sein. Alexia würde sich vor der Französin in Acht nehmen müssen, was traurig war, denn sie fand einigen Gefallen an der Gesellschaft der Erfinderin. Es kam nicht allzu häufig vor, dass Lady Maccon einer Frau begegnete, die noch unabhängiger und exzentrischer war als sie selbst.

Alexia stellte Madame Lefoux den Rest ihrer Reisegesellschaft vor, und die Französin war unerschütterlich höflich zu allen, obwohl sie möglicherweise ein wenig zusammenzuckte, als sie Ivys die Augen versengendes Ensemble erblickte.

Gleiches konnte man von Alexias Entourage nicht behaupten. Tunstell und Ivy grüßten sie mit Verbeugung und Knicks, doch Felicity ignorierte die Französin demonstrativ, ohne Zweifel schockiert über deren ungewöhnliche Kleidung.

Angelique schien sich ebenfalls in Madame Lefoux' Nähe unwohl zu fühlen, obwohl die Zofe knickste, wie es von jemandem in ihrer Position verlangt wurde. Nun, Angelique hatte eine sehr bestimmte Meinung hinsichtlich sich geziemender Kleidung. Vermutlich stieß es sie ab, wenn sich eine Frau wie ein Mann kleidete.

Madame Lefoux bedachte Angelique mit einem langen und harten, beinahe raubtierhaften Blick. Lady Maccon nahm an, es hatte etwas damit zu tun, dass sie beide Französinnen waren, und ihr Verdacht bestätigte sich, als Madame Lefoux Angelique in ihrer Muttersprache etwas zuzischte, zu schnell, als dass Alexia es hätte verstehen können.

Angelique antwortete nicht, sondern reckte die bezaubernde kleine Nase leicht in die Luft und gab vor, damit beschäftigt zu sein, die Rüschen an Lady Maccons Kleid aufzuschütteln.

Madame Lefoux verabschiedete sich von allen.

»Angelique«, wandte sich Lady Maccon danach an ihre Dienerin. »Was war das denn?«

»Es war nischts Wischtiges, Mylady.«

Lady Maccon entschied, dass die Angelegenheit bis zu einem

späteren Zeitpunkt warten konnte, und folgte dem Steward in ihre Kabine.

Sie blieb nicht lange drinnen, denn sie wollte das Schiff erkunden und an Deck sein, wenn es abhob. Schon seit Jahren war sie erpicht darauf, einmal durch den Äther zu fahren, und sie verfolgte die Entwicklung der Luftfahrttechnologie schon seit sehr jungen Jahren in den Publikationen der Royal Society. Sich endlich an Bord eines Luftschiffs zu befinden war eine Freude, die von französischen Eigenheiten nicht gedämpft werden sollte.

Sobald die letzten Passagiere an Bord waren und ihre Kabinen zugewiesen bekommen hatten, warf die Mannschaft die Halteleinen los, und das große Schiff erhob sie langsam in den Himmel.

Lady Maccon schnappte nach Luft, als die Welt unter ihnen immer kleiner wurde, Menschen mit der Landschaft verschmolzen, die Landschaft zu einem Flickenteppich wurde und schließlich der unwiderrufliche Beweis erbracht wurde, dass die Welt tatsächlich rund war.

Sobald sie die normale Luft durchflogen hatten und sich hoch oben im Äther befanden, warf ein junger Mann, der auf gefährliche Weise direkt auf der Maschine saß, den Propeller an, und während große weiße Dampfwolken seitlich und hinten aus der Maschine quollen, trieb das Luftschiff vorwärts, in nördliche Richtung. Es gab einen leichten Ruck, als es von der magnetischen Ätherströmung erfasst wurde und Geschwindigkeit aufnahm. Es flog schneller, als es seinem Anschein nach in der Lage war mit den riesigen bootsähnlichen Passagierdecks, die unter dem gigantischen mandelförmigen Ballon aus Leinwand hingen.

Miss Hisselpenny, die sich zu Lady Maccon an Deck gesellt

hatte, erholte sich von ihrer eigenen Ehrfurcht und fing an zu singen. Ivy hatte eine nette, feine Stimme, unausgebildet, aber lieblich. »Ye'll take the high road,« sang sie, »and I'll take the low road, and I'll be in Scotland afore ye.« *Du nimmst den Weg über die Höhen und ich den Weg durch die Täler, und ich werde vor dir in Schottland sein.*

Lady Maccon lächelte ihre Freundin an, stimmte aber nicht mit ein. Sie kannte das Lied. Wer tat es nicht? Es war Teil der Werbekampagne der Giffard-Luftschiffsreisen. Doch Alexias Stimme war dazu geschaffen, eine Armee in der Schlacht zu befehligen, nicht um zu singen, wie jeder, der sie jemals singen gehört hatte, ihr bisher versichert hatte.

Lady Maccon fand die ganze Erfahrung äußerst belebend. Die Luft war hoch oben kälter und irgendwie frischer als die in London oder auf dem Land. Sie fühlte sich davon seltsam gelabt, als wäre es ihr Element. Das musste am Äther liegen, vermutete sie, mit seiner gasförmigen Mischung magnetischer Partikel.

Allerdings gefiel es ihr am nächsten Morgen weit weniger, als sie mit flauem Magen und einem sowohl innerlichen als auch äußerlichen Gefühl des Schwebens erwachte.

»Luftreisen wirken sich auf manche so aus, Mylady«, sagte der Steward und fügte erklärend hinzu: »Sie bringen die Verdauungsorgane durcheinander.« Er schickte eine der Stewardessen mit einer Tinktur aus Minze und Ingwer vorbei.

Es gab nur wenig, was Alexia vom Essen abhalten konnte, und mithilfe der Tinktur hatte sie mittags einen Großteil ihres Appetits zurückgewonnen. Zum Teil rührte das Unwohlsein wohl daher, dass sie sich wieder an den Rhythmus des Tageslichtvolks gewöhnen musste, nachdem sie monatelang all ihre Angelegenheiten hauptsächlich nachts erledigt hatte.

Felicity bemerkte nur, dass Alexias Wangen wieder Farbe bekamen.

»Natürlich sieht einfach nicht jeder gut mit einem Sonnenhut aus. Aber ich glaube wirklich, dass du dieses Opfer bringen solltest, Alexia. Wenn du klug bist, dann nimmst du meinen Rat an. Ich weiß, dass Sonnenhüte heutzutage nicht mehr oft getragen werden, aber ich denke, bei jemandem mit deiner unglückseligen Neigung zur Hautbräune muss man über dieses altmodische Accessoire entschuldigend hinwegsehen. Und warum stromerst du zu jeder Tageszeit mit diesem Sonnenschirm herum, wenn du ihn nicht benutzt?«

»Du klingst immer mehr wie Mama«, entgegnete Lady Maccon.

Ivy, die gerade von einer Seite der Reling zur anderen flitzte und verzückt gurrend die Aussicht bewunderte, hätte angesichts einer derart bissigen Aussage wahrscheinlich entsetzt nach Luft geschnappt.

Felicity wollte die Bemerkung gerade mit gleicher Münze heimzahlen, als Tunstell erschien und ihre Aufmerksamkeit voll und ganz auf sich zog. Felicity hatte entdeckt, dass sich Ivy und Tunstell zueinander hingezogen fühlten, und war darum fest entschlossen, Tunstells Zuneigung für sich zu gewinnen, wenn auch aus keinem anderen Grund, als um Ivy zu zeigen, dass sie es konnte.

»Oh, Mr. Tunstell, wie reizend, dass Sie sich zu uns gesellen!« Felicity klimperte heftig mit den Wimpern.

Tunstell errötete leicht und nickte den Damen zu. »Miss Loontwill. Lady Maccon.« Eine Pause. »Und wie fühlen Sie sich heute, Lady Maccon?«

»Die Luftkrankheit ließ während des Mittagessens nach.«

»Wie ungeheuer praktisch«, bemerkte Felicity. »Dabei wäre

zu hoffen gewesen, sie hätte ein kleines bisschen länger angehalten, bedenkt man deine Neigung zur Stämmigkeit und deine offenkundige Liebe zum Essen.«

Doch Lady Maccon ließ sich nicht provozieren. »Ich finde das Mittagessen hier eher unterdurchschnittlich.« Alle Speisen an Bord schienen eher auf fade und gedämpfte Art zubereitet zu werden. Sogar das viel gepriesene kalte Buffet zum High Tea am frühen Abend war eine Enttäuschung gewesen.

Geschickt stieß Felicity ihre Handschuhe von dem kleinen Tischchen neben dem Deckstuhl, in dem sie sich räkelte.

»Oh, wie ungeschickt von mir! Mr. Tunstell, würde es Ihnen etwas ausmachen?«

Der Claviger trat vor und bückte sich, um die Handschuhe für sie aufzuheben.

Schnell veränderte Felicity ihre Haltung, sodass sich Tunstell über ihre Beine beugen musste, das Gesicht praktisch in den Röcken ihres grünen Kleides vergraben. Es war eine ziemlich intime Stellung, und natürlich kam Ivy just in diesem Augenblick vergnügt um die Ecke geschlendert.

»Oh!«, sagte Ivy, ein wenig in ihrem Vergnügen gebremst.

Tunstell richtete sich auf und reichte Felicity die Handschuhe. Felicity nahm sie entgegen und ließ dabei die Finger langsam über seine Hand streichen.

Ivys Gesichtsausdruck glich auf bemerkenswerte Weise dem eines bissigen Pudels.

Lady Maccon wunderte sich, dass sich ihre Schwester mit einem derartigen Verhalten bisher noch nicht in Schwierigkeiten gebracht hatte. Seit wann war Felicity zu so einer ausgekochten kleinen Schäkerin geworden?

Tunstell begrüßte Ivy mit einer Verbeugung. »Miss Hisselpenny. Wie geht es Ihnen?«

169

»Mr. Tunstell, bitte lassen Sie sich von meiner Anwesenheit nicht stören!«

Lady Maccon erhob sich und band sich demonstrativ die Ohrklappen ihres Flughutes fest. Also wirklich, es war einfach zu schrecklich: Felicity übermäßig kühn, Ivy mit einem anderen verlobt – und dazwischen der arme Tunstell, der in seiner Verwirrung beide mit großen Hundeaugen anhimmelte.

Tunstell machte gerade Anstalten, sich über Miss Hisselpennys Hand zu beugen, als das Luftschiff in Turbulenzen geriet und ruckartig nach unten sackte, was Ivy und Tunstell gegeneinandertaumeln ließ. Tunstell ergriff ihren Arm und half ihr, auf den Beinen zu bleiben, während Ivy, die Augen niedergeschlagen, errötete wie eine überreife Erdbeere.

Alexia entschied, dass sie dringend einen Spaziergang auf dem Vorderdeck benötigte.

Es war das windigste Deck, das das Luftschiff zu bieten hatte, und deshalb für gewöhnlich menschenleer. Sowohl die Ladys als auch die Gentlemen mieden es, da einem dort das Haar aufs Fürchterlichste durcheinandergewirbelt wurde, doch Alexia machte sich derlei Gedanken nicht, obwohl sie wusste, dass sie sich damit eine Standpauke von Angelique einhandelte. Sie setzte die Fliegerbrille auf, schnappte sich ihren Sonnenschirm und marschierte los.

Wie sich allerdings herausstellte, war das Vorderdeck nicht menschenleer.

Madame Lefoux, so makellos und unangemessen gekleidet wie immer, stand neben Angelique an der Reling und blickte auf den Flickenteppich der britischen Landschaft hinunter, der sich unter ihnen wie eine Art schlecht entworfener und asymmetrischer Quilt ausbreitete. Die beiden flüsterten erregt miteinander.

Lady Maccon verfluchte den Wind bei Flugreisen, denn er trug die Worte der beiden Französinnen davon, bevor sie Alexia erreichten, dabei hätte sie nur allzu gern gewusst, worüber sich die beiden unterhielten. Sie dachte an ihre Aktentasche. Hatte Floote irgendwelche mechanischen Abhörgeräte eingepackt?

Zu der Entscheidung gekommen, dass ihr nichts anderes übrig blieb als ein direkter Frontalangriff, schlich Alexia so leise wie möglich übers Deck, in der Hoffnung, noch einen Teil der Unterhaltung aufschnappen zu können, bevor die beiden ihre Anwesenheit bemerkten. Sie hatte Glück.

»… angemessen Verantwortung zu übernehmen«, sagte Madame Lefoux auf Französisch.

»Nicht möglich. Noch nicht.« Angelique trat näher an die Erfinderin heran und legte ihr flehend die kleinen Hände auf den Arm. »Bitte verlang das nicht von mir!«

»Besser, es geschieht bald, sonst verrate ich dich. Du weißt, dass ich das tun würde.« Madame Lefoux warf den Kopf zurück, dass sich ihr Zylinder gefährlich zur Seite neigte, aber er verrutschte nicht, da er am Kopf festgebunden war. Sie schüttelte den Griff der blonden Frau ab.

»Bald, das verspreche ich!« Angelique schmiegte sich an die Erfinderin und legte den Kopf an die Schulter der anderen Frau.

Wieder schüttelte Madame Lefoux sie ab. »Spielchen, Angelique! Spielchen und einer Lady die Haare hübsch frisieren. Das ist alles, was du jetzt hast, nicht wahr?«

»Es ist besser, als Hüte zu verkaufen.«

Madame Lefoux packte die Zofe am Kinn. Zwei Augenpaare starrten sich durch Fliegerbrillen an. »Hat sie dich wirklich hinausgeworfen?« Ihr Tonfall war sowohl boshaft als auch ungläubig.

Lady Maccon war inzwischen nahe genug, und die großen

veilchenblauen Augen der Zofe hinter der schlichten Messingbrille erblickten sie, als das Mädchen den Kopf wandte. Angelique starrte ihre Herrin an, und ihre Augen füllten sich mit Tränen. Mit einem kleinen Schluchzen warf sie sich an Lady Maccons Brust, dass dieser gar keine andere Wahl blieb, als die Arme um sie zu schlingen.

Alexia war verwirrt. Obwohl sie Französin war, neigte Angelique selten zu Gefühlsausbrüchen. Angelique fand ihre Fassung wieder, entzog sich den Armen ihrer Herrin, knickste kurz und eilte davon.

Alexia mochte Madame Lefoux, doch sie konnte schwerlich billigen, dass sie einem ihrer Bediensteten Kummer bereitete. »Die Vampire haben sie abgewiesen, wissen Sie? Es ist ein heikles Thema. Sie spricht nicht gern darüber, warum das Westminster-Haus sie mir überließ.«

»Darauf möchte ich wetten.«

Lady Maccon wurde ärgerlich. »Ebenso wenig wie Sie über den wahren Grund sprechen, aus dem Sie sich an Bord dieses Luftschiffs befinden.« Die Französin würde es lernen müssen: Ein Rudel beschützte die Seinen, und Angelique stand in seinem Dienst und damit unter seiner Obhut.

Grüne Augen starrten Alexia lange an, doch Lady Maccon konnte den Ausdruck darin nicht deuten. Dann streckte die Erfinderin den Arm aus und streichelte Alexia mit dem Handrücken über die Wange, und Alexia fragte sich für einen Augenblick tatsächlich, warum die Franzosen so viel mehr körperliche Herzlichkeit als die Engländer an den Tag legten.

»Standen Sie und meine Zofe in der Vergangenheit in irgendeiner Art von ... *Beziehung*, Madame Lefoux?«, fragte Alexia, ohne auf die Berührung zu reagieren, obwohl sich ihr Gesicht dadurch heiß anfühlte, und dies trotz des kalten Ätherwinds.

Die Erfinderin zeigte lächelnd ihre Grübchen. »Das taten wir einmal, aber ich versichere Ihnen, dass ich gegenwärtig frei von solchen Verbindungen bin.« Stellte sie sich absichtlich begriffsstutzig?

Alexia, stets unverblümt, trat näher, hielt den Kopf schief und fragte: »Für wen arbeiten Sie, Madame Lefoux? Für die französische Regierung? Die Templer?«

Seltsam aufgebracht über die Frage wich die Erfinderin leicht zurück. »Sie ziehen falsche Schlüsse aus meiner Anwesenheit hier, Lady Maccon. Ich versichere Ihnen, ich arbeite nur für mich selbst.«

»Isch würde ihr nischt vertrauen, wenn isch Sie wäre, Mylady«, sagte Angelique, während sie Alexia an diesem Abend vor dem Abendessen das Haar frisierte. Die Zofe bügelte es mit einem speziell dafür vorgesehenen Dampfbügeleisen glatt, sehr zu ihrer beider Missfallen. Dass Alexia ihr Haar offen und glatt tragen sollte, war Ivys Idee gewesen, die darauf bestanden hatte, dass ihre Freundin diese ausgefallene Bügelerfindung ausprobierte, da Alexia bereits verheiratet war und die Bürde einer ruinierten Frisur daher würde ertragen können.

»Gibt es da etwas, das ich wissen sollte, Angelique?«, fragte Lady Maccon sanft. Die Zofe äußerte nur selten, was sie dachte, wenn es nicht um Mode ging.

Angelique hielt in ihren Bemühungen inne und wedelte kurz mit der Hand herum, wie nur die Franzosen wedeln konnten. »Nur dass isch sie kannte, bevor isch eine Drohne wurde, in Paris.«

»Und?«

»Und wir gingen nischt gerade im Guten auseinander. Eine Angelegen'eit – wie sagt man? – persönlicher Natur.«

»Dann werde ich nicht weiter nachbohren«, versprach Alexia, obwohl sie nichts sehnlicher getan hätte als genau das.

»Sie 'at nischts über misch su Ihnen gesagt, Mylady?«, fragte die Zofe. Sie fuhr sich mit der Hand an den Hals und strich über den hohen Kragen.

»Nichts von Belang«, antwortete Lady Maccon.

Angelique wirkte nicht überzeugt. »Sie vertrauen mir nischt, ist es so, Mylady?«

Überrascht blickte Alexia auf und begegnete Angeliques Blick im Spiegel. »Du warst Drohne eines Schwärmers und hast auch dem Westminster-Haus gedient. *Vertrauen* ist ein starkes Wort, Angelique. Ich vertraue darauf, dass du mein Haar nach der neuesten Mode frisierst und dass dein Geschmack mein eigenes Desinteresse in dieser Hinsicht ausgleicht. Aber mehr als das kannst du nicht von mir verlangen.«

Angelique nickte. »Isch verste'e. Also hat Genevieve mehr nischt gesagt?«

»Genevieve?«

»Madame Lefoux.«

»Nein. Gibt es denn da mehr?«

Angelique senkte den Blick und schüttelte den Kopf.

»Willst du mir nicht mehr darüber erzählen, in welcher Beziehung ihr früher zueinander gestanden habt?«

Angelique blieb stumm, doch ihr Gesichtsausdruck machte deutlich, dass sie diese Frage für äußerst persönlich hielt.

Lady Maccon entließ ihre Zofe und suchte ihr kleines Ledernotizbuch, um ihre Gedanken besser ordnen zu können und sie niederzulegen. Sie verdächtigte Madame Lefoux, eine Spionin zu sein, und sie meinte, das besser schriftlich festzuhalten, ebenso wie die Gründe für diese Annahme. Sinn und Zweck des Notizbuches war es unter anderem, entsprechende Hinweise zu hinterlassen, falls ihr etwas zustoßen sollte. Sie hatte mit dieser Gepflogenheit begonnen, als sie den Posten der Muhjah übernommen hatte, obwohl sie das Notizbuch für persönliche Einträge und nicht für die Niederschrift von Staatsgeheimnissen nutzte. Die Tagebücher ihres Vaters hatten sich für sie schon bei mehr als einer Gelegenheit als hilfreich erwiesen. Sie wäre gern davon ausgegangen, dass ihr eigenes einmal für zukünftige Generationen von ebensolchem Nutzen sein würde. Obwohl vermutlich nicht ganz in der gleichen Weise wie die von Alessandro Tarabotti. Sie legte nicht gerade *diese* Art von Information nieder.

Der Füllfederhalter lag dort, wo sie ihn hingelegt hatte, auf dem Nachtkästchen, doch das Notizbuch war verschwunden. Sie sah überall nach – unter dem Bett, hinter den Möbeln –, konnte es jedoch nirgends finden. Mit einem merkwürdigen Gefühl in der Magengegend machte sie sich daran, nach ihrer Aktentasche zu suchen, da klopfte es an der Tür, und bevor ihr noch eine Ausrede einfallen wollte, mit der sie sich den Besucher vom Leibe hätte halten können, platzte Ivy ins Zimmer. Sie sah erhitzt und nervös aus. Ihr Hut des Tages war eine schwarze Wolke aus über die frisierte Lockenpracht drapierter Spitze, unter der die Ohrenklappen nur deshalb sichtbar waren, weil Ivy aufgeregt daran herumzupfte.

Alexia hielt in ihrer Suche inne. »Ivy, was ist passiert? Du siehst aus wie ein geistesgestörter Terrier mit einem Ohrmilben-Problem!«

Theatralisch warf sich Miss Hisselpenny bäuchlings auf Alexias schmales Bett, eindeutig in emotionaler Verzweiflung, und jammerte etwas in die Kissen. Ihre Stimme klang verdächtig hoch.

»Ivy, was ist denn mit deiner Stimme los? Warst du oben auf

dem Quiek-Deck?« Da das Luftschiff seinen Auftrieb der Beigabe von Helium verdankte, war das eine legitime Mutmaßung bei jeder Art von sprachlicher Abnormalität.

»Nein«, quiekte Ivy. »Na ja, vielleicht eine kleine Weile.«

Lady Maccon musste sich das Lachen verkneifen. Also wirklich! »Mit wem warst du dort oben?«, fragte sie spitzbübisch, obwohl sie eine ziemlich sichere Vermutung hegte.

»Mit niemandem«, quieke Ivy. »Nun, ehrlich gesagt … Was ich sagen will, ist … Möglicherweise war ich dort oben mit … äh … Mr. Tunstell.«

Lady Maccon kicherte. »Ich wette, er klang dort oben auch so lustig wie du.«

»Es gab ein kleines Leck, als wir dort waren. Aber es bestand dringende Notwendigkeit für einen kleinen Augenblick der Ungestörtheit.«

»Wie romantisch.«

»Wirklich, Alexia, das ist nicht der richtige Zeitpunkt für leichtfertige Scherze! Ich bebe am ganzen Leib, da ich mich einer schrecklichen emotionalen Krise gegenübersehe, und du gibst nichts weiter von dir als eine unpassende Bemerkung nach der anderen!«

Lady Maccon fasste sich und versuchte ganz den Eindruck zu machen, als würde sie sich nicht über ihre Freundin amüsieren, über ihr Erscheinen ärgern oder immer noch mit Blicken den Raum nach der verschwundenen Aktentasche absuchen. »Lass mich eine wage Vermutung äußern: Tunstell hat dir seine unsterbliche Liebe gestanden.«

»Ja«, heulte Ivy, »und ich bin mit einem anderen verlobt!« Bei dem Wort *anderen* hörte sie endlich auf zu quieken.

»Ach ja, der geheimnisvolle Captain Featherstonehaugh. Und wir wollen doch nicht vergessen, dass Tunstell, selbst wenn du ohne Bräutigam wärst, eine völlig unangemessene Partie für dich wäre. Ivy, er verdient seinen Lebensunterhalt als *Schauspieler*.«

Ivy stöhnte. »Ich weiß! Und dazu ist er auch noch der *Kammerdiener* deines Mannes! Oh, das ist alles so fürchterlich plebejisch!« Den Handrücken theatralisch gegen die Stirn gelegt, rollte Ivy herum, ließ jedoch die Augen fest geschlossen. Lady Maccon fragte sich, ob Miss Hisselpenny nicht vielleicht selbst eine vielversprechende Zukunft auf der Bühne hätte haben können.

»Was ihn außerdem zu einem Claviger macht. Na, na, na – da hast du dich aber in einen schönen Schlamassel hineingeritten!« Lady Maccon versuchte, mitfühlend zu klingen.

»O Alexia, ich habe so fürchterliche Angst, dass ich vielleicht eventuell möglicherweise auch ein klitzekleines bisschen in ihn verliebt bin!«

»Solltest du dir bei so einer Sache denn nicht sicher sein?«

»Ich weiß es nicht. Sollte ich das? Wie stellt man denn den eigenen Zustand der Verliebtheit fest?«

»Da bin ich wohl kaum jemand, der das erklären könnte. Ich habe eine Ewigkeit gebraucht, um zu erkennen, dass ich für Conall Gefühle hege, die über Antipathie hinausgehen, und ganz offen gestanden bin ich mir nicht sicher, ob *dieses* besagte Gefühl nicht auch immer noch vorhanden ist.«

Ivy war völlig aus der Fassung. »Das sagst du doch sicher nur zum Scherz?«

Alexia versetzte sich in Gedanken an den Zeitpunkt ihres letzten längeren Beisammenseins mit ihrem Ehemann zurück. Wenn die Erinnerung sie nicht trog, hatte es dabei eine gehörige Menge Gestöhne gegeben. »Nun ja, er kann recht nützlich sein, wenn es um bestimmte Dinge geht.«

»Aber, Alexia – was soll *ich* nur tun?«

177

In diesem Augenblick erspähte Lady Maccon ihre Aktentasche. Jemand hatte sie in die Ecke zwischen dem Schrank und der Tür zum Waschraum gestopft. Alexia war sich ziemlich sicher, dass sie selbst das nicht gewesen war.

»Na, hör mal, wie bist du nur da reingeraten?«, sagte sie zu der wiedergefundenen Tasche und wollte sie holen.

Ivy, die Augen immer noch fest geschlossen, grübelte über diese Frage nach. »Ich habe keine Ahnung, Alexia. Aber es ist eine Katastrophe *ethischen* Ausmaßes!«

»Nur allzu wahr«, pflichtete Lady Maccon ihr bei, während sie den Zustand ihrer geliebten Aktentasche in Augenschein nahm. Jemand hatte versucht, den Verschluss aufzubrechen. Wer auch immer es gewesen sein mochte, musste bei seiner Tat gestört worden sein, sonst hätte er nicht nur ihr Notizbuch, sondern auch die Tasche gestohlen. Das kleine Lederbüchlein passte unter eine Weste oder einen Rock, die Aktentasche hingegen nicht. Deshalb musste der Übeltäter sie wohl zurückgelassen haben. Im Geiste zog Lady Maccon mögliche Verdächtige in Betracht. Natürlich hatten die Bediensteten des Luftschiffs Zugang zu ihren Räumen, ebenso wie Angelique. Aber wenn man die Türschlösser an Bord näher betrachtete, hätte es jeder sein können.

»Er hat mich geküsst«, wehklagte Miss Hisselpenny.

»Na, *das* lässt sich doch hören!« Alexia entschied, dass hinsichtlich der Aktentasche nichts Weiteres herauszufinden war, zumindest nicht, solange sich Ivy im Zimmer befand, deshalb ging sie zu ihrer Freundin und setzte sich neben ihrer hingestreckt daliegenden Gestalt auf den Bettrand. »Hat es dir gefallen, ihn zu küssen?«

Ivy antwortete nicht.

»Hat es dir gefallen, Captain Featherstonehaugh zu küssen?«

»Alexia, schon allein die bloße Vorstellung! Wir sind doch nur verlobt und nicht verheiratet!«

»Also hast du den guten Captain noch nicht geküsst?«

Übermäßig beschämt schüttelte Ivy den Kopf.

»Dann war es also Tunstell?«

Miss Hisselpenny wurde sogar noch röter, und sie sah aus wie ein Cockerspaniel mit Sonnenbrand. »Es war nur ein … ein ganz kleiner Kuss.«

»Und?«

Endlich schlug Miss Hisselpenny die Augen auf und sah ihre verheiratete Freundin an. »Soll einem das Küssen denn gefallen?«, flüsterte sie neugierig.

»Ich glaube, im Allgemeinen hält man es für einen angenehmen Zeitvertreib«, entgegnete Lady Maccon, wobei sie verzweifelt versuchte, eine ernste Miene beizubehalten. »Du liest doch Romane, oder etwa nicht?«

»Gefällt es dir, wenn du … *das* mit Lord Maccon tust?«

Lady Maccon zögerte keine Sekunde. »Uneingeschränkt.«

»Oh … Also, ich fand es ein wenig …« Ivy zögerte. »… feucht.«

Lady Maccon legte den Kopf schief. »Nun ja, du musst verstehen, dass mein Mann auf diesem Gebiet über beträchtliche Erfahrung verfügt. Er ist schließlich Hunderte von Jahren älter als ich.«

»Und das stört dich nicht?«

»Meine Liebe, er wird auch noch Hunderte von Jahren länger als ich leben. Diese Dinge muss man akzeptieren, wenn man sich mit einem Übernatürlichen einlässt. Ich muss zugeben, dass es schwer ist, zu wissen, dass wir nicht miteinander alt werden können. Doch wenn du dich für Tunstell entscheidest, wirst du dich möglicherweise irgendwann mit denselben Gedanken auseinandersetzen müssen. Andererseits könnte eure Zeit mit-

179

einander auch ein jähes Ende nehmen, da er die Metamorphose vielleicht nicht überlebt.«

»Ist es denn wahrscheinlich, dass das bald geschehen könnte?«

Lady Maccon wusste nur sehr wenig über diesen Aspekt des Rudelwesens, deshalb zuckte sie nur mit den Schultern.

Ivy seufzte; es war ein schweres, lang gezogenes Ausatmen, das alle Probleme der Welt einzuschließen schien. »Das ist alles zu viel, um darüber nachzudenken. Mir schwirrt regelrecht der Kopf. Ich weiß einfach nicht, was ich tun soll, verstehst du? Begreifst du, in welchen Karamelitäten ich mich befinde?«

»Du meinst Kalamitäten.«

Ivy ignorierte es. »Soll ich die Verlobung mit Captain Featherstonehaugh lösen und seine fünfhundert im Jahr in den Wind schreiben? Für Mr. Tunstell und seinen unsicheren ...«, sie erschauderte, »Arbeiterstand? Oder soll ich an meiner Verlobung festhalten?«

»Du könntest immer noch deinen Captain heiraten und eine heimliche Tändelei mit Tunstell führen.«

In ihrer Empörung über diesen Vorschlag schnappte Miss Hisselpenny heftig nach Luft und setzte sich kerzengerade auf. »Alexia, wie kannst du so etwas auch nur *denken*, geschweige denn es laut aussprechen!«

»Nun ja, dafür würde sich das mit den feuchten Küssen natürlich verbessern müssen.«

Ivy schleuderte ein Kissen nach ihrer Freundin. »Also wirklich!«

Zugegebenermaßen verschwendete Lady Maccon kaum einen weiteren Gedanken an das Dilemma ihrer lieben Freundin. Sie verstaute die sensibelsten Dokumente und die kleineren Instrumente und Gerätschaften aus ihrer Aktentasche in die Taschen ihres Sonnenschirms. Da sie bereits als exzentrische Parasol-Trägerin bekannt war, würde niemand eine Bemerkung darüber machen, dass sie ihn ständig bei sich trug, selbst weit nach Einbruch der Abenddämmerung.

Das Dinner war eine anstrengende Angelegenheit, voller steifer Anspannung und Argwohn. Schlimmer noch, das Essen war grauenhaft. Zugegeben, Alexia hatte sehr hohe Maßstäbe, dennoch war das Essen schlichtweg furchtbar. Alles – Fleisch, Gemüse, selbst die Nachspeisen – war zu schlaffer, farbloser Kapitulation dampfgegart worden. Es war, als würde man ein nasses Taschentuch verspeisen.

Felicity, die den feinen Gaumen einer Bergziege hatte und ohne Unterlass alles in sich hineinstopfte, was man ihr vorsetzte, bemerkte, dass Alexia nur in ihrem Essen herumstocherte. »Schön zu sehen, dass du endlich Maßnahmen ergreifst, Schwester.«

Lady Maccon, völlig in Gedanken, antwortete mit einem unbedachten »Maßnahmen«?

»Nun, ich bin schrecklich besorgt um deine Gesundheit. Man sollte in deinem Alter einfach nicht so viel wiegen.«

Lady Maccon stach auf eine labbrige Karotte ein und fragte sich, ob irgendjemand ihre liebe Schwester wohl vermissen würde, falls man sie versehentlich über die Reling des Oberdecks schubste.

Madame Lefoux blickte auf und taxierte Alexia mit einem abschätzenden Blick. »Meiner Meinung nach sieht Lady Maccon sehr gesund aus.«

»Ich denke, Sie lassen sich durch ihre unmodische Robustheit täuschen«, entgegnete Felicity.

Madame Lefoux fuhr fort, als hätte Felicity überhaupt nichts gesagt: »Sie dagegen, Miss Loontwill, wirken ein kleines bisschen *farblos*.«

Felicity schnappte nach Luft.

Wieder einmal wünschte Alexia, Madame Lefoux wäre keine Spionin gewesen – was offensichtlich ja leider der Fall war –, denn dann wäre sie ein wirklich famoser Kerl gewesen. Hatte sie versucht, die Aktentasche aufzubrechen?

Tunstell kam hereingeschlendert, voll der Entschuldigungen über seine Verspätung, und nahm seinen Platz zwischen Felicity und Ivy ein.

»Wie schön, dass Sie sich zu uns gesellen«, bemerkte Felicity.

Tunstell sah beschämt aus. »Habe ich den ersten Gang versäumt?«

Alexia musterte die dampfgegarte Speise vor sich. »Sie können meinen haben, wenn Sie möchten. Ich habe das Gefühl, mein Appetit wird in letzter Zeit stark auf die Probe gestellt.«

Sie reichte die graue Masse an Tunstell weiter, der sie zweifelnd beäugte, dann aber zu essen begann.

Madame Lefoux sprach immer noch mit Felicity. »Ich habe eine interessante kleine Erfindung in meiner Kabine, Miss Loontwill. Ausgezeichnet, um die Gesichtsmuskeln zu beleben und den Wangen einen rosigen Hauch zu verleihen. Sie sind herzlich eingeladen, sie einmal auszuprobieren.« Während sie dies sagte, zeigten sich wieder ihre Grübchen, was vermuten ließ, dass diese Erfindung entweder schmierig-widerlich oder recht schmerzvoll war.

»Ich hätte nicht gedacht, dass Sie sich bei Ihren Neigungen für das weibliche Äußere interessieren«, schoss Felicity zurück und starrte dabei böse auf die Weste und das Dinnerjackett der Frau.

»Oh, ich versichere Ihnen, dafür interessiere ich mich sehr!«
Und dabei warf sie Alexia einen langen Blick zu.

Lady Maccon entschied, dass Madame Lefoux sie ein kleines
bisschen an Professor Lyall erinnerte, nur hübscher und weniger
fuchsartig. Sie blickte zu ihrer Schwester. »Felicity, ich scheine
mein ledernes Reisetagebuch verlegt zu haben. Du hast es nicht
zufällig irgendwo gesehen?«

Der zweite Gang wurde aufgetragen. Er sah nur geringfügig
appetitlicher aus als der erste: ein unidentifizierbares gräuliches
Stück Fleisch in heller Soße, gekochte Kartoffeln und labbrige
kleine Brötchen. Angewidert winkte Alexia alles fort.

»Du liebe Güte, Schwester, du hast doch nicht etwa angefangen zu schreiben, oder etwa doch?« Felicity gab sich schockiert.
»Ganz offen gesagt ist allein diese ganze Leserei schon der Gipfel! Ich hatte gehofft, verheiratet zu sein würde dich von dieser
unklugen Neigung kurieren. Ich lese jedenfalls nie, wenn es sich
vermeiden lässt. Es ist furchtbar schlecht für die Augen. Und es
verursacht ganz schreckliche Falten auf der Stirn, genau hier.«
Sie deutete zwischen ihre Augenbrauen und sagte dann mitlei-
dig zu Lady Maccon: »Oh, ich sehe, *darüber* brauchst du dir
keine Sorgen mehr zu machen, Alexia.«

Lady Maccon seufzte. »Ach, hör doch auf damit, Felicity!«

Madame Lefoux verkniff sich ein Lächeln.

Plötzlich rief Miss Hisselpenny mit lauter und höchst besorgter Stimme: »Mr. Tunstell? Oh, Mr. Tunstell! Geht es Ihnen
gut?«

Tunstell saß nach vorn über seinen Teller gebeugt, das Gesicht
blass und angespannt.

»Ist es das Essen?«, fragte Lady Maccon. »Ich denke, ich werde
mal ein Wörtchen mit dem Koch wechseln.«

Tunstell blickte zu ihr auf. Seine Sommersprossen stachen

hervor, und ihm tränten die Augen. »Ich fühle mich äußerst unwohl«, sagte er, bevor er aufsprang und zur Tür hinausstolperte.

Einen Augenblick lang starrte Alexia ihm mit offenem Mund nach, dann musterte sie argwöhnisch das Essen, das man ihr serviert hatte. Sie erhob sich. »Wenn ihr mich bitte entschuldigt, ich glaube, ich sollte besser nach Tunstell sehen. Nein, Ivy, du bleibst hier!« Sie schnappte sich ihren Sonnenschirm und folgte dem Claviger.

Sie fand ihn auf dem nächstgelegenen Aussichtsdeck. Zusammengesunken hing er seitlich an der Reling und hielt sich den Bauch.

Alexia trat auf ihn zu. »Hat Sie das sehr plötzlich überkommen?«

Eindeutig nicht in der Lage zu sprechen, nickte Tunstell nur.

Ein schwacher Duft von Vanille berührte Alexias Nase, und Madame Lefoux' Stimme erklang hinter ihr: »Es ist Gift.«

## Problematische Oktopusse und Luftschiff-Akrobatik

Randolph Lyall war selbst für einen Werwolf alt, irgendwo um die dreihundert oder so. Er hatte schon vor langer Zeit aufgehört, die Jahre zu zählen. Und all diese ganze Zeit hindurch spielte er schon dieses Spiel mit den örtlichen Vampiren: Sie zogen ihre Bauern und er die seinen. Er war verwandelt worden, kurz nachdem König Henry die Übernatürlichen offiziell in die britische Regierung aufgenommen hatte, deshalb hatte er das »Finstere Zeitalter« nie kennengelernt. Doch wie jedes andere übernatürliche Wesen auf den britischen Inseln setzte er alles daran, um zu verhindern, dass diese Verhältnisse zurückkehrten. Schon bemerkenswert, wie sehr Politik und neue Technologien eine solche Aufgabe erschweren konnten. Natürlich hätte er einfach zum Westminster-Haus gehen und sie *fragen* können, was sie vorhatten. Doch das würden sie ihm ebenso wenig verraten, wie er ihnen verraten würde, dass Lord Maccons BUR-Agenten das Westminster-Haus rund um die Uhr beobachteten.

Lyall erreichte sein Ziel in weitaus kürzerer Zeit, als er per Kutsche dafür gebraucht hätte. In einer dunklen Gasse verwandelte er sich in menschliche Gestalt zurück und warf sich den

Mantel, den er im Maul getragen hatte, über den nackten Leib. Nicht gerade passend gekleidet für einen Gesellschaftsbesuch, doch er war überzeugt davon, dass sein Gastgeber das verstehen würde. Schließlich ging es hier um eine geschäftliche Angelegenheit. Andererseits konnte man bei Vampiren nie wissen, schließlich diktierten sie seit Jahrzehnten die Mode, und das ganz sicherlich als indirekte Kampagne gegen Werwölfe, deren Formwandlung ein gewisses unzivilisiertes Äußeres bedingte.

Er streckte die Hand aus und zog die Klingelschnur an der Tür vor ihm.

Ein gut aussehender junger Diener öffnete.

»Professor Lyall«, stellte sich Professor Lyall vor. »Ich bin hier, um mit Lord Akeldama zu sprechen.«

Der junge Mann bedachte den Werwolf mit einem sehr langen Blick. »Nun gut. Sie werden sicher verstehen, Sir, wenn ich Sie bitte, auf der Vordertreppe zu warten, während ich meinen Herrn von Ihrer Anwesenheit in Kenntnis setze.«

Vampire waren recht eigen und ließen selten jemanden ein, der nicht eingeladen war oder sich zumindest nicht vorher angekündigt hatte.

Der Lakai verschwand, und einen Augenblick später öffnete an seiner Stelle Lord Akeldama die Tür.

Sie waren sich natürlich bereits begegnet, doch Lyall hatte bisher noch nie Grund dafür gehabt, den Vampir in dessen Haus aufzusuchen. Das Innere war – wie er feststellte, als er an dem Vampir vorbeispähte – recht eigentümlich.

»Professor Lyall.« Abschätzend musterte ihn Lord Akeldama durch sein Monokel mit Goldrand. Er war fürs Theater gekleidet und hielt den kleinen Finger geziert abgespreizt, als er das optische Hilfsmittel senkte. »Noch dazu *allein*. Welchem Umstand habe ich *diese Ehre* zu verdanken?«

»Ich habe ein Angebot für Sie.«

Ein weiteres Mal musterte Lord Akeldama den Werwolf von Kopf bis Fuß, während sich seine eigentlich blonden, dunkel gefärbten Augenbrauen überrascht hoben. »Also wirklich, Professor Lyall, wie *reizend*! Ich denke, Sie kommen besser herein.«

Ohne sich zu Madame Lefoux umzudrehen, fragte Alexia: »Ist mein Sonnenschirm mit irgendetwas ausgestattet, mit dem man Gifte neutralisieren kann?«

Die Erfinderin schüttelte den Kopf. »Der Parasol wurde als Angriffswaffe konzipiert. Hätte ich gewusst, dass wir eine Apothekerausrüstung brauchen, hätte ich sie mit eingebaut.«

Lady Maccon beugte sich über Tunstells kraftlose Gestalt. »Gehen Sie zum Steward und fragen Sie ihn, ob er ein Expektorans an Bord hat, Brechwurzelsirup oder weißes Vitriol.«

»Sofort«, sagte die Erfinderin und eilte davon.

Lady Maccon beneidete Madame Lefoux um ihre Männerkleidung, denn ihre eigenen Röcke wickelten sich hinderlich um ihre Beine, während sie sich um den angeschlagenen Claviger kümmerte. Sein Gesicht war kreidebleich, sodass sich die Sommersprossen stark darauf abzeichneten, und Schweiß perlte ihm auf der Stirn.

»O nein, er leidet ja so! Wird er sich bald wieder erholen?« Miss Hisselpenny hatte sich Alexias Befehl widersetzt und sie auf dem Aussichtsdeck ausfindig gemacht. Sie beugte sich ebenfalls über Tunstell, die Röcke um sich gebauscht wie eine riesige, mit zu viel Sahne überzogene Baisertorte. Wenig hilfreich tätschelte sie eine von Tunstells Händen, die er über dem Bauch gekrampft hatte.

Alexia schenkte ihr keine Beachtung. »Tunstell, Sie müssen versuchen, sich zu übergeben.« Sie ließ ihre Stimme so herrisch wie möglich klingen, um ihre Angst und Sorge mit Grobheit zu übertünchen.

»Alexia!« Miss Hisselpenny war entsetzt. »Schon allein der Gedanke! Wie würdelos! Der arme Mr. Tunstell!«

»Er muss seinen Mageninhalt loswerden, bevor noch mehr von dem Gift in seinen Körper dringt.«

»Sei doch kein Dummkopf, Alexia!«, entgegnete Ivy mit einem gezwungenen Lachen. »Das ist doch nur ein verdorbener Magen.«

Tunstell stöhnte, aber er rührte sich nicht.

»Ivy – und das sage ich jetzt mit den freundlichsten und besten Absichten –, verzieh dich!«

Schockiert schnappte Miss Hisselpenny nach Luft und erhob sich. Doch wenigstens war sie aus dem Weg.

Alexia half Tunstell auf die Knie, deutete gebieterisch über die Reling des Luftschiffs und ließ ihre Stimme so tief und hart wie möglich klingen, als sie sagte: »Tunstell, ich bin Ihre Alpha. Tun Sie, was ich Ihnen sagen! Sie müssen sich auf der Stelle übergeben!« In ihrem ganzen Leben hätte Alexia nie gedacht, dass sie eines Tages jemandem befehlen würde, sein Abendessen hochzuwürgen.

Doch der Kommandoton in ihrer Stimme schien zu dem Claviger durchzudringen. Tunstell streckte den Kopf unter der Reling hindurch und über den Rand des Decks und versuchte zu erbrechen.

»Ich ... kann nicht ...«, stöhnte er schließlich.

»Sie müssen es versuchen.«

»Erbrechen ist eine ... unfreiwillige Handlung. Sie können mir nicht einfach ... befehlen, es zu tun«, entgegnete Tunstell mit schwacher Stimme.

»Das kann ich sehr wohl. Außerdem sind Sie Schauspieler.«

Tunstell verzog das Gesicht. »Ich ... hatte noch nie Grund, auf der ... Bühne zu erbrechen.«

»Nun, wenn Sie es jetzt tun, werden Sie wissen, wie es geht, falls Sie es in Zukunft einmal müssen.«

Tunstell versuchte es erneut. Nichts.

Madame Lefoux kehrte mit einer Flasche Brechwurz zurück, und Alexia flößte Tunstell einen großen Schluck davon ein.

»Ivy, lauf und hol ein Glas Wasser«, befahl sie ihrer Freundin, hauptsächlich, um sie aus den Füßen zu haben.

Innerhalb weniger Augenblicke zeigte das Brechmittel Wirkung. So geschmacklos das Abendessen auch gewesen war, es war noch widerwärtiger, als es wieder hervorkam. Lady Maccon gab sich Mühe, nicht hinzusehen und nicht hinzuhören.

Als Ivy mit dem Wasserglas zurückkehrte, war das Schlimmste vorbei.

Alexia zwang Tunstell, das Glas zu leeren. Sie warteten eine weitere Viertelstunde, bis seine Wangen wieder Farbe bekamen und er schließlich in der Lage war, sich aufrecht hinzusetzen.

Der ganze Vorfall hatte Ivy völlig aus der Fassung gebracht, und sie flatterte so aufgewühlt um den Rekonvaleszenten herum, dass sich Madame Lefoux zu verzweifelten Maßnahmen getrieben fühlte. Sie zog einen kleinen Flachmann aus der Westentasche und sagte: »Hier, nehmen Sie einen kleinen Schluck, meine Liebe! Das wird Ihre Nerven beruhigen.«

Sie reichte Ivy den Flachmann, die davon nippte, ein paar Mal blinzelte, wieder nippte und dann allmählich von »hysterisch« zu »leicht durchgeknallt« wechselte. »Also, das *brennt* ja bis nach unten!«

»Bringen wir Tunstell in seine Kabine.« Alexia zerrte den Rotschopf auf die Füße.

Während Ivy rückwärtsgehend vor ihnen herlief und dabei

wirkte wie ein Sahnetörtchen, das irrigerweise annahm, ein Schäferhund zu sein, gelang es Lady Maccon und Madame Lefoux, Tunstell in seine Kabine zu schleppen und auf sein Bett zu bugsieren.

Als sich die ganze Aufregung schließlich gelegt hatte, stellte Lady Maccon fest, dass sie ihren Appetit vollständig verloren hatte. Dennoch musste der Anschein gewahrt bleiben, deshalb kehrte sie mit Ivy und Madame Lefoux in den Speisesaal zurück. Eine Frage beschäftigte sie unablässig: Warum, um alles in der Welt, sollte jemand versuchen, Tunstell umzubringen?

Ivy rempelte auf ihrem Rückweg zum Speisesaal mehrmals gegen die Wände.

»Was haben Sie ihr eigentlich gegeben?«, raunte Alexia der Erfinderin zu.

»Nur ein wenig Cognac.« Madame Lefoux' Grübchen zeigten sich wieder.

»Sehr wirkungsvolles Zeug!«

Sie brachten den Rest des Dinners ohne Zwischenfall hinter sich, wenn man einmal über Ivys offenkundigen Schwips hinwegsah, der zwei umgestoßene Gläser und einen hysterischen Kicheranfall zur Folge hatte. Alexia wollte gerade vom Tisch aufstehen und sich entschuldigen, als Madame Lefoux sie noch einmal ansprach.

»Würden Sie vor dem Schlafengehen vielleicht noch einen kleinen Spaziergang auf dem Schiff mit mir unternehmen, Lady Maccon? Ich würde gern unter vier Augen mit Ihnen sprechen«, fragte sie höflich, die Grübchen sicher unter Verschluss.

Nicht gänzlich überrascht willigte Alexia ein, und die beiden überließen Felicity den abendlichen Aktivitäten auf dem Schiff.

Sobald sie allein waren, kam die Erfinderin gleich zur Sache. »Ich denke nicht, dass das Gift für Tunstell bestimmt war.«

»Nicht?«

»Nein. Ich glaube, dass es im ersten Gang war, den Sie zurückgewiesen und dann Tunstell überlassen haben.«

»Ach ja, ich erinnere mich. Ja, Sie könnten recht haben.«

»Was für ein eigenartiges Naturell Sie haben, Lady Maccon, dass sie einfach so akzeptieren, dass man sie beinahe ermordet hat.« Madame Lefoux legte den Kopf leicht schräg.

»Nun, die Angelegenheit ergibt auf diese Weise viel mehr Sinn.«

»Ist das so?«

»Aber sicher. Ich kann mir nicht vorstellen, dass Tunstell viele Feinde hat. Hingegen hat man schon häufiger versucht, mich auszuschalten.« Lady Maccon fühlte sich auf eigenartige Weise erleichtert über diese Entwicklung. Ihrer Meinung nach war die Welt nicht in Ordnung, wenn nicht jemand versuchte, sie umzubringen.

»Haben Sie jemanden in Verdacht?«, wollte die Erfinderin wissen.

»Abgesehen von Ihnen?«, fragte Lady Maccon.

»Oha.« Die Französin wandte sich empört ab. Entweder war sie eine gute Schauspielerin, oder sie war unschuldig.

»Es tut mir leid, sollte ich Sie beleidigt haben«, sagte Lady Maccon, der es überhaupt nicht leidtat. Sie folgte der Erfinderin hinüber zur Reling, und gemeinsam blickten die beiden Frauen hinaus in den abendlichen Äther.

»Ich rege mich gar nicht darüber auf, dass Sie mich dazu fähig halten, jemanden zu vergiften, Lady Maccon. Es beleidigt mich, dass Sie glauben, ich würde dabei so tölpelhaft vorgehen. Wenn ich Ihren Tod wollte, hätte ich reichlich Gelegenheit gehabt, dies zu bewerkstelligen, und zudem verfügte ich über eine Vielzahl von Methoden, die weit weniger ungeschickt wären.« Sie zog eine goldene Taschenuhr aus der Westentasche, drückte auf einen kleinen Riegel an der Rückseite, und eine winzige Injektionsnadel schnellte aus der Unterseite hervor.

Alexia brauchte nicht zu fragen, was sich in der Nadel befand.

Madame Lefoux klappte sie zurück und steckte die Uhr wieder ein.

Mit einem langen, abschätzenden Blick betrachtete Alexia all die Schmuckstücke, die die Französin trug. Ihre beiden Krawattennadeln saßen an Ort und Stelle, die eine aus Holz, die andere aus Silber. Und da war noch eine weitere Kette, die in ihre andere Westentasche führte, entweder zu einer zweiten Uhr oder vielleicht irgendeinem anderen Gerät. Die Anstecknadel war ihr mit einem Mal verdächtig, ebenso wie die metallene Zigarrenhülse, die im Hutband des Zylinders steckte, denn wenn Alexia darüber nachdachte, hatte sie die Frau noch nie eine Zigarre rauchen sehen.

»Das ist wahr«, meinte Alexia schließlich. »Doch die primitive Natur des Versuchs könnte auch dazu dienen, mich hinsichtlich des Mörders in die Irre zu führen.«

»Sie neigen zum Argwohn, nicht wahr, Lady Maccon?« Die Französin sah sie immer noch nicht an, sondern schien den kalten, nächtlichen Himmel unendlich faszinierend zu finden.

Lady Maccon versuchte es mit Philosophie. »Möglicherweise hat das damit zu tun, dass ich keine Seele habe, doch ich halte es lieber für Pragmatismus als für Paranoia.«

Madame Lefoux lachte und drehte sich nun doch zu Alexia um. Die Grübchen waren zurückgekehrt.

Und aus heiterem Himmel traf etwas Alexia so heftig in den

Rücken, dass sie nach vorn über die Reling gestoßen wurde. Kopfüber stürzte sie geradewegs über den Rand des Decks.

Alexia spürte, wie sie fiel, und schlug schreiend mit den Armen um sich, in dem unsinnigen Versuch, an der Wand des Luftschiffs Halt zu finden. Warum war das verflixte Ding nur so glatt? Der starre Auftriebskörper des Luftschiffs war geformt wie eine riesige Ente, und das Aussichtsdeck befand sich an der dicksten Stelle. Indem sie an der Luftschiffswand entlang nach unten fiel, entfernte sie sich zugleich auch immer weiter davon.

Da war dieser entsetzlich lange Augenblick, in dem Alexia *bewusst* wurde, dass alles aus war. In dem ihr bewusst wurde, dass alles, was die Zukunft noch für sie bereithielt, ein langer, kalter Strom vorbeirauschenden Äthers und dann Luft war, gefolgt von einem dumpfen Aufprall.

Und dann … dann wurde ihr Fall so jäh gestoppt, dass sie sich überschlug und hart mit dem Kopf gegen die Bordwand schlug. Der metallverstärkte Saum ihres Kleids, dazu gedacht, ihre üppigen Röcke daran zu hindern, in der Ätherbrise herumzuflattern, hatte sich an einem langen Haken verfangen, einem Teil des Andockmechanismus, der zwei Stockwerke unter dem Aussichtsdeck aus der Bordwand ragte.

Sie hing kopfüber mit dem Rücken zur Wand an der Seite des Luftschiffs. Vorsichtig drehte sie sich um und zog sich mit den Händen am eigenen Körper empor, bis sie die Arme um den Metallspieß schlingen konnte. Wahrscheinlich, so kam ihr in den Sinn, war dies das erste und letzte Mal in ihrem Leben, dass sie allen Grund hatte, die lächerlichen Modeerscheinungen wertzuschätzen, die ihrem Geschlecht von der Gesellschaft aufgezwungen wurden. Dann wurde ihr bewusst, dass sie immer noch schrie, und ein wenig beschämt über sich selbst verstummte sie. In ihrem Verstand herrschte ein Durcheinander besorgter Gedanken. Würde der kleine Metallhaken, an dem sie hing, halten? War Madame Lefoux in Sicherheit? War ihr Sonnenschirm mit ihr über Bord gegangen?

Sie atmete ein paar Mal tief ein und aus, um sich zu beruhigen, und versuchte dann, ihre Situation einzuschätzen: Nein, sie war noch nicht tot, aber sie befand sich auch nicht gerade in Sicherheit. »Hallo-o!«, rief sie laut. »Ist da jemand? Ein wenig Unterstützung, wenn Sie so freundlich wären.«

Der kühle Äther strömte an ihr vorbei und umhüllte ihre Beine, die nur noch von ihren Unterhosen geschützt und solche Zurschaustellung nicht gewohnt waren. Niemand antwortete auf ihren Hilferuf.

Erst dann wurde ihr bewusst, dass ungeachtet der Tatsache, dass sie aufgehört hatte zu schreien, das Schreien nicht aufgehört hatte. Über sich konnte sie vor dem weißen Hintergrund des Ballons die Gestalt von Madame Lefoux ausmachen, die mit einem in einen Mantel gehüllten Gegner rang. Wer auch immer es war, der Alexia über die Reling gestoßen hatte, wollte offenbar, dass Madame Lefoux ihr folgte. Doch die Erfinderin setzte sich heftig zur Wehr. Tapfer kämpfte sie mit wild herumrudernden Armen, sodass ihr der Zylinder hektisch auf dem Kopf hin- und herschwankte.

»Hilfe!«, schrie Alexia in der Hoffnung, dass sie jemand über den Lärm hinweg hörte.

Über ihr wurde noch immer gerungen. Abwechselnd neigten sich zuerst Madame Lefoux und dann ihr verhüllter Widersacher rücklings über die Reling, nur um im letzten Augenblick zurückzuweichen und weiterzukämpfen. Dann gelang es Madame Lefoux, sich loszureißen, und sie fuchtelte mit etwas herum. Ein lautes Zischen von Druckluft erklang, und das ganze Luftschiff ruckte unvermittelt zur Seite.

Alexias Griff lockerte sich, und die eigene unmittelbarere Gefahr lenkte sie von dem Kampf über ihr ab, während sie verzweifelt versuchte, an dem rettenden kleinen Metallspieß neuen Halt zu finden.

Wieder erklang das Geräusch von Pressluft. Der Schurke im Mantel verschwand aus ihrem Sichtfeld, und ließ Madame Lefoux zusammengesunken an der Reling zurück. Das Luftschiff tat erneut einen Satz, woraufhin Alexia ein kleines »*Iiiep!*« der Bedrängnis ausstieß.

»Hallooo! Madame Lefoux, ein wenig Unterstützung, wenn Sie so freundlich wären!«, schrie sie aus Leibeskräften. Sie hatte allen Grund, ihre Lungenkapazität und das Stimmtraining zu schätzen, das sie ihrem Leben mit einem herausfordernden Ehemann und einem Rudel renitenter Werwölfe zu verdanken hatte.

Madame Lefoux drehte sich um und sah nach unten. »Aber, Lady Maccon! Ich war überzeugt, Sie wären zu Tode gestürzt! Wie wunderbar, dass Sie noch am Leben sind!«

Alexia konnte kaum verstehen, was die Französin rief. Die normalerweise melodische Stimme der Erfinderin klang hoch und blechern, ein durch Helium bewirktes Quieken. Der Auftriebsapparat des Luftschiffs musste ein ernstzunehmendes Leck davongetragen haben, wenn es sich sogar bis hinunter zum Aussichtsdeck auf die Stimme auswirkte.

»Nun, allzu lange werde ich nicht mehr hier sein«, schrie Alexia zurück.

Der Zylinder nickte zustimmend. »Halten Sie durch, Lady Maccon! Ich hole Besatzungsmitglieder, die Sie wieder an Bord holen werden!«

»Was?«, brüllte Alexia. »Ich kann Sie überhaupt nicht verstehen. Sie klingen ganz quiekig!«

Madame Lefoux' Zylinder und der dazugehörige Kopf verschwanden.

Also konzentrierte sich Alexia voll und ganz darauf, sich so gut sie konnte festzuhalten und der Form halber noch ein wenig weiterzuschreien. Sie war herzlich dankbar für die paar flauschigen Wolken, die unter ihr vorbeizogen, da sie den weit entfernten Erdboden vor ihren Blicken verbargen. Sie wollte gar nicht wissen, wie tief genau sie fallen würde.

Schließlich öffnete sich ein kleines Bullauge in der Nähe eines ihrer gestiefelten Füße, und ein vertraut hässlicher Hut streckte sich durch die winzige Öffnung. Das Gesicht, über dem der Hut thronte, blickte nach oben und unten und betrachtete sich Alexias unschicklicher Position.

»Also, Alexia Maccon, was *machst* du denn da? Du scheinst ja festzuhängen!« Die Stimme klang ein wenig verschwommen. Ivy litt eindeutig immer noch unter der Wirkung von Madame Lefoux' Cognac. »Wie unfein von dir! Hör sofort damit auf!«

»Ivy! Hilf mir, ja?«

»Ich wüsste nicht, was ich tun könnte«, entgegnete Miss Hisselpenny. »Wirklich, Alexia, was kann nur in dich gefahren sein, dich auf so kindische Art und Weise an die Bordwand zu hängen wie eine Muschel am Schiffsrumpf?«

»Oh, um Himmels willen, Ivy, es ist ja nicht so, als würde ich dies freiwillig tun!« Ivy neigte zur Begriffsstutzigkeit, soviel war sicher, aber durch Alkohol hatte sie eindeutig neue Gipfel der Beschränktheit erklommen.

»Oh? Na dann. Aber ehrlich, Alexia, ich will ja nicht unhöflich erscheinen, aber ist dir bewusst, dass deine Unterhosen der Nachtluft ausgesetzt sind, von den Blicken der Öffentlichkeit ganz zu schweigen?«

»Ivy, ich klammere mich hier an ein fliegendes Luftschiff,

viele Meilen hoch im Äther, und kämpfe ums nackte Überleben. Sogar du musst zugeben, dass es manchmal Umstände gibt, in denen man das Protokoll etwas lockern sollte.«

»Aber warum?«

»Ivy, ganz offensichtlich bin ich abgestürzt!«

Verschwommen blinzelte Miss Hisselpenny ihre Freundin mit dunklen Augen an. »Ach, du liebe Güte, Alexia! Bist du wirklich in echter Gefahr? O nein!« Ihr Kopf zog sich zurück.

Alexia fragte sich, was es wohl über ihren eigenen Charakter aussagte, dass Ivy tatsächlich geglaubt hatte, sie würde absichtlich an der Außenwand eines fliegenden Luftschiffs herumklettern.

Eine Art seidiger Stoff wurde aus dem Fenster und in ihre Richtung geschoben.

»Was ist das?«

»Nun, mein zweitbester Mantel.«

Lady Maccon biss die Zähne zusammen. »Ivy, hast du vielleicht den Teil nicht mitbekommen, in dem ich dir erklärte, dass ich nur einen Zollbreit vom sicheren Tod entfernt hänge? Geh und hol Hilfe!«

Der Mantel verschwand, und Miss Hisselpennys Kopf erschien wieder. »Dann ist es wirklich *so* schlimm?«

Das Luftschiff tat einen Satz, und Alexia schwankte mit einem beunruhigten Quieken zur Seite.

Ivy fiel in Ohnmacht – oder verlor möglicherweise aufgrund des Alkohols das Bewusstsein.

Wie zu erwarten, war es schließlich Madame Lefoux, die die Rettung brachte. Nur wenige Augenblicke, nachdem Ivys Kopf aus dem Bullauge verschwunden war, fiel eine lange Strickleiter neben Alexia nach unten. Es gelang ihr unter einigen Schwierigkeiten, sich vom Metallspieß zu lösen und stattdessen die Leiter zu packen und daran emporzuklettern. Oben standen der Steward, einige besorgte Besatzungsmitglieder und Madame Lefoux und erwarteten nervös ihren Aufstieg.

Nachdem sie endlich das Deck erreicht hatte, funktionierten ihre Beine eigenartigerweise nicht länger so, wie die Natur es vorgesehen hatte. Ungelenk sank sie auf die Holzplanken nieder.

»Ich denke, ich bleibe hier für einen Augenblick sitzen«, keuchte sie, nachdem auch der dritte Versuch aufzustehen zu nichts anderem führte, als dass ihre weichen Knie unter ihr nachgaben und sich ihre Knochen anfühlten, als wären sie von der Konsistenz von Quallententakeln.

Der Steward, ein in eine Uniform aus gelbem Segeltuch und Pelz makellos gekleideter, wenn auch korpulenter Mann, wich ihr tief besorgt und händeringend nicht von der Seite. Ohne Zweifel war er zutiefst erschüttert darüber, dass eine Dame von Rang aus seinem Luftschiff gestürzt war. Was würde die Fluggesellschaft sagen, wenn das bekannt wurde? »Gibt es irgendetwas, das ich Ihnen bringen lassen kann, Lady Maccon? Etwas Tee vielleicht oder etwas leicht Stärkeres?«

»Tee wäre wohl das Richtige, denke ich«, antwortete Alexia, hauptsächlich damit er damit aufhörte, wie ein besorgter Kanarienvogel um sie herumzuschwirren.

Madame Lefoux kauerte sich neben sie. Noch ein weiterer Grund, die Französin um ihre Art, sich zu kleiden, zu beneiden. »Sind Sie sicher, dass Ihnen nichts fehlt, Mylady?« Ihre Stimme quiekte nicht mehr; Heliumleck war offensichtlich gestopft worden, während man Lady Maccon gerettet hatte.

»Ich muss feststellen, dass die Höhe und das Gefühl des Fliegens mich nicht mehr so begeistern wie zu Beginn unserer Reise«, entgegnete Alexia. »Aber das ist unwichtig. Schnell jetzt, bevor der Steward zurückkommt: Was ist geschehen, nachdem ich über die Reling gestürzt worden bin? Haben Sie das Gesicht des Angreifers gesehen? Konnten Sie erkennen, was er für eine Absicht oder Ziel hatte?« Ihre letzte Frage »*Stecken Sie mit ihm unter einer Decke?*« ließ sie unausgesprochen.

Mit ernster Miene schüttelte Madame Lefoux den Kopf. »Der Schurke trug eine Maske und einen langen Mantel; ich könnte nicht einmal mit Sicherheit sagen, ob es ein Mann oder eine Frau war. Es tut mir leid. Wir rangen eine Weile miteinander, und schließlich gelang es mir, mich loszureißen und einen Pfeil abzuschießen. Der erste ging daneben und riss ein Loch in einen der Heliumanschlüsse des Luftschiffs, doch der zweite streifte den Halunken an der Seite. Offensichtlich reichte das aus, um ihm Angst einzujagen, denn er ergriff die Flucht und entkam, größtenteils unverletzt.«

»Scheißdreck!«, fluchte Lady Maccon. Das war einer der Lieblingsausdrücke ihres Mannes, und normalerweise ließ sie sich nicht dazu herab, ihn zu verwenden, doch die gegenwärtigen Umstände schienen einen derartigen Kommentar zu rechtfertigen. »Und es sind viel zu viele Besatzungsmitglieder und Passagiere an Bord, um eine Untersuchung einzuleiten, mal abgesehen davon, dass ich meinen Zustand der Außernatürlichkeit und meine Rolle als Muhjah geheim halten möchte.«

Die Französin nickte.

»Nun, ich glaube, ich bin jetzt in der Lage aufzustehen.«

Madame Lefoux beugte sich vor, um ihr hochzuhelfen.

»Habe ich bei dem Sturz meinen Sonnenschirm verloren?«

Die Erfinderin zeigte wieder ihre Grübchen. »Nein, er fiel aufs Aussichtsdeck. Ich glaube, er liegt noch immer dort. Soll ich ihn von einem der Besatzung in Ihre Kabine bringen lassen?«

»Ja, bitte.«

Madame Lefoux winkte ein Besatzungsmitglied in der Nähe zu sich und schickte ihn los, um das vermisste Accessoire zu suchen.

Lady Maccon fühlte sich ein wenig schwindlig und ärgerte sich deswegen über sich selbst. Sie hatte im vergangenen Sommer Schlimmeres durchgemacht und sah keine Veranlassung, sich wegen einer kleinen Auseinandersetzung mit der Schwerkraft derart schlapp und schwach zu fühlen. Sie ließ zu, dass ihr die Erfinderin in die Kabine half, weigerte sich jedoch, nach Angelique zu rufen.

Dankbar setzte sie sich aufs Bett. »Ein wenig Schlaf, und morgen bin ich wieder völlig auf dem Damm.«

Die Französin nickte, beugte sich jedoch besorgt über sie. »Sind Sie sicher, dass Sie keine Hilfe beim Auskleiden benötigen? Anstelle Ihrer Zofe würde ich Ihnen mit Freuden dabei behilflich sein.«

Alexia errötete bei dem Angebot. Waren ihre Zweifel hinsichtlich der Erfinderin unbegründet? Madame Lefoux schien so ziemlich der beste Verbündete zu sein, den man haben konnte. Und trotz ihrer männlichen Aufmachung duftete sie wunderbar, wie Vanillepudding. Wäre es denn so schrecklich, würde ihr diese Frau eine Freundin werden?

Dann bemerkte sie, dass das Tuch an Madame Lefoux' Hals an der Seite ein wenig blutbefleckt war.

»Sie wurden während des Kampfes mit dem Angreifer verwundet und haben gar nichts gesagt!«, stieß sie besorgt hervor. »Hier, lassen Sie mich sehen!« Und bevor die Erfinderin sie noch davon abhalten konnte, zog Lady Maccon sie neben sich aufs Bett und fing an, die lange Halsbinde aus ägyptischer Baumwolle zu lösen, die um Madame Lefoux' eleganten Hals geschlungen war.

»Es ist nichts von Bedeutung«, versicherte die Französin errötend.

Lady Maccon ignorierte den Protest und warf die Halsbinde zu Boden – sie war durch das Blut ohnehin ruiniert. Dann beugte sie sich vor, um mit sanften Fingern den Hals der anderen Frau zu untersuchen. Die Wunde war nicht mehr als ein Kratzer, der bereits verschorfte.

»Sieht eher oberflächlich aus«, meinte sie erleichtert.

»Na, sehen Sie?« Verlegen rückte Madame Lefoux ein wenig von ihr ab.

Doch da erhaschte Alexia einen Blick auf etwas anderes am Hals der Frau. Etwas, was die Halsbinde verborgen hatte, nahe am Nacken, teilweise von ein paar kurzen Locken verdeckt. Lady Maccon verrenkte sich den Hals, um zu erkennen, um was es sich dabei handelte.

In sorgfältig gezogenen, tintenschwarzen Linien hob sich eine Art Zeichen von der weißen zarten Haut der anderen Frau ab. Neugierig strich ihr Alexia ganz sanft das Haar zur Seite, was die Französin zusammenzucken ließ, und beugte sich vor.

Es war ein tätowierter Oktopus.

Lady Maccon runzelte die Stirn, ohne sich der Tatsache bewusst zu sein, dass ihre Hand immer noch auf der Haut der anderen Frau ruhte. Wo hatte sie dieses Symbol schon einmal gesehen? Unvermittelt erinnerte sie sich. Ihre Hand zuckte, und nur schiere Charakterstärke hinderte sie daran, entsetzt zurückzuschrecken. Sie hatte diesen Oktopus in Messing graviert immer wieder überall im Hypocras Club gesehen, unmittelbar nachdem Dr. Siemons sie entführt hatte.

Unangenehmes Schweigen folgte. »Sind Sie sicher, dass Sie sich wohlfühlen, Madame Lefoux?«, fragte sie schließlich, weil ihr nichts Besseres einfiel.

Die Erfinderin deutete den ununterbrochenen Körperkontakt falsch und wandte Alexia das Gesicht zu, sodass sich ihre Nasenspitzen fast berührten. Zärtlich strich sie mit der Hand über Alexias Arm.

Lady Maccon hatte gelesen, dass Französinnen ihre freundschaftliche Zuneigung viel mehr durch körperliche Gesten zum Ausdruck brachten als britische Frauen, doch diese Berührung hatte etwas unerträglich Intimes. Und ganz gleich, wie gut Madame Lefoux duftete und wie hilfreich sie sich gezeigt hatte, da war dieser Oktopus an ihrem Hals. Dieser Frau war nicht zu trauen. Der Kampf gerade hätte fingiert sein können. Sie konnte einen Komplizen an Bord haben. Sie konnte auch immer noch eine Spionin sein, die darauf aus war, die Aktentasche der Muhjah mit allen Mitteln an sich zu bringen. Alexia entzog sich der streichelnden Hand.

Daraufhin erhob sich die Erfinderin. »Sie sollten mich nun entschuldigen. Vermutlich können wir beide ein wenig Ruhe gebrauchen.«

Beim Frühstück am nächsten Morgen wirkten alle wieder ganz normal, mit blauen Flecken und überkandidelten Hüten. Miss Hisselpenny erwähnte Alexias Luftschiffakrobatennummer mit keinem Wort, denn sie hielt es für über die Maßen beschämend, dass ihre Freundin dabei ihre Unterhosen zur Schau gestellt hatte. Madame Lefoux war makellos, wenn auch gewohnt unpassend gekleidet, und auch sie zeigte so viel Anstand, jede Bemerkung über die luftige Eskapade des vergangenen Abends zu vermeiden. Sie erkundigte sich liebenswürdig nach Tunstells Befinden, und sie erhielt darauf von Alexia eine recht erfreuliche Antwort. Felicity war wie immer garstig und gehässig, aber sie war ja, seit sie sprechen gelernt hatte, eine akustische Beleidigung für jedes andere Ohr. Es war also, als wäre nichts Ungewöhnliches vorgefallen.

Lady Maccon rührte ihr Essen kaum an, nicht aus Sorge, jemand könnte noch einmal versuchen, sie zu vergiften, sondern weil sie sich immer noch ein wenig luftkrank fühlte. Sie sehnte sich danach, endlich wieder festen Boden unter den Füßen zu haben.

»Wie sehen Ihre Pläne für heute aus, Lady Maccon?«, fragte Madame Lefoux, als alle anderen höflichen Nettigkeiten erschöpft waren.

»Mir schwebt vor, diesen Tag faulenzend in einem Liegestuhl an Deck zu verbringen, nur unterbrochen von kleinen, aber anregenden Spaziergängen auf dem Schiff.«

»Famoser Plan«, entgegnete Felicity spitz.

»Ja, Schwester, aber ich werde in diesem Liegestuhl mit einem aufgeschlagenen Buch sitzen und nicht mit einem überheblichen Ausdruck im Gesicht und einem Spiegel in der Hand«, schoss Alexia zurück.

Felicity lächelte sie freudlos an. »Wenigstens habe ich ein Gesicht, das es wert ist, betrachtet zu werden.«

Madame Lefoux wandte sich an Ivy. »Sind die beiden immer so?«

Miss Hisselpenny hatte mit verträumtem Blick ins Leere gestarrt. »Was? Ach, die. Ja, schon seit ich sie kenne. Was inzwischen eine halbe Ewigkeit ist. Ich will sagen, Alexia und ich sind nun schon seit über vier Jahren befreundet, stellen Sie sich vor!«

Die Erfinderin aß von ihrem dampfgegarten Ei und antwortete nicht.

Lady Maccon wurde bewusst, dass sie sich durch das Gezanke mit ihrer Schwester nur der Lächerlichkeit preisgab. »Madame Lefoux, was haben Sie eigentlich gemacht, bevor Sie nach London kamen? Wie ich hörte, lebten Sie in Paris. Hatten Sie dort auch einen Hutladen?«

»Nein, aber meine Tante. Ich arbeitete für sie. Sie hat mir alles beigebracht, was ich weiß.«

»Alles?«

»O ja, *alles*.«

»Eine bemerkenswerte Frau, Ihre Tante.«

»Sie machen sich ja keine Vorstellung.«

»Muss wohl an dem Übermaß an Seele liegen.«

»Oh.« Ivy war fasziniert. »Wurde Ihre Tante nach dem Tod gespenstisch?«

Madame Lefoux nickte.

»Wie schön für Sie!«, beglückwünschte Ivy sie lächelnd.

»Ich nehme an, dass ich am Ende auch zu einem Gespenst werde«, brüstete sich Felicity. »Ich bin der Typ, der ein Übermaß an Seele besitzt, findet ihr nicht auch alle? Mama sagt, ich sei bemerkenswert kreativ für jemanden, der kein Instrument spielt oder singt oder malt.«

Alexia biss sich auf die Zunge. Felicity hatte aller Wahrscheinlichkeit nach so viel überschüssige Seele wie ein Sofakissen. Gewaltsam lenkte sie die Unterhaltung wieder zurück auf die Erfinderin. »Was hat Sie dazu bewogen, Ihr Heimatland zu verlassen?«

»Meine Tante starb, und ich kam hierher, um nach etwas Kostbarem zu suchen, das man mir gestohlen hatte.«

»Ach, wirklich? Haben Sie es wiedergefunden?«

»Ja, allerdings nur, um zu der Erkenntnis zu kommen, dass es mir ohnehin nie gehörte.«

»Wie tragisch das für Sie gewesen sein muss«, meinte Ivy mitfühlend. »Genau so etwas ist mir einmal mit einem Hut passiert.«

204

»Das ist nicht mehr wichtig. Bis ich es ausfindig machen konnte, hatte es sich bereits bis zur Unkenntlichkeit verändert.«

»Wie geheimnisvoll und kryptisch Sie sich ausdrücken.« Lady Maccon gab sich fasziniert.

»Es geht bei dieser Geschichte nicht allein um mich, und wenn ich sie erzähle, könnte es anderen schaden, wenn ich nicht vorsichtig bin.«

Felicity gähnte demonstrativ. Sie hatte wenig Interesse an allem, was nicht unmittelbar mit ihr zu tun hatte. »Nun, das ist alles sehr ergreifend, aber ich werde mich jetzt für den Tag umziehen gehen.«

Miss Hisselpenny erhob sich ebenfalls. »Ich glaube, ich sollte nach Mr. Tunstell sehen, um mich zu vergewissern, dass man ihm ein anständiges Frühstück serviert hat.«

»Höchst unwahrscheinlich – das hat man keinem von uns«, warf Alexia ein, deren Freude über das bevorstehende Ende ihrer Reise zusätzlich beflügelt wurde von der Vorstellung, wieder Gerichte essen zu können, die nicht geschmacklos und bis zur Unkenntlichkeit gedampft worden waren.

Jeder ging seines Weges, und Alexia wollte gerade ihre höchst anstrengenden Pläne für den Tag in die Tat umsetzen, als ihr bewusst wurde, dass, wenn Ivy nach Tunstell sehen wollte, die beiden miteinander allein sein würden, und das war *keine* gute Idee. Also flitzte sie hinter ihrer Freundin her zu der Kabine des Clavigers.

Sie ertappte Miss Hisselpenny und Tunstell bei etwas, das beide wohl für eine leidenschaftliche Umarmung hielten. Ihre Lippen berührten sich tatsächlich, und Ivys größte Sorge während des ganzen Kusses schien zu sein, ihren Hut an Ort und Stelle zu halten. Er war wie ein Herrenhut geformt, aber mit einer gewaltigen lila und grün karierten Schleife verziert.

»Nun«, sagte Lady Maccon laut, um das Pärchen auf sich aufmerksam zu machen. »Wie ich sehe, haben Sie sich erstaunlich schnell von Ihrem Unwohlsein erholt, Tunstell.«

Miss Hisselpenny und der Schlüsselwächter fuhren auseinander, und beide liefen vor Scham rot an, wobei Tunstell als Rotschopf viel effizienter war.

»Du liebe Güte, Alexia!«, rief Ivy aus und sprang auf. Sie hastete zur Tür, so schnell die festgeschnallten Röcke ihres Flugkleids dies erlaubten.

»O nein! Miss Hisselpenny, bitte, kommen Sie zurück!«, rief Tunstell. Und dann, schockierenderweise: »Ivy!«

Doch die fragliche Dame war bereits verschwunden.

Alexia bedachte den rothaarigen jungen Mann mit einem harten Blick. »Darf ich fragen, was Sie beabsichtigen, Tunstell?«

»Oh, Lady Maccon, ich bin absolut und uneingeschränkt verliebt in Miss Hisselpenny. Dieses schwarze Haar, dieses liebreizende Wesen, diese überwältigenden Hüte!«

*Ach, du liebe Güte!*, dachte Alexia. *Er muss wirklich ganz und gar verknallt in sie sein, wenn er ihre Hüte mag.* Sie seufzte. »Aber wirklich, Tunstell, seien Sie doch vernünftig! Für Sie und Miss Hisselpenny kann es unmöglich eine gemeinsame Zukunft geben. Selbst wenn Sie nicht in Kürze die Metamorphose anstreben würden, sind Sie immer noch ein *Schauspieler* ohne wirkliche Perspektive.«

Tunstell setzte die Miene des tragischen Helden auf, die sie schon mehr als einmal bei seiner Darstellung des Porccigliano in der West-End-Inszenierung von »Tod in der Badewanne« gesehen hatte. »Wahre Liebe überwindet alle Hindernisse.«

»Ach, Blödsinn! Seien Sie vernünftig, Tunstell! Das hier ist kein Rührstück von Shakespeare, das hier sind die Siebzigerjahre des neunzehnten Jahrhunderts. Die Ehe ist eine praktische Angelegenheit. Und so sollte sie auch gehandhabt werden.«

»Aber Sie und Lord Maccon haben aus Liebe geheiratet.«

Lady Maccon seufzte. »Wie kommen Sie denn darauf?«

»Sonst würden Sie es nicht mit ihm aushalten.«

Alexia grinste. »Womit Sie meinen, dass es sonst auch niemand mit mir aushalten würde?«

Tunstell ignorierte die Frage geflissentlich.

»Conall ist der Earl of Woolsey«, erklärte Lady Maccon, »und als solcher kann er sich die exzentrischen Gepflogenheiten einer sich höchst unangemessen verhaltenen Ehefrau erlauben. Sie hingegen können das nicht, und *das* wird sich höchstwahrscheinlich auch in Zukunft nicht ändern.«

Tunstell sah sie immer noch romantisch verklärt und unnachgiebig an.

Lady Maccon seufzte. »Nun gut, Sie lassen sich also nicht überzeugen. Dann werde ich gehen und mit Ivy darüber sprechen. Mal sehen, wie sie auf vernünftige Argumente reagiert.«

Miss Hisselpenny reagierte darauf, indem sie sich in einer Ecke des Aussichtsdecks einem ausgedehnten hysterischen Anfall hingab.

»Oh, Alexia, die Ungerechtigkeit des Ganzen überwältigt mich! Was soll ich nur tun?«

Lady Maccon schlug ihr vor: »Augenblicklich einen Spezialisten aufsuchen und ihn fragen, ob er etwas gegen deine Sucht nach hässlichen Hüten unternehmen kann.«

»Du bist fürchterlich, Alexia! Sei doch einmal ernst! Dir muss doch bewusst sein, welche Tragödie dies ist!«

»Wie meinst du das?« Lady Maccon konnte ihr nicht ganz folgen.

»Ich liebe ihn so sehr! Wie Romulus seine Julia, wie Pyramid seine Tippse, wie ...«

»O bitte, nicht nötig, das noch weiter auszuführen«, unterbrach Alexia sie und zuckte innerlich zusammen.

»Aber was würde meine Familie zu so einer Verbindung nur *sagen*?«

»Sie würde sagen, dass deine Hüte auf deinen Verstand abgefärbt haben«, murmelte Alexia unhörbar.

Ivy jammerte weiter. »Was würden sie *tun*? Ich müsste meine Verlobung mit Captain Featherstonehaugh lösen. Es würde ihn so *fürchterlich* aus der Fassung bringen.« Sie verstummte kurz und schnappte dann entsetzt nach Luft. »Wir würden die Verlobung in der Zeitung widerrufen müssen!«

»Ivy, ich glaube nicht, dass es die beste Vorgehensweise wäre, mit Captain Featherstonehaugh zu brechen. Nicht, dass ich dem Mann je begegnet wäre, wohlgemerkt. Aber einen ranghohen Soldaten mit festem Einkommen zu verlassen für *einen Schauspieler*? Ich fürchte sehr, Ivy, dass man das gemeinhin für tadelnswert halten würde und sogar als Zeichen einer ...«, sie machte eine dramatische Pause, »... *lockeren Moralvorstellung*.«

Miss Hisselpenny sog laut den Atem ein und hörte auf zu heulen. »Glaubst du das wirklich?«

Lady Maccon setzte zum Todesstoß an. »Ja, sogar für – darf ich's wagen, es zu sagen? – *Liederlichkeit*!«

Ivy keuchte erneut auf. »O nein, Alexia, sag das nicht! Wirklich? Wenn man mich so einschätzen würde – wie absolut grauenhaft! Oh, in was für einen Schlamassel ich da geraten bin! Ich nehme an, ich werde mit Mr. Tunstell brechen müssen.«

»Um fair zu sein«, räumte Lady Maccon ein, »Tunstell gestand freimütig, deine Kopfbedeckungen zu schätzen. Es ist sehr gut möglich, dass du mit ihm die wahre Liebe aufgibst.«

»Ich weiß! Ist das nicht einfach das Schlimmste, was du *jemals* gehört hast? *Jemals?*«

Lady Maccon nickte völlig ernst. »Ja.«

Ivy stieß einen tiefen Seufzer aus und wirkte völlig verloren. Um sie abzulenken, fragte Alexia beiläufig: »Du hast nicht zufällig gestern nach dem Abendessen etwas Ungewöhnliches *gehört*, oder?«

»Nein, habe ich nicht.«

Alexia war erleichtert. Sie wollte Ivy keine Erklärung für den Kampf auf dem Aussichtsdeck abgeben müssen.

»Warte, wenn ich so darüber nachdenke, doch«, korrigierte sich Ivy und drehte sich eine Locke ihres schwarzen Haars um den Finger.

Oh-oh. »Und was war das?«

»Weißt du, das war eine äußerst merkwürdige Sache – kurz bevor ich einschlief, hörte ich, wie jemand etwas auf Französisch schrie.«

Also das war interessant. »Was hat er gesagt?«

»Sei nicht albern, Alexia. Du weißt ganz genau, dass ich kein Französisch spreche. So eine durch und durch schlüpfrige Sprache.«

Lady Maccon dachte nach.

»Es könnte Madame Lefoux gewesen sein, die im Schlaf gesprochen hat«, schlug Ivy vor. »Du weißt, dass sie die Kabine neben meiner hat.«

»Gut möglich.« Doch Alexia war nicht überzeugt.

Ivy holte tief Luft. »Nun, ich sollte es nun besser angehen.«

»Was angehen?«

»Mit dem armen Mr. Tunstell brechen, möglicherweise der

Liebe meines Lebens.« Ivy sah beinahe ebenso bestürzend drein wie der junge Mann vor Kurzem.

Alexia nickte. »Ja, ich glaube, das solltest du besser.«

Tunstell nahm Miss Hisselpennys Zurückweisung nicht gut auf, und das in großer schauspielerischer Manier. Er inszenierte einen spektakulären Anfall tiefer Depression und versank dann für den Rest des Tages in schweigsames Schmollen. Aufgelöst kam Ivy zu Alexia gelaufen. »Oh, er war so schrecklich missvergnügt! Und das geschlagene drei Stunden lang. Könnte ich denn nicht nachgeben, nur ein klein wenig? Er erholt sich möglicherweise nie mehr von diesem Herzensleid!«

Worauf Alexia entgegnete: »Gib ihm mehr Zeit, meine liebe Ivy. Ich denke, du wirst sehen, dass er am Ende doch darüber hinwegkommt.«

In diesem Augenblick kam Madame Lefoux herbei. Als sie Miss Hisselpennys niedergeschlagene Miene bemerkte, fragte sie: »Ist etwas geschehen?«

Ivy stieß ein jämmerliches kleines Schluchzen aus und vergrub das Gesicht in einem rosaseidenen Taschentuch.

»Miss Hisselpenny war gezwungen, Mr. Tunstell abzuweisen«, raunte Alexia mit gedämpfter Stimme. »Sie ist äußerst aufgewühlt.«

Madame Lefoux' Gesicht nahm einen angemessen ernsten Ausdruck an. »O Miss Hisselpenny, das tut mir leid. Wie fürchterlich für Sie!«

Ivy wedelte schwach mit dem nassen Taschentuch, als wollte sie sagen: *Worte können meine tiefe Seelenqual nicht einmal annähernd zum Ausdruck bringen.* Und dann – denn Ivy begnügte sich nie mit bedeutsamen Gesten, wenn verbale Ausschmückungen den Effekt noch verstärken konnten – sagte sie: »Worte können meine tiefe Seelenqual nicht einmal annähernd zum Ausdruck bringen.«

Alexia tätschelte ihrer Freundin die Schulter und wandte sich wieder an die Französin. »Madame Lefoux, dürfte ich Sie um ein Wort unter vier Augen bitten?«

»Ich stehe Ihnen jederzeit zu *allem* zur Verfügung, Lady Maccon.«

Alexia machte sich über die mögliche Bedeutung dieser Aussage keine näheren Gedanken.

Die beiden Frauen begaben sich außer Hörweite von Miss Hisselpenny in eine verschwiegene Ecke des Erholungsdecks, heraus aus der allgegenwärtigen Ätherbrise, die sich für Alexia leicht kribbelnd anfühlte, beinahe wie aufgeladene Teilchen. Sie stellte sich die Äthergase wie eine Wolke Glühwürmchen vor, die dicht über ihrer Haut schwirrten und dann davonstoben, wenn das Luftschiff, von einer starken Strömung getrieben, andere kreuzte. Es war nicht unangenehm, wirkte allerdings ein wenig ablenkend.

»Wie ich hörte, hatten Sie am gestrigen Abend nach unserer kleinen Eskapade noch einen Streit«, sagte Lady Maccon, ohne lange um den heißen Brei herumzureden.

Madame Lefoux spitzte die Lippen. »Möglicherweise habe ich den Steward wegen seiner Nachlässigkeit angeschrien. Er ließ sich unentschuldbar viel Zeit, diese Strickleiter zu besorgen.«

»Der Streit wurde auf Französisch geführt.«

Darauf gab Madame Lefoux keine Antwort.

Lady Maccon wechselte die Taktik. »Warum folgen Sie mir nach Schottland?«

»Sind Sie so davon überzeugt, dass *Sie* es sind, der ich folge, meine liebe Lady Maccon?«

»Ich glaube kaum, dass Sie ebenfalls eine plötzliche Leidenschaft für den Kammerdiener meines Mannes entwickelt haben.«

»Nein, damit haben Sie recht.«

»Also?«

»Ich stelle keine Gefahr für Sie oder die Ihren dar, Lady Maccon. Ich wünschte, Sie würden mir das glauben. Aber ich kann Ihnen nicht mehr dazu sagen.«

»Das reicht mir nicht. Sie verlangen von mir, dass ich Ihnen ohne triftigen Grund vertraue.«

Die Französin seufzte. »Ihr Seelenlosen seid so überaus logisch und praktisch veranlagt, dass es einen in den Wahnsinn treiben kann.«

»Darüber beklagt sich mein Gatte ebenfalls. Ich schließe daraus, dass Sie schon einmal Bekanntschaft mit einem Außernatürlichen gemacht haben?« Wenn sie die Erfinderin schon nicht dazu bewegen konnte, ihr den Grund für ihre Anwesenheit zu erklären, dann gelang es ihr vielleicht, etwas mehr über die Vergangenheit dieser geheimnisvollen Frau zu erfahren.

»Einmal, vor sehr langer Zeit. Ich denke, davon könnte ich Ihnen erzählen.«

»Nun?«

»Ich traf ihn bei meiner Tante, als ich vielleicht acht Jahre alt war. Er war ein Freund meines Vaters – ein sehr guter Freund, wie mir zu verstehen gegeben wurde. Die Ehemalige Beatrice ist der Geist der Schwester meines Vaters. Mein Vater selbst hatte etwas von einem Filou. Ich wurde nichtehelich geboren, und als man mich auf seiner Türschwelle ablegte, gab er mich in die Obhut von Tante Beatrice. Kurz darauf starb er. Ich erinnere mich daran, dass später jener Mann kam, um ihn zu besuchen, nur um festzustellen, dass ich das Einzige war, das er hinterlassen hatte. Der Mann schenkte mir ein Honigbonbon und wirkte betrübt darüber, vom Tod meines Vaters erfahren zu müssen.«

»War er der Außernatürliche?« Gegen ihren Willen war Lady Maccon von der Geschichte gefesselt.

»Ja, und ich glaube, sie standen sich einmal sehr nahe.«

»Und?«

»Sie verstehen, was ich damit meine, wenn ich sage: sehr nahe?«

Lady Maccon nickte. »Ich verstehe voll und ganz. Schließlich bin ich mit Lord Akeldama bekannt.«

Madame Lefoux nickte. »Der Besucher war *Ihr Vater*.«

Alexia blieb der Mund offen stehen. Nicht wegen dieses Einblicks in die Vorlieben ihres Vaters. Sie wusste, dass sich sein Geschmack auch auf das Exotische erstreckt hatte und sehr vielseitig gewesen war. Nach der Lektüre seiner Tagebücher hielt sie ihn bestenfalls für einen Opportunisten hinsichtlich fleischlicher Genüsse. Nein, sie schnappte nach Luft, weil es ein so ungewöhnlicher Zufall war, dass diese Frau, die nicht viel älter war als sie selbst, einmal ihrem Vater begegnet war. Dass sie ihn gekannt hatte, als er noch lebte.

»Ich habe ihn nie kennengelernt. Er ging, bevor ich geboren wurde«, entschlüpfte es Lady Maccon, bevor sie es zurückhalten konnte.

»Er war gut aussehend, aber steif. Ich erinnere mich, dass ich damals glaubte, alle Italiener wären wie er: kalt. Natürlich kann ich mich in ihm geirrt haben, aber diesen Eindruck hinterließ er bei mir.«

Lady Maccon nickte. »Das wurde mir auch von anderen zu verstehen gegeben. Vielen Dank, dass Sie es mir gesagt haben.«

Abrupt wechselte Madame Lefoux das Thema. »Wir sollten

die Einzelheiten des Vorfalls gestern Abend weiterhin vor unseren Reisebegleitern geheim halten.«

»Ja, wir sollten die anderen nicht beunruhigen, aber meinem Mann werde ich es erzählen müssen, sobald wir gelandet sind.«

»Natürlich.«

Daraufhin trennten sich die beiden Frauen, und Lady Maccon blieb verwundert zurück. Sie wusste, warum *sie* das Handgemenge geheim halten wollte, aber warum Madame Lefoux?

## Castle Kingair

Kurz vor Sonnenuntergang landeten sie auf einer kleinen Wiese in der Nähe der Eisenbahnstation von Glasgow. Das Luftschiff setzte so sanft auf wie ein Schmetterling auf einem Ei – wenn man davon ausging, dass der Schmetterling ein wenig stolperte und sich stark zur Seite neigte und das Ei die besonderen Eigenschaften von Schottland im Winter hatte, feuchter und grauer, als man es für möglich halten mochte.

Alexia ging mit ähnlich viel Pomp von Bord, wie sie eingeschifft war. Sie bildete die Spitze einer Parade von tournürenschwingenden Damen und führte diese sicher auf festen (nun ja, um bei der Wahrheit zu bleiben: ziemlich matschigen) Boden. Die Tournüren waren besonders ausgeprägt, was an der allgemeinen Erleichterung darüber lag, dass man endlich wieder anständige tragen konnte und die Flugröcke hatte wegpacken können. Ihnen folgten Tunstell, beladen mit einer Unmenge Hutschachteln und anderem Gepäck, vier Stewards mit zahlreichen Truhen und Lady Maccons französische Zofe.

Niemand, so dachte Alexia süffisant, konnte ihr vorwerfen, sie würde nicht reisen, wie es der Gattin des Earls of Woolsey gebührte. In der Stadt stromerte sie zwar entweder allein oder nur in Begleitung einer einzigen unverheirateten jungen Dame herum, aber ganz eindeutig *reiste* Lady Maccon in Gesellschaft.

Unglücklicherweise wurde die Wirkung ihrer Ankunft davon untergraben, dass auf einmal der Boden unter ihr zu schwanken schien, was zur Folge hatte, dass sie umkippte und unfreiwillig auf eine ihrer Truhen Platz nahm.

Sie wiegelte Tunstells Sorge ab und schickte ihn los, ein angemessenes Beförderungsmittel zu mieten, das sie aufs Land bringen würde.

Ivy spazierte währenddessen auf der Wiese umher, um sich die Beine zu vertreten und Wildblumen zu pflücken. Felicity blieb neben Alexia stehen und beschwerte sich über das grauenhafte Wetter.

»Warum muss es hier nur so grau sein? Und diese grünliche Art Grau verträgt sich so gar nicht mit meinen Teint. Bei einem solchen Wetter ist eine Kutschfahrt äußerst unbequem. Müssen wir denn eine Kutsche nehmen?«

»Nun«, meinte Lady Maccon genervt, »dies ist nun einmal der Norden. Hör auf, dich so töricht zu benehmen.«

Ungerührt fuhr ihre Schwester fort, sich zu beklagen, während Alexia aus den Augenwinkeln beobachtete, wie Tunstell auf seinem Weg über das Landefeld in Ivys Richtung abdrehte und ihr ins Ohr flüsterte. Ivy entgegnete etwas, und die Art, wie sie heftig den Kopf bewegte, zeigte, wie aufgewühlt sie wieder war. Tunstell straffte die Gestalt, machte kehrt und ging davon.

Ivy kam herbei und setzte sich neben Alexia, leicht bebend.

»Ich weiß nicht, was ich *je* in diesem Mann gesehen habe!« Miss Hisselpenny war eindeutig sehr erregt.

»Du liebe Güte, ist etwas zwischen die beiden Turteltäubchen gekommen?«, fragte Felicity. »Bahnen sich da etwa Schwierigkeiten an?«

Als ihr niemand antwortete, lief sie hinter dem sich schnell entfernenden Claviger her. »Oh, Mr. Tunstell! Hätten Sie vielleicht gern Gesellschaft?«

Lady Maccon sah Ivy an. »Darf ich das so verstehen, dass Tunstell deine Zurückweisung nicht gut aufgenommen hat?«, fragte sie, wobei sie versuchte, nicht so schwach zu klingen, wie sie sich fühlte. Ihr war immer noch schwindlig, und der Boden schien sich unter ihr zu winden wie ein nervöser Tintenfisch.

»Nun ja … Nein, nicht im eigentlichen Sinne. Als ich …« Ivy stutzte, da ein außergewöhnlich großer Hund ihre Aufmerksamkeit auf sich zog, der in ihre Richtung hetzte. »Grundgütiger, was ist das?«

Der riesige Hund entpuppte sich als sehr großer Wolf, der einen Fetzen Stoff um den Hals geschlungen hatte. Sein Fell war von einem creme- und goldfarben gescheckten Dunkelbraun und die Augen fahlgelb.

Als er sie erreichte, grüßte der Wolf Miss Hisselpenny mit einem höflichen kleinen Nicken und legte dann Lady Maccon den Kopf in den Schoß.

»Ah, mein werter Gemahl«, sagte Alexia und kraulte den Wolf hinter den Ohren. »Ich dachte mir schon, dass du mich finden würdest, aber dass es so schnell gehen würde, hätte ich nicht geglaubt.«

Gutmütig sah der Earl of Woolsey seine Gattin an, während ihm die rosige Zunge lang zwischen den Lefzen heraushing, dann deutete er mit dem Kopf in Miss Hisselpennys Richtung.

»Ja, natürlich«, antwortete Alexia auf die unausgesprochene Bitte und wandte sich an ihre Freundin. »Ivy, meine Liebe, ich schlage vor, dass du nun den Blick abwendest.«

»Warum?«, wollte Miss Hisselpenny verwundert wissen.

»Viele finden die Verwandlung eines Werwolfs in menschliche Gestalt ziemlich verstörend und …«

»Oh, ich bin sicher, ich werde mich davon nicht im Geringsten stören lassen«, unterbrach Miss Hisselpenny.

Davon war Lady Maccon nicht überzeugt. Schließlich hatte Ivy, wie sie bereits eindrucksvoll unter Beweis gestellt hatte, einen gewissen Hang zu Ohnmachtsanfällen. Also führte Alexia weiter aus: »*Und* Conall wird nicht bekleidet sein, sobald die Verwandlung abgeschlossen ist.«

»Oh!« Erschrocken schlug sich Miss Hisselpenny die Hand vor den Mund. »Natürlich!« Schnell wandte sie sich ab.

Dennoch kam sie nicht umhin, es zu hören, auch wenn sie nicht hinsah: dieses schnappende, knirschende Knacken der Knochen, die brachen und sich neu zusammensetzten. Es klang ein wenig wie die widerhallenden Laute, wenn in einer großen Küche ein totes Huhn für den Kochtopf entbeint wurde. Alexia sah, wie Ivy erschauderte.

Eine Werwolfsverwandlung war niemals angenehm. Das war einer der Gründe, warum die Rudelmitglieder ihr Dasein immer noch als Fluch bezeichneten, trotz der Tatsache, dass sich die Claviger im modernen Zeitalter der Aufklärung und des freien Willens *bewusst* für die Metamorphose entschieden. Die Verwandlung beinhaltete eine ganze Menge biologischer Unordnung. Das bedeutete – ähnlich wie bei einem Salon, in dem man die Möbel für eine Abendgesellschaft umstellte – einen Übergang von *ordentlich* zu *sehr unordentlich* und wieder zurück zu *ordentlich*. Und genauso wie bei jedem Umdekorieren gab es mittendrin einen Moment, an dem es unmöglich schien, dass alles jemals wieder harmonisch zueinander passen könnte. Bei Werwölfen war dies der Augenblick, da sich das Fell zurückzog, um zu Haar zu werden, sich die gebrochenen Knochen wieder zu neuen Konstellationen zusammenfügten und sich die Muskulatur entsprechend verschob. Alexia hatte schon oft gesehen, wie sich ihr Mann verwandelte, und jedes Mal hatte sie es als sowohl unschön als auch wissenschaftlich faszinierend empfunden.

Conall Maccon, der Earl of Woolsey, galt als sehr geschickt bei der Verwandlung. Natürlich konnte niemand Professor Lyall an purer Eleganz übertreffen, doch zumindest war die Verwandlung des Earls schnell und effizient, und er gab dabei auch keine dieser grauenvoll martialischen Grunzlaute von sich, zu denen die jüngeren Wölfe neigten.

Innerhalb weniger Augenblicke stand er als stattlicher Mann vor seiner Frau. Alexia hatte einmal die Bemerkung geäußert, dass er in Anbetracht seiner Liebe zum Essen vermutlich gehörig Fett angesetzt hätte, wäre er wie normale Sterbliche gealtert. Zum Glück hatte er sich irgendwann in der Mitte seiner Dreißiger für die Metamorphose entschieden und war daher nie aus der Form geraten. Stattdessen blieb er für immer ein muskulöser Berg von einem Mann, der Jacken mit extrabreiten Schultern und speziell angefertigte Stiefel benötigte sowie die beinahe ständige Ermahnung, sich unter normal hohen Türrahmen zu ducken.

Mit Augen, die nur wenige Schattierungen dunkler waren als in seiner Wolfsgestalt, blickte er seine Frau wieder an.

Lady Maccon stand auf, um ihm zu helfen, den Mantel anzuziehen, doch sofort sank sie wieder zurück. Sie war immer noch nicht sicher auf den Beinen.

Lord Maccon vergaß das fragliche Kleidungsstück und kniete nackt vor ihr nieder. »Was ist los?«

»Was?« Ivy drehte sich um, um zu sehen, was da vor sich ging, erhaschte einen Blick auf die nackte Kehrseite des Earls, quiekte und fuhr jäh wieder herum, wobei sie sich mit einer behandschuhten Hand heftig Luft zufächelte.

»Mach darum kein Aufhebens, Conall! Du schockierst Ivy«, murrte Lady Maccon.

»Miss Hisselpenny ist immer schockiert über irgendetwas. Hör auf damit, mich ablenken zu wollen. Was ist nicht in Ordnung?« Er kam zu einem völlig falschen Schluss. »Du bist krank! Bist du deshalb hergekommen? Um mir zu sagen, dass du krank bist?« Er sah aus, als wollte er sie schütteln, wage es aber nicht.

Alexia starrte ihm fest in die besorgt blickenden Augen. »Mir geht es ausgezeichnet«, sagte sie langsam und deutlich. »Es dauert einfach nur ein bisschen, bis ich mich wieder an festen Boden gewöhnt habe. Du weißt ja, wie es einem nach einer langen Flug- oder Seereise gehen kann.«

Der Earl wirkte sofort erleichtert, doch Lady Maccon rügte ihn mit den Worten: »Also wirklich, Conall! Die arme Ivy! Zieh doch bitte den Mantel an!«

Der Earl grinste und schlüpfte in das lange Kleidungsstück.

»Woher wusstest du überhaupt, dass ich hier bin?«, wollte Alexia wissen, sobald er seine Blöße sittsam bedeckt hatte.

»Die anstößige Vorstellung ist zu Ende, Miss Hisselpenny. Sie sind wieder sicher«, informierte Lord Maccon die Freundin seiner Gattin und nahm mit seiner massigen Gestalt neben Alexia Platz. Die Truhe ächzte unter dem zusätzlichen Gewicht.

Glücklich schmiegte sich Lady Maccon an ihn.

»Wusste es einfach«, knurrte er, während er einen langen Arm um sie schlang und sie an sich drückte. »Dieser Landeplatz liegt ganz in der Nähe meiner Route nach Kingair. Ich witterte deinen Duft ungefähr vor einer Stunde und sah, wie das Luftschiff zur Landung ansetzte. Und jetzt du, Weib! Was machst du in Schottland? Noch dazu mit Miss Hisselpenny?«

»Nun, ich musste ja irgendeine Begleitung mitnehmen. Die

feine Gesellschaft hätte kaum darüber hinweggesehen, wäre ich ganz allein quer über England geflogen.«

»Mhmm.« Unter halb gesenkten Lidern warf Lord Maccon einen Blick zu der immer noch nervösen Ivy. Sie hatte sich noch nicht mit dem Gedanken anfreunden können, sich in der Nähe eines Earl aufzuhalten, der nichts weiter als einen Mantel trug, und verharrte deshalb in einigem Abstand, ihm den Rücken zugewandt.

»Gib ihr ein bisschen Zeit, sich zu erholen«, bat Alexia. »Ivy ist sensibel, und du bist ein Schock für den Kreislauf, selbst wenn du vollständig angezogen bist.«

Der Earl grinste. »Ein Lob aus deinem Munde, Weib? Wie ungewöhnlich. Schön zu wissen, dass ich immer noch die Fähigkeit habe, andere aus der Fassung zu bringen, noch dazu in meinem Alter. Aber nun hör auf damit, vom Thema abzulenken. Warum bist du hier?«

»Also wirklich, Liebling!« Lady Maccon klimperte mit den Wimpern. »Natürlich bin ich nach Schottland gekommen, um dich zu sehen. Ich habe dich so vermisst.«

»Ah, wie romantisch von dir«, entgegnete er, ohne ihr ein Wort zu glauben. Liebevoll sah er auf sie herab. Nicht so weit herab, wie er es bei den meisten anderen Frauen gemusst hätte, wohlgemerkt. Seine Alexia war ziemlich stattlich. Auch deshalb liebte er sie. Zu klein geratene Frauen erinnerten ihn an kläffende Hündchen.

»Verlogenes Luder«, grollte er leise.

Sie lehnte sich wieder an ihn. »Das wird bis später warten müssen, wenn uns niemand belauschen kann«, flüsterte sie ihm ins Ohr.

»Mhmm.« Er wandte ihr das Gesicht zu und küsste sie auf die Lippen, warm und voller Leidenschaft.

»Ähem.« Ivy räusperte sich.

Lord Maccon ließ sich Zeit, bevor er den Kuss beendete.

»Mein Gemahl«, sagte Lady Maccon, in deren Augen der Schalk blitzte. »Du erinnerst dich an Miss Hisselpenny?«

Conall bedachte seine Frau mit einem gewissen Blick und erhob sich dann zu einer Verbeugung, als wären sich er und Miss Hisselpenny in den vergangenen drei Monaten nach seiner Hochzeit nicht ständig über den Weg gelaufen. »Guten Abend, Miss Hisselpenny. Wie geht es Ihnen?«

Ivy machte einen Knicks. »Lord Maccon.«

»Ich werde auch von meiner Schwester und Tunstell begleitet«, raunte Lady Maccon ihrem Mann vorsorglich zu. »Und Angelique ist natürlich auch mitgekommen.«

»Meine Ehefrau kommt also mit Verstärkung. Steht uns denn irgendeine Art von Schlacht bevor, meine Liebe?«

»Wenn dem so wäre, bräuchte ich dem Feind nur die scharfen Spitzen von Felicitys Zunge entgegenzuhalten, um ihn ganz und gar zu vernichten. Dass meine Reisegesellschaft so umfangreich ausgefallen ist, war gänzlich unbeabsichtigt. Felicity und Tunstell kümmern sich gerade um ein Transportmittel, während wir hier miteinander plaudern.«

»Wie nett von dir, mir meinen Kammerdiener zu bringen.«

»Dein Kammerdiener war ein einziges Ärgernis.«

Miss Hisselpenny schnappte empört nach Luft, doch Lord Maccon zuckte mit den Schultern und meinte: »Das ist er für gewöhnlich. Die Leute stets zur Weißglut zu treiben ist eine Kunstfertigkeit, die nur wenigen gegeben ist.«

»Das muss wohl das Kriterium sein, nach dem Werwölfe die Kandidaten für die Metamorphose auswählen. Wie dem auch sei, Professor Lyall bestand auf eine männliche Eskorte, und da wir mit dem Luftschiff reisten, konnten wir kein Mitglied des Rudels mitnehmen.«

»Das ist ohnehin besser so, denn das hier ist fremdes Revier.«

Auf einmal räusperte sich jemand hinter ihnen, und Lord und Lady Maccon wandten sich um und erblickten Madame Lefoux, die in ihrer Nähe wartete.

»Ach ja«, sagte Lady Maccon. »Madame Lefoux war ebenfalls mit uns an Bord des Luftschiffs. Recht *unerwarteterweise*.« Sie betonte das letzte Wort, um ihrem Gatten zu signalisieren, dass sie Bedenken hinsichtlich der Erfinderin hegte. »Ich nehme an, Sie und mein Mann sind einander bereits bekannt, Madame Lefoux?«

Madame Lefoux nickte. »Guten Abend, Lord Maccon.«

Der Earl verbeugte sich leicht, dann schüttelte er Madame Lefoux die Hand, wie er es bei einem Mann getan hätte. Wenn sich Madame Lefoux wie ein Mann kleidete, so schien Lord Maccon zu meinen, sollte sie auch wie einer behandelt werden. Ein interessanter Ansatz, dachte Alexia. Oder wusste er vielleicht etwas, das ihr unbekannt war?

»Übrigens, vielen Dank für den reizenden Sonnenschirm«, wandte sich Lady Maccon an ihren Gatten. »Ich werde ihn gut zu gebrauchen wissen.«

»Daran habe ich keinen Zweifel. Ich bin ein wenig überrascht, dass du das nicht bereits getan hast.«

»Wer sagt denn, dass ich das nicht habe?«

»Ganz meine gutmütige, fügsame kleine Frau!«

»Oh, aber Alexia ist nicht gutmütig«, warf Ivy erstaunt ein.

Lady Maccon lächelte nur breit.

Der Earl schien aufrichtig erfreut zu sein, die Französin zu sehen. »Ich bin entzückt, Madame Lefoux. Haben Sie geschäftlich in Glasgow zu tun?«

Die Erfinderin nickte leicht.

»Ich nehme an, dass ich Sie nicht dazu überreden kann, Kingair zu besuchen? Soeben hörte ich in der Stadt, dass das Rudel ein paar technische Schwierigkeiten mit seinem äthografischen Transmitter hat, der gerade erst aus zweiter Hand erstanden wurde.«

»Gütiger Himmel! Hat denn jeder einen außer uns?«, wollte seine Frau wissen.

Der Earl bedachte sie mit einem scharfen Blick. »Warum? Wer hat denn sonst noch in letzter Zeit einen erworben?«

»Ausgerechnet Lord Akeldama, und er hat das neueste Modell. Wärst du sehr böse, wenn ich zugebe, dass auch ich ganz versessen auf so ein Gerät bin?«

Kurz schien Lord Maccon über seine Lebenssituation nachzusinnen. Wie kam er nur zu einer Ehefrau, der die neueste Pariser Mode völlig egal war, die aber unbedingt einen äthografischen Transmitter haben wollte? Nun, zumindest waren beide Obsessionen hinsichtlich der Ausgaben miteinander vergleichbar.

»Tja, mein kleiner Blaustrumpf, da hat ja jemand bald Geburtstag.«

Alexia strahlte. »Oh, fantastisch!«

Lord Maccon küsste sie sanft auf die Stirn und wandte sich dann wieder Madame Lefoux zu. »Nun, könnte ich Sie dazu überreden, auf Kingair einen kleinen Zwischenaufenthalt von ein paar Tagen einzulegen, falls Sie in der Lage wären, uns zu helfen?«

Alexia knuffte ihrem Mann verärgert in die Seite. Wann würde er je lernen, sie bei solchen Angelegenheiten zunächst um Erlaubnis zu bitten?

Lord Maccon ergriff die Hand seiner Frau und schüttelte unmerklich den Kopf.

Eine kleine nachdenkliche Falte bildete sich auf der Stirn der Erfinderin. Dann zeigte sie wieder ihre Grübchen, und sie nahm die Einladung an.

Alexia gelang es nur kurz, ein Wort unter vier Augen mit ihrem Mann zu wechseln, als sie das Gepäck in zwei gemietete Kutschen verluden.

»Channing sagte, die Werwölfe hätten sich während der ganzen Überfahrt nicht verwandeln können.«

Verblüfft blinzelte ihr Ehemann sie an. »Wirklich?«

»Oh, und Lyall sagte, die Seuche würde sich nach Norden bewegen und es vor uns nach Schottland schaffen.«

Lord Maccon runzelte die Stirn. »Er glaubt, dass es etwas mit dem Kingair-Rudel zu tun hat?«

Alexia nickte.

Eigenartigerweise lächelte ihr Mann. »Gut, das verschafft mir einen Vorwand.«

»Einen Vorwand wofür?«

»Dass ich plötzlich vor ihrer Tür stehe. Sie würden mich sonst niemals einlassen.«

»Was?«, zischte Alexia ihn an. »Warum?« Doch sie wurden durch Tunstells Rückkehr und seine beispiellose Freude darüber, Lord Maccon zu sehen, unterbrochen.

In immer tiefer werdender Dunkelheit ratterten die Mietkutschen die Straße nach Kingair entlang. Da sie mit Ivy und Madame Lefoux in einer Kutsche saßen, beschränkten sich Alexias Möglichkeiten darauf, entweder zu schweigen oder Nichtigkeiten zu äußern. Weil es nicht nur dunkel war, sondern auch zu regnen begonnen hatte, war von der Umgebung nicht viel zu sehen, worüber sich Ivy beklagte.

225

»Ich hatte mir so gewünscht, die Highlands zu sehen«, beschwerte sich Miss Hisselpenny, als gäbe es eine Art Trennlinie, die den Übergang von einem Teil Schottlands zum anderen markierte. Miss Hisselpenny hatte bereits angemerkt, dass Schottland ja sehr wie England aussähe, und das in einem Tonfall, als wäre dies eine schwerwiegende Verfehlung des Landstrichs.

Alexia war unerklärlich müde und döste schließlich ein, die Wange an die breite Schulter ihres Mannes geschmiegt.

Als sie schließlich Castle Kingair erreichten, stiegen Felicity, Tunstell und Angelique, die in der anderen Kutsche saßen, mit einer Aura kameradschaftlicher Fröhlichkeit aus, die Alexia irritierte und Ivy sehr zusetzte. Felicity flirtete schamlos mit Tunstell, und dieser unternahm nichts, um sie darin zu entmutigen.

Doch der Anblick von Castle Kingair dämpfte die Laune aller. Und wie um es noch schlimmer zu machen, begann es noch heftiger zu regnen, als ihr Gepäck ausgeladen und die Kutschen davongerumpelt waren.

Castle Kingair wirkte wie das finstere Gemäuer in einem Schauerroman. Es ruhte auf einem riesigen Felsen, der über einen dunklen See aufragte. Die Burg stellte Woolsey Castle völlig in den Schatten und vermittelte ein Gefühl wirklichen Alters, und Alexia hätte darauf gewettet, dass es drinnen ebenso düster und altmodisch eingerichtet war, wie es von außen wirkte.

Zuerst allerdings mussten sie draußen an einem düsteren, altmodischen Wesen vorbeikommen.

»Ah«, sagte Lord Maccon, als er das einsame Empfangskomitee erblickte, das vor dem Eingangstor der Burg stand. »Gürte dir die Lenden für die Schlacht, meine Liebe!«

Seine Frau, deren nasses Haar sich immer mehr aus der extravaganten Frisur löste, sah zu ihm auf. »Ich glaube nicht, dass du dich im Augenblick auf meine Lenden konzentrieren solltest, mein werter Herr Gemahl.«

Zitternd blieben Miss Hisselpenny, Felicity und Madame Lefoux neben ihnen im Regen stehen, während sich Tunstell und Angelique um das Gepäck kümmerten.

»Wer ist das?«, wollte Ivy wissen.

Die Gestalt war in einen langen, formlosen karierten Umhang gehüllt, das Gesicht von einem ausgebeulten Kutscherhut aus geöltem Leder überschattet, der schon bessere Tage gesehen und diese offenbar nur mit Mühe und Not überstanden hatte.

»Man könnte stattdessen genauso gut fragen: *Was* ist das?«, meinte Felicity und rümpfte vor Abscheu die Nase, während sie ihren Sonnenschirm wirkungslos dem Wolkenbruch entgegenstemmte.

Die Frau – denn bei näherer Betrachtung schien es sich bei der Gestalt zumindest in gewissem Maße um eine weibliche Person zu handeln – machte keinerlei Anstalten, sie zu begrüßen. Ebenso wenig bot sie ihnen Schutz vor dem Regen an. Sie stand einfach nur da und starrte ihnen finster entgegen. Und ihr finsteres Starren konzentrierte sich höchst eindeutig auf Lord Maccon.

Vorsichtig traten sie näher.

»Du bis nich willkomm'n hier, Conall Maccon, das weißt du!«, rief sie, lange bevor sie nahe genug für eine vernünftige Unterhaltung waren. »Pack dich eilends, bevor du mit all jenen kämpf'n musst, die von diesem Rudel übrig sind.«

Unter dem Schatten des Huts war nun ein Gesicht mittleren Alters auszumachen, gut aussehend, wenn auch nicht hübsch, mit ausgeprägten Zügen und dickem, widerspenstigem Haar, das schon leicht ergraute. Die Frau hatte das Auftreten einer besonders strengen Gouvernante, die ihren Tee schwarz trank, nach Mitternacht Zigarren rauchte, verteufelt gut Cribbage spielte und sich eine ganze Schar abscheulicher kleiner Hündchen hielt.

Alexia mochte sie vom ersten Augenblick an.

Äußerst gekonnt legte die Frau ein Gewehr an die Schulter und zielte auf Lord Maccon.

Alexia mochte sie daraufhin nicht mehr ganz so sehr.

»Und denk ja nich', dass du dich hier einfach so verwandeln kannst. Das Rudel is' vom Werwolfsfluch seit Monaten befreit, schon seit wir in See gestoch'n sind.«

»Was der Grund ist, warum ich hier bin, Sidheag.« Lord Maccon trat weiter auf sie zu. Ihr Ehemann war ein guter Lügner, dachte Lady Maccon stolz.

»Sei gewarnt: Diese Kugeln sind aus Silber.«

»Das macht keinen Unterschied, jetzt, da ich ebenso sterblich bin wie du.«

»Du hattest schon immer 'ne schnelle Zunge.«

»Wir sind gekommen, um zu helfen, Sidheag.«

»Wer sagt denn, dass wir Hilfe brauch'n? Du bist hier nich' erwünscht. Packt euch und verschwindet aus dem Kingair-Revier, der ganze Hauf'n von euch!«

Lord Maccon seufzte schwer. »Hier geht es um eine BUR-Angelegenheit, und das Verhalten eures Rudels hat mich hergeführt, ob dir das nun gefällt oder nich'. Ich bin nicht als Woolsey-Alpha hier. Ich bin nich' einmal hier als Vermittler, weil ihr zurzeit keinen Alpha habt. Ich bin hier als Sundowner, als Vollstrecker der Krone. Hast du was anderes erwartet?«

Die Frau zuckte ein wenig zurück, und sie senkte auch den Lauf des Gewehrs. »*Aye.* Jetzt seh' ich das richtig. Is' nich' so, dass dich interessiert, was mit dem Rudel – *deinem* alt'n Rudel – passiert. Du bist einfach nur hier, um den Will'n der Königin zu verkünd'n. Ein Feigling mit eingezog'nem Schwanz, das ist es, was du bist, Conall Maccon, sonst nich's.«

Lord Maccon hatte sie inzwischen beinahe erreicht. Nur Lady Maccon folgte ihm noch, der Rest war beim Anblick des Gewehrs stehen geblieben. Alexia warf einen Blick über die Schulter und sah, dass sich Ivy und Felicity an Tunstell drängten, der eine kleine Pistole auf die Frau gerichtet hielt. Madame Lefoux stand neben ihm, das Handgelenk so angewinkelt, dass es die Vermutung nahelegte, dass sich in der Manschette ihres Mantels irgendeine exotischere Art von Schießeisen befand, verborgen, aber entsichert.

Lady Maccon bewegte sich, den Sonnenschirm im Anschlag, auf ihren Mann und die merkwürdige Frau zu. Er sprach mit gesenkter Stimme, sodass ihn die Gruppe hinter ihnen über das Prasseln des Regens hinweg nicht hören konnte. »Was haben sie in Übersee angestellt, Sidheag? In welchen Schlamassel habt ihr euch dort drüben gebracht, nachdem Niall starb?«

»Was interessiert's dich? Du bist einfach gegang'n und hast uns im Stich gelass'n.«

»Ich hatte keine Wahl.« Conalls Stimme klang müde, als er sich an den ganzen Streit und Zank von damals erinnerte.

»Scheißdreck, Conall Maccon! Das is' 'ne faule Ausrede, wirklich und wahrhaftig, und das wiss'n wir beide! Wirst du das Durcheinander in Ordnung bring'n, das du vor zwanzig Jahren hinterlass'n hast, jetzt, wo du zurück bist?«

Neugierig sah Alexia ihren Mann an. Vielleicht würde sie nun die Antwort auf jene Frage bekommen, die sie schon so lange beschäftigte: Warum hatte er als Alpha sein Rudel verlassen und sich ein anderes gesucht, um dessen Führerschaft er erst hatte kämpfen müssen?

Der Earl blieb stumm.

Die Frau schob sich den alten, abgetragenen Hut in den Nacken und sah zu Lord Maccon auf. Sie war groß, beinahe so groß wie er, deshalb brauchte sie nicht weit hochzusehen. Sie war auch nicht gerade ein zartes Pflänzchen. Selbst unter diesem wuchtigen Mantel zeichnete sich ein kraftstrotzender Körper ab. Alexia war gebührend beeindruckt.

Die Augen der Frau waren von einer schrecklich vertrauten goldbraunen Farbe.

»Lass uns hineingehen, damit wir aus diesem Dreckswetter kommen, dann werde ich darüber nachdenken.«

»Pah!«, spuckte die Frau aus. Dann marschierte sie den ausgetretenen steinernen Pfad zum Wohnturm hoch.

Lady Maccon sah ihren Mann an. »Interessante Dame.«

»Fang du nich' bloß auch noch an«, knurrte er. Er wandte sich zum Rest ihrer Gesellschaft um. »Das ist in etwa alles an Einladung, was wir hier in der Gegend erwarten können. Kommt rein. Lasst das Gepäck, wo es ist. Sidheag wird jemanden rausschicken, um es zu holen.«

»Und Sie sind sicher, dass derjenige nicht einfach alles in den See werfen wird, Lord Maccon?«, fragte Felicity und presste ihr Retikül beschützend an sich.

Lord Maccon schnaubte. »Keine Garantie.«

Sofort verließ Lady Maccon seine Seite und nahm ihre Aktentasche von dem Berg aus Gepäckstücken.

»Taugt dieses Ding auch als Regenschirm?«, fragte sie Madame Lefoux und hob ihren Parasol an.

Die Erfinderin sah beschämt drein. »Den Teil habe ich vergessen.«

Alexia seufzte und blinzelte hoch in den Regen. »Famos! Ich stehe kurz davor, die gefürchtete Verwandtschaft meines Mannes kennenzulernen, und sehe aus wie eine ertrunkene Ratte.«

»Sei nicht ungerecht, Schwester«, widersprach Felicity. »Du siehst aus wie ein ertrunkener Tukan.«

Und damit betrat die kleine Gruppe Castle Kingair.

Das Innere der Burg war ebenso düster und altmodisch eingerichtet, wie es von außen den Anschein gehabt hatte. *Vernachlässigt* war noch zu wohlwollend ausgedrückt. Die Teppiche waren grau-grün, fadenscheinige Relikte aus der Zeit von König George, der Kronleuchter in der Eingangshalle noch mit *Kerzen* versehen, und es hingen echte mittelalterliche Wandteppiche an den Wänden. Alexia, die in solchen Dingen recht penibel war, strich mit einem behandschuhten Finger über das Treppengeländer und schnalzte angesichts des Staubs tadelnd mit der Zunge.

Diese Sidheag ertappte sie dabei. »Nich' ganz nach Ihren hochgestochenen Londoner Maßstäben, was, junge Miss?«

»Oh-oh«, murmelte Ivy.

»Nicht einmal nach den Maßstäben jedes anständigen Haushalts«, schoss Alexia zurück. »Ich hörte ja, dass die Schotten Barbaren sind, aber das hier ...«, sie rieb die Finger aneinander, von denen sich dabei eine kleine Wolke grauen Staubs löste, »... ist einfach unfassbar.«

»Ich werd Sie nich' daran hindern, wieder hinaus in den Regen zu gehen.«

Lady Maccon legte den Kopf schief. »Ja, aber würden Sie mich daran hindern, hier Staub zu wischen? Oder haben Sie eine besondere Vorliebe für Schmutz?«

Bei diesen Worten musste die andere Frau kichern.

»Sidheag«, sagte Lord Maccon, »das hier ist meine Gattin, Alexia Maccon. Alexia, das ist Sidheag Maccon, Lady Kingair. Meine Ur-Ur-Ur-Enkelin.«

Alexia war überrascht. Sie hatte vermutet, dass Sidheag eine

Großnichte ihres Gatten oder etwas in der Art war, kein direkter Nachkömmling. War ihr Mann verheiratet gewesen, bevor er verwandelt worden war? Und *warum* hatte er ihr das nicht erzählt?

»Aber«, wandte Miss Hisselpenny ein. »Sie sieht älter aus als Alexia.« Eine Pause. »Sie sieht sogar älter aus als Sie, Lord Maccon.«

»Ich würde nicht versuchen, das zu verstehen, wenn ich Sie wäre, meine Liebe«, tröstete Madame Lefoux Miss Hisselpenny, mit einem leichten Grübchenlächeln über Ivys Verwirrung.

»Ich bin Anfang vierzig«, antwortete Lady Kingair, völlig ungeniert, vor Fremden ihr Alter zu verraten.

Also wirklich, dieser Teil des Landes war genau so primitiv, wie Floote behauptet hatte. Lady Maccon erschauderte geziert und verstärkte den Griff um ihren Sonnenschirm, auf alles gefasst.

Sidheag Maccon starrte den Earl eindringlich an. »Beinah schon *zu* alt.«

Felicity rümpfte wieder mal die Nase. »Das hier ist alles so furchtbar sonderbar und abscheulich. Warum *musstest* du dich auch nur mit einem Übernatürlichen einlassen, Alexia?«

Lady Maccon sah ihre Schwester nur mit hoch gezogener Augenbraue an.

»Ach ja«, beantwortete Felicity ihre eigene Frage. »Jetzt erinnere ich mich wieder – niemand sonst wollte dich haben.«

Alexia ignorierte die Bemerkung und musterte stattdessen ihren Ehemann. »Du hast mir nie erzählt, dass du eine Familie hattest, bevor du zu einem Werwolf wurdest.«

Lord Maccon zuckte mit den Schultern. »Du hast mich nie gefragt.« Dann stellte er den Rest der Gruppe vor. »Miss Hisselpenny, die Freundin meiner Gattin. Miss Loontwill, die Schwester meiner Frau. Tunstell, mein oberster Schlüsselwächter. Und Madame Lefoux, die sehr glücklich darüber wäre, wenn sie sich euren kaputten Äthografen ansehen dürfte.«

Lady Kingair stutzte. »Woher weißt du, dass wir …? Nich so wichtig. Es war schon immer unheimlich, dass du so viel weißt. Dass du bei BUR bist, macht das für niemanden angenehmer.« Dann wandte sie sich an Madame Lefoux. »Na, Sie sind mir ja mal ein willkommener Gast! Erfreut, Sie kennenzulernen! Ich hab natürlich von Ihnen gehört. Wir hab'n einen Claviger, der mit Ihren Arbeiten vertraut ist, selber ein kleiner Amateur-Erfinder.« Sie sah wieder ihren Ur-Ur-Ur-Großvater an. »Ich nehm an, dass du auch gern den Rest des Rudels sehen willst?«

Lord Maccon nickte bestätigend.

Lady Kingair streckte die Hand aus und läutete eine Glocke, die an der Wand des dunklen Treppenaufgangs verborgen war. Der Laut, den sie von sich gab, schwang irgendwo zwischen einem Muhen und einer Dampfmaschine, die abrupt zum Stillstand kommt, und unversehens füllte sich die Halle mit stattlichen Männern, von denen die meisten Röcke trugen.

»Gütiger Himmel!«, rief Felicity. »Was haben die denn an?«

»Kilts«, erklärte Alexia, amüsiert über das Unbehagen ihrer Schwester.

»Röcke«, entgegnete Felicity tief beleidigt, »und kurze noch dazu, als wären sie Tänzer in der Oper.«

Alexia unterdrückte ein jäh aufkommendes Kichern. Na, das war doch einmal ein lustiges Bild!

Miss Hisselpenny schien nicht zu wissen, wo sie hinsehen sollte. Schließlich entschied sie sich in ihrem tiefsten Entsetzen, hoch zum Kronleuchter zu starren. »Alexia«, zischte sie ihrer Freundin zu, »die haben ja alle entblößte Knie. Was soll ich denn nur tun?«

Alexias Aufmerksamkeit richtete sich mehr auf die Gesichter der Männer um sie herum, nicht auf deren unbekleidete Beine. Unter ihnen schien eine ausgewogene Mischung aus Empörung und Freude über das Erscheinen von Lord Maccon zu herrschen.

Der Earl stellte sie denjenigen Rudelmitgliedern vor, die er kannte. Der Beta des Kingair-Rudels, ihr stellvertretender Anführer, war einer derer, die einen verärgerten Eindruck machten, wohingegen der Gamma zu jenen gehörte, die sich darüber freute, Conall zu sehen. Die übrigen vier Rudelmitglieder verteilten sich auf zwei für und zwei gegen ihn und platzierten sich auch dementsprechend, so als könnte es jeden Augenblick zu spontanen Handgreiflichkeiten kommen.

Das Kingair-Rudel war kleiner als das Woolsey-Rudel und auch weniger eine feste Einheit. Alexia fragte sich, was für eine Art Mensch beziehungsweise Werwolf Conalls Nachfolger gewesen sein mochte, dass er diesen streitlustigen Haufen als Alpha angeführt hatte.

Dann, mit unziemlicher Eile, packte Lord Maccon den mürrischen Beta, der auf den Namen Dubh hörte, schleppte ihn in einen Salon und überließ es Alexia, die angespannte Atmosphäre zu entschärfen, die er zurückließ.

Lady Maccon war dieser Aufgabe durchaus gewachsen. Seit ihrer Geburt hatte sie ein unerschütterliches Gemüt, sodass sie zuerst mir Mrs. Loontwill und später mit zwei ebenso unglaublichen Schwestern fertig geworden war. Ein Haufen riesiger berockter Werwölfe war da nur eine weitere Herausforderung.

»Wir haben schon von Ihnen gehört«, sagte der Gamma, dessen Name wie etwas Schlüpfriges klang, das mit Mooren zu tun hatte. »Uns kam zu Ohren, dass sich der alte Laird mit einem Fluchbrecher eingelassen hat.« Langsam umkreiste er Alexia, als wollte er sie beschnuppern. Er kam ihr dabei vor wie ein Hund,

und innerlich wappnete sie sich bereits zurückzuspringen, falls er das Bein an ihr heben würde.

Zum Glück deuteten sowohl Ivy als auch Felicity seine Aussage falsch. Keine von ihnen wusste, dass Alexia eine Außernatürliche war, und sie selbst wollte es dabei auch belassen. Beide jungen Damen schienen anzunehmen, dass der Ausdruck *Fluchbrecher* irgendein verschrobener schottischer Ausdruck für Ehefrau war.

»Also wirklich!«, sagte Felicity höhnisch zu dem riesigen Mann vor ihr. »Können Sie denn nicht Englisch sprechen?«

Lady Maccon ignorierte ihre Schwester und sagte schnell: »Sie sind mir gegenüber im Vorteil. Ich weiß überhaupt nichts über Sie.« Sie waren alle so überaus groß. Alexia war es nicht gewohnt, sich klein zu fühlen.

Bei diesen Worten verzog der Gamma sein breites Gesicht. »Über ein Jahrhundert lang war er Anführer dieses Rudels, und er hat Ihnen gegenüber nich's von uns erzählt?«

»Vielleicht will er ja nur nicht, dass *ich* etwas über Sie weiß«, schlug Alexia vor.

Sidheag unterbrach sie. »Genug geschwätzt! Wir werden Ihnen jetzt Ihre Zimmer zeigen! Jungs, geht und holt die Koffer rein!« Und schimpfend fügte sie hinzu: »Verdammte Engländer, können nich mit leichtem Gepäck reisen!«

Die Gästezimmer im oberen Stock waren nicht besser als der Rest der Burg: in tristen Farben und erfüllt von einem muffigen Geruch. Das Zimmer, das man Lord und Lady Maccon zuwies, war zwar einigermaßen sauber, aber mit rötlich braunem Dekor, der etwa seit ein paar hundert Jahren aus der Mode war. Es gab ein großes Bett, zwei kleine Schränke, einen Ankleidetisch für Alexia und eine Ankleidekammer für ihren Gatten. Die Farbgebung und das allgemeine Erscheinungsbild des Zimmers erinnerten Lady Maccon an ein nasses, unleidiges Eichhörnchen.

Sie suchte das ganze Zimmer nach einem sicheren Ort ab, wo sie ihre Aktentasche verstecken konnte, jedoch ohne Erfolg, deshalb schlenderte sie drei Türen weiter zu dem Zimmer, in dem Miss Hisselpenny untergebracht war.

Als sie an einer der anderen Türen vorbeikam, hörte sie Felicity mit atemloser Stimme hauchen: »O Mr. Tunstell, werde ich denn im Zimmer direkt neben dem Ihrem sicher sein, was denken Sie?«

Sekunden später wurde sie Zeuge, wie Tunstell, Panik in jeder Sommersprosse, aus Felicitys Zimmer stürzte und in seine kleine Kammerdienerbehausung direkt neben Conalls Ankleidekammer flüchtete.

Ivy war gerade damit beschäftigt, ihre Reisetruhe auszupacken, als Alexia höflich an ihre Tür klopfte und hereinspazierte.

»Oh, dem Himmel sei Dank, Alexia! Glaubst du, dass es in diesem Gemäuer Gespenster gibt? Oder schlimmer noch, Poltergeister? Bitte glaub nicht, ich würde irgendwelche Vorurteile gegen Übernatürliche hegen, aber eine übermäßige Anzahl an Geistern wäre einfach zu viel für mich, besonders wenn sie sich in den letzten Stadien der Auflösung befinden. Ich hörte, sie werden dann ganz komisch im Kopf und wabern herum und verlieren Teile ihres immateriellen Selbst. Man biegt um die Ecke irgendeines völlig unverdächtigen Korridors, nur um zwischen Decke und Zimmerpalme schwebend eine körperlose Augenbraue vorzufinden.« Miss Hisselpenny erschauderte, während sie sorgsam ihre zwölf Hutschachteln neben dem Kleiderschrank stapelte.

Alexia rief sich in Erinnerung, was ihr Mann gesagt hatte: Wenn sich die Werwölfe hier nicht verwandeln konnten, bedeutete dies, dass Castle Kingair von der Vermenschlichungsplage befallen war. Die Burg dürfte vollständig exorziert worden sein.

»Ich bin mir sicher«, sagte sie zuversichtlich, »dass definitiv keine Geister diesen Ort frequentieren.«

Ivy sah nicht gerade überzeugt aus. »Aber Alexia, wirklich, du musst doch zugeben, dass diese Burg ganz genau die Art Gemäuer ist, wo sich Geister wohlfühlen.«

Frustriert schnalzte Lady Maccon mit der Zunge. »Oh, Ivy, sei nicht albern! Der äußere Anschein hat damit überhaupt nichts zu tun, das weißt du genau. Nur Schauerromane verbinden Geister mit derartigen Orten, und Schriftsteller stellen die Übernatürlichen *nie* richtig dar. Im letzten Roman, den ich gelesen habe, wurde sogar behauptet, die Metamorphose habe mit *Magie* zu tun, wo doch jeder weiß, dass es völlig stichhaltige wissenschaftliche und medizinische Erklärungen für ein Übermaß an Seele gibt. Erst neulich habe ich gelesen, dass ...«

Miss Hisselpenny unterbrach sie hastig. »Ja ... nun ... Kein Grund, mich mit blaustrümpfigen Erklärungen und Abhandlungen der Royal Society zu bedrängen. Ich nehme dich einfach beim Wort. Um wie viel Uhr, sagte Lady Kingair, wird das Dinner serviert?«

»Um neun, glaube ich.«

Ein weiterer Ausdruck von Panik überzog das Gesicht ihrer Freundin. »Denkst du, man serviert ...«, sie schluckte heftig, »... Haggis?«

Lady Maccon verzog das Gesicht. »Sicher nicht bei unserer ersten Mahlzeit. Obwohl ... Man kann nie wissen.« Während ihrer Kutschfahrt hierher hatte Conall dieses widerwärtige Gericht – es handelte sich um gefüllten Schafsmagen, ein schottisches Nationalgericht – mit unverzeihlicher Begeisterung beschrieben. Was zur Folge hatte, dass die Damen seitdem in Todesangst lebten.

Ivy seufzte. »Nun gut. Dann sollten wir uns besser umziehen. Wäre mein lavendelblaues Taftkleid für diese Gelegenheit angemessen?«

»Für den Haggis?«

»Nein, du Dummerchen, für das Dinner!«

»Gibt es einen dazugehörigen Hut?«

Mit empörtem Gesichtsausdruck blickte Miss Hisselpenny von ihrem Stapel Hutschachteln auf. »Alexia, rede doch keinen solchen Unsinn! Es ist ein *Dinner*kleid.«

»Dann denke ich, wird es seinen Zweck sehr gut erfüllen. Dürfte ich dich um einen Gefallen bitten? Ich habe ein Geschenk für meinen Gatten in dieser Tasche. Glaubst du, ich könnte sie einstweilen in deinem Zimmer verstecken, damit er es nicht versehentlich findet? Ich möchte, dass es eine Überraschung für ihn ist.«

Miss Hisselpennys Augen leuchteten. »Ach, wirklich! Wie liebenswert und ehefraulich von dir! Ich hätte dich nie für so romantisch veranlagt gehalten.«

Lady Maccon zuckte innerlich zusammen.

»Was ist es denn?«

Alexia zermarterte sich das Gehirn auf der Suche nach einer passenden Antwort. Was konnte man einem Mann kaufen, das sich in einer Aktentasche verstecken ließ? »Äh … Socken.«

Miss Hisselpenny war zutiefst enttäuscht. »Nur *Socken*? Ich glaube kaum, dass Socken derart nach Geheimhaltung schreien.«

»Es sind besondere Glückssocken.«

Darin konnte Miss Hisselpenny keine offensichtliche Unlogik erkennen und verstaute Lady Maccons Aktentasche sorgfältig hinter ihrem Stapel Hutschachteln.

»Es könnte sein, dass ich von Zeit zu Zeit darauf zugreifen muss«, sagte Alexia.

Miss Hisselpenny war verwundert. »Warum?«

»Um … äh, nachzusehen, wie es den … äh, Socken geht.«

»Alexia, fühlst du dich auch wirklich wohl?«

Lady Maccon redete einfach drauflos, um Miss Hisselpenny von dem Thema abzubringen. »Wusstest du, dass Tunstell gerade aus Felicitys Zimmer kam, als ich vorbeiging?«

Ivy schnappte nach Luft. »Nein!« Wütend begann sie, die Accessoires für das Abendessen zusammenzustellen, und warf Handschuhe, Schmuck und Spitzenhäubchen auf das Kleid, das sie sich bereits auf dem Bett zurechtgelegt hatte. »Alexia, ich möchte wirklich nicht unhöflich sein. Aber ich glaube ernsthaft, dass deine Schwester ein richtiger Einfaltspinsel ist.«

»Oh, damit hast du vollkommen recht, meine liebe Ivy! Ich kann sie selbst nicht ausstehen«, antwortete Lady Maccon. Und dann, weil sie sich schuldig fühlte, ihr von Tunstell erzählt zu haben: »Soll ich dir für heute Abend Angelique ausborgen, damit sie dir das Haar frisiert? Ich fürchte, der Regen hat meines hoffnungslos ruiniert, deshalb wäre es vergebene Liebesmüh.«

Das munterte Ivy sofort wieder auf. »Ach, vielen Dank. Das wäre ganz reizend!«

Darauf zog sich Lady Maccon wieder in ihr eigenes Zimmer zurück, um sich anzukleiden.


»Angelique?« Die Zofe war mit Auspacken beschäftigt, als Lady Maccon ihr Schlafzimmer betrat. »Ich habe Ivy gesagt, dass sie dich heute Abend haben könnte, damit du ihr das Haar frisierst. Im Augenblick ist mit dem meinem nicht das Geringste anzufangen.« Aufgrund des unerfreulichen schottischen Klimas waren Alexias dunkle Locken nichts als ein krauser Wuschelkopf. »Ich werde mir einfach eine dieser schrecklichen matronenhaften Spitzenhauben aufsetzen, die du mir ständig aufzudrängen versuchst.«

»Jawohl, Mylady.« Die Zofe machte einen Knicks und ging, doch in der Tür blieb sie kurz noch einmal stehen und sah zu ihrer Herrin zurück. »Bitte, Mylady, warum ist Madame Lefoux noch immer bei uns?«

»Du magst sie wirklich nicht, Angelique, nicht wahr?«

Diese Äußerung wurde mit einem durch und durch französischen Schulterzucken quittiert.

»Ich muss leider zugeben, dass das die Idee meines Mannes war. Ich vertraue ihr ebenfalls nicht, aber du weißt, wie Conall sein kann. Offensichtlich gibt es auf Kingair einen fehlerhaft funktionierenden äthografischen Transmitter. Ich weiß, das ist ziemlich überraschend. Wer hätte gedacht, dass jemand an einem hinterwäldlerischen Ort wie diesem über so etwas Modernes verfügt. Aber offensichtlich tun sie das, und sie haben Schwierigkeiten damit. Aus zweiter Hand erworben, soweit ich weiß. Nun, was will man da erwarten. Wie dem auch sei, Conall brachte Madame Lefoux mit, damit sie sich das Ding mal gründlich ansieht. Ich konnte nichts tun, um ihn daran zu hindern.«

Angeliques Blick war ausdruckslos, dann machte sie erneut einen Knicks und eilte davon, um sich um Ivy zu kümmern.

Alexia grübelte eine Weile über das Ensemble nach, das ihre Zofe für sie ausgewählt hatte. Und weil sie sich wirklich nicht auf ihren eigenen Geschmack verlassen konnte, zog sie es an.

Ihr Mann kam gerade herein, als sie mit den Knöpfen kämpfte, mit denen das Mieder im Rücken geschlossen wurde.

»Oh, gut, da bist du ja! Knöpf mir das zu, wärst du bitte so freundlich?«

Ihren Befehl völlig ignorierend marschierte Lord Maccon mit drei schnellen Schritten zu ihr hin und vergrub das Gesicht in ihrer Halsbeuge.

Lady Maccon stieß einen entnervten Seufzer aus, wirbelte aber gleichzeitig herum, um ihm die Arme um den Hals zu schlingen.

»Nun, das ist wirklich sehr hilfreich, Liebling. Dir ist doch hoffentlich klar, dass wir zu spät ...«

Er küsste sie.

Als sie beide schließlich wieder Atem holen mussten, erklärte er: »Nun, Weib, das wollte ich schon während der ganzen Kutschfahrt hierher machen.« Er ließ die großen Hände hinunter zu ihrem Hinterteil wandern und presste sie an seinen großen, festen Körper.

»Und da war ich der Meinung, du dächtest während der ganzen Fahrt nur an Politik, schließlich hast du wieder dieses schreckliche Stirnrunzeln gezeigt«, entgegnete seine Frau mit einem verschmitzten Lächeln.

»Nun ja, das auch. Ich bin in der Lage, zwei Dinge gleichzeitig tun. Zum Beispiel rede ich gerade mit dir und sinne zugleich über eine Möglichkeit nach, wie ich dich aus diesem Kleid schälen kann.«

»Mein werter Herr Gemahl, du kannst mir das nicht ausziehen! Ich habe es gerade erst angezogen.«

Er schien nicht geneigt, diese Aussage zu akzeptieren, sondern richtete stattdessen seine Bemühungen darauf, ihr sorgfältiges Werk zunichtezumachen und das Kleid beiseitezuschieben.

»Hat dir der Sonnenschirm wirklich gefallen, den ich dir geschenkt habe?«, fragte er liebenswert zögerlich, während er ihr mit den Fingerspitzen über die nun bloßen Schultern und den Rücken streichelte.

241

»O Conall, was für ein bezauberndes Geschenk, mit einem Magnetstörfeldgenerator, Giftpfeilen und allem! So überaus aufmerksam von dir! Ich bin überglücklich, dass ich ihn bei dem Absturz nicht verloren habe.«

Die Finger hörten abrupt auf, sie zu streicheln. »Absturz? Was für ein Absturz?«

In dem Versuch, ihn abzulenken, schmiegte sie sich enger an ihn. »Äh ...«, machte sie ausweichend.

Lord Maccon packte sie an den Schultern und schob sie leicht von sich.

Sie tätschelte ihm die Brust, soweit sie das vermochte. »Ach, es war gar nichts, Liebling. Ich bin nur ein bisschen ... äh, abgestürzt.«

»Ein bisschen abgestürzt! Wie abgestürzt, Weib?«

Alexia schlug die Augen nieder. »Aus ... äh, dem Luftschiff.«

»Aus dem Luftschiff.« Lord Maccons Tonfall war hart und ausdruckslos. »Und befand sich das Luftschiff zu dem Zeitpunkt zufällig in der Luft?«

»Ähm ... Nun ja, möglicherweise, nicht direkt Luft. Eher im ... nun ja, im Äther.«

Ein stechend harter Blick.

Alexia neigte den Kopf und spähte unter gesenkten Wimpern zu ihm hoch.

Lord Maccon steuerte seine Frau rückwärts aufs Bett zu, als wäre sie ein unhandliches Ruderboot, und zwang sie, sich daraufzusetzen. Dann ließ er sich neben sie plumpsen.

»Erzähl von Anfang an!«

»Du meinst den Abend, an dem ich aufwachte, nur um festzustellen, dass du dich nach Schottland aufgemacht hast, ohne mit mir darüber zu reden?«

Lord Maccon seufzte. »Es ging um eine ernste Familienangelegenheit.«

»Und was bin ich? Eine flüchtige Bekanntschaft?«

Conall hatte tatsächlich so viel Anstand, daraufhin ein wenig beschämt zu wirken. »Du musst mir ein wenig Zeit zugestehen, mich daran zu gewöhnen, dass ich eine Frau habe.«

»Soll das etwa heißen, dass du dich beim letzten Mal, als du verheiratet warst, nicht daran gewöhnt hast?«

Stirnrunzelnd sah er sie an. »*Das* war vor langer Zeit.«

»Das will ich doch sehr hoffen!«

»Bevor ich verwandelt wurde. Und es war eine Frage der Pflicht. In jenen Tagen wurde man nich' einfach ein Werwolf, ohne einen Erben zu hinterlassen. Ich sollte Laird werden. Ich konnte mich unmöglich in einen Übernatürlichen verwandeln, ohne vorher die Weiterexistenz des Clans zu sichern.«

Alexia war nicht geneigt, ihn so leicht davonkommen zu lassen, dass er sie bezüglich dieser Angelegenheit im Dunkeln gelassen hatte, obwohl sie seine Gründe vollkommen verstehen konnte. »Soviel konnte ich aus der Tatsache, dass du offenbar ein Kind gezeugt hast, bereits schließen. Was ich dir vorhalte, ist die Tatsache, dass du mir nicht gesagt hast, dass du noch lebende Nachkommen hast.«

Lord Maccon schnaubte, ergriff die Hand seiner Frau und streichelte ihr mit schwieligem Daumen das Handgelenk. »Du hast Sidheag kennengelernt. Würdest du sie als Verwandtschaft anerkennen?«

Alexia seufzte und lehnte sich an seine breite Schulter. »Sie scheint eine anständige, aufrichtige Frau zu sein.«

»Sie ist ein unmöglicher Griesgram!«

Lady Maccon lächelte in die Schulter ihres Mannes hinein. »Nun, es kann wohl kaum einen Zweifel geben, von welcher Seite

243

der Familie sie das geerbt hat.« Sie wechselte die Taktik. »Wirst du mir nun von deiner früheren Familie erzählen? Wer war deine Frau? Wie viele Kinder hattet ihr? Wie groß ist die Wahrscheinlichkeit, dass ich noch anderen verstreuten Maccons von Bedeutung begegne?« Sie stand auf und setzte ihre Vorbereitungen für das Dinner fort, wobei sie versuchte, sich nicht anmerken zu lassen, wie wichtig ihr seine Antworten waren. Das war ein Aspekt der Ehe mit einem Unsterblichen, den sie bisher noch nicht bedacht hatte. Natürlich war ihr klar, dass er früher schon Liebschaften gehabt hatte. Er lebte seit zwei Jahrhunderten, und es hätte sie beunruhigt, wenn dem nicht so wäre, zumal sie nahezu jede Nacht dankbar war für seine Erfahrungen auf einem gewissen Gebiet. Aber frühere Ehefrauen? Das war ihr nie in den Sinn gekommen.

Die Hände hinter dem Kopf verschränkt legte er sich auf dem Bett zurück und sah sie aus raubtierhaften Augen an. Es ließ sich nicht leugnen: Er war ein unmöglicher Mann, ihr Gatte, aber auch verdammt sexy.

»Wirst *du* mir von deinem Sturz aus dem Luftschiff erzählen?«, konterte er.

Alexia legte ihre Ohrringe an. »Wirst *du mir* erzählen, warum du ohne deinen Kammerdiener nach Schottland verschwunden bist und mich mit Major Channing beim Abendessen, mit Ivy beim Hutkauf und mit halb London, das sich immer noch von einem schweren Anfall von Vermenschlichung erholte, allein gelassen hast? Ganz zu schweigen davon, dass ich ganz auf mich gestellt über ganz England reisen musste.«

Sie hörten Miss Hisselpenny im Korridor kreischen und dann das Schnattern anderer Stimmen, möglicherweise die von Felicity und Tunstell.

Lord Maccon, der sich immer noch malerisch auf dem Bett räkelte, schnaubte leicht.

»Na gut, über ganz England begleitet von Ivy und meiner Schwester, was noch schlimmer ist – und immer noch deine Schuld!«

Der Earl erhob sich, kam zu ihr und knöpfte ihr den Rücken ihres Kleides zu. Alexia war nur leicht enttäuscht darüber.

»Warum bist du hier, Weib?«, fragte er unverblümt.

Entnervt lehnte sich Lady Maccon zurück. Diese Unterhaltung führte zu nichts. »Conall, beantworte mir wenigstens diese eine Frage: Bist du in der Lage, dich zu verwandeln, seit wir uns auf Castle Kingair befinden?«

Lord Maccon runzelte die Stirn. »Ich habe bisher noch nicht daran gedacht, es zu versuchen.«

Sie bedachte ihn im Spiegel mit einem gequälten Blick. Seine geschäftigen Hände hielten inne, dann ließ er von ihr ab und trat zurück. Aufmerksam beobachtete sie ihn. Nichts geschah.

Mit einem Kopfschütteln kam er zu ihr zurück. »Unmöglich. Es fühlt sich ein wenig so an, als hätte ich Körperkontakt und würde gleichzeitig versuchen, Wolfsgestalt anzunehmen. Es ist nicht so, dass es mir schwerfallen würde oder mich zu sehr anstrengt – es ist einfach völlig unmöglich. Dieser Teil von mir, der Werwolf, ist ganz und gar verschwunden.«

Sie drehte sich zu ihm um. »Ich bin gekommen, weil ich die Muhjah bin und diese Unfähigkeit zur Verwandlung mit dem Kingair-Rudel zusammenhängt. Ich sah, wie du den Beta davongezerrt hast, um dich mit ihm zu unterhalten. Von diesem Rudel war seit Monaten niemand mehr in der Lage, Wolfsgestalt anzunehmen, nicht wahr? Wie lange genau geht das schon so? Seit sie an Bord der *Spanker* gingen, um heimwärts zu reisen? Oder schon länger? Wo haben sie die Waffe gefunden? Indien? Ägypten? Oder ist es eine Seuche, die sie eingeschleppt haben? Was ist in Übersee mit ihnen geschehen?«

245

Lord Maccon betrachtete seine Frau im Spiegel und legte seine großen Hände auf ihre Schultern. »Sie wollen es mir nich' sagen. Ich bin hier kein Alpha mehr. Sie schulden mir keine Erklärung.«

»Aber du bis der oberste Sundowner von BUR.«

»Dies hier ist Schottland, und hier hat BUR kaum Autorität. Außerdem waren diese Leute viele Generationen lang mein Rudel. Ich mag zwar nich' mehr den Wunsch verspüren, sie anzuführen, aber ich will auch keinen von ihnen töten. Das wissen sie. Ich will einfach nur erfahren, was hier vor sich geht.«

»Du *und* ich, wir beide, mein Liebster«, entgegnete seine Frau. »Du hast doch nichts dagegen, wenn ich deine Brüder in dieser Angelegenheit befrage?«

»Ich weiß nich', wie dir das besser gelingen sollte als mir.« Conall war skeptisch. »Sie wissen nich', dass du die Muhjah bist, und es wäre klug von dir, es dabei zu belassen. Königin Victoria ist nich' so beliebt in diesem Teil der Welt.«

»Ich werde diskret sein.« Als sie dies sagte, schossen die Augenbrauen ihres Mannes gen Himmel. »Also gut, so diskret, wie es mir möglich ist.«

»Kann nich' schaden«, meinte er, dann erinnerte er sich daran, dass er zu Alexia sprach, und fügte hinzu: »Solange du davon absiehst, diesen Sonnenschirm zu benutzen.«

Seine Frau lächelte maliziös. »Nur im äußersten Notfall.«

»Und nimm dich vor Dubh in Acht, er ist ein schwieriger Bursche.«

»Nicht ganz Professor Lyalls Kaliber als Beta, willst du damit sagen?«

»Es steht mir nicht zu, das zu beurteilen. Dubh war nie mein Beta, nicht einmal mein Gamma.«

Das war eine interessante Neuigkeit. »Und dieser Niall, der in Übersee gefallen ist? War der dein Beta?«

»*Nay*. Meiner starb«, antwortete er knapp und in einem Tonfall, der deutlich machte, dass er über diese Angelegenheit nicht weiter reden wollte. »Jetzt bist du dran. Dieser Sturz aus dem Luftschiff, Weib?«

Fertig mit ihrer Toilette stand Alexia auf. »Irgendjemand muss sich auf meine Fährte gesetzt haben, eine Art Spion oder Agent, vielleicht ein Mitglied vom Hypocras Club. Als Madame Lefoux und ich uns auf dem Aussichtsdeck befanden, griff er uns an und stieß mich über die Reling. Madame Lefoux konnte ihn abwehren, ihn aber nicht erkennen, und mir gelang es, irgendwo Halt zu finden und in Sicherheit zu klettern. Es war nichts, wirklich, außer dass ich beinahe meinen Sonnenschirm verloren hätte. Und ich bin nicht länger so begeistert vom Reisen mit dem Luftschiff.«

»Das kann ich mir denken. Nun, Weib, versuch zumindest ein paar Tage lang, dich nicht umbringen zu lassen.«

»Wirst du mir den wahren Grund dafür erzählen, warum du zurück nach Schottland gekommen bist? Glaub ja nicht, dass du mich so leicht abwimmeln kannst.«

»Das habe ich nie in Erwägung gezogen, meine süße, sittsame Alexia!«

Lady Maccon bedachte ihn mit ihrem besten grimmigen Gesichtsausdruck, bevor sie sich beide auf den Weg hinunter zum Dinner machten.

## Sahnebaisers müssen vernichtet werden

Lady Maccon trug ein schwarzes Dinnerkleid mit weiß plissiertem Besatz und weißen Satinschleifen an Kragen und Ärmeln. Es hätte ihr eine angemessen zurückhaltende und würdevolle Note verliehen, wenn sie nicht infolge der ausgedehnten Diskussion mit ihrem Ehemann völlig vergessen hätte, ihr Haar unter eine Haube zu stopfen. Die dunklen Locken umwogten in wildem Aufruhr ihren Kopf, nur zum Teil von der morgendlichen Steckfrisur im Zaum gehalten, ein himmlisches Gekräusel und Gezause. Lord Maccon fand es anbetungswürdig. Er war der Meinung, dass sie wie eine exotische Zigeunerin aussah, und fragte sich, ob sie wohl geneigt sein könnte, goldene Ohrringe anzulegen und barbusig in einem weiten roten Rock für ihn in ihrem Schlafzimmer herumzutanzen. Jeder andere jedoch war empört, als die Frau des Earls zum Dinner mit krausem Haar erschien. Sogar in Schottland tat man so etwas einfach nicht.

Der Rest der Gesellschaft saß bereits bei Tisch, als sie erschienen. Ivy hatte das blaue Kleid zugunsten einer unruhigeren weinroten Monstrosität verworfen, übersät mit einer Vielzahl gerüschter Bommeln wie kleine Bovist-Pilze aus Taft, und trug dazu einen breiten Gürtel in leuchtendem Karmesinrot, der über der Tournüre zu einer enormen Schleife gebunden war. Felicity hatte sich für eine untypische Kreation aus weißer und blassgrüner Spitze entschieden, die sie trügerisch sittsam aussehen ließ.

Die Konversation war bereits im Gange. Madame Lefoux unterhielt sich angeregt mit einem der Kingair-Claviger, einem jungen Mann mit Brille und hohen, gewölbten Augenbrauen, die ihm zu gleichen Teilen einen neugierigen als auch panischen Ausdruck verliehen. Sie sprachen über die möglichen Gründe für die fehlerhafte Funktion des Äthografen und arbeiteten bereits einen Plan aus, wie sie diesen nach dem Essen nachgehen wollten.

Der Kingair-Beta, der Gamma und vier weitere Rudelmitglieder machten allesamt einen verdrießlichen Eindruck und schienen wenig an der Welt um sie herum interessiert, unterhielten sich jedoch einigermaßen freundlich mit Ivy und Felicity über die Nichtigkeiten des Lebens wie etwa das schreckliche schottische Wetter und das schreckliche schottische Essen. Die Damen gaben sich den Anschein, beides mehr zu mögen, als es der Fall war, die Gentlemen taten so, als würden sie es weniger mögen.

Lady Kingair thronte mit sichtlich übler Laune am Kopf der Tafel und dirigierte mit strenger Hand die Bediensteten herum, unterbrach diese Tätigkeit aber kurz, um ihren Großvater und seine neue Gattin wegen ihres unentschuldbaren Zuspätkommens finster anzustarren.

Lord Maccon zögerte, als er den Raum betrat, als wäre er unsicher, wo er sich hinsetzen sollte. Das letzte Mal, als er hier gewesen war, hatte er am anderen Ende der Tafel gesessen, ein Platz, der nun demonstrativ leer war. Er wusste nicht, welcher Rang ihm als Gast in seinem alten Zuhause zukam. Ein Earl

249

würde dort sitzen, ein Familienmitglied auf einen anderen Stuhl und ein Vertreter von BUR wieder anderswo. Der Ausdruck in seinem Gesicht schien zu sagen, dass es schon Bürde genug war, dass er überhaupt mit seinem früheren Rudel speisen musste. Alexia fragte sich verwundert, was sie nur hatten getan, um seine Abscheu und Missachtung zu verdienen. Oder war es etwas, das *er* getan hatte?

Lady Kingair bemerkte sein Zögern. »Kannst dich nich' entscheiden? Ist nich' typisch für dich. Kannst dich genauso gut auf'm Platz des Alpha setzen, Grandpa. Is' keiner da, der dort sitzt.«

Bei diesen Worten unterbrach der Kingair-Beta sein Gespräch mit Felicity (*aye*, Schottland war wirklich furchtbar grün) und sah auf.

»Er ist nich' Alpha hier! Bist du verrückt geworden?«

Sidheag sprang auf. »Mach die Futterluke zu, Dubh! Oder willst du um den Platz kämpfen und Conall herausfordern? Du würdest dich doch sofort auf den Rücken werfen und den Bauch präsentieren, sobald sich einer in Anubis-Gestalt zeigt.«

»Ich bin kein Feigling!«

»Erzähl das Niall!«

»Ich hab ihm Rückendeckung gegeben. Er hat die Zeichen nich' bemerkt und nich's gewittert. Hätte wissen sollen, dass es 'n Hinterhalt war!«

Auf einmal nahm die Spannung, die ohnehin am Tisch geherrscht hatte, derart zu, dass selbst Madame Lefoux und ihr Gesprächspartner in ihrem wissenschaftlichen Diskurs innehielten. Miss Loontwill hörte sogar auf, mit Mr. Tunstell zu flirten, und Mr. Tunstell damit, hoffnungsvolle Blicke in Miss Hisselpennys Richtung zu werfen.

In dem verzweifelten Bemühen, gute Sitte und Anstand zu

wahren und den Frieden am Tisch wiederherzustellen, sagte Miss Hisselpenny übermäßig laut: »Wie ich sehe, besteht der nächste Gang aus Fisch. Was für eine angenehme Überraschung! Ich liebe Fisch. Sie nicht auch, Mister ... äh, Dubh? Er ist so ungemein ... ähm, salzig.«

Bei diesen Worten nahm der Beta verwirrt wieder Platz. Er hatte Alexias vollstes Mitgefühl; was sollte er auf Ivys Bemerkung nur erwidern? Der Gentleman – und ein solcher war er trotz seines hitzigen Temperaments und seines wölfischen Charakters immer noch – gab Ivy die Antwort, die der allgemeine Anstand diktierte, indem er sagte: »Ich mag Fisch ebenfalls sehr gern, Miss Hisselpenny.«

Der eine oder andere kühne Philosoph behauptete, man habe die Anstandsregeln des modernen Zeitalters zum Teil deshalb aufgestellt, damit sich Werwölfe in der Öffentlichkeit friedlich und manierlich benahmen. Im Wesentlichen besagte diese Theorie, Etikette würde die feine Gesellschaft irgendwie in eine Art Rudel verwandeln. Alexia hatte dem nie viel Glauben geschenkt, aber wie Ivy mit nichts weiter als fischiger Nichtigkeit einen Mann derartig zähmte, war ziemlich bemerkenswert. Vielleicht war an dieser merkwürdigen These ja doch etwas dran.

»Was ist denn Ihre Lieblingssorte?«, fragte Miss Hisselpenny. »Rosafarbener Fisch, weißer oder eher die größeren Sorten gräulicher Fische?«

Lady Maccon wechselte einen Blick mit ihrem Ehemann und versuchte, sich das Lachen zu verkneifen. Sie nahm zu seiner Linken Platz, woraufhin der fragliche Fisch serviert und das Abendessen fortgesetzt wurde.

»Ich mag Fisch«, zwitscherte Tunstell.

Sofort riss Felicity seine Aufmerksamkeit wieder an sich.

»Wirklich, Mr. Tunstell? Was ist denn die von Ihnen bevorzugte Sorte?«

»Nun ...« Tunstell zögerte. »Sie wissen schon, äh ... Diejenigen, die«, er machte mit beiden Händen eine raumgreifende Geste, »ähm ... schwimmen.«

»Weib«, murmelte der Earl, »was führt deine Schwester im Schilde?«

»Sie will Tunstell, weil Ivy ihn will.«

»Warum sollte Miss Hisselpenny irgendein wie auch immer geartetes Interesse an meinem Schauspieler-Schrägstrich-Kammerdiener haben?«

»Du sagst es«, erwiderte seine Frau inbrünstig. »Ich bin froh, dass wir in dieser Angelegenheit einer Meinung sind: eine höchst unpassende Verbindung!«

»Frauen«, murmelte ihr immer noch perplexer Ehegatte, während er hinüberlangte und sich eine Portion Fisch nahm – von der weißen Sorte.

Das Niveau der Unterhaltung hob sich nicht mehr nennenswert. Alexia saß zu weit entfernt von Madame Lefoux und ihrem der Wissenschaft zugeneigten Tischgenossen, um sich an irgendeiner intellektuellen Konversation zu beteiligen, sehr zu ihrem Bedauern. Nicht, dass sie zu dem Gespräch irgendetwas hätte beitragen können: Sie waren zu magnetisch-ätherischer Formwandlung übergegangen, was weit über ihr eigenes oberflächliches Wissen hinausging. Verbal übertraf es ihr Ende der Tafel allemal: Ihr Ehemann konzentrierte sich aufs Essen, als habe er seit Tagen nichts mehr zu sich genommen, was er vermutlich auch nicht hatte; Lady Kingair schien unfähig, mehrsilbige Sätze zu bilden, die nicht grob oder herrisch klangen, und Ivy gab unerschütterlich einen konstanten Schwall fischbezogener Bemerkungen von sich, in einem Ausmaß, dass Alexia es niemals ertragen hätte, wäre sie das Ziel derselben gewesen. Das Problem war natürlich, dass Miss Hisselpenny überhaupt nichts über das Thema Fisch wusste – eine Tatsache, die sie selbst allerdings zu ignorieren schien.

Schließlich riss Alexia in ihrer Verzweiflung die Unterhaltung an sich und erkundigte sich wie beiläufig, wie es dem Rudel gefiel, vorübergehend von dem Werwolfsfluch befreit zu sein.

Lord Maccon verdrehte die Augen himmelwärts. Selbst bei seiner unbezähmbaren Frau hatte er nicht damit gerechnet, dass sie diesen Sachverhalt gegenüber dem gesamten Rudel so direkt und während des Abendessens zur Sprache brachte. Stattdessen hatte er gehofft, dass sie die Rudelmitglieder wenigstens einzeln darauf ansprechen würde. Aber verbales Fingerspitzengefühl hatte sie noch nie an den Tag gelegt.

Lady Maccons Bemerkung unterbrach sogar Miss Hisselpennys Gerede über Fisch. »Du meine Güte, wurden Sie auch davon betroffen?«, fragte die junge Dame und blickte mitfühlend in die Runde der sechs anwesenden Werwölfe. »Ich hatte gehört, dass Übernatürliche in London letzte Woche … nun ja, indisponiert waren. Meine Tante sagte, dass alle Vampire in ihren Häusern blieben und die meisten Drohnen zurück in den Stock gerufen wurden. Sie wollte ein Konzert besuchen, doch es wurde aufgrund der Abwesenheit eines Pianisten, der zum Westminster-Haus gehörte, abgesagt. Ganz London war aus dem Häuschen. Wirklich, es war …« Sie verstummte, da ihr bewusst wurde, dass sie sich gerade um Kopf und Kragen redete. »Nun ja, Sie wissen schon, von der *übernatürlichen Sorte* in London, aber es verursacht zweifellos einen gehörigen *Wirbel*, wenn sie ihre Häuser nicht verlassen können. Natürlich war uns klar, dass auch die Werwölfe betroffen sein mussten, aber Alexia hat mit mir nicht darüber geredet, nicht wahr, Alexia? Also, ich sah dich sogar gleich am nächsten Tag, und du hast nicht ein einziges Wort über die Sache verlauten lassen. Blieb Woolsey verschont?«

Lady Maccon machte sich nicht die Mühe zu antworten. Stattdessen betrachtete sie das an der Tafel sitzende Kingair-Rudel. Sechs große, schuldbewusst aussehende Schotten, die offensichtlich nichts zu ihrer Verteidigung vorzubringen wussten.

Die Rudelmitglieder tauschten Blicke untereinander. Natürlich waren sie davon ausgegangen, dass Lord Maccon seiner Frau erzählt hatte, dass sie nicht in der Lage waren, sich zu verwandeln, doch auch sie hielten es von ihr für ein wenig unschicklich – um nicht zu sagen: für überaus taktlos –, dieses Thema derart offen während des Dinners zur Sprache zu bringen.

Schließlich antwortete der Gamma: »Es waren ein paar sehr ereignisreiche Monate. Dubh und ich gehören schon lange genug den Übernatürlichen an, um das Tageslicht mit nur wenigen der … ähm, damit verbundenen *Unannehmlichkeiten* ertragen zu können, mal abgesehen in der Zeit um Neumond. Aber die anderen haben die fluchfreie Zeit bisher genossen.«

»Ich bin erst seit wenigen Jahrzehnten ein Werwolf, aber mir war nich' bewusst, wie sehr ich die Sonne vermisste«, meldete sich eines der jüngeren Rudelmitglieder zum ersten Mal zu Wort.

»Lachlan singt wieder.«

»Aber es nervt allmählich«, fügte ein Dritter hinzu. »Die Menschlichkeit, nich' das Singen«, schickte er hastig hinterher.

Der Erste grinste. »*Aye*, man stelle sich nur vor, zuerst haben wir das Sonnenlicht vermisst, und nun vermissen wir den Fluch. Wenn man sich einmal daran gewöhnt hat, zeitweilig

254

ein Wolf zu sein, ist es schwer, wenn einem das wieder verwehrt wird.«

Der Beta warf ihnen allen einen warnenden Blick zu.

»Sterblich zu sein ist so unpraktisch«, beschwerte sich der Dritte, ohne dem Beta Beachtung zu schenken.

»Auf einmal dauert es eine halbe Ewigkeit, bis selbst die kleinste Schramme verheilt ist. Und man ist so furchtbar schwach ohne diese übernatürliche Stärke. Früher konnt' ich 'ne Kutsche am hinteren Ende hochheben, und jetzt bekomm ich schon Herzklopfen, wenn ich Miss Hisselpennys Hutschachteln trage.«

Alexia schnaubte. »Dann sollten Sie erst einmal die Hüte darin sehen!«

»Ich hatte vergessen, wie man sich rasiert«, fuhr der Erste mit einem kleinen Lachen fort.

Felicity schnappte nach Luft, und Ivy errötete. Die Toilette eines Gentleman bei Tisch zur Sprache zu bringen – eine ungeheure Indiskretion!

»Welpen!«, bellte Lady Kingair. »Jetzt is' aber genug!«

»*Aye*, Mylady«, murmelten die drei Gentlemen, die alle zwei- oder dreimal so alt waren wie sie, und senkten die Köpfe.

Schweigen breitete sich an der Tafel aus.

»Also werden Sie alle *älter*?«, wollte Lady Maccon wissen. Sie war wie immer ziemlich direkt, doch andererseits machte das bei ihr auch einen gewissen Charme aus. Der Earl sah zu seiner Ur-Ur-Ur-Enkelin hinüber. Es musste Sidheag regelrecht in den Wahnsinn treiben, dass sie Alexia, einem Gast, nicht den Mund verbieten konnte.

Niemand antwortete Lady Maccon. Doch der kollektive Gesichtsausdruck der Rudelmitglieder sprach Bände, wirkte er doch sehr besorgt. Sie waren wieder völlig menschlich. Oder zumindest so menschlich, wie Geschöpfe, die bereits einmal teilweise gestorben waren, werden konnten. *Sterblich* war vielleicht ein besseres Wort dafür. Es bedeutete, dass sie der Tod nun voll und ganz ereilen konnte, genauso wie jeden gewöhnlichen Tageslichtler. Und Lord Maccon befand sich in derselben Situation.

Lady Maccon kaute an einem kleinen Bissen Hasenbraten und schluckte ihn hinunter. »Meine Hochachtung dafür, dass Sie nicht in Panik ausbrechen! Aber ich bin neugierig: Warum suchten Sie keine medizinische Hilfe, als Sie in London waren? Oder haben BUR informiert, damit man der Sache nachging? Sie machten doch mit dem Rest der Regimenter in London Zwischenstation.«

Flehend sah das ganze Rudel Lord Maccon an, damit er sie vor seiner Frau rettete. Lord Maccons Miene sagte alles: Sie waren ihr auf Gedeih und Verderb ausgeliefert, und er genoss es, Zeuge des Gemetzels zu sein. Dennoch hätte Alexia nicht zu fragen brauchen. Sie wusste, dass die meisten übernatürlichen Wesen den modernen Ärzten misstrauten, und dieses Rudel hatte sich natürlich nicht an das Londoner Büro von BUR gewendet, weil dieses von Lord Maccon geleitet wurde. Stattdessen hatten sie London so schnell wie möglich verlassen, sich in die Sicherheit ihrer heimatlichen Höhle zurückgezogen und ihre Schande zu verbergen versucht, den Schwanz zwischen die Hinterläufe geklemmt – im übertragenen Sinne natürlich, da das im wörtlichen nicht mehr möglich war.

Sehr zur Erleichterung des Rudels wurde der nächste Gang aufgetragen: Kalbfleisch-Schinken-Pastete, dazu als Beilage Rote Beete und Blumenkohlpüree. Doch Lady Maccon ließ sich nicht ablenken und wedelte fordernd mit der Gabel herum. »Also, wie ist es passiert? Haben Sie verseuchtes Curry oder so etwas gegessen, als Sie in Indien waren?«

»Ihr müsst meine Frau entschuldigen«, bat Lord Maccon mit einem Grinsen. »Sie gestikuliert gern. All das italienische Blut.«

Wieder folgte peinliche Stille.

»Sind Sie alle krank? Mein Mann glaubt, dass Sie unter einer Seuche leiden. Werden Sie auch ihn anstecken?« Lady Maccon warf dem Earl neben ihr einen schnellen Blick zu. »Ich bin mir nicht sicher, was ich davon halten soll.«

»Vielen Dank für dein Mitgefühl, Weib.«

Der Gamma (wie hatte man ihn gerade genannt? Ach ja, Lachlan) sagte scherzend: »Na, mach mal halblang, Conall. Von einem Fluchbrecher kannst du nich' erwarten, dass er Mitleid hat, auch wenn du mit ihm – vielmehr mit ihr – verheiratet bist.«

»Ich hörte von diesem Phänomen«, meldete sich Madame Lefoux zu Wort, die der Unterhaltung bisher schweigend gefolgt war. »Es erstreckte sich nicht bis in meine Nachbarschaft, deshalb habe ich es nicht aus erster Hand erfahren. Dennoch bin ich überzeugt davon, dass es eine logische wissenschaftliche Erklärung dafür geben muss.«

»Wissenschaftler!«, murmelte Dubh, und zwei seiner Rudelgenossen stimmten ihm nickend zu.

»Warum nennen Sie Alexia immer wieder einen Fluchbrecher?«, fragte Ivy verwundert.

»Genau. Ist sie denn nicht selbst ein Fluch?«, äußerte Felicity wenig hilfreich.

»Schwester, du sagst immer so allerliebste Dinge!«, entgegnete Lady Maccon.

Felicity bedachte sie daraufhin mit einem mürrischen Blick.

Der Rudel-Gamma nutzte das als Gelegenheit, das Thema zu wechseln. »Wo wir gerade davon sprechen: Mir kam zu Ohren, dass Lady Maccons Mädchenname Tarabotti war. Aber Sie sind eine Miss Loontwill.«

»Oh.« Felicity lächelte bezaubernd. »Wir haben unterschiedliche Väter.«

»Ah, ich verstehe«, sagte der Gamma, doch dann runzelte er die Stirn. »*Der* Tarabotti?« Mit neu gewonnenem Interesse sah er Alexia an. »Ich hätte nie gedacht, dass *er* einmal heiraten würde.«

Auch der Beta musterte Lady Maccon neugierig. »In der Tat, und auch noch Nachkommen zeugen. Bürgerpflicht, nehm ich an.«

»Sie kannten meinen Vater?«, fragte Lady Maccon irritiert.

Die beiden Werwölfe wechselten einen Blick. »Nicht persönlich. Wir haben natürlich von ihm *gehört*. Kam ganz schön rum in der Welt.«

»Mama sagt immer, sie wüsste nicht, was sie sich jemals dabei gedacht hatte, sich an einen Italiener zu binden«, sagte Felicity und schnaubte verächtlich. »Sie behauptet, es wäre eine Zweckehe gewesen, obwohl er, soviel ich weiß, sehr gut ausgesehen hat. Es hat natürlich nicht lange gehalten. Er starb, kurz nachdem Alexia geboren wurde. Was für ein schrecklich beschämendes Verhalten, einfach so herzugehen und zu sterben! Da sieht man es wieder: Italienern kann man nicht trauen. Mama konnte froh sein, dass sie ihn los war. Bald darauf heiratete sie Papa.«

Lady Maccon wandte den Kopf, um ihren Mann scharf anzusehen. »Kanntest *du* meinen Vater ebenfalls?«, fragte sie mit gedämpfter Stimme, um die Angelegenheit privat zu halten.

»Nicht direkt.«

»Irgendwann, mein werter Herr Gemahl, müssen wir beide,

du und ich, uns einmal über die Methoden umfassender Informationsübermittlung unterhalten.«

»Bedenke, dass ich dir zwei Jahrhunderte voraus bin, Weib. Ich kann dir wohl kaum erzählen, was ich in all den Jahren alles erfahren und wen ich alles kennengelernt habe.«

»Komm mir nicht mit derart fadenscheinigen Ausreden!«, zischte sie.

Während sie miteinander stritten, nahm die Unterhaltung an der Tafel ohne sie ihren Lauf. Madame Lefoux erklärte, dass ihrer Meinung nach bei dem äthografischen Transmitter die magnetische Leitungsfähigkeit des Kristallröhrenresonators gestört sei, wobei das raue Wetter die Übertragung zusätzlich erschwerte.

Alle nickten weise, als würden sie ihren Ausführunge verstehen. Sogar Ivy, deren rundes Gesicht den Ausdruck einer leicht panischen Haselmaus zeigte, täuschte Interesse vor.

Fürsorglich reichte Tunstell ihr die Platte mit Kartoffelpuffern, doch Miss Hisselpenny ignorierte es.

»Oh, vielen Dank, Mr. Tunstell«, flötete Felicity und langte hinüber, als hätte er *ihr* die Platte gereicht.

Ivy schmollte verärgert.

Tunstell, offensichtlich frustriert über Miss Hisselpennys fortwährende Zurückweisung, wandte sich Miss Loontwill zu und plauderte mit ihr über die kürzliche Einfuhr von automatischen Wimpernformungsgeräten aus Portugal.

Das verärgerte Ivy noch mehr, und sie drehte sich von dem Rotschopf weg, um sich in eine Diskussion der Werwölfe über einen möglichen Jagdausflug am nächsten Morgen einzumischen. Nicht, dass Miss Hisselpenny auch nur ein Fünkchen über Waffen oder die Jagd wusste, doch mangelndes Wissen über ein Thema hatte sie noch nie davon abgehalten, sich poetisch darüber auszulassen.

»Ich bin der Meinung, dass es bei den meisten Waffen eine beträchtliche Bandbreite gibt, was deren Knall anbelangt«, sagte sie klug.

»Äh …« Verwirrt starrten die Gentlemen sie an.

*Ach Ivy,* dachte Alexia fröhlich. *Hüllt alles in verbalen Nebel, worum immer es auch geht.*

»Da wir jetzt in der Lage sind, tagsüber hinauszugehen, könnten wir die Gelegenheit nutzen, der guten alten Zeiten willen im Morgengrauen ein kleines Schießen zu veranstalten«, entschied Dubh schließlich, Miss Hisselpennys Bemerkung geflissentlich ignorierend.

»Ist Dubh sein Vorname oder sein Nachname?«, wollte Alexia von ihrem Ehemann wissen.

»Gute Frage«, meinte dieser. »Hundertfünfzig Jahre musste ich diesen Tunichtgut ertragen, doch ich weiß so gut wie nichts über ihn. Bevor er zu uns stieß, war er ein Einzelgänger, ein kleiner Unruhestifter. Das war Anfang siebzehnhundert.«

»Ah, und mit Heimlichtuerei und Unruhestiften hast du ja nicht viel am Hut, mein Herr Gemahl.«

»Touché, Weib.«

Das Abendessen neigte sich dem Ende zu, und schließlich überließen die Damen die Gentlemen ihren Drinks.

Lady Maccon hatte diese von den Vampiren stammende Tradition, dass sich die Geschlechter nach dem Dinner trennten, nie gutgeheißen. Man hatte es aus Rücksicht auf die Vampirköniginnen eingeführt, hinsichtlich ihres Bedürfnisses nach Privatsphäre, doch nach Alexias Meinung brachte es mittlerweile nur noch zum Ausdruck, dass man Frauen nicht zutraute, erstklassigen Alkohol genießen zu können. Dennoch wollte Alexia die Gelegenheit für den Versuch nutzen, sich mit Lady Kingair anzufreunden.

»Sie sind völlig menschlich, und doch scheinen Sie hier die Funktion eines Alphas zu erfüllen. Wie kommt das?«, fragte sie, während sie sich auf das staubige Sofa setzte und an einem kleinen Sherry nippte.

»Sie haben keinen Anführer, und ich bin die Einzige hier, die die entsprechenden Fähigkeiten dafür mitbringt.« Die Schottin war so geradeheraus, dass es beinahe an Unhöflichkeit grenzte.

»Gefällt es Ihnen, sie anzuführen?«, fragte Alexia mit aufrichtiger Neugier.

»Es würd ein bisschen besser klappen, wenn ich ein richtiger Werwolf wär.«

Lady Maccon war überrascht. »Würden Sie das Risiko der Metamorphose denn auf sich nehmen? Es ist für das schwache Geschlecht sehr gefährlich.«

»*Aye*, das würde ich. Aber Ihren Herrn Gemahl kümmern meine Wünsche nich'.« Sie brauchte Alexia nicht zu sagen, dass Conall der Einzige war, der ihr diesen Wunsch erfüllen konnte. Nur ein Alpha, der fähig war, die Anubis-Gestalt anzunehmen, konnte neue Werwölfe erschaffen. Alexia war noch nie Zeuge einer Metamorphose geworden, doch sie hatte die wissenschaftlichen Abhandlungen zu diesem Thema gelesen. Etwas über Seelenrückgewinnung, für die diese Gestalt erforderlich war.

»Er fürchtet, dass Sie bei dem Versuch sterben könnten. Und das durch seine Hand. Nun ja, durch seine Zähne.«

Sidheag nippte an ihrem Sherry, und auf einmal konnte man ihr jedes einzelne ihrer etwas über vierzig Jahre ansehen. »Und ich bin die Letzte aus seiner sterblichen Blutlinie.«

»Oh.« Alexia nickte. »Ich verstehe. Und er würde Ihnen den Todesbiss geben müssen. Das ist keine leichte Sache, um die Sie ihn da bitten, denn damit durchtrennt er die letzte Verbindung zu seinem früheren Leben als Sterblicher. War das der Grund, warum er das Rudel verließ?«

»Sie glauben, ich hätte ihn mit meiner Bitte vertrieben? Sie kennen nich' den wahren Grund?«

»Offensichtlich nicht.«

»Dann steht es mir auch nich' zu, Ihnen davon zu erzählen. Sie haben den Kerl geheiratet, also sollten Sie ihn fragen!«

»Glauben Sie denn, das hätte ich nicht versucht?«

»Verschwiegener alter Kauz, mein Grandpa, soviel is' mal sicher. Sagen Sie mir, Lady Maccon, *warum* sind Sie bei ihm hängen geblieben? Weil er mit einer Grafschaft und auch sonst recht ordentlich situiert ist? Weil er BUR leitet, das wie ein Wachhund auf Ihresgleichen aufpasst? Was könnte jemand wie Sie für einen Nutzen aus so einer Verbindung ziehen?«

Es war klar, was Sidheag Kingair dachte. Sie sah in Alexia nichts weiter als eine Art Ausgestoßene, die Lord Maccon geheiratet hatte, um daraus entweder gesellschaftlichen oder finanziellen Nutzen zu ziehen.

»Wissen Sie«, erwiderte Lady Maccon, ohne in Sidheags Falle zu tappen, »diese Frage stelle ich mir selbst jeden Tag.«

»Das ist nich' natürlich, eine solche Verbindung!«

Alexia sah sich um, um sich zu vergewissern, dass sich die anderen außer Hörweite befanden. Madame Lefoux und Ivy unterhielten sich über Langstreckenreisen mit dem Luftschiff, und Felicity stand auf der gegenüberliegenden Seite des Zimmers und blickte durchs Fenster in die regnerische Nacht.

Lady Maccon schnaubte verächtlich. »Selbstverständlich ist sie nicht natürlich. Wie könnte sie natürlich sein, wo doch keiner von uns beiden natürlich ist?«

»Ich weiß nich', was ich von Ihnen halten soll, Fluchbrecher«, erwiderte Sidheag.

»Es ist eigentlich ganz einfach: Ich bin genau wie Sie, nur eben ohne Seele.«

Lady Kingair beugte sich vor. Die Alexia so vertraut erscheinenden goldbraunen Augen verengten sich zu einem ebenso vertrauten finsteren Blick. »Ich wurde vom *Rudel* großgezogen, Kind. Es war immer vorgesehen, dass ich Alpha werde und es anführe, ob er mich nun verwandelt oder nich'. Sie haben in diese Rolle nur eingeheiratet.«

»Und darin sind Sie mir gegenüber im Vorteil. Aber andererseits, anstatt mich anzupassen, erziehe ich *mein* Rudel einfach so um, sodass sie meine Gewohnheiten akzeptieren.«

Ein schiefes Lächeln erschien auf Sidheags mürrischem Gesicht. »Ich wette, Major Channing dreht regelrecht durch wegen Ihrer Anwesenheit.«

Alexia lachte.

Doch gerade als Lady Maccon das Gefühl hatte, bei Lady Kingair an Boden zu gewinnen, erschütterte ein gewaltiger Aufprall die Wand, hinter dem sich das Speisezimmer befand.

Die Damen tauschten erschrockene Blicke. Madame Lefoux und Lady Maccon sprangen sofort auf und liefen geschwind zurück zum Speisezimmer. Lady Kingair war nur wenige Schritte hinter ihnen, und alle drei platzten in den Raum, um dort Lord Maccon und den Kingair-Beta Dubh vorzufinden, wie sie auf der mächtigen Tafel heftig miteinander rangen und sich in den Überresten von etwas wälzten, was einst ein ausgezeichneter Brandy und klebrige Sahnebaisers gewesen war. Die anderen Rudelmitglieder, anwesenden Kingair-Claviger und Tunstell hatten sich außer Reichweite in Sicherheit zurückgezogen und besahen sich die Prügelei wie Sportsfreunde ein Pferderennen.

263

Tunstell lieferte den Kommentar. »Oh, schöner Aufwärtshaken von Lord Maccon gerade, und … Oh, hat Dubh da etwa *getreten*? Schlechter Stil, furchtbar schlechter Stil!«

Alexia hielt einen Augenblick lang inne und betrachtete die beiden riesigen Schotten, die sich durch die klebrigen Brösel zerdrückter Sahnebaisers rollten.

»Lachlan, Bericht erstatten!«, bellte Lady Kingair über den Lärm hinweg. »Was ist hier los?«

Der Gamma, den Alexia bis zu diesem Augenblick für recht sympathisch gehalten hatte, zuckte mit den Schultern. »Es muss rausgelassen werden, Herrin. Du weißt, wie wir die Dinge regeln.«

Sidheag schüttelte den Kopf, dass der von Grau durchzogene Zopf hin- und herflog. »Wir regeln die Dinge mit Zähnen und Klauen, nich' mit Fäusten! Das ist nich' unsere Art. Das entspricht nich' dem Rudelprotokoll!«

Lachlan zuckte erneut mit den Schultern. »Da uns Zähne zurzeit nich' zur Verfügung stehen, ist das hier die nächstbeste Möglichkeit. Du kannst es nich' verhindern, Herrin, es gab eine Herausforderung. Wir waren alle Zeuge, wie sie ausgesprochen wurde.«

Die anderen Rudelmitglieder nickten ernst.

Dubh versetzte Lord Maccon einen wohlplatzierten rechten Haken ans Kinn, der den Earl nach hinten warf.

Hastig trat Lady Kingair zur Seite, um einem Silbertablett auszuweichen, das von der Tafel auf sie zuschlitterte.

»Oh, du meine Güte!«, erklang Ivys Stimme von der Tür her. »Ich glaube, sie liefern sich tatsächlich eine Schlägerei!«

Tunstell trat sofort in Aktion. »Das hier ist nichts, was eine Lady mitansehen sollte, Miss Hisselpenny«, rief er, eilte zu ihr hinüber und drängte sie behütend aus dem Zimmer.

»Aber …«, erklang Ivys Stimme noch einmal.

Lady Maccon lächelte und war irgendwie stolz, dass sich der Rotschopf nicht um *ihr* damenhaftes Zartgefühl sorgte. Madame Lefoux, die bemerkte, dass Felicity immer noch dastand und dem Kampf mit großen Augen interessiert zusah, warf Alexia einen Blick zu und verließ das Zimmer, wobei sie Felicity mit sich zog und die Tür hinter sich schloss.

Lord Maccon rammte Dubh den Kopf in den Bauch, was den Werwolf rückwärts gegen die Wand schleuderte. Der ganze Raum erbebte unter der Wucht des Aufpralls.

*Endlich,* dachte Alexia boshaft, *müssen sie Castle Kingair renovieren!*

»Tragt euren Streit wenigstens draußen aus!«, brüllte Lady Kingair.

Überall war Blut, sowie verschütteter Brandy, zerbrochenes Glas und zerdrückte Sahnebaisers.

»Um Himmels willen!«, rief Lady Maccon verärgert. »Ist ihnen denn nicht bewusst, dass sie sich in ihrem menschlichen Zustand ernsthaft verletzen könnten? Sie können diese Hiebe weder durch ihre übernatürliche Kraft wegstecken, noch verfügen sie über ihre übernatürliche Heilungsfähigkeit.«

Beide Männer rollten zur Seite und fielen mit einem lauten, dumpfen Aufprall von der Tafel.

*Gütiger Himmel!*, dachte Lady Maccon, als sie sah, dass Blut aus der Nase ihres Mannes floss. *Ich hoffe doch, Conall hat eine zusätzliche Halsbinde mitgebracht.*

Sie machte sich nicht direkt Sorgen, denn an den faustkämpferischen Fähigkeiten ihres Ehemanns hegte sie wenig Zweifel, schließlich boxte er regelmäßig bei Whites. Natürlich würde er den Kampf gewinnen, aber dennoch, das dadurch entstandene Durcheinander war ganz und gar inakzeptabel. Das durfte nicht länger so weitergehen. Man stelle sich nur das bedauernswerte Personal von Castle Kingair vor, das diese Unordnung beseitigen musste!

Mit diesem Gedanken wirbelte Lady Maccon herum und marschierte entschlossen los, um ihren Sonnenschirm zu holen.

Doch diese Mühe hätte sie sich sparen können. Als sie zurückkehrte, die Betäubungspfeile im Parasol abschussbereit, saßen beide Männer zusammengesunken in gegenüberliegenden Ecken des Raums. Dubh hielt sich den Schädel und hustete mit scharfen, schmerzerfüllten kleinen Atemzügen, und Lord Maccon hatte leichte Schlagseite, Blut tropfte ihm noch immer aus der Nase, und ein Auge war beinahe zugeschwollen.

»Na, was seid ihr beiden für ein herrlicher Anblick!«, meinte Alexia, dann lehnte sie den Sonnenschirm an die Wand und ging in die Hocke, um Conalls Gesicht mit sanften Fingern zu untersuchen. »Nichts, was ein Tröpfchen Essig nicht wieder in Ordnung bringen könnte.« Sie wandte sich an einen der Claviger. »Laufen Sie und holen Sie mir etwas Apfelessig, guter Mann!« Lord Maccon sah sie über den Rand seiner Halsbinde hinweg an, die er sich gegen die Nase presste. Nun ja, die Halsbinde war ohnehin ruiniert.

»Wusste nich', dass dich das kümmert«, brummte er, überließ sich aber dennoch bereitwillig ihrer zärtlichen Fürsorge.

Um nicht allzu mitfühlend zu wirken, wischte Alexia mit energischen Bewegungen die Sahnebaiserkrümel weg, mit denen seine Jacke übersät war. Gleichzeitig sah sie hinüber zum Kingair-Beta und wollte wissen: »Sie haben die Angelegenheit zu Ihrer beiderseitigen Zufriedenheit geregelt, Gentlemen?«

Dubh bedachte sie mit ausdrucksloser Miene, die dennoch zu

einem gewissen Grad tiefe Empörung über ihre bloße Existenz, ganz zu schweigen über ihre Frage zeigte. Alexia schüttelte nur den Kopf über solche Launenhaftigkeit.

Der Kingair-Claviger kehrte mit einer Flasche Apfelessig zurück. Lady Maccon begann sofort, Gesicht und Hals ihres Gatten reichlich damit zu begießen.

»Autsch! Lass es, das brennt!«

Dubh machte Anstalten aufzustehen.

Sofort rappelte sich auch Lord Maccon auf. Das musste er wohl, vermutete Alexia, um seine Überlegenheit zu behaupten. Oder er versuchte, ihrer essiggetränkten Zuwendung zu entkommen.

»Ich weiß, dass es brennt«, sagte sie. »Nicht gerade angenehm, wenn die Wunden auf altmodische Art und Weise heilen müssen, nicht wahr, mein tapferer kleiner Tafelritter? Vielleicht solltest du das nächste Mal darüber nachdenken, bevor du einen Kampf auf so beengtem Raum anfängst. Ich meine, sieh dir dieses Zimmer einmal an!« Tadelnd schnalzte sie mit der Zunge. »Ihr solltet euch beide gehörig schämen!«

»Gar nichts wurde geregelt«, antwortete Dubh endlich auf ihre Frage, wobei er hastig zu seiner zusammengesunkenen Haltung auf dem mit Teppichen bedeckten Fußboden zurückkehrte. Ihn schien es ärger erwischt zu haben, als es zunächst den Anschein gehabt hatte. Sein linker Arme musste gebrochen sein, und über dem linken Wangenknochen hatte er eine üble Platzwunde.

Lady Maccons rasche Essigbehandlung schien die kollektive Trägheit der anderen vertrieben zu haben, denn sie wuselten auf einmal um den am Boden liegenden Beta herum, schienten ihm den Arm und kümmerten sich auch um seine anderen Verletzungen.

Dubh wandte sich an seinen Kontrahenten. »Ist immer noch

so, dass du uns im Stich gelassen hast.« Er klang wie ein trotziges Kind.

»Ihr alle wisst *haargenau*, warum ich ging«, knurrte Lord Maccon.

»Ähm«, machte sich Alexia wieder bemerkbar und hob fragend die Hand. »Ich weiß es nicht.«

Niemand schenkte ihr Beachtung.

»Du konntest das Rudel nich' unter Kontrolle halten«, sagte Dubh anklagend.

Jeder Anwesende im Zimmer schnappte nach Luft. Mit Ausnahme von Alexia, die das Ausmaß dieser Beleidigung nicht erfasste und damit beschäftigt war, die letzten Stückchen Sahnebaiser vom Dinnerjackett ihres Mannes zu pflücken.

»Das ist nich' fair«, sagte Lachlan, ohne seinen Standort zu verlassen. Da er sich nicht sicher war, wem seine Loyalität gelten sollte, hielt sich der Gamma sowohl von Conall als auch von Dubh fern.

»Ihr habt mich hintergangen!« Lord Maccon brüllte nicht, doch er sprach es laut aus, und obwohl er keine Wolfsgestalt annehmen konnte, schwang wölfische Wut darin mit.

»Und du zahlst es uns mit gleicher Münze heim, ja? Die Leere, die du hinterlassen hast, war das fair?«

»Da gibt es nichts Faires am Rudelprotokoll. Du und ich, wir beide wissen das. Es gibt einfach nur die Regeln des Protokolls. Und keine davon rechtfertigt, was ihr getan habt. So etwas war absolut noch nie da gewesen. Deshalb hatte ich das zweifelhafte Vergnügen, selbst eine diesbezügliche Regel aufstellen zu müssen. Das Rudel zu verlassen schien mir die beste Lösung, da ich keine weitere Nacht in eurer Gegenwart verbringen wollte.«

Alexia sah zu Lachlan hinüber. Der Gamma hatte tatsächlich Tränen in den Augen.

»Außerdem«, Lord Maccons Stimme wurde weicher, »war Niall als Alpha ein sehr guter Ersatz. Er hat euch gut geführt, wie ich hörte. Er hat meine Nachfahrin geheiratet. Jahrzehntelang wart ihr unter seiner Herrschaft gut aufgehoben.«

Auf einmal ergriff auch Lady Kingair das Wort. Ihre Stimme war eigenartig sanft, als sie sagte: »Niall war mein Gefährte, und ich hab ihn geliebt. Er war ein brillanter Stratege und ein guter Soldat, aber er war kein wahrer Alpha.«

»Willst du damit sagen, dass er nich' dominant genug war? Mir kam nicht zu Ohren, dass es unter ihm an Disziplin gemangelt hätte. Wann immer ich Castle Kingair von meinen Agenten habe überprüfen lasen, schient ihr alle völlig zufrieden.« Auch Conall sprach nun auffallend milde.

»Also hast du uns im Auge behalten, alter Wolf?« Lady Kingair wirkte darüber eher verletzt als erleichtert.

»Natürlich hab ich das. Schließlich wart ihr einmal mein Rudel.«

Der Beta sah von der Stelle, an der er immer noch am Boden kauerte, auf. »Du hast uns in einem geschwächten Zustand zurückgelassen, Conall, und das wusstest du. Niall war nich' fähig, Anubis-Gestalt anzunehmen, und das Rudel konnte sich nich' vermehren. Claviger haben uns deswegen verlassen, die örtlichen Einzelgänger rebellierten, und wir hatten keinen Alpha, der für die Integrität des Rudels hätte kämpfen können.«

Lady Maccon warf ihrem Mann einen Seitenblick zu. Seine Miene wirkte unnachgiebig, wie aus Stein gemeißelt. Oder zumindest wirkte das bisschen, das sie unter dem angeschwollenen Auge und der blutbefleckten Halsbinde davon sehen konnte, so.

»Ihr habt mich hintergangen«, wiederholte er, als wäre die

Angelegenheit damit erledigt. Was sie in Conalls Welt vermutlich auch war. Es gab nur wenige Dinge, die er höher schätzte als Treue und Loyalität.

»Welchen Sinn machen diese gegenseitigen Anschuldigungen noch?«, mischte sich Alexia wieder ein. »Die Vergangenheit lässt sich nicht mehr ändern, und zurzeit kann sich keiner von euch verwandeln, ob nun in die Anubis-Gestalt oder sonst etwas. Es können keine neuen Wölfe geschaffen, kein neuer Alpha gefunden, keine Herausforderung ausgefochten werden. Wir sollten uns nicht über alte Zeiten zanken, sondern uns über das aktuelle Problem Gedanken machen!«

Lord Maccon sah auf sie hinab. »So spricht meine praktisch veranlagte Alexia. Versteht ihr jetzt, warum ich sie geheiratet hab?«

»Sie versucht nur verzweifelt, die Kontrolle zu behalten«, meinte Lady Kingair gehässig.

»Ooh, sie fährt ja Krallen aus! Bist du sicher, dass du sie nie gebissen und verwandelt hast, Conall? Sie hat das Naturell eines Werwolfs.« Alexia konnte ebenso gehässig sein wie jeder andere auch.

Der Gamma trat vor und sah Lady Maccon an. »Wir bitten aufrichtig um Entschuldigung, Mylady, zumal sie auch noch unser Gast sind, der uns gerade erst aufgesucht hat! Wir müssen Ihnen wirklich wie die Barbaren vorkommen, für die uns die Engländer halten. Es ist nur so, dass es uns nervös macht, so viele Monde lang schon keinen Alpha mehr zu haben.«

»Oh, und da dachte ich, Ihr Verhalten käme von dieser ganzen Nicht-fähig-die-Gestalt-zu-wechseln-Zwangslage«, gab sie scharf zurück.

Er grinste. »Nun ja, das auch.«

»Werwölfe ohne Rudelführer neigen dazu, sich in Schwierigkeiten zu bringen, nicht wahr?«, fragte Lady Maccon.

Niemand sagte etwas.

»Ich nehme nicht an, dass Sie mir verraten werden, in welche Schwierigkeiten Sie sich in Übersee gebracht haben, oder?« Alexia versuchte sich den Anschein zu geben, als würde es sie nicht wirklich interessieren.

Stille.

»Nun, ich denke, wir hatten alle genug Aufregung für einen Abend. Da Sie nun schon so viele Monate menschlich sind, orientiert sich Ihr Tagesablauf doch bestimmt an dem der Tageslichter, richtig?«

Ein Nicken von Lady Kingair.

»In diesem Fall«, Lady Maccon strich ihr Kleid glatt, »wünschen Conall und ich Ihnen jetzt eine gute Nacht.«

»Tun wir das?« Lord Maccon sah sie zweifelnd an.

»Gute Nacht«, sagte seine Frau bestimmt und nickte dem Rudel und den Clavigern zu. Ihren Sonnenschirm mit der einen Hand und den Arm ihres Mannes mit der anderen ergreifend, zerrte sie den Earl praktisch aus dem Raum.

Gehorsam ließ sich Lord Maccon von ihr mitschleifen.

Das Zimmer, das sie zurückließen, war voller halb nachdenklich, halb amüsiert wirkender Gesichter.

»Was hast du vor, Weib?«, fragte Conall, sobald sie die Treppe hinauf und außer Hörweite waren.

Seine Frau schmiegte sich eng an ihn und küsste ihn heftig.

»Autsch!«, sagte er, als sie sich wieder voneinander lösten. »Aufgeplatzte Lippe.«

»Oh, schau nur, was du mit meinem Kleid gemacht hast!« Finster starrte Lady Maccon auf das Blut, das nun die weiße Satinrüsche zierte.

Lord Maccon sah davon ab, sie darauf hinzuweisen, dass *sie* ihn geküsst hatte.

»Du bist ein unmöglicher Kerl!«, fuhr seine Liebste fort und gab ihm einen Klaps auf eine der wenigen unversehrte Stellen seines Körpers. »Du hättest bei diesem Kampf getötet werden können, ist dir das klar?«

»Ach, pah!« Lord Maccon machte eine wegwerfende Handbewegung. »Für einen Beta ist Dubh kein besonders guter Kämpfer. Das is' er nich' einmal in Wolfsgestalt, da is' es nicht gerade wahrscheinlich, dass er als Mensch fähiger ist.«

»Er ist immerhin ausgebildeter Soldat.« Sie würde die Angelegenheit nicht auf sich beruhen lassen.

»Hast du vergessen, Weib, dass ich das ebenfalls bin?«

»Du bist aus der Übung. Als Alpha des Woolsey-Rudels warst du seit Jahren nicht im Kampfeinsatz.«

»Willst du damit sagen, dass ich alt werde? Dir werd ich's zeigen!« Übertrieben schwungvoll nahm er sie wie ein heißblütiger Liebhaber auf die Arme und trug sie in ihr Schlafgemach.

Angelique, die gerade mit irgendeiner Art von Schrankaufräumen beschäftigt war, nahm augenblicklich Reißaus.

»Hör auf, mich vom Thema abbringen zu wollen«, verlangte Alexia einige Augenblicke später, in denen es ihrem Gatten gelungen war, sie eines Großteils ihrer Kleidung zu entledigen.

»Ich dich ablenken? Du bist doch diejenige, die mich fortund hier hochgeschleppt hat, gerade, als die Dinge anfingen, interessant zu werden.«

»Sie werden uns nicht sagen, was hier vor sich geht, ganz gleich, wie sehr wir sie bedrängen«, meinte Alexia, während sie ihm das Hemd aufknöpfte. Erschrocken sog sie die Luft durch die Zähne, als sie die vielen brutalen roten Flecken sah, die sich bis zum Morgen in spektakuläre Blutergüsse verwandeln würden. »Wir werden das hier schlicht und einfach selbst herausfinden müssen.«

Er hielt kurz dabei inne, einen kleinen Pfad aus Küssen über ihr Schlüsselbein zu ziehen, und sah sie argwöhnisch an. »Du hast einen Plan.«

»Ja, das habe ich, und der erste Teil davon beinhaltet, dass du mir genau erzählst, was dich vor zwanzig Jahren dazu veranlasst hat, von hier fortzugehen. Nein.« Sie gebot seiner wandernden Hand Einhalt. »Hör auf damit! Der zweite Teil des Plans lautet, dass du schlafen gehst. Du wirst morgen früh an Stellen Schmerzen haben, von denen deine kleine übernatürliche Seele schon vergessen hat, dass man dort überhaupt Schmerzen haben kann.«

Er ließ sich rücklings in die Kissen fallen. Mit seiner Frau konnte man einfach nicht vernünftig reden, wenn sie so war. »Und der dritte Teil des Plans?«

»Der ist meine Sache und nicht deine.«

Er stieß einen herzhaften Seufzer aus. »Ich hasse es, wenn du das tust.«

Tadelnd drohte sie ihm mit dem Finger, als wäre er ein Schuljunge. »Mnh-mnh, du hast dich verrechnet, mein werter Herr Gemahl. Ich halte jetzt alle Trümpfe in der Hand.«

Er grinste. »So läuft das also?«

»Du warst doch schon einmal verheiratet, erinnerst du dich? Dann solltest du das eigentlich wissen.«

Er drehte sich auf die Seite, sodass er ihr zugewandt lag, und zuckte bei dem Schmerz, den die Bewegung verursachte, zusammen. Sie legte sich in die Kissen zurück, und er strich ihr mit einer großen Hand über den Bauch und die Brust. »Du hast natürlich völlig recht, genau so läuft das.« Dann riss er seine goldbraunen Augen weit auf und klimperte flehend mit den Wimpern.

Alexia hatte dieses Wimpernklimpern von Ivy gelernt und es – mangels eines besseren Ausdrucks – während ihrer Werbungsphase bei ihrem Mann angewandt, und das sehr erfolgreich. Sie hatte ja keine Ahnung gehabt, wie überzeugend diese Methode auch war, wenn man sie in die andere Richtung anwandte.

»Wirst du wenigstens dafür sorgen, dass ich ruhig schlafen kann?«, fragte er mit ernster Stimme, während er an ihrem Hals knabberte.

»Ich könnte mich dazu überreden lassen. Du müsstest natürlich sehr, sehr nett zu mir sein.«

Conall willigte ein, nett zu sein, auf die bestmögliche nonverbale Art und Weise.

Hinterher starrte er auf dem Rücken liegend zur Decke empor und erzählte ihr, warum er das Kingair-Rudel verlassen hatte. Er erzählte ihr alles, damit angefangen, wie die Situation zu Beginn von Königin Victorias Herrschaft für sie als Werwölfe als auch als Schotten gewesen war, bis hin zu dem versuchten Attentat auf die Königin, das der damalige Kingair-Beta, sein alter und treuer Freund, ohne Conalls Wissen geplant hatte.

Er blickte sie kein einziges Mal an, während er sprach. Stattdessen hielt er die Augen fest auf die fleckige und schmuddelige Stuckleiste an der Zimmerdecke über ihnen gerichtet.

»Sie wussten alle Bescheid. Jeder Einzelne von ihnen – Rudelmitglieder und Claviger. Und keiner von ihnen sagte mir ein Wort. O nein, nich', weil ich der Königin so treu ergeben gewesen wäre, dazu dürftest du Werwolfsrudel und Vampirstöcke inzwischen gut genug kennen. Unsere Loyalität einem Tageslichtherrscher gegenüber ist niemals bedingungslos. Nein, sie belogen mich, weil ich *der Sache* gegenüber loyal war und immer gewesen bin.«

»Welcher Sache?«, fragte seine Ehefrau verwundert. Sie lag zusammengerollt neben ihm und hielt seine große Hand in ihren beiden Händen, doch sonst berührte sie ihn nicht.

»Anerkennung. Kannst du dir vorstellen, was geschehen wäre, hätten sie Erfolg gehabt? Ein schottisches Rudel, das zu einem der besten Highland-Regimenter gehört und schon bei vielen Kampfeinsätzen in der britischen Armee gedient hat, ermordet Königin Victoria. Es hätte die gesamte Regierung gestürzt, aber nich' nur das: Es hätte uns zurück ins Finstere Zeitalter geworfen. Die konservativen Tageslichtler, die stets gegen Integration waren, hätten es ein Komplott der Übernatürlichen genannt, die Kirche hätte wieder Fuß auf britischem Boden gefasst, und wir wären schneller wieder bei der Inquisition gewesen, als man mit dem Schwanz wedeln kann.«

»Conall!« Alexia war ein wenig verblüfft, aber nur, weil sie den politischen Ansichten ihres Ehemannes nie viel Beachtung geschenkt hatte. »Du bist ja ein Progressiver!«

»Verdammt richtig! Ich konnte nich' glauben, dass *mein* Rudel alle Werwölfe um ein Haar in eine solche Lage gebracht hätte. Und wofür? Alten Groll und schottischen Stolz! Ein fragwürdiges Bündnis mit irischen Dissidenten! Und das Schlimmste daran war, dass mir niemand von dem Komplott erzählte. Nich' einmal Lachlan.«

»Wie hast du es letzten Endes herausgefunden?«

Er schnaubte verächtlich. »Ich erwischte sie dabei, wie sie das Gift zusammenmischten. Gift, wohlgemerkt! Gift hat im Revier oder bei Rudelangelegenheiten nichts zu suchen. Es ist keine redliche Art, jemanden zu töten, ganz zu schweigen einen Herrscher.«

Alexia verkniff sich ein Lächeln. Dieser Aspekt schien ihm bei der Verschwörung am meisten aufzuregen.

»Wir Werwölfe sind nich' für unsere Subtilität bekannt. Schon seit Wochen ahnte ich, dass sie etwas im Schilde führten. Als ich dann das Gift entdeckte, presste ich aus Lachlan ein Geständnis heraus.«

»Und es endete damit, dass du deshalb mit deinem eigenen Beta kämpfen und ihn töten musstest. Und was dann? Bist du einfach nach London gegangen und hast sie ohne Anführer zurückgelassen?«

Endlich wandte er sich ihr zu, auf den Ellbogen gestützt, und sah sie an. Als er weder Verurteilung noch Anklage in ihren Augen entdeckte, entspannte er sich leicht. »Es gibt im Rudelprotokoll keine Regeln für einen solchen Fall. Einen Verrat an einem Alpha im großen Stil, ohne gerechtfertigten Grund oder verfügbaren Ersatz. Angeführt vom eigenen Beta.« Sein Blick wirkte gequält. »Von meinem *Beta*! Sie hatten es verdient, keine Metamorphosen mehr durchführen zu können. Ich hätte sie alle töten können, und niemand hätte dagegen Einspruch erhoben, am allerwenigsten der Diwan. Nur hatte sich ihre Verschwörung nicht gegen mich gerichtet, sondern gegen eine Tageslichtkönigin.«

Sein Blick wurde traurig.

Alexia versuchte, die Geschichte auf einen überschaubaren Kern zu reduzieren. »Also war der Grund für dein Fortgehen eine Mischung aus Stolz, Ehre und Politik?«

»Im Wesentlichen.«

»Ich nehme an, es hätte schlimmer sein können.« Sanft streichelte sie ihm die Sorgenfalten von der Stirn.

»Sie hätten Erfolg haben können.«

»Dir ist doch bewusst, dass ich als Muhjah gezwungen bin,

das zu fragen: Glaubst du, sie könnten es erneut versuchen? Nach zwei Jahrzehnten? Könnte das die geheimnisvolle Waffe erklären?«

»Werwölfe haben ein sehr gutes Gedächtnis.«

»Können wir in diesem Fall für die Sicherheit von Königin Victoria bürgen?«

Er seufzte leise. »Ich weiß es nich'.«

»Ist das der Grund, warum du zurückgekommen bist? Wenn es wirklich so ist, dann wirst du sie alle töten müssen, nicht wahr, *Sundowner*?«

Bei diesen Worten wandte er sich von ihr ab, die breiten Schultern gestrafft, doch er widersprach ihr nicht.

# Transmissionen über den Äther

Mittels der von Lord Akeldama erhaltenen Informationen und mithilfe eines freundlichen jungen Mannes, der von dem Vampir einfach nur Biffy genannt wurde, bereitete Professor Lyall eine Operation vor. »Ambrose traf sich mit zahlreichen Mitgliedern der einlaufenden Regimenter«, hatte Lord Akeldama ihm bei einem Glas alten schottischen Whiskeys erzählt, einem warmen Feuer im Kamin und mit einer fetten scheckigen Katze auf den Knien. »Zuerst dachte ich, es ginge einfach *nur* um Opium oder irgendeine andere Art von illegalem Deal, doch nun glaube ich, dass wesentlich mehr dahintersteckt. Das Westminster-Haus benutzt nicht nur seine Vampirkontakte, es tritt auch an gemeine Soldaten heran. Sogar an die schlecht gekleideten. Es ist *entsetzlich*!« Der Vampir schüttelte sich geziert. »Ich kann nicht in Erfahrung bringen, was es ist, das sie so begierig aufkaufen. Wollen Sie herausfinden, was Westminster im Schilde führt? Zapfen Sie Ihre Werwolfkontakte beim Militär an, *Darling*, und unterbreiten Sie ihnen ein Angebot. Biffy kann Sie zu den bevorzugten Örtlichkeiten bringen.«

Und so kam es, dass Professor Lyall nun aufgrund der von einem Vampirschwärmer gelieferten Information im *Pickled*

*Crumpet,* einem sehr schäbigen Pub saß, begleitet von einer aufsehenerregend gut angezogenen Drohne und Major Channing. Ein paar wacklige Tische entfernt saß einer von Major Channings vertrauenswürdigsten Soldaten, mehrere verdächtige Pakete an sich gepresst und sich nervös umschauend.

Vornübergebeugt kauerte Professor Lyall am Tisch und hielt seinen Bierkrug mit beiden Händen umklammert. Er hasste Bier. Ein widerwärtiges, allzu gewöhnliches Getränk.

Major Channing war unruhig. Er zappelte mit den langen Beinen, stieß an den Tisch und verschüttete ihre Getränke.

»Hören Sie auf damit«, wies ihn sein Beta zurecht. »Noch ist niemand gekommen. Haben Sie ein wenig Geduld.«

Major Channing starrte ihn nur finster an.

Biffy offerierte ihnen eine Prise Schnupftabak. Beide Werwölfe lehnten mit nur spärlich verhülltem Entsetzen ab. Sich den eigenen Geruchssinn zu verderben – typisch Vampir!

Eine Weile später – Professor Lyall hatte sein Bier kaum angerührt, aber Major Channing war bei seinem dritten Krug angelangt – betrat der Vampir den Pub.

Er war ein großer, außerordentlich ansehnlicher Kerl, ganz so wie ein Romanschriftsteller einen Vampir beschreiben würde – finster und mit einer raubvogelartigen Nase und unergründlich blickenden Augen. Das musste er Lord Ambrose lassen – der Mann wusste sich ausgezeichnet in Szene zu setzen. Höchstwertung für dramatische Ausstrahlung.

Er bahnte sich schnurstracks seinen Weg zum Tisch des Soldaten und setzte sich, ohne sich vorzustellen. In der Taverne war es laut genug, sodass kein akustischer Resonanzstörer nötig war, und sogar Lyall und Channing mit ihrem übernatürlichen Hörvermögen konnten nur etwa jedes zehnte Wort verstehen.

Der Austausch ging recht zügig über die Bühne und gipfelte darin, dass der Soldat Lord Ambrose seine Sammlung von Waren zeigte. Der Vampir begutachtete jede davon eingehend, schüttelte dann heftig den Kopf und erhob sich.

Der Soldat stand ebenfalls auf und beugte sich vor, um eine Frage zu stellen.

Lord Ambrose war darüber eindeutig erbost, denn er holte mit übernatürlicher Schnelligkeit aus und schlug den Mann ins Gesicht, der dem Hieb nicht einmal mit seinen militärisch erprobten Reflexen ausweichen konnte.

Sofort sprang Major Channing auf und tat einen so jähen Satz nach vorn, dass sein Stuhl umkippte. Professor Lyall packte ihn am Handgelenk und gebot seinem Beschützerinstinkt Einhalt. Channing behandelte seine Soldaten viel zu oft wie Rudelmitglieder.

Der Kopf des Vampirs fuhr herum, und sein Blick traf die kleine Gruppe. Fauchend zischte er durch die Fangzähne, deren Spitzen sich über den dünnen Lippen zeigten. Dann rauschte er mit einem Wirbeln seines langen burgunderfarbenen Umhangs majestätisch aus dem Wirtshaus.

Professor Lyall, der in seinem ganzen Leben noch nie etwas majestätisch getan hatte, beneidete den Mann dafür ein wenig.

Der junge Soldat kam zu ihnen herüber. Leuchtend rotes Blut sickerte ihm aus dem Mundwinkel.

»Ich werde diesen feigen Bastard umbringen«, fluchte Major Channing und machte Anstalten, Lord Ambrose hinaus auf die Straße zu folgen.

»Halt!« Professor Lyalls Griff verstärkte sich. »Burt hier ist völlig in Ordnung. Nicht wahr, Burt?«

Burt spuckte etwas Blut aus, nickte jedoch. »Hab in Übersee Schlimmeres erlebt.«

Biffy nahm seine Schnupftabakdose vom Tisch und steckte

sie in die Westentasche. »Also …« Der junge Vampir bedeutete dem Soldaten, sich einen Stuhl heranzuziehen und sich zu ihnen zu setzen. »Was hat er gesagt? Was ist es, was sie wollen?«

»Das ist äußerst merkwürdig. Artefakte.«

»Bitte?«

Der Soldat biss sich auf die Unterlippe. »Ja, *ägyptische* Artefakte. Nicht das, wie wir gedacht haben. Keine Waffe im eigentlichen Sinne. Deshalb war er so wütend über meine Angebote. Die suchen nach Schriftrollen. Schriftrollen mit einem bestimmten Symbol drauf.«

»Hieroglyphen?«

Burt nickte.

»Hat er gesagt, was für ein Symbol?«

»Scheint so, als wär'n sie ziemlich verzweifelt, denn es war ganz schön unvorsichtig von ihm, es mir zu sagen, aber gesagt hat er's. Etwas namens Anch, nur wollen sie, dass es kaputt ist. Sie wissen schon, auf dem Bild, so als wäre das Symbol entzweigeschnitten.«

Professor Lyall und Biffy sahen sich an. »Interessant«, murmelten beide gleichzeitig.

»Ich wette, die Bewahrer des Edikts haben irgendeine Art von Aufzeichnung über das Symbol.« Natürlich wusste Biffy einiges über die Informationsquellen der Vampire.

»Das würde bedeuten«, meinte Lyall sinnierend, »dass sich so etwas schon einmal ereignet hat.«

Alexia ließ ihren Ehemann tief schlafend zurück. Nach Jahrhunderten der Unsterblichkeit hatte er vergessen, dass sich ein sterblicher Körper, wenn er Verletzungen heilen musste, Erholung im Schlaf sucht. Trotz der Aufregungen war die Nacht noch jung und der größte Teil der Burg noch wach.

Im Korridor prallte sie beinahe frontal mit einer schnell dahinhuschenden Ivy zusammen. Eine äußerst finstere Miene zierte Miss Hisselpennys normalerweise liebreizendes Gesicht.

»Gütiger Himmel, Ivy, was für ein Gesichtsausdruck!« Lässig stützte sich Lady Maccon auf ihren Sonnenschirm. So wie sich die Dinge an diesem Abend entwickelten, war sie nicht gewillt, auf das Accessoire zu verzichten.

»Oh, Alexia! Ich möchte wirklich nicht respektlos erscheinen, aber ich muss es einfach sagen: Ich verabscheue Mr. Tunstell!«

»Ivy!«

»Nun, ich meine … Also wirklich, er ist absolut unmöglich! Da versicherte er mir, dass seine Zuneigung für mich unerschütterlich wäre. Und dann bedarf es nur einer kleinen Zurückweisung meinerseits, schon wechselt er das Objekt seiner Gunst. Man könnte ihn regelrecht wankelmütig nennen! So schnell wieder um ein anderes Frauenzimmer herumzugurren, nachdem ich mir so ausnehmend große Mühe gegeben habe, ihm das Herz zu brechen! Es verleiht ihm den Anschein eines … nun, eines flatterhaften Schmetterlings!«

Völlig fasziniert versuchte sich Lady Maccon einen gurrenden Schmetterling vorzustellen. »Ich dachte, du wärst immer noch verliebt in ihn, auch wenn du seine Werbung zurückgewiesen hast.«

»Wie *kannst* du nur so etwas glauben? Ich verachte ihn geradezu! Und darüber bin ich mit mir vollkommen einer Meinung. Er ist nichts weiter als ein gurrender, wankelmütiger *Flatterer*! Und mit einer Person von solch schwachem Charakter möchte ich nichts mehr zu tun haben.«

Lady Maccon war sich nicht ganz sicher, ob es Sinn machte, sich mit Miss Hisselpenny zu unterhalten, wenn sie in so einer Stimmung war. An Ivy-die-Schockierte und an Ivy-die-Plaudertasche war sie gewöhnt, doch Ivy-voll-des-Zorns war ein völlig neues Geschöpf. Sie entschied sich für einen strategischen Rückzug. »Du brauchst eindeutig eine Tasse Tee, die dich stärkt, meine Liebe. Sollen wir gehen und sehen, ob wir welchen auftreiben können? Sogar die Schotten müssen doch irgendetwas zu trinken haben.«

Miss Hisselpenny holte tief Luft. »Ja, ich glaube, du hast recht. Ausgezeichnete Idee!«

Fürsorglich geleitete Lady Maccon ihre Freundin die Treppe hinunter und in einen der kleineren Salons, wo sie auf zwei Claviger trafen. Die jungen Männer waren nur zu gerne bereit, den Tee zu besorgen, Miss Hisselpenny jeden Wunsch von den Augen abzulesen und ganz allgemein den Damen zu beweisen, dass in den Highlands die guten Manieren nicht mit den dazugehörigen Hosen völlig abhandengekommen waren. Infolge dessen verzieh Ivy ihnen die Kilts.

Lady Maccon überließ ihre Freundin dem anregenden Akzent und der aufmerksamen Fürsorge der beiden jungen Männer und machte sich auf die Suche nach Madame Lefoux und dem kaputten Äthografen, in der Hoffnung, etwas mehr über seine Funktionsweise erfahren zu können.

Es dauerte eine Weile, bis sie die riesige Maschine ausfindig machen konnte. Castle Kingair war eine richtige Burg und ließ die sparsame Raumaufteilung und den rasterförmigen Grundriss von Woolsey Castle ganz und gar vermissen. Das Gemäuer war stattdessen sehr weitläufig und verwirrte den Besucher durch zusätzliche Zimmer, Türme und überflüssige Treppenhäuser. Lady Maccon ging logisch an die Sache heran (was vermutlich ihr Fehler war). Sie mutmaßte, dass sich der Äthograf in einem der vielen Burgtürmchen befinden musste, die Frage war nur, in *welchem* davon. Es gab eine ausgesprochene Menge von Türmen. Sie waren ganz auf äußere Verteidigung bedacht, diese Schotten.

Es dauerte eine ganze Weile, bis sie die Wendeltreppe jedes einzelnen Türmchens erklommen hatte, doch sie erkannte, dass sie auf der richtigen Spur war, als sie jemanden fluchen hörte. Auf Französisch natürlich und selbstverständlich in Worten, die sie nicht kannte, an deren profaner Natur sie jedoch keinen Zweifel hegte. Madame Lefoux schien irgendeine Art von Ungemach zu verspüren.

Als sie den Raum schließlich erreichte, fand sich Alexia Angesicht zu Angesicht – oder vielmehr Angesicht zu Kehrseite – mit einem weiteren guten Grund konfrontiert, warum die Erfinderin Hosen trug. Madame Lefoux lag auf dem Rücken und halb unter dem Apparat, sodass nur Beine und Gesäß sichtbar waren. Hätte sie Röcke getragen, wäre das eine höchst unschickliche Stellung gewesen.

Der äthografische Transmitter von Castle Kingair stand erhöht auf kleinen Füßen. Er sah ein wenig aus wie zwei miteinander verbundene Aborthäuschen auf Schemelbeinen. Alles war mit Gaslampen hell erleuchtet; das Rudel hatte bei diesem Raum eindeutig keine Kosten gescheut. Außerdem war es sauber.

Lady Maccon verrenkte sich den Hals, um in dem dunklen Inneren der Kammer, unter der Madame Lefoux arbeitete, etwas erkennen zu können. Anscheinend war es die Sendemechanik, die Probleme bereitete. Die Französin hatte eine Hutschachtel in greifbarer Nähe stehen, die offenbar gar keine Hutschachtel war, sondern eine bestens getarnte Werkzeugkiste. Sofort wünschte sich Lady Maccon, ebenfalls eine zu besitzen – so viel *unauffälliger* als eine Aktentasche.

Der bebrillte Claviger mit dem stets panisch wirkenden

Gesichtsausdruck kauerte neben der »Hutschachtel« und reichte der Erfinderin nacheinander eine Reihe merkwürdig aussehender Werkzeuge.

»Den Magnetmotorenmodulationsjustierer, wenn Sie so freundlich wären«, bat Madame Lefoux, und ein langes, stockähnliches Instrument mit einem Korkenzieher aus Messing an einem Ende und einer mit leuchtender Flüssigkeit gefüllten Glasröhre am anderen wurde ihr gereicht. Kurz danach wurde ein weiterer Fluch ausgestoßen, das Werkzeug dem Claviger zurückgereicht und nach einem anderen verlangt.

»Grundgütiger!«, entfuhr es Alexia. »Was *machen* Sie denn da?«

Es gab einen dumpfen Schlag, Madame Lefouxs Beine zappelten, und weitere Flüche folgten. Augenblicke später wand sich die Französin unter dem Apparat hervor, stand auf und rieb sich den Kopf. Diese Handlung trug nur noch weiter zu der enormen Ansammlung von Schmierölflecken bei, mit denen ihr hübsches Gesicht beschmiert war.

»Ah, Lady Maccon, wie reizend! Ich hatte mich bereits gefragt, wann Sie uns aufspüren würden.«

»Ich wurde notgedrungen von Ehemännern und Ivys aufgehalten«, erklärte Alexia.

»Bedauerlicherweise geschieht so etwas zwangsläufig, wenn man verheiratet und befreundet ist«, meinte Madame Lefoux mitfühlend.

Lady Maccon beugte sich vor, ihren Sonnenschirm als Stütze benutzend, und versuchte unter den Apparat zu spähen. Allerdings machte ihr Korsett dies so gut wie unmöglich, deshalb wandte sie sich wieder der Französin zu. »Konnten Sie schon herausfinden, welcher Natur das Problem ist?«

»Nun, es ist ohne Zweifel die Sendekammer, deren Funktion

gestört ist. Die Empfangskammer scheint voll funktionstüchtig zu sein. Es ist schwer zu sagen, ohne eine tatsächliche Übertragung irgendeiner Art durchzuführen.«

Um Bestätigung ersuchend sah Alexia den Claviger an, und der junge Mann nickte. Er schien nicht viel zu sagen zu haben, doch er war begierig zu helfen. Nach Alexias Ansicht waren das die besten Charaktereigenschaften.

»Nun«, sagte Lady Maccon, »wie spät ist es?«

Der junge Gentleman zog eine kleine Taschenuhr hervor und ließ sie aufschnappen. »Halb elf.«

»Wenn Sie ihn bis um elf so weit hinbekommen, können wir versuchen, Lord Akeldama auf seinem Äthografen zu erreichen«, sagte Lady Maccon zu Madame Lefoux. »Sie erinnern sich doch, er gab mir die Codes, einen Röhrenfrequensor und ein Zeitfenster um elf Uhr für freie Übertragungen.«

»Aber wenn er unsere Resonanz nich' hat, was nützt das dann? Er wird nich' in der Lage sein, uns zu empfangen.« Der Claviger ließ seine Taschenuhr zuschnappen und verstaute sie wieder in der Westentasche.

»Er hat ein multi-adaptives Modell, das nicht über kristallines Kompatibilitätsprotokoll betrieben wird«, erklärte ihn Madame Lefoux. »Er muss nichts weiter tun, als während des angegebenen Zeitfensters einen Suchlauf nach Übertragungen an seine Frequenz durchzuführen. Und wir können ihn empfangen, weil Lady Maccon die entsprechende Röhrenkomponente besitzt.«

Daraufhin sah der Claviger sogar noch erstaunter aus als ohnehin schon.

»Soweit ich weiß, sind sie eng miteinander befreundet.« Madame Lefoux schien das Gefühl zu haben, dass damit alles erklärt wäre.

Alexia lächelte. »Am Abend meiner Hochzeit hielt ich seine Hand, damit er sich den Sonnenuntergang ansehen konnte.«

Nun wirkte der Claviger vollends verwirrt – und erneut verwirrter als ohnehin schon (sein Gesicht machte es ihm nicht gerade einfach, die gesamte Bandbreite menschlicher Emotionen auszudrücken).

Madame Lefoux erklärte es ihm. »Lord Akeldama ist ein Vampir.«

Erschrocken keuchte der junge Mann auf. »Er gab sein Leben in Ihre Hände?«

Lady Maccon nickte. »Und mir eine Kristallröhre anzuvertrauen, so technisch unverzichtbar sie auch sein mag, ist im Vergleich dazu keine allzu große Sache, oder?«

Madame Lefoux zuckte mit den Schultern. »Da wäre ich mir nicht so sicher, Mylady. Damit möchte ich sagen: Das eigene Leben ist eine Sache, die eigene Technik eine völlig andere.«

»Nichtsdestotrotz kann ich Ihnen die Mittel zur Verfügung stellen, mit denen Sie die Leistungsfähigkeit dieses Äthografen testen können, sobald er repariert wurde.«

Der Claviger bedachte sie mit einem Blick wachsenden Respekts. »Sie sind ein tüchtiges Frauenzimmer, Lady Maccon.«

Alexia war sich nicht sicher, ob sie sich geschmeichelt oder beleidigt fühlen sollte, deshalb entschied sie sich, die Bemerkung einfach zu ignorieren.

»Also, dann mache ich mich mal an die Arbeit.« Madame Lefoux drehte sich um, kroch zurück unter den Transmitter und nahm ihre Tätigkeit dort wieder auf.

Wenige Augenblicke später klangen gedämpfte Worte unter dem Apparat hervor.

»Wie meinten Sie bitte?«

Madame Lefouxs Kopf tauchte noch einmal auf. »Ich fragte,

ob Sie eine Nachricht an Lord Akeldama eingravieren möchten, während ich hier zu tun habe?«

»Gute Idee!« Lady Maccon wandte sich an den Claviger. »Wären Sie so freundlich, für mich eine leere Rolle, einen Füllfederhalter und etwas Säure aufzutreiben?«

Der junge Mann sprang sofort los, um ihr den Gefallen zu tun. Während sie auf die nötigen Utensilien wartete, stöberte Alexia auf der Suche nach der Röhrenfrequensor-Sammlung des Rudels herum. Mit wem kommunizierten die Werwölfe von Castle Kingair? Warum hatten sie sich überhaupt einen Äthografen geleistet?

Sie fand die Kristallröhren in einer Reihe unverschlossener Schubladen an einer Seite des Apparates. Es gab nur drei, doch sie waren alle völlig unbeschriftet.

»Was machen Sie da, Lady Maccon?« Mit argwöhnischer Miene (einem Ausdruck, der für sein Gesicht völlig ungeeignet war) trat der Claviger auf sie zu.

»Ich grüble darüber nach, wofür ein schottisches Rudel wohl einen Äthografen braucht«, entgegnete Alexia. Statt sich zu verstellen überrumpelte sie andere stets lieber mit Offenheit.

»Mmm«, murrte der junge Mann wenig mitteilsam und reichte ihr eine Metallrolle, ein kleines Fläschchen Säure und einen Füllfederhalter.

Lady Maccon ließ sich damit in einer Ecke des Zimmers nieder und bemühte sich, die Zunge leicht zwischen den Lippen hervorragend, so sauber wie möglich Buchstabe für Buchstabe in die Rasterkästchen auf der Metallrolle zu ätzen. Mit ihrer Schönschreibkunst hatte sie noch nie irgendeinen Blumentopf gewinnen können, und sie wollte, dass es so leserlich wie möglich wurde.

Die Botschaft lautete: »Teste schottischen Sender. Bitte antworten.«

Sie holte Lord Akeldamas Kristallröhre aus dem Geheimtäschchen ihres Sonnenschirms, wobei sie sorgsam darauf achtete, ihren Parasol mit den üppigen Röcken so abzuschirmen, dass der Claviger nicht sehen konnte, wo die Röhre verborgen war.

Madame Lefoux werkelte immer noch herum, deshalb vertrieb sich Lady Maccon die Zeit damit, sich die Empfangskammer anzusehen, jenen Teil des Äthografen, an dem Madame Lefoux nicht arbeitete. Aus dem Gedächtnis heraus versuchte sie sich die Details wieder in Erinnerung zu rufen. Alles war ganz allgemein größer und weniger stromlinienförmig als bei Lord Akeldamas Transmitter, doch es befand sich an den gleichen Stellen: ein Filter, um Umgebungsgeräusche abzumildern, ein Einstellrad zum Verstärken eingehender Signale und zwei Glasscheiben mit schwarzen Partikeln dazwischen.

Unerwartet berührte Madame Lefoux sie sanft am Arm.

»Wir sind beinahe fertig. Es ist fünf vor elf. Sollen wir den Apparat für die Übertragung einstellen?«

»Darf ich dabei zusehen?«

»Aber natürlich!«

Die drei quetschten sich in die winzige Sendekammer, die genau wie die Empfangskammer mit den gleichen Apparaturen vollgestopft war wie bei Lord Akeldamas Transmitter – nur waren die Gerätschaften noch verworrener, etwas, das Alexia nicht für möglich gehalten hätte, und die Skalen und Schalter noch zahlreicher.

Madame Lefoux glättete Alexias Metallrolle und schob sie in den dafür vorgesehenen Rahmen. Alexia setzte Lord Akeldamas Röhre in die Resonatorgabel ein. Nachdem sich Madame

Lefoux der Uhrzeit vergewissert hatte, ergriff sie den Knauf eines großen Hebels, drückte ihn nach unten und setzte den Ätherokonvektor in Gang, der den chemischen Auswaschprozess aktivierte. Die eingeätzten Buchstaben fingen an zu phosphoreszieren. Die beiden kleinen Wasserstoffiodid-Motoren erwachten zum Leben, erzeugten gegensätzliche ätheroelektrische Impulse, und die beiden Nadeln schnellten über die Platte, helle Funken schlagend, wenn sie sich innerhalb der eingeätzten Buchstaben berührten. Alexia war besorgt, dass der Regen die Übertragung behinderte, doch sie vertraute darauf, dass Lord Akeldamas verbesserte Technologie über eine größere Empfindlichkeit verfügte und klimatisch bedingte Interferenzen ausglich.

»Teste … schottischen … Sender … bitte … antworten«, jagte es unsichtbar hinaus in den Äther.

Und viele Meilen südlich, im Dachgeschoss eines todschicken Stadthauses, setzte sich eine durchtrainierte, wie in eine kandierte Orangenschale gekleidete Vampirdrohne, die aussah, als wäre ihre größte Sorge die Frage, ob diesen Winter Halsbinden in Paisleymuster akzeptabel waren oder nicht, kerzengerade auf und schrieb eine eingehende Übertragung auf. Der Ursprung war unbekannt, doch dem jungen Mann war aufgetragen worden, mehrere Nächte hintereinander um elf Uhr einen umfassenden Suchlauf durchzuführen. Er schrieb die Botschaft nieder und notierte anschließend Übertragungskoordinationsfrequenz und Uhrzeit, bevor er davoneilte, um seinen Herrn aufzusuchen.

»Es ist schwer, das mit Sicherheit zu sagen, aber ich glaube, dass alles glattlief.« Madame Lefoux schaltete den Transmitter ab, und die kleinen Wasserstoffiodid-Motoren kamen leise surrend zum Stillstand. »Natürlich werden wir erst wissen, ob eine Kommunikation zustande gekommen ist, wenn wir eine Antwort erhalten.«

»Ohne ein entsprechendes Gegenstück des Röhrenfrequensors wird der Empfänger erst anhand der eingegangenen Nachricht die richtige Frequenz ermitteln müssen«, sagte der Claviger. »Wie viel Zeit mag das in Anspruch nehmen?«

»Unmöglich zu sagen«, antwortete ihm die Französin. »Könnte aber ziemlich schnell gehen. Am besten schalten wir das Empfangsgerät schon einmal an.«

Also begaben sie sich in die andere Kammer und feuerten die leise, kleine Dampfmaschine unter der Instrumententafel an. Es folgte eine lange Viertelstunde, in der sie einfach nur schweigend dasaßen und warteten.

»Ich fürchte, wir sollten nur noch ein paar Minuten länger warten«, meinte Madame Lefoux. Sogar ihr Flüstern ließ die Spulen des magnetischen Resonators leicht erzittern.

Der Claviger warf ihr einen finsteren Blick zu und justierte den Umgebungsgeräuschefilter neu.

Dann, ohne jede Vorwarnung, erschien langsam Lord Akeldamas Nachricht zwischen den beiden Glasscheiben des Empfängers. Der kleine hydraulische Arm mit seinem darauf befestigten Magneten bewegte sich quälend langsam hin und her und setzte die magnetischen Teilchen Buchstaben für Buchstaben zusammen.

Sorgfältig und leise schrieb sie der Claviger, dessen Namen Alexia immer noch nicht kannte, mit einem Füllfederhalter auf ein weiches Stück Leinwand. Lady Maccon und Madame Lefoux hielten gemeinsam den Atem an und wagten es nicht, sich zu rühren. Absolute Stille war wichtig. Nach jedem vollständigen Buchstaben fuhr der Arm in Ausgangsstellung zurück, und das Glas wurde leicht gerüttelt, um den Buchstaben zu löschen, bevor der zweite zusammengesetzt wurde.

Schließlich hörte der Arm auf, sich zu bewegen. Sie warteten noch ein paar Minuten, und als Alexia zu sprechen ansetzte, hob der Claviger gebieterisch die Hand. Erst als er alles abgeschaltet hatte, erlaubte er ihnen mit einem Nicken zu reden. Lady Maccon wurde klar, warum ihm der Äthograf anvertraut worden war. Die Schotten waren ein verschlossener stummer Haufen, aber dieses Exemplar war sogar noch schweigsamer als alle anderen.

»Nun, lesen Sie uns die Botschaft vor!«, verlangte sie.

Er räusperte sich und las, leicht errötend: »Verstanden. Test des schottischen Sünders erfolgreich?«

Lady Maccon lachte. Lord Akeldama musste ihre Nachricht falsch gelesen haben. »Der Antwort einmal ungeachtet wissen wir nun, dass dieser Transmitter funktioniert. Und dass ich mit Lord Akeldama ein Schwätzchen halten kann.«

Der Claviger wirkte empört. »Ein Äthograf ist nich' für *Schwätzchen* vorgesehen, Lady Maccon!«

»Erzählen Sie das mal Lord Akeldama!«

Madame Lefouxs Grübchen traten wieder in Erscheinung.

»Könnten wir ihm noch eine weitere Nachricht senden, um hinsichtlich der Funktionstüchtigkeit der Übertragungskammer sicherzugehen?«, fragte Lady Maccon hoffnungsvoll.

Der Claviger seufzte. Er sträubte sich dagegen einzuwilligen, doch offensichtlich widerstrebte es ihm ebenso, die Bitte eines Gastes auszuschlagen. Also spazierte er davon und kehrte mit einer weiteren Metallrolle zurück.

Alexia schrieb: »Spione hier?«

Soweit sie sich erinnern konnte, konnte man mit Lord Akeldamas neuerem Modell andere Übertragungen abfangen, wenn man wusste, wie man danach suchen musste.

Minuten später erschien in der anderen Kammer die Antwort. »Nicht meine. Vermutlich geschwätzige Fledermäuse.«

Während die anderen beiden verwirrt aussahen, nickte Alexia nur. Lord Akeldama glaubte, wenn sich ein Spion auf Castle Kingair befand, dann einer der Vampire. Wie sie ihren Freund kannte, würde er das Westminster-Haus und die Schwärmer in der Umgebung überwachen. Sie konnte ihn regelrecht vor sich sehen, wie er sich, begeistert über diese Herausforderung, die rosa behandschuhten Hände rieb. Mit einem Lächeln nahm sie Lord Akeldamas Röhre und verstaute sie, als der Claviger nicht hinsah, wieder in ihrem treuen, zuverlässigen Sonnenschirm.

Lady Maccon war erschöpft, als sie endlich zu Bett ging. Es war bei Weitem kein kleines Bett, dennoch schien ihr Gemahl es gänzlich in Beschlag zu nehmen. Leise schnarchend lag er, Arme und Beine weit ausgebreitet, völlig in eine zerschlissene und (eindeutig während eines langen und nicht gerade gesegneten Lebens) stark mitgenommene Decke gewickelt.

Alexia kletterte ins Bett und wandte eine erprobte und bewährte Technik an, die sie im Laufe der letzten Monate entwickelt hatte. Sie stemmte sich gegen das Kopfteil des Bettes und benutzte die Beine dazu, ihn so weit wie möglich beiseitezuschieben, wodurch sie sich genügend Platz schaffte, um sich nach unten winden zu können, bevor er sich wieder ausbreitete. Wenn man Jahrzehnte, ja, sogar Jahrhunderte allein geschlafen hatte, so vermutete sie, dauerte es wohl eine ganze Weile, sich das wieder abzugewöhnen. In der Zwischenzeit würde sie sich durch dieses nächtliche Ritual recht kräftige Beinmuskeln antrainieren. Der Earl war nicht gerade ein Leichtgewicht.

Conall knurrte sie leicht an, schien aber dennoch erfreut darüber, sie neben sich zu haben, sobald sie sich an ihn gekuschelt hatte. Er rollte sich zu ihr, schmiegte die Nase in ihren Nacken und schlang ihr einen schweren Arm um die Taille.

Heftig zerrte sie an der Bettdecke, was aber zu nichts führte, und gab sich dann mit dem Arm des Earls anstelle der Decke zufrieden. Als übernatürliches Wesen hätte sich Conall eigentlich die meiste Zeit über kalt anfühlen sollen, doch davon spürte Alexia nie etwas. Wann immer sie ihn berührte, war er sterblich, und sein sterblicher Körper schien eine Betriebstemperatur zu haben, die in etwa einem Hochleistungsdampfkessel gleichkam. Es war schön, ihn ausnahmsweise einmal berühren zu können, während sie schlief, ohne sich darüber Sorgen machen zu müssen, dass sie ihn dadurch altern ließ.

Und mit diesem Gedanken schlummerte Lady Maccon ein.

Als sie erwachte, war ihr immer noch warm. Doch die Zuneigung ihres Ehemannes – oder möglicherweise seine verborgenen mörderischen Neigungen – hatten sie so weit an den Bettrand geschoben, dass sie praktisch in der Luft hing. Ohne seinen Arm um ihre Taille wäre sie ganz gewiss aus dem Bett geplumpst.

Ihr Nachthemd war natürlich verschwunden. Wie schaffte er das nur immer? Das Nasereiben in ihrem Nacken war in zartes Knabbern übergegangen.

Vorsichtig öffnete sie ein Auge. Es war kurz vor der Morgendämmerung. Oder besser ausgedrückt: vor der grauen und deprimierenden winterlichen Highland-Version einer Morgendämmerung. Der anbrechende Tag begrüßte Kingair mit einem tristen Schimmer, der einen in keinster Weise dazu ermutigte, aus dem Bett zu springen und beschwingt durch den Morgentau zu hüpfen. Nicht dass Alexia unter normalen Umständen sonderlich zu morgendlichem Springen und Hüpfen aufgelegt gewesen wäre.

Conalls Knabbern wurde zu drängenderen kleinen Bissen. Er mochte kleine Bisse hier und da. Manchmal fragte sich Alexia, ob er wohl tatsächlich gelegentlich ein Stück aus ihr herausgebissen und vernascht hätte, wäre sie keine Außernatürliche gewesen. Da war etwas an der Art, wie seine Augen ganz gelb und hungrig wurden, jedes Mal, wenn er in amouröse Stimmung geriet. Sie hatte aufgehört, sich gegen die Tatsache zu wehren, dass sie Conall liebte, doch das hielt sie nicht davon ab, seine Bedürfnisse praktisch zu betrachten. Niedere Instinkte waren nun einmal niedere Instinkte, und wenn sie ihn nicht berührte, war er immer noch ein Werwolf. Bei Gelegenheiten wie dieser war sie froh darüber, dass ihre eigenen Kräfte seine Zähne schön stumpf hielten. Obwohl sie sich natürlich, so wie die Dinge in Kingair lagen, auch in Vollbesitz einer Seele keine Sorgen hätte machen müssen.

Er verlagerte seine Aufmerksamkeiten auf ihr Ohr.

»Hör auf damit! Angelique wird gleich kommen, um mir beim Ankleiden zu helfen.«

»Ah, zum Teufel mit ihr!«

»Um Himmels willen, Conall! Denk an ihr empfindsames Gemüt!«

»Deine Zofe ist eine Zimperliese«, grummelte ihr Mann und ließ von seinen romantischen Zuwendungen nicht ab. Stattdessen bewegte er den Arm, um seiner Vorstellung von annehmbaren Morgenaktivitäten klarzustellen. Unglücklicherweise entging ihm dabei, dass sein Arm alles war, was seine Frau noch im Bett hielt.

Mit einem würdelosen Quieken purzelte Alexia auf den Fußboden.

»Grundgütiger, Weib! Warum hast du denn *das* gemacht?«, fragte er in tiefster Verwirrung.

Lady Maccon vergewisserte sich, dass sie sich nichts gebrochen hatte, dann stand sie auf, wütender als eine Hornisse. Sie

295

wollte ihrem Gatten gerade eine stachelige Kostprobe ihrer ohnehin spitzen Zunge geben, dass ihm Hören und Sehen verging, als ihr wieder einfiel, dass sie nackt war. Im gleichen Augenblick traf sie die plötzliche Erkenntnis, wie kalt es in einer steinernen Burg während eines kalten Winters in den Highlands werden konnte. Wie ein Rohrspatz auf ihren Mann schimpfend riss sie ihm die Bettdecke weg, warf sich auf ihn und vergrub sich in seiner Wärme.

Da ihr nackter Körper dadurch eng auf dem seinen zu liegen kam, hatte Lord Maccon nichts dagegen. Nur, dass seine Frau immer noch wütend und nun hellwach und zappelig war und er ziemlich fürchterliche Schmerzen von seinem Kampf vom Abend zuvor hatte.

»Ich werde heute herausfinden, was mit diesem Rudel von dir los ist, und wenn es das Letzte ist, was ich tue«, sagte sie, während sie ihm auf die Finger klopfte, als diese interessante Vorstöße wagten. »Je länger ich faul im Bett liegend verbringe, umso weniger Zeit habe ich, um nachzuforschen.«

»Ich hatte nich' vor, faul zu sein«, knurrte er.

Lady Maccon kam zu dem Schluss, dass ihr nichts anderes übrig blieb, als sich im Interesse der Zeitersparnis der Kälte zu stellen, sonst hätte ihr Mann noch stundenlang so weitergemacht.

»Das wird bis heute Abend warten müssen«, sagte sie und schälte sich aus seiner Umarmung. In einer flinken Bewegung wälzte sie sich seitlich von ihm hinunter, wobei sie gleichzeitig die Decke um sich wickelte. Halb von der Bettkante rollend, halb hopsend kam sie auf die Füße und watschelte auf ihren Morgenmantel zu, womit sie ihren armen Gatten nackt zurückließ. Ihn schien die Kälte weniger zu stören, denn er setzte sich einfach auf, ein Kissen im Rücken und die Hände hinter dem

Kopf verschränkt, und beobachtete sie unter träge gesenkten Lidern hervor.

Was genau die Szene war, in welche die arme Angelique platzte – ihre Herrin eingerollt in eine Decke wie ein riesiges aufrecht stehendes Würstchen im Teigmantel und ihr Herr splitterfasernackt auf dem Bett ausgestreckt. Das Mädchen lebte schon lange genug unter Werwölfen und in der Gegenwart von Lord und Lady Maccon, um sich davon nicht übermäßig aus der Fassung bringen zu lassen. Sie quietschte, zuckte zusammen, wandte den Blick ab und trug die Schüssel mit Wasser zu dem kleinen Waschtisch.

Lady Maccon verkniff sich ein Grinsen. Arme Angelique! Aus der Welt der Vampirhäuser in das Drunter und Drüber eines Rudels zu stolpern, musste verstörend sein. Immerhin war niemand zivilisierter als Vampire und niemand unzivilisierter als Werwölfe. Alexia fragte sich, ob Vampire überhaupt die Zeit für Bettensport fanden; sie waren immer so beschäftigt damit, höflich zueinander zu sein.

Sie dankte der Zofe und erbarmte sich ihr, indem sie Angelique fortschickte, um Tee zu holen. Dann ließ sie geschwind die Decke fallen, um sich zu waschen.

Conall wälzte sich aus dem Bett und kam zu ihr hinüber, um zu fragen, ob er ihr vielleicht »behilflich« sein könnte. Seine »Hilfe« verursachte ein wenig Gekicher, eine Menge Geplansche und einen gewissen Grad an Feuchtigkeit, was nicht unbedingt mit dem Wasser zu tun hatte. Doch es gelang ihr, sich sicher in ihren Morgenmantel zu hüllen und ihn ins Ankleidezimmer und in die fürsorgliche Obhut Tunstells und dessen Auswahl an Leibwesten zu verfrachten, bevor Angelique erneut erschien.

Sie schlürfte Tee, während die Zofe ein Tageskleid aus Tweed und passende Unterwäsche auswählte, und zog alles in entschuldigendem Schweigen an, ohne sich auch nur der Gewohnheit halber zu beschweren, da sie der Meinung war, das Zartgefühl der armen Frau an diesem Morgen schon mehr als genug strapaziert zu haben.

Sie schnaubte ein wenig, als das Korsett geschnürt wurde. Angelique war gnadenlos. Danach saß Alexia fügsam und angekleidet da, während ihr die Französin das Haar frisierte.

»Also, diese Maschine?«, fragte Angelique. »Ist sie repariert?«

Alexia musterte sie argwöhnisch im Spiegel. »Ja, wir glauben schon. Aber ich würde mich nicht zu sehr darüber freuen. Madame Lefoux scheint nicht geneigt, in nächster Zeit abzureisen.«

Darauf erwiderte Angelique nichts.

Alexia brannte regelrecht darauf zu erfahren, was sich zwischen den beiden Frauen zugetragen hatte, doch sie fand sich mit der Tatsache ab, dass französische Verschlossenheit britischer Sturheit überlegen war, in diesem Fall zumindest. Also saß sie stumm da, während die Zofe ihre Arbeit zu Ende brachte.

»Sag ihm, dass das hier völlig ausreicht!«, erklang das Brüllen ihres Mannes.

Lady Maccon stand auf und drehte sich um.

Conall kam mit langen Schritten herein, dicht gefolgt von dem schwer geprüften Tunstell.

Mit kritischem Auge musterte Lady Maccon ihren Ehemann.

»Dein Hemd ist nicht im Hosenbund, die Halsbinde nicht fertig gebunden und dein Kragen an einer Seite umgeknickt.« Sie zupfte an seiner unordentlichen Kleidung herum.

Conall ergab sich murrend ihrer Fürsorge. »Hat keinen Zweck, auf deine Hilfe zu hoffen. Bist doch immer auf seiner Seite.«

»Wusstest du, dass dein Akzent stärker geworden ist, seit wir uns in Schottland aufhalten?«

Das brachte ihr einen mürrischen Blick ein. Lady Maccon sah über Conalls Schulter hinweg zu Tunstell, verdrehte die Augen und bedeutete ihm mit einem Kopfnicken, dass er gehen konnte.

Conall fuhr sich mit dem Finger unter den Vatermörderkragen.

»Lass das – du machst das Weiß ganz schmutzig!«

»Hab ich in letzter Zeit schon erwähnt, wie sehr ich die gegenwärtige Mode verabscheue?«

»Sag das den Vampiren, die geben die Trends vor.«

»Daher auch die hohen Kragen«, knurrte er mürrisch. »Ich und meinesgleichen haben es jedenfalls nich' nötig, unseren Hals zu verstecken.«

»Nein«, versetzte seine Frau. »Nur eure Persönlichkeiten.« Sie trat einen Schritt zurück und strich den Schalkragen seiner Weste glatt. »Na also. Sehr hübsch.«

Bei diesen Worten sah ihr riesiger übernatürlicher Gatten beinahe schüchtern aus. »Findest du?«

»Hör auf, nach Komplimenten zu heischen, und geh dein Jackett holen. Ich bin regelrecht am Verhungern.«

Er zog sie an sich und gab ihr einen langen und tiefen Kuss. »Du hast immer Hunger, Weib.«

»Mhmm.« Sie konnte es ihm nicht verübeln, wenn er die Wahrheit sagte. »Du auch. Nur nach anderen Dingen.«

Sie verspäteten sich nur ein kleines bisschen zum Frühstück.


Von den restlichen Bewohnern des Hauses waren die meisten noch nicht aufgestanden. Lady Kingair war da – Alexia fragte sich, ob diese Frau jemals schlief – und zwei Claviger, aber keines der Kingair-Rudelmitglieder. Natürlich lagen Ivy und Felicity immer noch im Bett. Sie hielten sich an den Londoner Tagesablauf, sogar auf dem Land, und mit ihrem Erscheinen war vor dem späten Vormittag nicht zu rechnen. Tunstell, so vermutete Lady Maccon, würde schon etwas finden, womit er sich beschäftigen konnte, bevor die Damen nach unten kamen.

Dafür, dass sich die Burg mitten im Nirgendwo befand, wurde ein anständiges Frühstück aufgetischt. Es gab kalten Schweinebraten, Wildbret und Waldschnepfe, eingelegte Shrimps, gebratene Waldpilze, Birnenspalten, Eier und Tost, sowie eine schöne Auswahl an eingemachtem Obst und Marmeladen. Lady Maccon bediente sich und setzte sich dann, um herzhaft zuzulangen.

Lady Kingair, die ein Schälchen ungewürzten Porridge und ein Stück trockenen Toast aß, warf einen vielsagenden Blick auf Alexias beladenen Teller. Alexia, die sich noch nie übermäßig von der Meinung anderer hatte beeindrucken lassen, ganz besonders, wenn es ums Essen ging, kaute nur geräuschvoll und mit anerkennender Begeisterung.

Ihr Mann schüttelte über ihre Possen den Kopf, doch da sich auf seinem eigenen Teller beinahe doppelt so viel häufte wie auf dem seiner Frau, verkniff er sich eine abfällige Bemerkung.

»Wenn du weiterhin menschlich bleibst«, meinte Lady Maccon nach einer kleinen Pause, »wirst du noch kugelrund werden, bei den Massen, die du verschlingst.«

»Dann werde ich eben mit irgendeinem rauen, grässlichen Sport anfangen müssen.«

»Du könntest es mit Jagdreiten versuchen«, schlug Alexia vor. »Horrido und Halali.«

Werwölfe waren im Allgemeinen keine besonders guten Reiter. Es gab nur herzlich wenige Pferde, die einen Wolf auf ihrem Rücken ließen, nicht einmal dann, wenn er vorübergehend menschliche Gestalt annahm. Ein Kutschgespann zu fahren war das Äußerste, wozu es die meisten Werwölfe brachten. Da sie als Wolf ohnehin schneller als ein Pferd waren, bereitete das den Rudeln kein übermäßiges Kopfzerbrechen. Außer natürlich denjenigen, die vor ihrer Metamorphose gern geritten waren.

Lord Maccon war keiner davon. »Fuchsjagden? Das denk ich nich'«, entgegnete er und kaute auf einem Stück Schweinbraten herum. »Füchse gehören praktisch zur Verwandtschaft. Würd die Familie nich' gut aufnehmen, wenn du verstehst, was ich mein.«

»Oh, aber wie schneidig du in glänzenden Stiefeln und einer dieser auffälligen roten Jacken aussehen würdest!«

»Ich dachte eher an Boxen oder vielleicht Rasentennis.«

Lady Maccon erstickte ein Kichern, indem sie sich schnell eine Gabel Pilze in den Mund stopfte. Schon allein die Vorstellung, wie *ihr* Gatte ganz in Weiß mit einem kleinen, mit Netz bespannten Schläger herumhüpfte! Sie schluckte die Pilze hinunter. »Das klingt nach ein paar ganz reizenden Ideen, mein Liebling«, sagte sie, ohne eine Miene zu verziehen, dafür aber mit leuchtend funkelnden Augen. »Hast du auch schon Golf in Betracht gezogen? Äußerst geeignet für jemanden mit deiner Abstammung und deinem Gefühl für Stil.«

Conall starrte sie finster an, doch um seine Lippen spielte der Hauch eines Lächelns. »Aber, aber, Weib. Kein Grund für solch unverhohlene Beleidigungen.«

Alexia war sich nicht ganz sicher, ob sie ihn beleidigt hatte, indem sie ihm das Golfspiel als mögliches sportliches Betätigungsfeld vorgeschlagen hatte, oder damit den Golfsport in Verruf brachte.

Lady Kingair lauschte dieser kleinen Nebenhandlung mit einer Mischung aus Faszination und Abscheu. »Meine Güte, mir kam zu Ohren, das bei euch wär 'ne Liebesheirat gewesen, aber ich konnt es mir nich' vorstellen!«

Lady Maccon schnaubte. »Warum sollte ihn irgendwer sonst heiraten wollen?«

»Oder sie«, meinte Lord Maccon zustimmend.

Etwas in ihrem Augenwinkel erregte Alexias Aufmerksamkeit. Etwas Kleines, sich Bewegendes neben der Tür. Neugierig stand sie auf und ging hin, um nachzusehen.

Dann quiekte sie auf höchst Alexia-untypische Weise auf und sprang entsetzt zurück. Lord Maccon eilte mit einem Satz zu ihr.

Anklagend sah Lady Maccon ihre Ur-Ur-was-auch-immer-Schwiegertochter an. »Kakerlaken!«, rief sie, zu entsetzt, um sich weiter an das Gebot der Höflichkeit zu halten, das ihr vorschrieb, den schmuddeligen Zustand der Behausung nicht zu erwähnen. »Warum haben Sie *Kakerlaken* in Ihrer Burg?«

Ausgesprochen geistesgegenwärtig zog Lord Maccon seinen Schuh aus, um das empörende Insekt zu erschlagen. Er hielt inne, besah es sich kurz und schlug es dann platt.

Lady Kingair wandte sich an einen der Claviger. »Wie ist das hier reingekommen?«

»Können sie nich' in Schach halt'n, Mylady. Sie scheinen sich zu vermehr'n, die Dinger.«

»Dann ruft 'nen Kammerjäger!«

Der junge Mann warf einen verstohlenen Blick in Lord und Lady Maccons Richtung. »Würd der denn wissen, wie man mit …« Eine Pause. »… dieser speziellen Sorte umgeht?«

»Gibt nur eine Möglichkeit, das rauszufinden. Auf der Stelle in die Stadt mit dir!«

»Sehr wohl, Madam.«

Alexia kehrte an die Tafel zurück, doch der Appetit war ihr vergangen. Schon bald darauf erhob sie sich wieder.

Hastig schlang Lord Maccon noch ein paar letzte Bissen hinunter und setzte dann seiner Frau nach. Im Korridor holte er sie ein.

»Das war keine Kakerlake, nicht wahr?«, fragte sie.

»*Aye*. War's nich'.«

»Nun?«

Er zuckte mit den Schultern und spreizte ahnungslos die Hände. »Eigenartige Farbe. Ganz schimmernd.«

»Oh, na vielen Dank dafür!«

»Warum interessiert dich das? Schließlich ist es jetzt tot.«

»Punkt für dich, werter Gatte! Also, was sind unsere Pläne für heute?«

Nachdenklich kaute er an seiner Fingerspitze herum. »Weißt du, ich dachte, wir könnten herausfinden, warum genau die übernatürlichen Kräfte hier nich' funktionieren.«

»Oh, Schatz, was für eine einzigartige und originelle Idee!«

Kurz verstummte er. Der kleine Anfall von Menschlichkeit auf Castle Kingairs schien nicht das vordringlichste Problem zu sein, dass ihn beschäftigte. »Rote Jacke und glänzende Stiefel, sagtest du?«

Lady Maccon starrte ihren Ehemann einen Augenblick lang verwirrt an. Worauf wollte er hinaus? »Stiefel sollen diese Krankheit verursachen?«

»Nein«, brummte er beschämt. »An mir.«

»Ah!« Sie grinste breit. »Ja, ich glaube, ich sagte möglicherweise etwas in der Art.«

»Was sonst noch?«

Das Grinsen wurde breiter. »Ehrlich gesagt, was mir vorschwebte, waren Stiefel, Jacke und sonst nichts. Hmmm, vielleicht auch nur die Stiefel.«

Er schluckte nervös.

Sie legte noch nach. »Solltest du dieses modische Ereignis in die Tat umsetzen, wäre ich möglicherweise offen für Verhandlungen darüber, wer von uns beiden den Part des Reitens übernimmt.«

Lord Maccon, ein gut zweihundert Jahre alter Werwolf, wurde bei diesen Worten rot wie eine Tomate. »Ich bin zutiefst dankbar, dass du keine passionierte Pokerspielerin bist, meine Liebe.«

Sie schmiegte sich in seine Arme und hielt ihm die Lippen zum Kuss hin. »Wart's ab.«

## Oberster Sundowner

An diesem Nachmittag beschlossen Lord und Lady Maccon, einen Spaziergang zu unternehmen. Der Regen hatte leicht nachgelassen, und es sah aus, als würde es ein ganz annehmbarer, wenn auch nicht übermäßig freundlicher Tag werden. Lady Maccon entschied, dass sie ruhig ein bisschen weniger Rücksicht auf die gesellschaftlichen Normen nehmen konnte, da sie sich ja auf dem Land befanden, deshalb tauschte sie ihr Tageskleid nicht gegen ein Promenadenkleid, sondern schlüpfte einfach nur in bequeme feste Schuhe.

Zu Lord und Lady Maccons Pech entschieden Miss Loontwill und Miss Hisselpenny, sie zu begleiten. Das nötigte ihnen eine gewisse Wartezeit ab, in der sich die beiden Damen umzogen, doch da sich Tunstell rar gemacht hatte, wurde dieses Unterfangen mit weniger Rivalität betrieben, als es ansonsten der Fall gewesen wäre. Alexia fürchtete bereits, dass sie nicht mehr vor der Teestunde aus dem Haus kommen würden, als die beiden jungen Damen endlich erschienen, mit Sonnenschirmen und Hüten bewaffnet. Das erinnerte Alexia an ihren eigenen Parasol, den sie fast vergessen hätte, was zu einer weiteren Verzögerung führte. Eine

Armada für eine Seeschlacht flottzumachen wäre vermutlich einfacher gewesen!

Schließlich zogen sie los, doch kaum hatten sie das kleine Wäldchen am südlichen Ende des Grundstücks erreicht, als sie auf den Kingair-Gamma Lachlan und den Beta Dubh trafen, die mit tiefen, wütenden Stimmen ein hitziges Streitgespräch führten.

»Alles vernicht'n!«, sagte der Gamma gerade. »So könn'n wir nich' weiterleb'n.«

»Nich', bis wir wiss'n, was und warum.«

Die beiden bemerkten das sich nähernde Grüppchen und verstummten.

Die Höflichkeit verlangte, dass sie sich der größeren Gruppe anschlossen, und mit Felicitys und Ivys Hilfe gelang es Alexia tatsächlich, eine einigermaßen manierliche Unterhaltung in Gang zu bringen. Beide Männer zeigten sich schon für Gewöhnlich nicht sonderlich gesprächig, und eindeutig war dem ganzen Rudel ein Maulkorb verordnet worden. Allerdings zogen solche Anordnungen nicht in Betracht, mit welchem Erfolg eiserne Entschlossenheit und naiver Leichtfertigkeit eine Zunge lösen konnten.

»Ich weiß, dass Sie in Indien an der Front gedient haben, Gentlemen. Wie tapfer Sie sein müssen, gegen solche Wilden zu kämpfen!« Mit großen Augen sah Miss Hisselpenny die beiden Männer an, in der Hoffnung auf Geschichten von bravourösem Heldentum.

»Dort wird nicht mehr viel gekämpft, nur noch ein paar kleinere Scharmützel, um die Einheimischen ruhig zu halten«, wandte Lord Maccon ein.

Dubh warf ihm einen bösen Blick zu. »Und woher willst du das wissen?«

»Oh, aber wie ist es denn dort nun wirklich?«, fragte Ivy. »In der Zeitung liest man ja die eine oder andere Geschichte, aber man bekommt kein richtiges Gefühl für diese Gegend.«

»Heißer als beim Teufel in der …«

In Erwartung unziemlicher Reden schnappte Miss Hisselpenny entsetzt nach Luft, und Dubh riss sich zusammen. »Nun ja, heiß eben.«

»Und das Essen schmeckt nich besonders gut«, fügte Lachlan hinzu.

»Wirklich?« Das interessierte Alexia. Essen interessierte Alexia immer. »Wie absolut grauenhaft!«

»Sogar in Ägypten war's besser.«

»Oh.« Miss Hisselpennys Augen wurden noch größer. »In Ägypten waren Sie auch?«

»Natürlich waren sie in Ägypten«, sagte Felicity abfällig. »Jeder weiß, dass das zurzeit einer der wichtigsten Häfen des Empire ist. Ich habe nämlich ein leidenschaftliches Interesse am Militär, wissen Sie? Wie ich hörte, müssen die meisten Regimenter dort einen Zwischenhalt einlegen.«

»Ach, wirklich?« Blinzelnd versuchte Ivy den geografischen Grund dahinter zu erfassen.

»Und wie fanden Sie Ägypten?«, fragte Alexia höflich.

»Auch heiß«, schnauzte Dubh kurz angebunden.

»Scheint bei den meisten Orten der Fall zu sein, wenn man sie mit Schottland vergleicht«, raunzte Lady Maccon zurück.

»*Sie* haben's sich ausgesucht, uns zu besuchen«, erinnerte er sie.

»Und Sie haben es sich ausgesucht, nach Ägypten zu gehen.« Alexia war niemand, der sich vor einem verbalen Zweikampf drückte.

»Nich' ganz. Die Rudel sind Königin Victoria zum Dienst verpflichtet.« Die Unterhaltung wurde etwas angespannt.

»Aber das muss nicht zwangsläufig der Militärdienst sein.«

»Wir sind keine Einzelgänger, die den Schwanz zwischen die Hinterläufe klemmen und im Heimatland herumschleichen.« Dubh sah doch tatsächlich Lord Maccon hilfesuchend an, damit dieser ihm gegen seine reizbare Ehefrau beistand. Der Earl zwinkerte ihm lediglich zu.

Hilfe kam von unerwarteter Seite. »Wie ich hörte, gibt es in Ägypten einiges an sehr schönem, altem …«, Ivy suchte nach dem richtigen Ausdruck, »… Zeug.«

»Antiquitäten«, konkretisierte Felicity, stolz auf sich, das Wort zu kennen.

In dem verzweifelten Versuch, Lady Maccon und den Beta davon abzuhalten, sich gegenseitig an die Kehle zu gehen, erklärte Lachlan: »Wir haben eine recht umfangreiche Sammlung davon zusammengetragen, als wir dort waren.«

Dubh knurrte seinen Rudelgefährten an.

»Ist das denn nicht illegal?«, fragte Lord Maccon mit seiner BUR-Stimme. Niemand schenkte ihm Beachtung, mit Ausnahme seiner Frau, die ihn in die Seite knuffte.

»Ach, wirklich?«, sagte sie. »Welche Art von Artefakten?«

»Ein paar Schmuckstücke und einige Statuen für die Schatzkammer des Rudels. Und natürlich ein paar Mumien.«

Ivy keuchte auf. »Richtige lebendige Mumien?«

Felicity schnaubte verächtlich. »Ich hoffe doch sehr, dass die armen Kerle nicht mehr leben!« Allerdings schien sie recht angetan von der Vorstellung, dass sich Mumien in der Burg befanden. Alexia vermutete, dass solche Dinge in der Welt ihrer Schwester als glamourös galten.

»Wir sollten eine Mumien-Auswickel-Party veranstalten«, schlug Lady Maccon vor. »Die sind in London zurzeit der letzte Schrei.«

»Nun, da wollen wir doch nich' für rückständig gehalten werden«, erklang Lady Kingairs harsche Stimme. Grau und streng wirkend war sie unbemerkt zu ihnen getreten. Lord Maccon, Lachlan und Dubh fuhren zusammen. Sie waren es gewohnt, dass ihnen ihr übernatürlicher Geruchssinn verriet, wenn sich ihnen jemand näherte, ganz gleichgültig, wie verstohlen er es auch anstellte.

Sidheag wandte sich an den Gamma. »Lachlan, sorg dafür, dass die Claviger alles vorbereiten!«

»Ganz sicher, Mylady?«, fragte er.

»Wir könnten ein bisschen Spaß gebrauchen. Und wir wollen doch die Damen nich' enttäuschen, oder? Schließlich gehören die Mumien jetzt uns, da können wir sie auch auswickeln. Wir wollen ohnehin die Amulette haben.«

»Oh, wie spannend!«, rief Miss Hisselpenny, die vor Aufregung regelrecht auf- und abhüpfte.

»Welche Mumie, Mylady?«, wollte Lachlan wissen.

»Die kleinere, die mit den unscheinbareren Bandagen.«

»Sehr wohl.« Der Gamma eilte hastig davon, um sich um die Vorbereitung des Ereignisses zu kümmern.

»Oh, ich finde das so außerordentlich unterhaltsam«, krähte Felicity. »Erst letzte Woche lag mir Elsie Flinders-Pooke damit in den Ohren, dass sie auf einer Mumien-Party war. Was sie wohl sagen wird, wenn ich ihr erzähle, dass ich eine in einem Spukschloss in den schottischen Highlands erlebt habe!«

»Woher wollen Sie wissen, ob es auf Castle Kingair spukt?«, fragte Sidheag.

»Das weiß ich, weil es hier ganz offensichtlich spuken *muss*. Sie können mich unmöglich vom Gegenteil überzeugen. Zwar hat sich seit unserer Ankunft noch kein Gespenst gezeigt, doch das ist noch lange kein Beweis dafür, dass es hier keins gibt«, verteidigte Felicity ihre zukünftige Schauergeschichte.

»Freut mich, dass wir Ihnen zu einem bedeutsamen gesellschaftlichen Coup verhelfen können«, spottete Lady Kingair.

»Meine Schwester ist eine Frau von nur gemeinem Verstand«, erklärte Lady Maccon entschuldigend.

»Und was sind Sie?«, fragte Sidheag.

»Oh, ich bin einfach nur gemein.«

»Und da dachte ich, Sie wären die Schwester mit Verstand.«

»Geben Sie mir ein wenig Zeit, dann verstehe ich schon noch alles.«

Sie machten sich auf den Weg zur Burg. Lord Maccon ließ sich ein wenig zurückfallen und hielt seine Frau am Arm fest, damit sie sich ungestört unterhalten konnten.

»Glaubst du, dass eines der Artefakte diese Vermenschlichungswaffe ist?«

Sie nickte.

»Aber woher sollen wir wissen, welches davon?«

»Möglicherweise musst du dem Kingair-Rudel gegenüber eben deine ganze BUR-Autorität aufbieten und all ihre gesammelten Antiquitäten wegen illegaler Einfuhr konfiszieren.«

»Und was dann? Sie alle verbrennen?«

Lady Maccon runzelte die Stirn. Sie hielt sich für eine Art Gelehrte, und ihr missfiel der Gedanke, dass derartige historische Zeugnisse vernichtet wurden. »Ich würde es nur ungern so weit kommen lassen.«

»Andererseits können wir auch nich' zulassen, dass solche Dinge im Empire herumschwirren. Stell dir nur vor, wenn sie in die falschen Hände gerieten?«

»Wie zum Beispiel denen des Hypocras Club?« Lady Maccon erschauderte schon beim bloßen Gedanken.

»Oder denen der Vampiren.« Ganz gleichgültig, wie sehr sich

beide Gruppen in die zivilisierte Gesellschaft integriert hatten, Werwölfe und Vampire würden einander niemals wirklich vertrauen.

Unvermittelt blieb Lady Maccon stehen. Ihr Mann tat vier lange Schritte, bevor er merkte, dass sie angehalten hatte. Gedankenverloren starrte sie hinauf in den Äther, während sie ihren Sonnenschirm im Nacken drehte.

»Gerade habe ich mich wieder an etwas erinnert«, sagte sie, als er an ihre Seite zurückgekehrt war.

»Oh, das erklärt natürlich alles. Wie töricht von mir zu glauben, dass du gleichzeitig gehen und dich an etwas erinnern könntest!«

Sie streckte ihm die Zunge heraus, setzte sich aber wieder in Bewegung, um langsam auf die Burg zuzuschlendern. Er passte sein Tempo ihren Schritten an. »Dieses Insekt, das mich beim Frühstück erschreckt hat. Das war überhaupt keine Kakerlake. Das war ein Skarabäus. Aus Ägypten. Er muss etwas mit den Artefakten zu tun haben, die sie mit sich zurückgebracht haben.«

Lord Maccon verzog den Mund. »Igitt!«

Sie waren ein ganzes Stück hinter dem Rest der Gruppe zurückgefallen. Die anderen wollten gerade die Burg betreten, als jemand daraus hervortrat, jeden Einzelnen der Gruppe höflich begrüßte und dann zielstrebig auf Lord und Lady Maccon zu marschierte.

Es handelte sich um Madame Lefoux.

Alexia winkte der Französin grüßend zu. Madame Lefoux trug ihren schönen taubengrauen Gehrock, gestreifte Hosen, eine schwarze Satinweste und eine königsblaue Halsbinde. Es war ein hübsches Bild: Castle Kingair, nebelverhangen und grau im Hintergrund, und davor die attraktive, wenn auch völlig

311

unangemessen gekleidete Frau, die auf sie zu eilte. Bis Madame Lefoux nahe genug war, um erkennen zu können, dass sie auch noch etwas anderes trug: nämlich einen besorgten Ausdruck im Gesicht.

»Isch bin froh, dass isch Sie beide gefunden 'abe!« Ihr Akzent war auf einmal ungewöhnlich ausgeprägt, sie klang schon fast so schlimm wie Angelique. »Etwas 'öchst Ungewöhnlisches ist gesche'en, Lady Maccon. Isch 'abe nach Ihnen gesucht, um Sie zu informieren, dass isch, als isch nach dem Äthografen gese'en 'abe, sah, dass …«

Ein ohrenbetäubender Knall hallte durch die schottischen Highlands, dass Alexia glaubte, der Nebel würde erzittern. Madame Lefoux, deren Gesichtsausdruck von Sorge zu Überraschung wechselte, brach mitten im Satz ab und geriet ins Taumeln. Ein roter Fleck erblühte auf einem der makellosen grauen Rockaufschläge.

Lord Maccon fing die Erfinderin auf, bevor sie zu Boden gestürzt wäre, und legte sie sanft und vorsichtig ab. Kurz hielt er ihr die Hand vor den Mund, um herauszufinden, ob sie noch atmete. »Sie lebt.« Schnell zog sich Alexia den Schal von den Schultern und reichte ihn ihrem Gatten, damit er ihn als Verband benutzen konnte und nicht auch noch die letzte seiner guten Halsbinden ruinierte.

Alexia sah zur Burg hoch und suchte die Zinnen nach einem Gewehrlauf ab, auf dem das Sonnelicht funkelte, doch dafür gab es zu viele Zinnen und zu wenig Sonne. Der Heckenschütze, wer immer er auch sein mochte, blieb unsichtbar.

»Sofort runter mit dir, Weib!«, befahl ihr Ehemann, packte sie bei einer Rüsche ihres Rocks und zerrte sie zu Boden neben die hingestreckte Französin. Die Rüsche riss. »Wir wissen nich', ob der Schütze auf sie oder auf uns gezielt hat«, knurrte er.

312

»Wo steckt denn dein hochgeschätztes Rudel? Sollten die nicht angehetzt kommen, um uns zu helfen?«

»Woher willst du denn wissen, dass es nich' sie sind, die da schießen?«, fragte ihr Mann.

»Gutes Argument.« Lady Maccon hielt ihren offenen Sonnenschirm schützend so, dass er sie so gut wie möglich in Richtung der Burg abschirmte.

Ein weiterer Schuss peitschte. Die Kugel fuhr neben ihnen in die Erde und ließ Torf und kleine Steinchen aufspritzen.

»Das nächste Mal«, brummte der Earl grimmig und blickte auf ihren Sonnenschirm, »zahl ich noch ein bisschen drauf und lass das Ding mit einem Metallschild bespannen.«

»O ja, das ist sicher ungemein praktisch an heißen Sommernachmittagen! Komm schon, wir müssen uns Deckung suchen!«, zischte seine Frau. »Ich lasse den Sonnenschirm hier aufgespannt liegen, um sie abzulenken.«

»Hinüber zu der Hecke?«, schlug Conall vor und machte eine Kopfbewegung nach rechts, wo eine kleine, mit wilden Rosen überwucherte Böschung die offizielle Gartenhecke von Castle Kingair ersetzte.

Alexia nickte.

Lord Maccon warf sich die Französin über die Schulter, als würde sie nichts wiegen. Er mochte zwar über keine übernatürlichen Kräfte mehr verfügen, doch er war immer noch stark.

Sie hasteten auf die Böschung zu.

Ein weiterer Schuss krachte.

Erst dann hörten sie laute Rufe. Alexia spähte um einen Rosenstrauch herum. Rudelmitglieder strömten aus der Burg und sahen sich nach dem Ursprung der Schüsse um. Einige riefen und deuteten nach oben, woraufhin Claviger und Rudelmitglieder im Laufschritt wieder zurück in die Burg hasteten.

Lord und Lady Maccon hielten sich weiterhin versteckt, bis sie überzeugt waren, dass man nicht mehr auf sie schießen würde. Erst dann kamen sie hinter den Büschen hervor.

Lord Maccon trug Madame Lefoux, und Lady Maccon holte ihren Sonnenschirm.

Als sie die Burg erreichten, stellten sie fest, dass sich Madame Lefoux nicht in ernster Gefahr befand, sondern nur ohnmächtig geworden war, als die Kugel eine tiefe Wunde in ihre Schulter geschlagen hatte.

Ivy tauchte auf. »Du liebe Güte, ist irgendetwas geschehen?« Als sie die besinnungslose Madame Lefoux erblickte, fügte sie hinzu: »Ist sie etwa in Ohnmacht gefallen?«

Dann sah sie das Blut und begann atemlos zu keuchen. Sie wirkte, stünde sie selbst kurz vor einer Ohnmacht.

Dennoch folgte sie ihnen in den hinteren Salon, bot wenig hilfreich ihre Hilfe an und fragte, als sie Madame Lefoux auf das kleine Sofa legten: »Sie hat sich doch nicht etwa eine leichte Fatalität zugezogen, oder etwa doch?«

»Was ist passiert?«, verlangte Lady Kingair zu wissen, Ivy und auch Felicity, die ebenfalls den Raum betreten hatte, ignorierend.

»Jemand scheint Madame Lefoux loswerden zu wollen«, antwortete Lady Maccon, dann verlangte sie nach Verbandsmaterial und Essig. Alexia war der Überzeugung, dass man durch großzügige Verabreichung von Apfelessig die meisten Gebrechen heilen konnte, mit Ausnahme natürlich von jenen bakteriellen Erkrankungen, bei denen Natron erforderlich wirkte.

Felicity entschied, sich augenblicklich aus Madame Lefoux' Nähe zu entfernen, um jeder möglichen Gefahr im Zusammen-

314

hang mit ihr zu entgehen. Was, da sie sich dadurch auch aus der Gegenwart aller anderen entfernte, keine schlechte Idee war.

»Gütiger Gott, aber warum?«, rief Lady Kingair. »Sie ist doch nichts weiter als eine zweitklassige französische Erfinderin.«

Alexia glaubte, dass die Französin bei diesen Worten zusammenzuckte. Simulierte Madame Lefoux etwa nur? Alexia beugte sich über sie, als wollte sie den Verband überprüfen. Sie fing einen Hauch von Vanille auf, diesmal vermischt mit dem kupferartigen Geruch von Blut anstelle von Maschinenöl. Die Erfinderin hielt unter Alexias zarter Fürsorge völlig still. Nicht einmal ihre Augenlider flatterten. Wenn sie simulierte, war sie darin jedenfalls sehr, sehr gut.

Lady Maccon warf einen Blick zur Tür, wo Angeliques weißes, entsetztes Gesicht um die Ecke lugte, doch bevor Alexia sie herbeirufen konnte, war die Zofe schon wieder verschwunden.

»Eine ausgezeichnete Frage! Vielleicht wird sie so freundlich sein, es uns zu erzählen, sobald sie wieder erwacht ist«, sagte Lady Maccon, während sie Madame Lefoux erneut eindringlich musterte. Doch auf ihre Bemerkung erfolgte keine Reaktion.

Die Neugierde aller wurde auf eine harte Probe gestellt, denn Madame Lefoux wachte den ganzen restlichen Nachmittag nicht auf und ließ sich auch nicht aufwecken. Trotz der beharrlichen Aufmerksamkeiten von Lord und Lady Maccon, dem halben Kingair-Rudel und mehreren Clavigern blieben ihre Augen geschlossen.

Lady Maccon nahm ihren Tee im Krankenzimmer ein, da sie hoffte, der Duft der Backwaren würde Madame Lefoux wecken. Doch das einzige Ergebnis war, dass sich Lady Kingair zu ihr gesellte. Alexia hatte sich inzwischen entschieden, die Verwandte ihres Mannes nicht zu mögen, doch sie ließ sich auch nicht dabei stören, ihren Tee zu sich zu nehmen.

»Ist unsere Patientin noch nicht aufgewacht?«, erkundigte sich Lady Kingair.

»Dummerweise nicht.« Stirnrunzelnd starrte Alexia in ihre Tasse. »Ich hoffe sehr, dass es nichts Ernstes ist. Sollten wir nach einem Arzt schicken? Was denken Sie?«

»Ich hab auf dem Schlachtfeld schon viel Schlimmeres gesehen und behandelt.«

»Sie haben das Regiment begleitet?«

»Ich mag vielleicht kein Werwolf sein, aber ich bin die weibliche Alpha dieses Rudels. Mein Platz ist bei ihnen, auch wenn ich nich' an ihrer Seite kämpfe.«

Alexia nahm sich ein Scone vom Teetablett und strich einen Klecks Sahne und Marmelade darauf. »Standen Sie auch auf Seiten des Rudels, als es meinen Mann verriet?«, fragte sie mit gezwungener Gleichgültigkeit.

»Er hat es Ihnen erzählt?«

Lady Maccon nickte und biss von ihrem Scone ab.

»Ich war erst sechzehn, als er fortging, und im Mädchenpensionat. Ich hatte kein Mitspracherecht bei den Entscheidungen des Rudels.«

»Und jetzt?«

»Jetzt? Jetzt weiß ich, dass sie sich alle wie Narren verhalten haben. Man pinkelt nich' gegen den Wind.«

Alexia zuckte bei dieser vulgären Bemerkung zusammen.

Sidheag schlürfte ihren Tee und genoss die Wirkung, die ihre Kasernenausdrucksweise auf ihren Gast hatte. »Königin Victoria hechelt vielleicht nich' gerade den Wünsche der Werwölfe hinterher, aber sie lässt sich auch nich' von den Vampiren zur Ader lassen. Sie is' kein Henry und auch keine Elizabeth, die

316

die Übernatürlichen voll und ganz unterstützt haben, aber sie is' auch nich' so schlimm, wie wir anfangs befürchtet haben. Vielleicht überwacht sie die Wissenschaftler nich' so sorgfältig, wie sie könnte, und gewiss lässt sie sich von uns nich' in die Karten schauen, aber ich denk nich', dass sie der schlimmste Herrscher ist, den wir haben könnten.«

Lady Maccon fragte sich, ob Sidheag das nur sagte, damit ihr Rudel nicht in irgendeinen Verdacht geriet, oder ob sie die Wahrheit sprach. »Dann sehen Sie sich selbst als Progressive, genauso wie mein Mann?«

»Ich sage nur, dass in dieser Angelegenheit *alle* verdammt unüberlegt gehandelt haben. Dass ein Alpha sein Rudel verlässt, ist eine extreme Maßnahme. Conall hätte alle Unterführer, nicht nur den Beta, töten und das Rudel dann neu strukturieren sollen. Ich liebe dieses Rudel, und dass Ihr Gatte es ohne Anführer zurückgelassen und sich einem *Londoner* Rudel zugewendet hat, beschämte uns vor der ganzen Nation.« Lady Kingair beugte sich vor, einen grimmigen Ausdruck im Gesicht. Sie kam Alexia dabei so nahe, dass diese erkennen konnte, dass sich ihr ergrauendes, streng nach hinten gekämmtes und zu einem strengen Zopf geflochtenes Haar, in der feuchten Luft leicht kräuselte.

»Ich dachte, er hinterließ ihnen Niall?«

»*Nay.* Ich brachte Niall mit, als ich zurückkam. Er war ein Einzelgänger, den ich kennenlernte, als ich von zu Hause fort war. Fesch und schneidig, genau so, wie sich alle Schulmädchen ihren Ehemann wünschen. Ich brachte ihn mit nach Hause, um ihn dem Rudel und Grandpa vorzustellen und Conalls Erlaubnis einzuholen, ihn zu heiraten. Doch der alte Wolf war fort und das Rudel im Chaos versunken.«

»Sie übernahmen die Rudelführung?«

Sidheag nippte an ihrem Tee. »Niall war ein ausgezeichneter Soldat und ein guter Ehemann, aber er hätte besser einen Beta abgegeben. Er übernahm die Rolle des Alphas meinetwillen.« Sie rieb sich mit zwei Fingern die Augen. »Er war ein guter Mann und ein guter Wolf, und er gab sein Bestes. Ich werd nich' schlecht von ihm sprechen.«

Alexia kannte sich gut genug, um zu wissen, dass sie selbst in so jungen Jahren die Führerschaft nicht hätte übernehmen können, und dabei hielt sie sich für eine fähige Person. Kein Wunder, dass Sidheag verbittert war.

»Und jetzt?«

»Jetzt sind wir sogar noch schlimmer dran. Niall gefallen und niemand fähig genug, die Rolle des Alpha zu übernehmen, geschweige denn ein wahrer Alpha zu sein. Und Grandpa wird nich' zu uns zurückkommen, das weiß ich nur zu gut. Durch die Heirat mit Ihnen wurde das felsenfest zementiert. Wir haben ihn endgültig verloren.«

Lady Maccon stieß einen Seufzer aus. »Dennoch müssen Sie ihm vertrauen. Sie sollten mit Ihren Sorgen zu ihm gehen und sich mit ihm aussprechen. Er wird zur Einsicht kommen, das weiß ich. Und er wird Ihnen helfen, eine Lösung zu finden.«

Mit einem lauten Scheppern stellte Lady Kingair ihre Tasse ab. »Es gibt nur eine einzige Lösung. Und davon will er nichts wissen. Über das letzte Jahrzehnt hinweg habe ich ihm jedes Jahr geschrieben und ihn darum gebeten, und allmählich läuft die Zeit davon.«

»Und was wäre das für eine Lösung?«

»Er muss mich verwandeln.«

Lady Maccon blies die Backen auf und ließ sich ihn ihrem Sessel zurücksinken. »Aber das ist überaus gefährlich! Ich habe die Statistiken gerade nicht zur Hand, aber für eine Frau ste-

318

hen die Chancen alles andere als gut, den Metamorphose-Biss zu überleben.«

Lady Kingair zuckte mit den Schultern. »Seit Hunderten von Jahren hat es niemand mehr versucht. Das ist eines der Dinge, in denen die Rudel den Vampirhäusern überlegen sind. Wir brauchen keine Weibchen, um unsere Art zu erhalten.«

»Ja, aber Vampire überleben dafür länger, denn es kommt in ihren Häusern nicht zu tödlichen Machtkämpfen. Selbst wenn Sie der Biss nicht umbringt, müssen Sie sich für den Rest Ihres Lebens als Alpha behaupten.«

»Zum Teufel mit der Gefahr!«, schrie Sidheag sie regelrecht an, und Alexias Meinung nach hatte sie Conall nie ähnlicher gesehen als in diesem Moment. Ihre Augen nahmen auch wieder diese gelbliche Färbung an, wie es geschah, wenn sie von heftigen Emotionen überwältigt wurde.

»Und Sie wollen, dass Conall das für Sie tut? Dass er riskiert, seinen letzten lebenden Nachkommen zu töten?«

»Für mich, für das Rudel. Ich werde in meinem Alter keine Kinder mehr bekommen und die Blutslinie der Maccons nicht weiterzuführen. Von diesem Gedanken muss er sich verabschieden. Er ist es dem Rudel schuldig, uns zu retten.«

»Sie werden sehr wahrscheinlich dabei sterben.« Lady Maccon schenkte sich noch ein wenig Tee nach. »Sie haben dieses Rudel doch auch als Mensch zusammengehalten.«

»Und was geschieht, wenn ich an Altersschwäche gestorben bin? Besser, das Risiko jetzt einzugehen.«

Alexia schwieg eine Weile lang. Schließlich sagte sie: »Eigenartigerweise stimme ich Ihrer Einschätzung zu.«

Lady Kingair sah sie mit festem Blick an. »Würden *Sie* ihm reden?«

»Sie wollen, dass ich mich in die Angelegenheiten des Rudels einmische? Ist das klug? Könnten Sie nicht einfach den Alpha eines anderen Rudels um den Biss bitten?«

»Niemals!« Da war er, dieser unbeugsame Werwolfsstolz. Oder war es schottische Dickköpfigkeit? Alexia fiel es schwer, den Unterschied zu erkennen.

Sie seufzte. »Ich werde es mit ihm besprechen, aber … Conall kann zurzeit weder Sie noch irgendjemanden sonst beißen, da er seine Anubis-Gestalt nicht annehmen kann. Und das wird so bleiben, bis wir herausgefunden haben, warum sich dieses Rudel nicht verwandeln kann.«

Lady Kingair nickte.

»Ist diese Vermenschlichungsplage vielleicht eine Art törichte Selbstgeißelung?«, fragte Alexia plötzlich. »Wollen Sie, dass auch der Rest des Rudels sterblich ist, weil mein Mann sich bisher weigerte, Sie zu beißen?«

Lady Kingairs goldbraune Augen, die denen Conalls so ähnlich waren, verengten sich bei diesen Worten. »Das ist nich' meine Schuld«, schrie sie wieder. »Verstehen Sie denn nich'? *Wir* können es Ihnen nich' sagen, weil wir *nich' wissen*, warum das mit uns geschieht. Ich weiß es nich'. Keiner von uns weiß es. Wir wissen nich', wodurch es hervorgerufen wird!«

»Kann ich dann also auf Ihre Unterstützung zählen, wenn ich versuche, es herauszufinden?«, fragte Alexia.

»Warum interessiert Sie das überhaupt, Lady Maccon?«

Hastig ruderte Alexia zurück. »Ich ermutige meinen Mann in seinen BUR-Interessen. Es hält ihn davon ab, sich in Haushaltsangelegenheiten einzumischen. Und ich interessiere mich für diese Art von Dingen, da ich seit Kurzem Alpha meines eigenen Rudels bin. Wenn es sich bei Ihnen um irgendeine Art Krankheit handelt, dann würde ich gern alles darüber erfahren, damit ich verhindern kann, dass sie sich ausbreitet.«

»Wenn er einwilligt, mich zu beißen, werde ich Ihnen helfen.«

Lady Maccon wusste zwar, dass sie im Namen ihres Mannes kein solches Versprechen abgeben konnte, sagte sie trotzdem: »Abgemacht! Und nun, trinken wir unseren Tee zu Ende?«

Sie beendeten ihren Tee mit einer einträchtigen Diskussion über die Women's Social and Political Union, deren Haltung beide Frauen unterstützten, deren proletarische Vorgehensweisen jedoch keine von ihnen gutheißen wollte. Lady Maccon kannte den Charakter von Königin Victoria sehr gut und wusste, dass sich deren schlechte Meinung über diese Bewegung nicht in absehbarer Zeit ändern würde. Das konnte sie allerdings nicht äußern, ohne ihre eigene politische Aufgabe zu enthüllen. Selbst die Gattin eines Earls stand nicht mit der Königin in einer derart vertrauten Beziehung, und sie wollte Lady Kingair nicht wissen lassen, dass sie Muhjah war. Noch nicht.

Ihre angenehme Unterhaltung wurde unterbrochen, als es an der Tür des Salons klopfte.

Auf Lady Kingairs Aufforderung hin stolzierte Tunstells üppige Ansammlung von Sommersprossen herein, mitsamt einem sehr ernst wirkenden Tunstell.

»Lord Maccon schickt mich, um bei der Patientin zu wachen, Lady Maccon.«

Alexia nickte verstehend. Beunruhigt und nicht sicher, wem er vertrauen konnte, stellte ihr Gatte Tunstell ab, damit es nicht zu einem weiteren Anschlag auf Madame Lefoux' Leben kam. Tunstell war ausgebildeter Claviger. Er mochte wie ein ausgemachter Schwachkopf wirken, doch er konnte mit Werwölfen umgehen. Natürlich bedeutete das, dass wahrscheinlich sowohl Ivy als auch Felicity bald ebenfalls im Krankenzimmer Quartier beziehen würden. Armer Tunstell! Miss Hisselpenny war immer noch davon überzeugt, dass sie ihn nicht wollte, doch sie war auch weiterhin der Meinung, ihn vor Felicitys Schlechtigkeit schützen zu müssen. Lady Maccon war sich sicher, dass die Gegenwart der beiden Frauen einen besseren Schutz für Madame Lefoux darstellte als alles andere. Es war schwierig, unter den aufmerksamen Blicken zweier ständig gelangweilter unverheirateter Damen ernsthaften Unfug anzustellen.

Für Lady Maccon und Lady Kingair wurde es Zeit, die immer noch bewusstlose Französin in Tunstells Obhut zurückzulassen und sich für das Dinner umzuziehen.

Als sie ihr Schlafgemach aufsuchte, erlitt Lady Maccon den zweiten großen Schock des Tages. Wie gut, dass sie eine Frau von robustem Charakter war! Jemand hatte ihr Zimmer auf den Kopf gestellt. Schon wieder. Vermutlich auf der Suche nach der Aktentasche. Überall lagen Schuhe und Pantoffeln, und jemand hatte das Bett völlig auseinandergenommen. Sogar die Matratze war aufgeschlitzt worden, Federn bedeckten jede freie Oberfläche, wie Schnee. Hutschachteln lagen zerdrückt herum, die Hüte herausgerissen, und der Inhalt von Alexias Kleiderschrank war auf dem Fußboden verstreut (ein Zustand, mit dem sonst nur die Nachthemden vertraut waren).

Ihren Sonnenschirm im Anschlag machte Alexia eine Bestandsaufnahme der Situation. Das Chaos war größer als an Bord des Luftschiffs, und die Krise wuchs sich aus, als Lord Maccon kurz darauf das Durcheinander entdeckte.

»Das ist absolut empörend! Zuerst wird auf uns geschossen, und nun werden unsere Zimmer durchwühlt!«, brüllte er.

»Kommen solche Dinge bei einem Rudel ohne Alpha eigentlich immer vor?«, fragte seine Frau, während sie mit dem Sonnenschirm überall herumstocherte, um herauszufinden, ob irgendetwas Wichtiges fehlte.

»Eine furchtbare Schererei, so ein führerloses Rudel«, brummte der Earl.

»Und eine ziemliche Sauerei.« Geziert bahnte sich Lady Maccon ihren Weg durchs Zimmer. »Ich frage mich, ob Madame Lefoux uns hiervon in Kenntnis setzen wollte, bevor man auf sie schoss. Sie sagte etwas davon, dass sie mich wegen des Äthografen hatte aufsuchen wollen. Vielleicht ertappte sie die Schuldigen auf frischer Tat, als sie hier nach mir suchte.« Alexia begann, drei Stapel zu bilden: Sachen, die nicht mehr zu retten waren, solche, die Angelique wieder in Ordnung bringen konnte, und unbeschädigte.

„Aber warum sollte jemand auf sie schießen?«

»Vielleicht sah sie ihre Gesichter?«

Nachdenklich spitzte der Earl die wohlgeformten Lippen. »Das wäre möglich. Komm, Weib, hör auf damit. Gleich wird das Dinner serviert, und ich bin hungrig. Wir räumen später auf.«

»Alter Herumkommandierer!«, beschwerte sich seine Frau, tat aber wie ihr geheißen. Sie wollte sich nicht mit leerem Magen mit ihm streiten.

Er half ihr dabei, das Kleid aufzuknöpfen, so gründlich abgelenkt von den Ereignissen des Tages, dass er ihr nur kleine Küsse über das Rückgrat hauchte und nicht einmal an ihr knabberte. »Was glaubst du, was sie gesucht haben? Wieder deine Aktentasche?«

»Schwer zu sagen. Könnte diesmal auch jemand anderes gewesen sein.« Alexia war verwirrt. Auf dem Luftschiff hatte sie Madame Lefoux im Verdacht gehabt, doch die Dame hatte sich den ganzen Tag über in tiefem Schlummer und unter ununterbrochener Aufsicht befunden. Sofern die Erfinderin dieses Chaos nicht angerichtet hatte, bevor auf sie geschossen worden war, musste es jemand anderem zugeschrieben werden. Ein weiterer Spion mit einem anderen Motiv? Die Dinge wurden zweifellos kompliziert. »Wonach aber könnten sie sonst gesucht haben? Hast du etwas mitgebracht, von dem ich wissen sollte, werter Gemahl?«

Lord Maccon gab ihr keine Antwort, doch als sich Alexia umdrehte und ihn mit ehefraulich argwöhnischem Blick musterte, sah er aus wie ein schuldbewusster Hütehund. Er hörte damit auf, die Knöpfe ihres Kleides zu öffnen, und ging hinüber ans Fenster. Nachdem er die Läden aufgestoßen hatte, steckte er den Kopf weit hinaus, griff um die Ecke und holte etwas herein. Mit einem Ausdruck der Erleichterung kehrte er an ihre Seite zurück, ein kleines, in geöltes Leder gewickeltes Päckchen in der Hand.

»Conall«, fragte seine Frau, »*was* ist das?«

Er wickelte es aus und zeigte es ihr: einen seltsamen, plumpen kleinen Revolver mit rechteckigem Griff. Er ließ die Trommel aufschnappen, um ihr die Munition zu zeigen: Projektile aus Hartholz, eingelegt mit einem gitterartigen Muster aus Silber und silbernen Hülsen und Zündhütchen für die Pulverladung. Alexia kannte sich mit Feuerwaffen nicht besonders aus, doch sie wusste genug über deren Funktionsweise, um zu erkennen, dass dieses kleine Ding sehr kostspielig gewesen war und man damit sowohl Vampire als auch Werwölfe töten konnte.

»Ein Galand Tue-Tue. Das hier ist das Sundowner-Modell«, erklärte er.

Lady Maccon nahm das Gesicht ihres Mannes in beide Hände. Es fühlte sich rau an durch die einen Tag alten Bartstoppeln. Sie würde ihn daran erinnern müssen, sich zu rasieren, nun, da er die ganze Zeit über menschlich war. »Conall, du bist nicht hier, um jemanden zu töten, oder etwa doch? Ich würde nur äußerst ungern herausfinden müssen, dass du und ich gegensätzliche Ziele verfolgen.«

»Nur eine reine Vorsichtsmaßnahme, meine Liebe, das versichere ich dir.«

Sie war nicht überzeugt und verstärkte den Griff um seine Kinnpartie. »Seit wann trägst du die tödlichste dem britischen Weltreich bekannte Waffe gegen Übernatürliche als *Vorsichtsmaßnahme* mit dir herum?«

»Professor Lyall ließ sie mir durch Tunstell bringen. Er ahnte, dass ich sterblich sein würde, solange ich hier bin, und dachte, ich könnte sie als zusätzliche Sicherheit gebrauchen.«

Alexia ließ sein Gesicht los und sah ihm zu, wie er das tödliche kleine Gerät wieder einwickelte und auf den Fenstersims zurücklegte.

»Wie leicht ist das Ding denn in der Handhabung?«, fragte sie in aller Unschuld.

»Denk nich' mal dran, Weib! Du hast deinen Sonnenschirm.«

Sie schmollte. »Als Sterblicher verstehst du überhaupt keinen Spaß!«

»Also«, wechselte er geflissentlich das Thema, »wo hast du denn nun deine Aktentasche versteckt?«

Sie lächelte breit, erfreut darüber, dass er sie nicht für so beschränkt hielt, sie irgendwo aufzubewahren, wo sie gestohlen werden konnte. »An einem Ort, wo keiner danach sucht, natürlich.«

»Natürlich. Und wirst du mir auch sagen, was für ein Ort das ist?«

Mit großen braunen Augen sah sie ihn an und klimperte mit den Wimpern, in dem Versuch, völlig unschuldig auszusehen.

»Was ist denn drin, was irgendjemanden interessieren könnte?«, fragte er.

»Das ist ja das Merkwürdige: Ich habe wirklich keine Ahnung. Die kleinen Sachen habe ich alle rausgenommen und in meinem Sonnenschirm verstaut. Soweit ich es beurteilen kann, ist nichts allzu Wertvolles übrig: das königliche Siegel, meine Notizen und Akten zu diesem jüngsten Problem der Vermenschlichung – mit Ausnahme meines persönlichen Tagebuchs, das geklaut wurde –, die Codes von verschiedenen Äthografen, ein Notvorrat an Tee und eine kleine Tüte mit Ingwerplätzchen.«

Ihr Mann bedachte sie mit seiner Version dieses *gewissen Blickes*.

Lady Maccon verteidigte sich. »Du glaubst ja nicht, wie sich diese Treffen des Schattenkonzils in die Länge ziehen können! Und da der Diwan und der Wesir übernatürlich sind, merken sie nie, wenn es Zeit für den Tee wird.«

»Nun, ich glaube kaum, dass jemand wegen Ingwerplätzchen unsere Zimmer auf den Kopf stellt.«

»Es sind äußerst *leckere* Ingwerplätzchen.«

»Könnte er vielleicht etwas anderes als die Aktentasche gesucht haben?«

Lady Maccon zuckte mit den Schultern. »Das ist einstweilen nur nutzlose Spekulation. Hier, hilf mir lieber weiter mit dem Kleid. Wo steckt eigentlich Angelique?«

Da die Zofe durch Abwesenheit glänzte, half Lord Maccon seine Frau in ihr Dinnerkleid. Es war grau und cremefarben, mit einer Vielzahl gefältelter Raffungen an der gesamten Vorderseite und einer langen, eher unaufdringlichen Rüsche am Saum. Alexia mochte es, allerdings hatte es eine halsbindenartige Schleife am Hals und sie war nicht ganz überzeugt von diesem letzten Schrei, männliche Elemente in die Damenmode einfließen zu lassen. Andererseits war da wiederum Madame Lefoux.

Was sie daran erinnerte, dass nun, da Tunstell zur Bewachung französischer Erfinderinnen abkommandiert war, sie diejenige war, die ihrem Mann beim Ankleiden würde helfen müssen. Es war eine gelinde Katastrophe: Seine Halsbinde geriet schief und sein Kragen schlaff. Alexia fand sich damit ab. Schließlich hatte sie den größten Teil ihres Lebens als alte Jungfer zugebracht, und eine Halsbinde zu binden war keine Fertigkeit, die sich alten Jungfern im Allgemeinen aneigneten.

»Mein werter Gemahl«, sagte sie, als sie fertig waren und sich nach unten zum Abendessen begaben, »hast du schon einmal darüber nachgedacht, deine mehrfache Ur-Enkelin zu verwandeln?«

Abrupt blieb Lord Maccon auf dem Treppenabsatz stehen und knurrte: »Wie, um alles auf Gottes grüner Erde, hat es dieses verdammte Weibstück geschafft, *dich* von *ihrer* Sache zu überzeugen?«

Alexia seufzte. »Es ergibt Sinn und ist eine elegante Lösung für die gegenwärtigen Probleme des Kingair-Rudels. Sie erfüllt doch bereits die Funktion eines Alphas, warum sie also nicht auch zu einer machen?«

»So einfach ist das nich', Weib, und das weißt du genau! Und ihre Überlebenschancen ...«

»... sind sehr gering. Ja, dessen bin ich mir sehr wohl bewusst.«

»Nicht nur gering, sie sind praktisch nicht vorhanden. Wenn man's auf den Punkt bringt, schlägst du mir vor, die letzte noch lebende Maccon zu töten.«

»Aber wenn sie überlebt ...«

»Wenn.«

Lady Maccon legte den Kopf schief. »Sollte sie nicht selbst entscheiden, ob sie dieses Risiko eingehen möchte?«

Er antwortete ihr nicht, sondern setzte seinen Weg die breite Treppe hinunter fort.

»Du solltest darüber nachdenken, Conall, nicht zuletzt als BUR-Beauftragter. Es wäre die logischste Handlungsoption.«

Unbeirrt ging er weiter. Da war etwas an der Art, wie er die Schultern gestrafft hielt ...

»Warte mal einen Augenblick!« Plötzlich war sie argwöhnisch. »Das war der Grund, warum du überhaupt hierher zurückgekommen bist, nicht wahr? Dieses Familienproblem. Du hast vor, die Sache mit dem Kingair-Rudel wieder in Ordnung zu bringen. Trotz ihres Verrates.«

Er zuckte die Achseln.

»Du wolltest sehen, wie Sidheag hier klarkommt. Ist es nicht so?«

»Da ist immer noch dieses Problem mit der Vermenschlichung«, erinnerte er ausweichend.

Alexia grinste. »Nun ja, davon mal abgesehen. Du gibst also zu, dass ich mit meiner Vermutung richtig liege?«

Er drehte sich zu ihr um, um sie finster anzustarren. »Ich hasse es, wenn du recht hast.«

Alexia eilte die Treppe hinunter, bis sie Nase an Nase vor ihm stand. Allerdings stand sie auch eine Stufe höher als er. Sanft küsste sie ihn. »Ich weiß. Aber ich bin einfach so unheimlich gut darin.«

## Große Enthüllungen

Es wurde beschlossen, dass die Mumie zum Nervenkitzel der Damen gleich nach dem Abendessen enthüllt werden sollte. Alexia war nicht gerade überzeugt davon, dass das ein kluger Plan war. In Anbetracht von Miss Hisselpennys Konstitution, so befürchtete sie, könnte das Abendessen möglicherweise wieder hervorkommen, wenn die Mumie nur grauenvoll genug aussah. Doch man war der Ansicht, dass sich für ein solch illustres Ereignis Dunkelheit und Kerzenlicht am besten eigneten.

Keine der anwesenden Damen hatte je zuvor an einer Mumien-Party teilgenommen. Lady Maccon äußerte einen gewissen Kummer darüber, dass Madame Lefoux und Tunstell das Vergnügen versäumen würden. Lord Maccon, er wenig Interesse an der Sache hatte, schlug vor, dass er Tunstell ablöste, um es zumindest dem Claviger zu ermöglichen, an dem Ereignis teilzuhaben. Tunstell, das wusste jeder, liebte jede Art von Drama.

Alexia musterte Miss Hisselpenny aufmerksam, doch Ivy blieb angesichts der Aussicht, sich mit einem rothaarigen Schauspieler und einer nackten Mumie im selben Raum aufzuhalten, ungerührt und gelassen. Felicity leckte sich erwartungsvoll über die Lippen, und Lady Maccon bereitete sich auf ein unvermeidliches Theater vor. Doch es war sie, nicht Felicity oder Ivy, die sich in Gegenwart der antiken Gestalt am wenigsten wohlfühlte.

In Wahrheit sah die Mumie ziemlich jämmerlich aus. Sie ruhte in einem nicht sehr großen, kistenähnlichen Sarkophag, der nur dürftig mit Hieroglyphen verziert war. Sobald man sie aus dem Sarg geholt hatte, zeigte sich, dass ihre Binden recht spärlich mit einem einzigen wiederkehrenden Motiv bemalt waren: etwas, das wie ein kaputtes Anch, ein ägyptisches Kreuz, aussah. Das tote Ding rief bei Alexia weder Ekel hervor, noch ängstigte sie sich davor, und sie hatte in Museen bereits Mumien gesehen, ohne auch nur eine flüchtige Wirkung zu verspüren. Doch diese spezielle Mumie hatte etwas an sich, von dem sie sich, um es vereinfacht auszudrücken, abgestoßen fühlte.

Lady Maccon neigte nicht zu Anfällen von Gefühlsduselei, deshalb glaubte sie nicht, dass ihre Reaktion emotionaler Natur war. Nein, sie wurde sprichwörtlich *abgestoßen*, im wissenschaftlichen Sinne des Wortes. Es war so, als hätten sie und die Mumie beide eine Art Magnetfeld von derselben Polung.

Das Auswickeln der Mumie dauerte außergewöhnlich lange. Alexia hätte nicht gedacht, dass sie in so schrecklich viele Bandagen gehüllt war. Außerdem legten sie immer wieder Pausen ein. Jedes Mal, wenn ein Amulett freigelegt wurde, kam die ganze Prozedur zum Stillstand, und die Zuschauer hielten begeistert den Atem an. Während die Mumie mehr und mehr enthüllt wurde, ertappte sich Alexia dabei, dass sie instinktiv immer weiter zurück zur Tür des Raumes wich, bis sie sich hinter all den anderen befand und sich auf die Zehenspitzen stellen musste, um überhaupt noch etwas sehen zu können.

Da sie seelenlos war, hatte Alexia nie viele Gedanken an den Tod verschwendet. Schließlich bedeutete der für Außernatürliche wie sie das Ende – es gab für sie nichts, was sie danach erwartete. In den Gewölben von BUR für besondere Dokumente gab es ein Schriftstück aus der Zeit der Inquisition, in dem bedauert wurde, dass Außernatürliche, die letzte Waffe gegen die übernatürliche Bedrohung, die einzigen Menschen waren, für die es keine Erlösung gab. Doch Alexia stand ihrer eigenen Sterblichkeit eher gleichgültig gegenüber. Das war das Ergebnis einer angeborenen Sachlichkeit, die sie ebenfalls ihrer Seelenlosigkeit verdankte. Doch diese Mumie hatte etwas an sich, das sie bekümmerte: dieses arme, traurige, runzlige Ding.

Schließlich arbeiteten sie sich bis zu ihrem Kopf vor und enthüllten einen perfekt erhaltenen Schädel mit dunkelbrauner Haut, an dem sogar noch einige Haare hingen. Talismane wurden aus Ohren, Nase, Kehle und Augen entfernt, sodass man in die leeren Augenhöhlen und den leicht offen stehenden Mund blicken konnte. Einige Skarabäen krabbelten aus den freigelegten Öffnungen, fielen zu Boden und krabbelten dort herum. Woraufhin sowohl Felicity als auch Ivy, die bis zu diesem Augenblick nur verhalten hysterisch gewesen waren, in Ohnmacht fielen.

Tunstell fing Miss Hisselpenny auf, drückte sie fest an seine Brust und murmelte voll des Kummers ihren Vornamen. Lachlan fing Miss Loontwill auf, doch ging er dabei nicht annähernd so liebevoll vor. Zwei Paar kostspielige Röcke drapierten sich kunstvoll in gerüschter Unordnung, zwei Paar Brüste hoben und senkten sich über vor Bedrängung heftig klopfenden Herzen.

Die abendliche Veranstaltung wurde zum vollen Erfolg erklärt.

Die Gentlemen, von Lady Kingairs gebellten Befehlen zum Handeln gedrängt, trugen die beiden jungen Damen in einen Salon am Ende des Korridors. Dort wurden sie gebührend mit Riechsalz wiederbelebt und ihre Stirnen mit Rosenwasser betupft.

Lady Maccon blieb allein mit der unglückseligen Mumie zurück, die unwissentlich die Ursache für all die Aufregung war. Sogar die Skarabäen hatten krabbelnd das Weite gesucht. Nachdenklich legte Alexia den Kopf schief und kämpfte gegen den Widerstand an, den sie schon die ganze Zeit über verspürte und der nun, da nur noch sie beide sich im Raum befanden, sogar noch drängender wurde. Es fühlte sich an, als würde die Luft selbst versuchen, sie aus dem Raum zu schieben. Mit schmalen Augen musterte Alexia die Mumie, während etwas in ihrem Hinterkopf zu arbeiten begann. Was immer es auch war, sie konnte es nicht fassen. Immer noch angestrengt nachdenkend wandte sie sich um und begab sich ins andere Zimmer.

Nur, um dort Tunstell vorzufinden, wie er Miss Hisselpenny küsste, die ganz offensichtlich hellwach war und mit Begeisterung daran teilnahm. Vor den Augen aller.

»Also, ich muss schon sagen!«, rief Alexia. Sie hätte nicht gedacht, dass Ivy soviel Kühnheit hatte. Augenscheinlich hielt sie Tunstells Küsse inzwischen für weniger feucht als bisher.

Felicity öffnete blinzelnd die Augen, vermutlich voller Neugier, was die Aufmerksamkeit aller so gründlich von ihrer eigenen dahingestreckten Gestalt ablenkte. Sie erblickte die beiden sich innig Umarmenden und schloss sich nach Luft schnappend Alexias Bestürzung an. »Aber, Mr. Tunstell, was *tun* Sie da?«

»Das sollte doch wohl offensichtlich sein, selbst für Sie, Miss Loontwill«, blaffte Lady Kingair, bei Weitem nicht so schockiert, wie sie hätte sein sollen.

»Nun«, sagte Alexia, »ich nehme an, ihr fühlt euch wieder besser?«

Niemand antwortete ihr. Ivy war immer noch vollauf damit beschäftigt, von Tunstell geküsst zu werden (mittlerweile schienen sogar ihre Zungen ins Spiel gekommen zu sein), und Felicity beobachtete sie dabei weiterhin mit dem Interesse eines gereizten Huhns.

Die rührende Szene wurde durch Lord Maccons lauten Schrei unterbrochen, der urplötzlich vom Salon im Stockwerk unter ihnen heraufhallte. Es war keiner seiner wütenden Schreie; von einem solchen hätte sich Lady Maccon schwerlich in Bewegung bringen lassen. Nein, dies war ein Schmerzensschrei.

Alexia war bereits aus der Tür und galoppierte, wild ihren Sonnenschirm schwingend und Hals über Kopf die Treppe hinunter, ohne auf die sehr reale Gefahr für ihre empfindliche Kleidung zu achten.

Sie warf sich gegen die Tür des Salons, die keinen Zollbreit nachgab. Irgendetwas Schweres blockierte sie von innen. Verzweifelt stemmte sie sich dagegen und schob sie schließlich weit genug auf, um festzustellen, dass es der niedergestreckte Körper ihres Ehemannes war, der ihr den Eintritt verwehrte.

Sie beugte sich über ihn und suchte ihn nach Verletzungen ab. An seinem Rücken konnte sie keine entdecken, deshalb rollte sie ihn mit mächtiger Anstrengung herum, um seine Vorderseite zu untersuchen. Er atmete langsam und angestrengt, als wäre er betäubt worden.

Alexia hielt inne und starrte mit einem argwöhnischen Stirnrunzeln auf ihren Sonnenschirm herab, der einsatzbereit neben ihr lag. *Wenn Sie hier drücken, öffnet sich die Spitze und verschießt einen Pfeil, der mit einem lähmenden Gift versehen ist,* hörte sie Madame Lefoux Stimme in ihrem Kopf. Wie leicht wäre es da für die Französin, ein Schlafmittel herzustellen. Ein schneller Blick durch den Raum zeigte ihr, dass Madame Lefoux immer noch bewusstlos, aber ansonsten unversehrt war.

Lady Kingair, Dubh und Lachlan erschienen an der Tür. Lady Maccon hob die Hand, um ihnen zu bedeuten, dass sie nicht gestört werden wollte, dann zog sie ihren Mann bis zur Taille nackt aus und untersuchte ihn näher, nicht nach Verletzungen, sondern nach … Aha!

»Da haben wir es!« Eine kleine Einstichwunde direkt unter seiner linken Schulter.

Sie schob sich durch die Menge an der Tür und schrie die Treppe hoch: »Tunstell, Sie abscheulicher Bengel!« Auf Woolsey Castle bedeutete solch eine liebenswürdige Bezeichnung für den Claviger, augenblicklich zu erscheinen, und zwar bewaffnet. Lord Maccons Idee.

Sie kehrte wieder ins Zimmer zurück und marschierte hinüber zu der liegenden Gestalt von Madame Lefoux. »Wenn das hier Ihr Werk sein sollte«, zischte sie der immer noch augenscheinlich komatösen Frau zu, »werde ich dafür sorgen, dass Sie als Spionin gehängt werden, warten Sie's nur ab!« Ohne darauf zu achten, dass die anderen mit begierigem Interesse lauschten und sie beobachteten, fügte sie hinzu: »Und Sie wissen sehr genau, dass ich die Macht dazu habe!«

Madame Lefoux lag totenstill da.

Gewaltsam bahnte sich Tunstell seinen Weg ins Zimmer und beugte sich sofort über seinen niedergestreckten Herrn, um nachzusehen, ob er noch atmete.

»Er lebt.«

»Gerade noch«, antwortete Alexia. »Wo haben Sie …«

»Was ist passiert?«, unterbrach Lady Kingair ungeduldig.

»Er wurde in Schlaf versetzt, mit einer Art vergiftetem Pfeil.

Baldriantinktur, möglicherweise«, erklärte Lady Maccon, ohne aufzublicken.

»Du liebe Güte, wie bemerkenswert!«

»Gift – die Waffe einer Frau«, schnaubte Dubh verächtlich.

»Also entschuldigen Sie bitte!«, versetzte Lady Maccon. »Davon will ich nichts hören, sonst machen Sie mit dem stumpfen Ende *meiner* bevorzugten Waffe Bekanntschaft, und ich darf Ihnen versichern, Gift ist es nicht!«

Klug entschied sich Dubh für den Rückzug, um die Dame nicht noch mehr zu verärgern.

»Sie werden Ihre zärtliche Fürsorge für Miss Hisselpennys heikle Verfassung einstweilen aufgeben müssen, Tunstell.« Lady Maccon erhob sich und marschierte zielstrebig zur Tür. »Wenn Sie mich bitte entschuldigen«, sagte sie zu dem versammelten Kingair-Rudel. Dann sperrte sie sie entschlossen aus ihrem eigenen Salon aus. Schrecklich unhöflich natürlich, doch manchmal ergaben sich Situationen, die Unhöflichkeit erforderlich machten, und daran war nun einmal nichts zu ändern. Glücklicherweise war Alexia Maccon unter solchen Umständen der Aufgabe stets gewachsen.

Sie ging zu einem weiteren unentschuldbar unhöflichen Verstoß über. Es Tunstell überlassend, dafür zu sorgen, dass ihr Mann es bequem hatte – was er dadurch bewerkstelligte, dass er den massigen Körper des Earls zu einem weiteren kleinen Sofa schleifte, ihn dann darauf hievte und mit einem großen, karierten Plaid zudeckte –, marschierte Lady Maccon zu Madame Lefoux hinüber und begann, sie ihrer Kleidung zu entledigen.

Tunstell stellte keine Fragen, sondern wandte nur den Kopf ab und versuchte, nicht hinzusehen.

Alexia ging sehr vorsichtig zu Werke und überprüfte tastend jede Stofflage und Falte nach verborgenen Gerätschaften und möglichen Waffen. Die Französin regte sich nicht, allerdings hätte Alexia schwören können, dass sich der Atem der Frau beschleunigte.

Schließlich hatte Alexia einen netten Stapel an Dingen vor sich, von denen ihr einige vertraut waren – ein Brilloskop, ein Äthertransponderkabel, eine enzephale Röhre –, doch das meiste davon war ihr unbekannt. Sie wusste, dass Madame Lefoux normalerweise eine Pfeilschusswaffe bei sich trug, denn sie hatte erwähnt, diese beim Kampf auf dem Luftschiff eingesetzt zu haben. Doch keines der Dinge auf dem Stapel sah aus, als könne es so ein Gerät sein, nicht einmal getarnt als etwas anderes. War es gestohlen worden? Oder hatte Madame Lefoux es bei Conall benutzt und dann einen Weg gefunden, es woanders zu verstecken?

Lady Maccon fuhr mit den Händen unter die schlafende Frau. Nichts. Dann strich sie an Madame Lefouxs Seite entlang, dort, wo sie an der Rückenlehne des Sofas ruhte. Immer noch nichts. Anschließend sah sie unter und hinter dem Sofa nach. Wenn die Erfinderin die Waffe versteckt hatte, dann hatte sie das ziemlich gründlich getan.

Mit einem Seufzer machte sich Lady Maccon daran, der Französin ihre Kleider wieder anzuziehen. Es war ein eigenartiger Gedanke, doch sie hatte bis zu diesem Augenblick noch nie den nackten Körper einer anderen Frau gesehen. Sie musste zugeben, dass der von Madame Lefoux recht ansehnlich war. Nicht so gut ausgestattet wie der von Alexia natürlich, doch adrett und ordentlich mit hübschen kleinen Brüsten. Es war gut, dass die Erfinderin männliche Kleidung bevorzugte, sann sie nach, denn das machte es für Alexia erheblich einfacher. Als sie fertig war, zitterten Lady Maccons Hände leicht – vor Beschämung natürlich.

»Behalten Sie sie gut im Auge, Tunstell! Ich komme sofort zurück.« Mit diesen Worten stand Lady Maccon auf, marschierte aus dem Zimmer, schloss die Tür hinter sich und ignorierte dabei das Kingair-Rudel, das immer noch verwirrt im Korridor herumlungerte. Sie ging sofort nach oben und in ihr Schlafgemach. Angelique war bereits dort und stöberte herum.

»Hinaus!«, befahl sie der Zofe.

Angelique knickste hastig und huschte davon.

Lady Maccon ging schnurstracks zum Fenster, streckte sich hinaus und tastete auf Zehenspitzen stehend nach Conalls kostbarem, kleinem, in geöltes Leder gewickeltem Päckchen. Es lag weit außerhalb ihrer Reichweite, versteckt hinter einem hervorstehenden Ziegelstein. Voller Ungeduld balancierte sie gefährlich auf dem Fensterbrett und beklagte dabei ihren übermäßig berockten Zustand, während sich ihre Tournüre fest an den Fensterrahmen quetschte. Trotz der riskanten Pose bekam sie das Päckchen zu fassen, ohne dass etwas passierte.

Sie wickelte die kleine Waffe aus und verbarg sie unter ihrem lächerlichen Spitzenhäubchen, sicher versteckt in ihren üppigen dunklen Locken, dann marschierte sie weiter zu Ivys Zimmer, um ihre Aktentasche zu holen.

Ivy lag halb ohnmächtig, halb aufgelöst auf ihrem Bett.

»O Alexia, Gott sei Dank! Was soll ich nur tun? Das ist ein solch schreckliches Unglück eukalyptischen Ausmaßes! Dieses Herzklopfen! Hast du es gesehen? Oh, natürlich hast du es gesehen. Er hat mich geküsst, in aller Öffentlichkeit! Ich bin *ruiniert*!« Sie setzte sich auf. »Und doch liebe ich ihn.« Sie ließ sich wieder aufs Bett zurückfallen. »Und doch bin ich ruiniert. Oh, wehe mir!«

»Hast du gerade tatsächlich ›Wehe mir!‹ von dir gegeben? Ich will nur mal eben … äh, nach diesen Socken sehen.«

337

Miss Hisselpenny ließ sich von ihren majestätischen Problemen nicht ablenken. »Er sagte mir, er würde mich immer lieben!«

Lady Maccon blätterte durch die verschiedenen Stapel Papier und Pergamentrollen in ihrer Tasche, auf der Suche nach ihrem Freibrief als Muhjah. Wo hatte sie das verflixte Ding nur hingesteckt?

»Er sagte, dies sei die echte, die wahre, die einzige Liebe.«

Lady Maccon antwortete mit einem unverbindlichen Murmeln. Was hätte sie auch auf solchen Unsinn sagen sollen?

Miss Hisselpenny, völlig unbekümmert über diesen Mangel an Reaktion, fuhr damit fort, ihr Schicksal zu beklagen. »Und ich liebe ihn. Das tue ich wirklich und wahrhaftig! Du könntest diese Art von Liebe niemals verstehen, Alexia. Nicht so eine wahre Liebe wie die unsere. Aus praktischem Nutzen zu heiraten ist ja schön und gut, aber das hier ... Das hier ist die wahre Liebe.«

Überraschung vortäuschend legte Lady Maccon den Kopf schief. »Ist es etwa das, was ich getan habe?«

Ivy fuhr fort, ohne ihre Frage zur Kenntnis zu nehmen. »Aber wir können unmöglich heiraten!«

Alexia kramte weiter in ihrer Tasche herum. »Mmhm ... nein, das verstehe ich.«

Das veranlasste Miss Hisselpenny, sich aufzusetzen und ihre Freundin mit einem dolchscharfen Blick anzustarren. »Wirklich, Alexia, du bist aber auch nicht einmal ansatzweise hilfreich!«

Lady Maccon erinnerte sich daran, dass sie nach dem ersten Einbruch ihre wichtigsten Dokumente in ihren Sonnenschirm umgelagert hatte, klappte hurtig die Aktentasche zu, verschloss sie und verstaute sie wieder hinter Ivys Stapel Hutschachteln.

»Ivy, meine Liebe, ich habe schreckliches Mitgefühl und

durchaus Verständnis für deine Notlage. Ehrlich, das habe ich, höchst aufrichtig! Aber du musst mich jetzt entschuldigen. Die Situation erfordert, dass ich mich recht eilends um eine Begebenheit unten kümmern muss.«

Miss Hisselpenny ließ sich, die Hand über die Stirn gelegt, aufs Bett zurückfallen. »Oh, was für eine Art Freundin bist du nur, Alexia Maccon? Hier liege ich, in tiefster Krise und jämmerlichem Leid. Das ist der schlimmste Abend meines ganzen Lebens, ist dir das bewusst? Und *du* sorgst dich nur um die Glückssocken deines Mannes!« Sie wälzte sich herum und vergrub das Gesicht im Kissen.

Alexia verließ das Zimmer, bevor Ivy noch mehr Theater machen konnte.

Der größte Teil des Rudels stand immer noch vor der Tür des Salons herum und wirkte verwirrt. Alexia funkelte sie finster mit ihrem besten Lady-Maccon-Funkeln an, öffnete die Tür und knallte sie ihnen ein weiteres Mal vor der Nase zu.

Sie reichte Tunstell die Waffe, der sie an sich nahm, dabei aber nervös schluckte.

»Sie wissen, was das hier ist?«

Er nickte. »Tue-Tue Sundowner. Aber warum sollte ich ihn brauchen? Es gibt hier keine Vampire – und auch keine Werwölfe, so wie die Dinge im Augenblick liegen.«

»Sie werden nicht viel länger so liegen, nicht, wenn ich dabei ein Wörtchen mitzureden habe. Gift wirkt bei einem Werwolf nicht, und ich beabsichtige, meinen Ehemann schneller wieder zu wecken, als dieses Zeug, was immer es auch sein mag, benötigt, sich in einem menschlichen Organismus auszubreiten. Außerdem, diese tödliche kleine Waffe funktioniert genauso gut bei Tageslichtvolk. Sind Sie autorisiert, sie zu benutzen?«

Tunstell schüttelte langsam den Kopf. Seine Sommersprossen zeichneten sich stark auf dem schneeweißen Gesicht ab.

»Nun, dann sind Sie es jetzt.«

Tunstell sah aus, als wolle er dem gern widersprechen. Sundowner war eine Position bei BUR. Rein technisch gesehen hatte die Muhjah in dieser Angelegenheit nicht wirklich etwas zu sagen. Doch seine Herrin sah schrecklich streitbar aus, und er hatte nicht den Wunsch, ihre Geduld auf die Probe zu stellen.

Gebieterisch deutete sie mit dem Finger auf ihn. »Niemand betritt oder verlässt dieses Zimmer. *Niemand*, Tunstell! Keine Dienstboten, kein Rudelmitglied, kein Claviger, nicht einmal Miss Hisselpenny. Wo wir gerade davon sprechen, ich muss wirklich darauf bestehen, dass Sie es unterlassen, sie in der Öffentlichkeit zu umarmen. Es ist höchst unbehaglich anzusehen.« Sie rümpfte leicht die Nase.

Bei diesen Worten errötete Tunstell so sehr, dass seine Sommersprossen verblassten, doch er hielt am Hauptthema fest. »Was werden Sie jetzt tun, Mylady?«

Lady Maccon warf einen flüchtigen Blick zu der Standuhr, die volltönend in einer Ecke des Zimmers vor sich hin tickte. »Ein Ätherogramm senden, und zwar bald. Das hier gerät alles fürchterlich außer Kontrolle.«

»An wen?«

Sie schüttelte den Kopf, und ihr Haar löste sich, da sie keine Haube mehr trug. »Erledigen Sie einfach Ihre Arbeit, Tunstell, und lassen Sie mich die meine erledigen. Ich will sofort informiert werden, wenn einer von den beiden aufwacht oder sich ihr Zustand verschlimmert. Verstanden?«

Der Rotschopf nickte.

Sie raffte den großen Stapel aus Madame Lefouxs Gerätschaften zusammen und stopfte alles in ihre Spitzenhaube wie in eine Art Tasche. Das Haar fiel ihr lose ums Gesicht, doch manchmal musste man sein äußeres Erscheinungsbild opfern, um mit widrigen Umständen fertigzuwerden. Die Haube mit der Beute in einer Hand und ihren Sonnenschirm in der anderen trat sie aus dem Salon und zog die Tür mit dem Fuß fest hinter sich zu.

»Ich fürchte, ich muss Sie darüber informieren, Lady Kingair, dass es niemandem, einschließlich Ihnen, gestattet ist, dieses Zimmer in absehbarer Zukunft zu verlassen oder zu betreten. Ich habe Tunstell äußerst gut bewaffnet und mit der strikten Anweisung zurückgelassen, auf jeden zu schießen, der versucht, sich Eintritt zu verschaffen. Sie wollen doch seinen Gehorsam mir gegenüber nicht auf die Probe stellen, nicht wahr?«

»Mit wessen Autorität haben Sie das angeordnet? Der des Earls?« Lady Kingair war schockiert.

»Mein Ehemann ist im Augenblick ...« Alexie zögert kurz. »... indisponiert. Deshalb ... Nein, das hier ist nicht länger eine BUR-Angelegenheit, sondern liegt jetzt in meinem Zuständigkeitsbereich. Diesen Wankelmut und Ihr ausweichendes Verhalten habe ich lange genug toleriert. Ich habe auf die Probleme Ihres Rudels Rücksicht genommen, aber jetzt ist es genug! Ich will, dass diese Vermenschlichungsseuche endet, und ich will, dass sie *sofort* endet! Ich werde nicht zulassen, dass noch einmal jemand angeschossen oder angegriffen oder ausspioniert wird oder noch weitere Zimmer durchwühlt werden. Die Dinge werden viel zu chaotisch, und ich kann Unordnung nicht ausstehen!«

»Beherrschung, Lady Maccon, Beherrschung«, tadelte Lady Kingair.

Alexia starrte sie mit schmalen Augen an.

341

»Warum sollten wir tun, was Sie sagen?« Dubh gab sich kämpferisch.

Alexia hielt dem Beta das Dokument, das ihre Befugnis bestätigte, unter die Nase, und ein höchst eigenartiger Ausdruck legte sich auf sein breites Gesicht.

Lady Kingair schnappte sich das Dokument und hielt es ins unscheinbare Licht einer nahen Öllampe. Zufrieden reichte sie es weiter an Lachlan, der am wenigsten über dessen Inhalt überrascht schien.

»Ich darf wohl annehmen, dass Sie über meine Ernennung nicht informiert waren?«

Sidheag bedachte sie mit einem harten Blick. »Ich darf wohl annehmen, dass Sie Lord Maccon nich' allein aus reiner Liebe geheiratet haben?«

»Oh, der politische Posten war eine überraschende Dreingabe, das versichere ich Ihnen.«

»Und eine, die man an eine alte Jungfer nich' vergeben hätte.«

»Also kennen Sie die Haltung der Königin gut genug, um zumindest das sagen zu können?« Alexia nahm ihr Ermächtigungsschreiben wieder an sich und steckte ihn sich sorgfältig vorn ins Mieder. Sie wollte vermeiden, dass das Rudel auf die versteckten Taschen in ihrem Sonnenschirm aufmerksam wurde.

»Der Posten des Muhjah war seit Generationen unbesetzt. Warum Sie? Warum jetzt?« Dubh sah weniger wütend und vielmehr nachdenklich aus. Nachdenklicher, als Alexia ihn bisher erlebt hatte. Vielleicht steckte ja doch Verstand hinter all diesen Muskeln und dem Getöse.

»*Sie* bot ihn Ihrem Vater an«, sagte Lachlan.

»Das kam mir bereits zu Ohren. Offensichtlich lehnte er den Posten ab.«

342

»O nein, nein.« Lachlan lächelte schief. »Wir verhinderten es, indem wir hinter den Kulissen ein paar Fäden zogen.«

»Die Werwölfe?«

»Die Werwölfe und die Vampire und ein oder zwei Gespenster.«

»Was *ist* das nur für eine Sache zwischen euch Leuten und meinem Vater?«

Bei diesen Worten schnaubte Dubh verächtlich. »Wie viel Zeit haben Sie? Ich führe das gerne näher aus.«

Die Standuhr, eingeschlossen in dem Zimmer mit Tunstell und seinen zwei bewusstlosen Schützlingen, schlug zur Dreiviertelstunde.

»Offensichtlich nicht genug. Ich nehme an, Sie akzeptieren die Echtheit dieses Ermächtigungsschreibens?«

Lady Kingair sah Alexia an, als wären eine gehörige Anzahl ihrer zuvor offenen Fragen bezüglich einer gewissen Lady Maccon soeben alle beantwortet worden. »Wir akzeptieren es, und wir beugen uns in dieser Angelegenheit Ihrer Befehlsgewalt.« Sie deutete auf die geschlossene Tür des Salons. »Einstweilen«, fügte sie hinzu, als wollte sie vor ihrem Rudel nicht das Gesicht verlieren.

Lady Maccon wusste, dass es das Beste war, was sie bekommen konnte, deshalb nahm sie es an und verlangte – in der für sie typischen Art und Weise – nach mehr. »Sehr gut. Als Nächstes werde ich eine Nachricht verfassen und über Ihren Äthografen versenden. Während ich das tue, wären Sie bitte so freundlich und tragen alle Artefakte, die Sie aus Ägypten mitgebracht haben, in einem Raum zusammen. Ich würde sie mir sehr gern ansehen, sobald meine Botschaft gesendet ist. Wenn ich nicht herausfinden kann, welches Artefakt am wahrscheinlichsten die Ursache für dieses Vermenschlichungsproblem ist, werde ich meinen Mann nach Glasgow bringen lassen, wo er seine Übernatürlichkeit wiedererlangen und sich ohne üble Nebenwirkungen erholen sollte.«

Mit diesen Worten machte sie sich auf zum höchsten Punkt der Burg und dem Äthografen.

Ihr stand eine gewaltige Überraschung bevor. Denn auf dem Fußboden des Äthografenraums lagen die bewusstlose Gestalt des stets so verwirrt dreinblickenden Clavigers, der die Maschine hatte beaufsichtigen sollen, und ebenso jeder einzelne Röhrenfrequensor der Bibliothek von Castle Kingair, zerbrochen in tausend Scherben. Überall glitzerten Kristallsplitter.

»Ach herrje, ich wusste, man hätte sie wegsperren sollen.« Lady Maccon untersuchten den Claviger, der noch atmete und wie ihr Ehemann in tiefem Schlummer lag, dann bahnte sie sich vorsichtig einen Weg durch die Zerstörung.

Der Apparat selbst war unbeschädigt. Was Alexia zu der Frage brachte: Wenn die Zerstörung der Röhrenfrequensoren zum Ziel gehabt hatte, eine Kommunikation nach draußen zu verhindern, warum dann nicht auch den Äthografen zerstören? Schließlich war er ein schrecklich empfindliches Gerät und schnell außer Betrieb zu setzen. Weshalb stattdessen all die Röhren zerschlagen? Es sei denn, natürlich, der Übeltäter selbst wollte den Äthografen noch benutzen.

Alexia eilte in die Übertragungskammer, in der Hoffnung, der niedergestreckte Claviger könnte den Vandalen bei seiner Tat gestört haben. Es sah ganz danach aus, denn dort, immer noch in der Übertragungsgabel, steckte eine entrollte Metallplatte mit einer deutlich lesbaren ausgeätzten Nachricht darauf. Und es war *nicht* die Nachricht, die Alexia am Vorabend an Lord Akeldama geschickt hatte. O nein, diese Nachricht war auf Französisch!

Lady Maccon konnte Französisch nicht so gut lesen, wie sie sollte, deshalb brauchte sie eine Weile, um die Nachricht auf dem ausgewaschenen Metallblatt zu übersetzen.

»Waffe hier aber unbekannt«, lautete sie.

Lady Maccon war verärgert, dass das verflixte Ding nicht geschrieben war wie ein altmodischer Brief, mit einem »Verehrter So-und-so« und einem »Hochachtungsvoll, So-und-so«, was Adressat und Absender jedem Leser verriet. An wen hatte Madame Lefoux die Nachricht geschickt? Wann war sie gesendet worden – kurz bevor man auf die Französin geschossen hatte, oder bereits früher? War es wirklich die Erfinderin gewesen? Und hatte die auch die Röhrenfrequensoren zerstört? Lady Maccon konnte nicht glauben, dass solch eine Zerstörung von Technik Madame Lefouxs Stil war. Die Frau betete alle Arten von technischen Gerätschaften an; es wäre gegen ihre Natur gewesen, sie mit solcher Hingabe zu zertrümmern. Und – einmal abgesehen von allem anderen – was hatte sie versucht, ihnen zu sagen, unmittelbar bevor man auf sie geschossen hatte?

Erschrocken wurde Alexia bewusst, dass es gleich elf Uhr war und sie sich besser daran machen sollte, ihre Botschaft einzuätzen und auf die sofortige Versendung vorzubereiten. Im Augenblick war Lord Akeldama zu konsultieren ihrer Meinung nach die einzige vernünftige Vorgehensweise. Sie hatte keine entsprechenden Röhren, um sich mit der Krone oder BUR in Verbindung zu setzen, deshalb würde der schrille Vampir genügen müssen.

Ihre Nachricht lautete schlicht: »Floote, in Bibliothek nachschlagen: Ägypten, Vermenschlichungswaffe? BUR-Agenten nach Kingair schicken.«

Das war eine lange Nachricht für den Äthografen, doch kürzer konnte sie es nicht formulieren. Lady Maccon hoffte, sich an die Abfolge der Handgriffe zu erinnern, die der junge Claviger am Abend zuvor getätigt hatte. Für gewöhnlich war sie gut in solchen Dingen, doch der eine oder andere Knopfdruck konnte ihr womöglich entgangen sein. Doch ihr blieb nichts anderes übrig, als es einfach zu versuchen.

Die winzige Übertragungskammer wirkte weit weniger beengt, wenn sich nur eine einzige Person darin befand. Sie holte Lord Akeldamas Röhre aus ihrem Sonnenschirm und setzte sie vorsichtig in die Resonatorgabel ein. Dann schob sie das beschriftete Metallblatt in den Rahmen und drückte den Hebel nach unten, der den Ätherokonvektor und den chemischen Auswaschprozess in Gang setzte. Die eingravierten Buchstaben wurden fortgeätzt, und die Wasserstoffiodid-Motoren erwachten zum Leben. Es war einfacher, als sie gedacht hatte. Der oberste Zuständige für den äthografischen Transmitter der Krone hatte behauptet, man benötige eine spezielle Ausbildung und eine Bescheinigung, um den komplizierten Apparat bedienen zu können. Dieser kleine Lügner!

Die beiden Nadeln jagten über die Platte und schlugen Funken, wenn sie sich berührten. Während der gesamten Übertragung saß Alexia mucksmäuschenstill, und als sie beendet war, nahm sie die Metalltafel aus der Gabel; schließlich wollte sie nicht so unvorsichtig sein, wie es der Spion gewesen war.

Danach hastete Lady Maccon in die andere Kammer, deren Gerätschaften, wie sich herausstellte, weitaus schwieriger zu bedienen waren. Ganz gleich, an wie vielen Knöpfen oder Rädchen sie drehte, es gelang ihr nicht, die Umgebungsgeräusche weit genug herunterzufiltern, um eine Nachricht empfangen zu können. Zum Glück ließ sich Lord Akeldama Zeit mit der Antwort. Alexia hatte beinahe eine halbe Stunde, um die Empfangskammer ruhig genug zu bekommen. Sie schaffte es nicht annähernd so gut wie der Claviger, doch schließlich war es still genug.

Langsam erschien Lord Akeldamas Antwort in den schwarzen Magnetpartikeln zwischen den beiden Glasscheiben, ein Buchstabe nach dem anderen. Bemüht, möglichst leise zu atmen, schrieb Alexia die Nachricht auf. Sie war kurz, kryptisch und alles andere als hilfreich.

»Außernatürliche immer verbrannt«, war alles, was da stand. Dann folgte so etwas wie ein Bild, ein Kreis über einem Kreuz. Eine Art Code? Na, großartig! Zur Hölle mit Lord Akeldama, dass er sich gerade jetzt so kokett geheimnisvoll geben musste!

Alexia wartete auf mögliche weitere Übertragungen, doch als auch eine halbe Stunde nach Mitternacht keine Nachricht mehr eintraf, schaltete sie den Äthografen ab und räumte verärgert das Feld.


Das ganze Haus war in Aufruhr. Im großen Salon gegenüber dem Zimmer, in dem sich Tunstell und seine Schützlinge aufhielten, brannte ein munteres Feuer im Kamin, und Dienerinnen und Diener eilten geschäftig umher und schafften Artefakte herbei.

»Du liebe Güte, da haben Sie in Alexandria aber gehörig eingekauft, nicht wahr?«

Lady Kingair blickte von dem kleinen mumifizierten Körper auf, den sie gerade vorsichtig auf einem Beistelltischchen abgelegt hatte. Zu Lebzeiten musste es sich um ein Tier gehandelt haben, möglicherweise um eine Katze. »Wir tun, was wir müssen. Die Regimentssolde reichen nicht aus, um Kingairs Unterhalt abzudecken. Warum sollten wir da keine Wertgegenstände sammeln?«

Lady Maccon sah sich die Artefakte der Reihe nach an, ohne

ganz sicher zu sein, wonach sie eigentlich suchte. Da waren kleine, hölzerne Statuen von Menschen, Halsgeschmeide aus Türkis und Lapislazuli, eigenartige Steingefäße mit Deckeln in der Gestalt von Tierköpfen und natürlich auch Amulette. Alle diese Artefakte waren verhältnismäßig klein, mit Ausnahme von zwei Mumien, beide noch ordentlich eingewickelt. Sie waren eindrucksvoller als jene, die sie enthüllt hatten, und lagen in geschwungenen, wunderschön mit bunten Bildern und Hieroglyphen bemalten Sarkophagen. Vorsichtig näherte sich Alexia ihnen, doch sie verspürte keine abstoßende Kraft. Keines der Artefakte, einschließlich der Mumien, schien sich auf irgendeine Art und Weise von jenen zu unterscheiden, die sie in den Hallen der Royal Society oder im Antiquitätenmuseum gesehen hatte.

Argwöhnisch sah sie Lady Kingair an. »Gibt es keine weiteren?«

»Nur die Mumie, die wir zu unserer Unterhaltung ausgewickelt haben, und die ist immer noch oben.«

Lady Maccon runzelte die Stirn. »Kamen sie alle vom selben Händler? Wurden sie alle aus demselben Grab geplündert? Sagte er das?«

Lady Kingair fühlte sich angegriffen. »Sie sind *allesamt* legal. Ich habe die entsprechenden Papiere.«

Alexia sog geräuschvoll die Luft durch die Zähne. »Ich bin sicher, das haben Sie. Aber ich weiß sehr gut, wie das mit dem Antiquitätenhandel in Ägypten heutzutage läuft.« Sidheag sah aus, als wolle sie sich erneut verteidigen, doch Alexia fuhr ungerührt fort. »Sei es, wie es sei – ihre Herkunft?«

»Alle von unterschiedlichen Orten«, antwortete Lady Kingair stirnrunzelnd.

Lady Maccon seufzte. »Ich möchte mir die andere Mumie

noch einmal ansehen, aber zuerst ...« Schon bei der bloßen
Vorstellung wurde ihr flau im Magen. Es fühlte sich so furchtbar unangenehm an, im selben Raum mit diesem Ding zu
sein. Sie wandte sich zu den restlichen Mitgliedern des Kingair-Rudels um, die im Zimmer herumlungerten und unsicher
und verlegen wirkten, große Männer in Röcken mit unrasier-
ten Gesichtern und verlorenen Mienen. Einen Augenblick lang
taten sie Alexia leid. Dann dachte sie wieder an ihren Ehemann, der bewusstlos im anderen Zimmer lag. »Niemand von
Ihnen hat privat irgendetwas gekauft, von dem Sie mir nichts
erzählt haben? Denn es wird Ihnen gehörig schlecht ergehen,
falls es so sein sollte«, sie richtete den Blick auf Dubh, »und
ich das später herausfinde.«

Niemand trat vor.

Also wandte sich Lady Maccon wieder an Sidheag. »Nun gut,
dann werde ich mir noch einmal diese Mumie ansehen. Wenn
Sie so freundlich wären?«

Lady Kingair führte sie die Treppe hinauf, doch oben angelangt, folgte Alexia ihr nicht ins entsprechende Zimmer. Stattdessen blieb sie an der Tür stehen und starrte das Ding eindringlich an. Es stieß sie derart ab, dass sie gegen den merkwürdigen
Drang, sich umzudrehen und davonzulaufen, ankämpfen musste.
Doch sie widerstand dem Impuls und besah sich die welke,
dunkelbraune, beinahe schwarze Haut, die verschrumpelt und
eingefallen um die alten Knochen lag. Der Mund stand leicht
offen und zeigte die unteren Zähne, grau und abgenutzt. Sie
konnte sogar die Augenlider erkennen, die halb über den leeren
Augenhöhlen geschlossen waren. Die Arme waren über der Brust
gekreuzt, so als versuchte die Mumie, ihre Seele im Körper festzuhalten.

Ihre Seele.

»Natürlich!«, keuchte Alexia. »Wie konnte ich nur so blind sein?«

Lady Kingair musterte sie erstaunt.

»Ich dachte die ganze Zeit, dass es sich um eine antike Waffe handeln muss, und Conall glaubte, dass es eine Art Seuche wäre, die sich Ihr Rudel in Ägypten einfing und mit nach Hause brachte. Aber es ist einfach nur *diese* Mumie!«

»Was? Wie könnte eine Mumie so etwas verursachen?«

Sich dem abstoßenden Gefühl widersetzend, schritt Lady Maccon ins Zimmer, hob eine der weggeworfenen Bandagen der Mumie auf und deutete auf das Symbol, das darauf abgebildet war. Ein Anch, in der Mitte unterbrochen. Ein Kreis über einem Kreuz, wie in Lord Akeldamas äthografischer Nachricht, nur in Fragmenten.

»Das hier ist weder ein Symbol für den Tod noch für das Leben nach dem Tod. Das ist der Name ...«, sie verstummte kurz, »... oder vielleicht die Bezeichnung der Person, die die Mumie zu Lebzeiten einst gewesen ist. Verstehen Sie denn nicht? Das Anch, das ägyptische Kreuz, ist das Symbol für das ewige Leben, und hier wird es zerbrochen dargestellt. Nur ein einziges Geschöpf kann das ewige Leben beenden.«

Aufkeuchend fuhr sich Sidheag mit der Hand an die Lippen, ließ sie dann langsam sinken und deutete auf Lady Maccon. »Ein Fluchbrecher. Sie.«

Alexia zeigte ein knappes schmales Lächeln. Dann sah sie traurig auf das tote Ding hinab. »Ein lange verstorbener Vorfahre möglicherweise.« Gegen ihren Willen wich sie erneut langsam davor zurück. Schon allein die Luft um das Geschöpf herum trieb sie fort.

Sie sah Lady Kingair an und fragte, obwohl sie die Antwort bereits kannte: »Spüren Sie es auch?«

»Was soll ich spüren, Lady Maccon?«

»Das dachte ich mir. Nur *ich* kann es wahrnehmen.« Erneut runzelte Alexia die Stirn, während ihr Verstand auf Hochtouren lief. »Lady Kingair, was wissen Sie über Außernatürliche?«

»Nur das Grundlegendste. Ich würd mehr darüber wissen, wenn ich ein Werwolf wär, denn dann wären mir von den Heulern die Geschichten erzählt worden, die zu hören es mir als Mensch nich' gestattet ist.«

Alexia ignorierte die Verbitterung in der Stimme der älteren Frau. »Wer ist der älteste des Kingair-Rudels?« Noch nie hatte sie Professor Lyall stärker vermisst als in dieser Situation. Er hätte die Lösung gewusst. Natürlich hätte er das. Er war vermutlich derjenige, der es Lord Akeldama gesagt hatte.

»Lachlan«, antwortete Lady Kingair unverzüglich.

»Ich muss sofort mit ihm sprechen.« Alexia wirbelte herum und prallte dabei beinahe mit ihrer Zofe zusammen, die hinter ihr im Korridor stand.

»Madame.« Angeliques Augen waren weit aufgerissen und ihre Wangen gerötet. »Ihr Simmer, was ist damit gesche'en?«

»Nicht schon wieder!«

Lady Maccon raste zu ihrem Schlafgemach, doch es sah genauso aus, wie sie es verlassen hatte. »Oh, das ist nichts, Angelique. Ich vergaß nur, dir davon zu erzählen. Bitte sorg dafür, dass es aufgeräumt wird.«

Verloren blieb Angelique in dem Durcheinander stehen und sah ihrer Herrin hinterher, wie sie wieder nach unten eilte. Lady Kingair folgte ihr bedächtig.

»Mr. Lachlan!«, rief Alexia, und der Gentleman trat in den Korridor, einen sorgenvollen Ausdruck im sympathischen Gesicht. »Eine Unterhaltung im Vertrauen, wenn Sie so freundlich wären.«

Sie führte den Gamma und Lady Kingair fort von den anderen Rudelmitgliedern, dann steckten sie die Köpfe zusammen.

»Diese Frage mag Ihnen merkwürdig erscheinen, aber bitte beantworten Sie sie nach bestem Wissen.«

»Natürlich, Lady Maccon. Ihr Wunsch ist mir Befehl.«

»Ich bin Muhjah.« Sie lächelte verschmitzt. »Mein *Befehl* ist Ihnen Befehl.«

»Eben darum.« Er neigte den Kopf.

»Was geschieht mit uns, wenn wir sterben?«

»Ein philosophischer Diskurs, Lady Maccon? Ist das im Augenblick der richtige Zeitpunkt dafür?«

Ungeduldig schüttelte sie den Kopf. »Nein, ich meine nicht uns alle hier, sondern die Außernatürlichen. Was geschieht mit ihnen, wenn sie sterben?«

Lachlan runzelte die Stirn. »Ich habe nicht allzu viele Ihrer Art getroffen, so selten, wie sie glücklicherweise sind.«

Alexia biss sich auf die Lippe. Lord Akeldamas Nachricht besagte, dass Außernatürliche verbrannt wurden. Was aber passierte, wenn das einmal nicht geschah? Was, wenn man dem Körper nicht erlaubte, zu verwesen? Geister blieben durch ein Übermaß an Seele an ihrem Körper gebunden. Solange der Körper erhalten blieb, verweilte der Geist in seiner Nähe, untot und in fortschreitendem Maße immer wahnsinniger werdend. Sicher hatten die alten Ägypter diese Tatsache durch den Prozess des Mumifizierens herausgefunden. Das konnte sogar der Grund dafür sein, dass sie ihre Toten mumifizierten.

Und wenn man *keine* Seele hatte, blieb dann auch etwas mit dem Körper verbunden? Vielleicht hing die seelensaugende Fähigkeit mit der Haut eines Außernatürlichen zusammen. Immerhin neutralisierte Alexias *Berührung* übernatürliche Kräfte.

Heftig schnappte sie nach Luft und fühlte sich zum ersten

Mal in ihrem Leben einem Ohnmachtsanfall nahe. Die Auswirkungen dessen, was das bedeutete, waren beängstigend. Die Leichen von Außernatürlichen konnten als Waffen gegen die Übernatürlichen eingesetzt werden. Die Mumie eines Außernatürlichen wie die oben konnten zerstückelt und im ganzen Empire verteilt oder sogar pulverisiert und zu Gift verarbeitet werden! Ein Vermenschlichungsgift. Solch eine Droge würde vom Körper nach dem Verdauungsprozess wieder ausgeschieden werden, dennoch wären ein Werwolf oder Vampir dadurch eine Zeit lang sterblich.

Lachlan und Lady Kingair blieben stumm und starrten Alexia an. Es war beinahe so, als könnten sie sehen, wie sich die Zahnrädchen in ihrem Kopf drehten. Nur eine einzige Frage blieb noch zu beantworten: Warum wurde Alexia von der Mumie abgestoßen? »Was passiert, wenn sich zwei Außernatürliche begegnen?«, fragte sie Lachlan.

»Oh, das tun sie nich'. Sie bekommen nicht mal ihre eigenen Kinder zu Gesicht. Haben Sie Ihren Vater je kennengelernt?« Lachlan hielt kurz inne. »Natürlich wär er auch nich' der Typ Vater gewesen, der sich um sein Kind gekümmert hätte. Aber dennoch, sie tun's einfach nich'. Außernatürliche können nich' die gleiche Luft miteinander teilen. Ist nichts Persönliches, einfach nur für sie unerträglich, deshalb gehen sie sich aus dem Weg.« Er verstummte kurz. »Wollen Sie damit etwa sagen, dass diese tote Mumie das alles verursacht?«

»Vielleicht weitet der Tod die Fähigkeiten eines Seelenlosen aus, sodass kein Körperkontakt mehr erforderlich ist. So wie sich die überschüssige Seele eines Geistes bis zu einer gewissen Reichweite außerhalb seines Körpers bewegen kann.« Alexia sah die beiden an. »Das würde den Massenexorzismus innerhalb eines bestimmten Radius erklären.«

»Und die Tatsache, dass sich dieses Rudel nich' verwandeln kann«, stimmte Lady Kingair nickend zu.

»Massenhaftes Fluchbrechen.« Lachlan runzelte die Stirn.

In diesem Augenblick hörten sie das Murmeln von Stimmen aus dem verschlossenen Zimmer nebenan. Die Tür des Salons wurde geöffnet, und Tunstell steckte sein rotes Haupt heraus. Als er sah, dass die drei so dicht in der Nähe standen, zuckte er erschrocken zurück.

»Herrin«, sagte er, »Madame Lefoux ist aufgewacht.«

Alexia folgte ihm ins Zimmer, doch bevor sie die Tür schloss, drehte sie sich noch einmal zu Lady Kingair und Lachlan um. »Ich muss Ihnen wohl kaum sagen, wie gefährlich diese Sache ist, über die wir soeben gesprochen haben.«

Beide sahen sie mit angemessenem Ernst an. Hinter ihnen kam der Rest des Rudels aus dem Zimmer mit den Artefakten, neugierig wegen Tunstells Erscheinen.

»Bitte sagen Sie es nicht den anderen Rudelmitgliedern«, bat Alexia, doch es klang wie ein Befehl.

Die beiden nickten, und Alexia schloss die Tür.

## Die neueste Mode aus Frankreich

Tunstell beugte sich gerade über die Erfinderin und half ihr, sich auf dem kleinen Sofa aufzusetzen, als Alexia eintrat. Madame Lefoux wirkte angeschlagen, hatte jedoch die Augen geöffnet. Deren Blick richtete sich auf Alexia, als sie ins Zimmer kam, und die Französin brachte ein Lächeln zustande – und da waren sie wieder, die Grübchen.

»Mein Gatte?«, fragte Lady Maccon mit einem eigenen kurzen Heben der Mundwinkel. »Hat sich bezüglich seines Zustandes ebenfalls etwas getan?« Sie trat an Conalls Seite, ein Berg von einem Mann auf dem winzigen kleinen Kanapee, das mit seinen geschwungenen Klauenfüßen aussah, als ginge es unter seinem Gewicht in die Knie. Sie streckte die Hand aus, um sein Gesicht zu berühren: leicht kratzig. Sie hatte ihm doch gesagt, dass er sich rasieren sollte! Doch seine Augenlider blieben geschlossen, und die langen Wimpern ruhten flach auf seinen Wangen. Was für eine Verschwendung an Wimpern. Erst letzten Monat hatte sie ihm gesagt, wie sehr sie ihm dafür beneidete. Er hatte gelacht und sie damit am Hals gekitzelt.

Sie wurde aus ihren Erinnerungen gerissen, nicht durch Tunstells Antwort auf ihre Frage, sondern durch Madame Lefoux' leicht akzentgefärbte melodische Stimme. Sie klang ein wenig trocken und krächzend, weil sie nach dem langen Schlaf ausgedörrt war.

»Er wird sein Bewusstsein eine ganze Weile lang nicht wiedererlangen, fürchte ich. Nicht, wenn er von einem der neuen Betäubungspfeile schlafen gelegt wurde.«

Lady Maccon ging zu ihr hinüber. »Was war los, Madame Lefoux? Was ist geschehen? Was haben Sie heute Morgen versucht, uns zu sagen? Wer hat auf Sie geschossen?« Alexias Tonfall wurde eisig. »Und wer hat auf meinen Mann geschossen?« Sie war überzeugt davon, die Antwort bereits zu kennen, doch sie wollte, dass Madame Lefoux es ihr sagte. Es wurde Zeit, dass sich die Erfinderin für eine Seite entschied.

Die Französin schluckte. »Bitte seien Sie nicht böse auf sie, Lady Maccon. Sie macht das nicht mit Absicht, verstehen Sie? Ich bin überzeugt davon, dass es so ist. Sie ist einfach nur ein bisschen gedankenlos, das ist alles. Sie hat ein gutes Herz, tief drin unter all dem Ganzen. Das weiß ich. Aber als ich nach dem Äthografen sehen wollte, fand ich all die schönen Röhren zu tausend Scherben zerschmettert. Wie konnte sie so etwas nur tun? Wie kann überhaupt jemand so etwas tun?« Tränen sickerten aus ihren grünen Augen. »Damit war sie zu weit gegangen, und als ich zu Ihnen gehen wollte, um es Ihnen zu sagen, erwischte ich sie in Ihrem Zimmer, wie sie es durchwühlte. Da wusste ich, dass die Sache außer Kontrolle geraten war. Sie muss nach Ihrer Kristallröhre gesucht haben – von der sie wusste, dass Sie sie haben, die für Lord Akeldamas Transmitter –, um sie ebenfalls zu vernichten. Was für eine Zerstörung! Ich hätte nie gedacht, dass sie dazu fähig ist. Jemanden von einem Luftschiff zu stoßen ist eine Sache, aber etwas so Schönes wie einen Kristallröhrenfrequensor zu zerstören … Was für ein Monster tut so etwas?«

Nun, das verriet Alexia jedenfalls, wo Madame Lefoux' Prioritäten lagen.

»Für wen arbeitet Angelique? Für die Vampire?«

Madame Lefoux, deren Wortfluss sich erschöpft hatte, nickte nur.

Lady Maccon fluchte, und dies auf eine Weise, dass ihr Mann stolz auf sie gewesen wäre.

Tunstell war schockiert und lief puterrot an.

»Natürlich ahnte ich schon, dass sie eine Spionin ist«, sagte Alexia, »aber ich hätte nicht gedacht, dass sie tatsächlich aktiv wird. Sie hat so bezaubernde Dinge mit meinem Haar gemacht.«

Madame Lefoux neigte den Kopf, als würde sie vollkommen verstehen.

»Hinter was ist sie her? Warum macht sie das?«

Die Französin schüttelte den Kopf. Ohne ihren Zylinder und mit loser Halsbinde wirkte sie beinahe weiblich, höchst untypisch für sie. Weicher. Alexia war sich nicht sicher, ob ihr das gefiel. »Ich kann nur mutmaßen. Wahrscheinlich ist sie hinter demselben her wie Sie, Muhjah: der Vermenschlichungswaffe.«

Lady Maccon fluchte erneut. »Und natürlich stand Angelique direkt hinter mir im Korridor, in dem Moment, als ich herausfand, was es mit dieser angeblichen Waffe auf sich hat.«

Madame Lefouxs Augen weiteten sich.

Doch Tunstell war es, der mit von Ehrfurcht erfüllter Stimme fragte: »Sie haben herausgefunden, was es ist?«

»Natürlich habe ich das.« Lady Maccon eilte zur Tür. »Tunstell, meine Anweisungen gelten unverändert.«

»Aber Herrin, Sie müssen …«

»Unverändert!«

»Ich glaube nicht, dass sie irgendjemanden außer mir umbringen will«, rief Madame Lefoux ihr hinterher. »Das glaube ich wirklich nicht. Ich bitte Sie, Mylady, unternehmen Sie nichts, was sich nicht wiedergutmachen lässt!«

Lady Maccon, bereits an der Tür, wirbelte herum und fletschte die Zähne, sodass sie selbst ein wenig wie ein Werwolf aussah.

»Sie hat auf meinen Gatten geschossen, Madame!«, zischte sie.

Draußen, wo das Kingair-Rudel eigentlich immer noch stehen sollte, herrschte nichts als Stille. Stille und ein riesiges Durcheinander aus großen, kiltberockten, schlafenden Körpern – ein regelrechter Massenkollaps.

Lady Maccon schloss die Augen und tat einen langen, genervten Atemzug. Also wirklich, musste sie denn alles allein machen?

Sie packte ihren Sonnenschirm mit festem Griff, legte den Betäubungspfeil ein und stürmte, den Finger auf dem Abschussknopf, die Treppe hinauf und auf den Raum mit der Mumie zu. Wenn sie nicht völlig danebenlag, würde Angelique versuchen, die Mumie nach draußen zu schaffen und sie wahrscheinlich per Kutsche zu ihrem Auftraggeber zu bringen.

Sie lag daneben. In dem Moment, als sie die Tür zu dem Zimmer aufstieß, wurde offensichtlich, dass die Mumie immer noch da war, aber Angelique nicht.

Lady Maccon runzelte die Stirn. »Was?«

Verärgert stieß Alexia die Spitze ihres Sonnenschirms auf den Boden. Natürlich! Die Hauptaufgabe eines Vampirspions war es, Informationen zu übermitteln. Das war es, worauf die Vampire am meisten Wert legten. Alexia hastete viel zu viele Treppenstufen für ihr eng geschnürtes Korsett hinauf und erreichte heftig schnaufend den Raum mit dem äthografischen Transmitter.

Ohne sich die Mühe zu machen, nachzusehen, ob er überhaupt in Betrieb war, zielte sie mit ihrem Schirm und drückte das entsprechende Lotosblatt am Griff, um das magnetische Störfeld zu aktivieren. Nur einen Augenblick lang kam alles zum Stillstand.

Alexia stürmte vor und in die Übertragungskammer.

Angelique stand bereits vom Bedienpult auf. Die kleinen Arme der Funkengeber hatten mitten in der Nachricht angehalten. Die französische Zofe sah Lady Maccon an und stürzte sich dann ohne zu zögern auf sie.

Alexia wehrte die Attacke ab, doch es war gar nicht Angeliques Absicht gewesen, sie anzugreifen. Stattdessen stieß sie Alexia zur Seite und sprang aus der Kammer. Lady Maccon fiel rücklings gegen die Armaturen, verlor das Gleichgewicht und schlug zu Boden.

Zappelnd versuchte sie inmitten von Röcken, Tournüre und Unterröcken wieder auf die Beine zu gelangen. Kaum war es ihr gelungen, hastete sie zur Übertragungsgabel und riss das Metallblatt heraus. Nur drei Viertel der Nachricht waren durchgegangen. Hatte das ausgereicht? Hatte ihr Störfeld die Übertragung abgebrochen, oder waren die Vampire nun im Besitz der möglicherweise gefährlichsten Information sowohl über als auch für Außernatürliche?

Da sie keine Zeit hatte, es zu überprüfen, warf sie die Platte beiseite, wirbelte herum und setzte Angelique nach, überzeugt davon, dass die junge Frau nun hinter der Mumie her war.

Dieses Mal lag sie richtig.

»Angelique, halt!«

Alexia sah sie vom oberen Treppenabsatz aus, wie sie sich mit dem Leichnam des vor langer Zeit verstorbenen Außernatürlichen abmühte und das grausige Ding halb tragend, halb hinter sich herzerrend die untersten Stufen hinunter in Richtung Eingangstür schleppte.

»Alexia? Was geht hier vor?« Ivy Hisselpenny kam aus ihrem Zimmer, die Wangen fleckig und mit Tränenspuren verziert.

Lady Maccon zielte mit ihrem Sonnenschirm zwischen den Mahagonistreben des Geländers hindurch und schoss einen Lähmungspfeil auf ihre Zofe ab.

Das französische Mädchen fuhr herum und hielt die Mumie wie einen Schild vor sich. Der Pfeil blieb in runzliger, brauner, jahrtausendealter Haut stecken. Alexia polterte die Stufen bis zum nächsten Treppenlauf hinunter.

Angelique warf sich die Mumie über den Rücken, damit sie ihr beim Laufen Deckung gab, doch dadurch wurde ihr das Fortkommen erschwert, weil sie die Last nun recht umständlich tragen musste.

Lady Maccon blieb auf der Treppe stehen und zielte erneut.

Da trat Miss Hisselpenny in Alexias Schussfeld. Sie stellte sich auf den untersten Treppenabsatz, starrte zu Angelique hinunter und nahm Alexias die Möglichkeit, einen zweiten Schuss abzugeben.

»Ivy, weg da!«

»Du liebe Zeit, Alexia, was hat denn deine Zofe vor? Hat sie da etwa eine *Mumie* an?«

»Ja, das trägt man seit Neuestem so in Paris, wusstest du das nicht?«, antwortete Lady Maccon, bevor sie ihre Freundin recht unhöflich aus dem Weg schubste.

Vor Empörung quiekte Miss Hisselpenny auf.

Alexia zielte und schoss erneut. Diesmal ging der Pfeil völlig daneben. Sie fluchte heftig. Wenn sie vorhatte, in diesem Metier weiterzuarbeiten, würde sie ein paar Schießübungen absolvieren müssen. Der Sonnenschirm war nur mit zwei Pfeilen ausgestattet, deshalb erhöhte sie ihr Tempo und entschied sich für die althergebrachte Methode.

»Also wirklich, Alexia, deine Ausdrucksweise! Du klingst wie die Frau eines Fischhändlers!«, rief Miss Hisselpenny. »Was geht hier nur vor? Hat dein Sonnenschirm gerade etwas *abgeschossen*? Wie ungehörig! Ich habe wohl schon Halluzinationen. Das muss meine tiefe Liebe zu Mr. Tunstell sein, die mir die Sicht vernebelt.«

Lady Maccon ignorierte ihre liebe Freundin. Der abstoßenden Kraft der Mumie zum Trotz stürmte sie, den Sonnenschirm im Anschlag, die Treppe hinunter. »Bleib aus dem Weg, Ivy!«, befahl sie.

Angelique stolperte über die hingestreckte Gestalt eines bewusstlosen Rudelmitglieds.

»Auf der Stelle stehen bleiben!«, schrie Lady Maccon in ihrem besten Muhjah-Ton.

Französische Zofe und Mumie waren fast schon an der Tür, als sich Lady Maccon auf sie stürzte und Angelique heftig mit der Spitze des Sonnenschirms stieß.

Angelique erstarrte und wandte ihrer ehemaligen Herrin das Gesicht zu. Ihre veilchenblauen Augen waren weit aufgerissen.

Alexia schenkte ihr ein knappes, kleines Lächeln. »Nun denn, meine Liebe – einmal, oder darf's ein Nachschlag sein?« Bevor das Mädchen ihr noch antworten konnte, holte sie aus und schlug Angelique so hart sie konnte auf den Kopf.

Zofe und Mumie stürzten zu Boden.

»Offensichtlich ist einmal völlig ausreichend.«

Am oberen Ende der Treppe stieß Miss Hisselpenny einen kleinen Schrei der Besorgnis aus und schlug dann die Hand vor den Mund. »Alexia! Wie kannst du dich denn nur so aggressiv verhalten? Mit einem Sonnenschirm! Gegenüber der eigenen Zofe! So etwas tut man einfach nicht, seine Bediensteten derart barbarisch zu maßregeln! Ich meine, sie hat dein Haar doch immer anständig frisiert!«

Lady Maccon schenkte ihr keine Beachtung und schob die Mumie mit einem Fußtritt aus dem Weg.

Ivy schnappte erneut nach Luft. »Was tust du da? Das ist ein antikes Artefakt. Du liebst doch solche alten Sachen!«

Lady Maccon hätte gut und gern auf den Kommentar verzichten können. Die verflixte Mumie durfte auf keinen Fall weiterexistieren. Zum Teufel mit all den wissenschaftlichen Skrupel!

Sie überprüfte Angeliques Atmung. Die Spionin war noch am Leben.

Das Beste wäre es, entschied Lady Maccon, die Mumie zu vernichten. Um alles andere konnte sie sich danach kümmern.

Alexia widerstand dem heftigen abstoßenden Gefühl, das sie dazu drängte, so viel Abstand wie möglich zwischen sich und das schreckliche Ding zu bringen, und zerrte die Mumie hinaus auf die massiven Steinblöcke, aus denen die Vordertreppe der Burg bestand. Es hatte keinen Sinn, noch zusätzlich jemanden in Gefahr zu bringen.

Madame Lefoux hatte den Sonnenschirm mit nichts ausgestattet, was für Außernatürliche besonders schädlich war, falls solch eine Substanz überhaupt existierte, doch Alexia war überzeugt davon, dass die großzügige Anwendung von Säure so ziemlich alles zerstören konnte.

Sie spannte den Schirm auf und fasste ihn an der Spitze, dann drehte sie das kleine Stellrädchen über dem Magnetfeldsender bis zum dritten Anschlag. Die Speichen des Sonnenschirms öffneten sich, und ein feiner Nebel legte sich wie eine Wolke über die Mumie und tränkte ausgetrocknete Haut und alte Knochen. Sie schwenkte den Schirm hin und her, um sicherzustellen, dass die Flüssigkeit den ganzen Körper bedeckte, stellte ihn dann aufgespannt über den Leib der Mumie und wich zurück. Der stechende Geruch von ätzender Säure durchdrang die Luft, und Alexia ging noch ein Stück weiter zurück. Dann folgte ein Gestank, wie sie ihn noch nie zuvor gerochen hatte: der endgültige Tod uralter Knochen, eine Mischung aus muffigem Dachboden und altem Blut.

Das abstoßende Gefühl, das von der Mumie ausging, wurde schwächer. Der Körper selbst löste sich auf und verwandelte sich in eine klumpige Pfütze braunen Breis, in dem unregelmäßige Knochen- und Hautstücke lagen. Sie war nicht länger als menschlich zu erkennen.

Der Sonnenschirm sprühte weiter, und Säure fraß sich in die steinernen Stufen.

Hinter Alexia, im Innern von Castle Kingair, am oberen Ende der großen Treppe, kreischte Ivy Hisselpenny.

Auf der anderen Seite der britischen Insel stand eine unscheinbare Mietdroschke vor einem offenbar ganz gewöhnlichen, wenn auch teurem Stadthaus in einer diskret eleganten Gegend in der Nähe von Regent's Park. In der Droschke saßen Professor Randolph Lyall und Major Channing Channing von den Chesterfield Channings und warteten. Es war ein gefährlicher Ort für Werwölfe, unmittelbar vor dem Westminster-Haus. Es war sogar doppelt gefährlich, da sie keine offizielle Befugnis hatten, sich hier zu befinden. Falls BUR davon erfuhr, da war Lyall ziemlich sicher, würde er seinen Job verlieren und der Major unehrenhaft entlassen werden.

Sie fuhren beide regelrecht zusammen – eine wahre Leistung für Werwölfe –, als die Tür der Mietdroschke aufgerissen wurde und jemand ins Innere sprang.

»Losfahren!«

Major Channing schlug mit seiner Pistole gegen das Dach der Kabine, und die Kutsche ruckte mit einem Satz vorwärts. Die Hufe des Pferdes erzeugten ein schrecklich lautes Geklapper in der Stille der Londoner Nach.

»Nun?«, fragte Channing ungeduldig.

Lyall griff hinunter, um dem jungen Mann dabei zu helfen, das Gleichgewicht und seine Würde zurückzuerlangen.

Biffy schleuderte das schwarze Samtcape zurück, das sich bei seinem waghalsigen Sprung in die Sicherheit der Kutsche um ihn geschlungen hatte. Es entzog sich Lyall völlig, inwieweit ein Cape bei einem Einbruch hilfreich sein konnte, doch Biffy hatte darauf bestanden, »sich der Rolle gemäß zu kleiden«, wie er es ausgedrückt hatte.

Professor Lyall grinste den Jüngling an. Er war ein ziemlich gut aussehender Gentleman. Was immer man sonst auch über Lord Akeldama sagen mochte – und man konnte eine ganze Menge sagen –, er zeigte ausgezeichneten Geschmack bei der Wahl seiner Drohnen. »Also, wie ist es gelaufen?«

»Oh, sie haben schon einen. Direkt unter dem Dach. Ein etwas älteres Modell als der von meinem Meister, aber er schien in gutem, funktionstüchtigem Zustand zu sein.«

Ein gut aussehender und *tüchtiger* Gentleman.

»Und?« Fragend zog Professor Lyall eine Augebraue hoch.

»Sagen wir einfach, dass er einstweilen höchstwahrscheinlich nicht mehr so funktionstüchtig ist wie noch vor Kurzem.«

Major Channing musterte Biffy argwöhnisch. »Was haben Sie gemacht?«

»Nun ja, sehen Sie, da war diese Kanne voll Tee, die stand einfach so da …« Er verstummte vielsagend.

»Nützliche Sache, so ein Tee«, bemerkte Lyall sinnierend.

Biffy lächelte ihn breit an.

Es war keiner von Ivys üblichen, atemlosen, kurz-vor-der-Ohnmacht-artigen Schreie. Es war ein Schrei echten Entsetzens, und er veranlasste Lady Maccon, ihren Sonnenschirm seinem ätzenden Werk zu überlassen und allein zurück ins Haus zu stürmen.

Die Bestimmtheit, mit der der Schrei ausgestoßen wurde, hatte auch die Aufmerksamkeit anderer auf sich gezogen. Tunstell und Madame Lefoux, die noch etwas wacklig auf den Beinen war, kamen aus dem Salon, trotz Alexias entgegengesetztem Befehl.

»Was machen Sie da?«, schrie sie die beiden an. »Gehen Sie augenblicklich wieder hinein!«

Doch ihre kollektive Aufmerksamkeit wurde von etwas anderem gefangen genommen. Sie konzentrierte sich auf den Treppenabsatz, wo Angelique dicht hinter Miss Hisselpenny stand und der jungen Dame ein tödlich aussehendes Messer an die Kehle hielt.

»Miss Hisselpenny!«, rief Tunstell, und sein Gesicht zeigte blankes Entsetzen. Und dann, alle Schicklichkeit und Anstand missachtend: »Ivy!«

Gleichzeitig schrie Madame Lefoux: »Angelique, nein!«

Alle stürmten zur Treppe. Angelique zerrte Ivy rückwärts mit sich zu dem Zimmer, in dem vor Kurzem noch die Mumie gewesen war.

»Bleiben Sie zurück, sonst stirbt sie!«, rief die Zofe in ihrer Muttersprache.

Tunstell, der sie nicht verstand, zog den Tue-Tue und zielte auf sie, doch Madame Lefoux drückte seinen Arm nach unten. Sie erwies sich als überraschend stark für jemanden, der erst so kürzlich verwundet worden war. »Sie treffen noch die Geisel!«

»Angelique, das ist doch Wahnsinn!«, versuchte Lady Maccon es mit Vernunft. »Ich habe das Beweisstück zerstört. Bald schon wird das Rudel erwachen und sich wieder erholen. Welche Droge Sie ihnen auch verabreicht haben mögen, die Wirkung wird nicht anhalten, sobald sie ihre übernatürliche Natur wiedererlangt haben. Es kann unmöglich noch lange dauern. Sie können einfach nicht entkommen!«

Angelique bewegte sich immer noch rückwärts und zog die unglückliche Miss Hisselpenny mit sich. »Dann 'abe isch nischts mehr su verlieren, *non?*« Sie trat ins Zimmer, und sobald sie außer Sicht war, stürzten Lady Maccon und Tunstell die Treppe hoch. Madame Lefoux versuchte, ihnen zu folgen, doch sie kam viel langsamer voran, hielt ihre verwundete Schulter umklammert und hatte Schwierigkeiten beim Atmen.

»Ich brauche sie lebend«, schnaufte Alexia Tunstell zu. »Ich habe Fragen an sie.«

Tunstell steckte den Tue-Tue in den Hosenbund und nickte.

Sie erreichten das Zimmer etwa zur gleichen Zeit, als Angelique gerade Ivy dazu zwang, die Läden am gegenüberliegenden Fenster zu öffnen. Alexia bereute bitter, ihren Sonnenschirm nicht zur Hand zu haben. Wirklich, sie sollte das verflixte Ding mit einer Kette am Leib tragen! Jedes Mal, wenn sie ihn nicht bei sich trug, fand sie sich in einer Situation wieder, in der sie seine Dienste bitter benötig hätte. Bevor Angelique sie erblicken konnte, duckte sich Tunstell zur Seite und nutzte die verschiedenen Möbelstücke im Zimmer als Deckung, um nicht von der Zofe gesehen zu werden.

Während er sich heimlich anschlich und sich vorsichtig den Weg durchs Zimmer bahnte, lenkte Lady Maccon die Spionin ab. Das war nicht leicht; Tunstell war nicht gerade jemand, den man als unauffällig bezeichnen konnte. Sein flammend rotes Haar tauchte mit jedem ausgeprägten und deutlich hörbaren Schritt aus der jeweiligen Deckung hervor, als wäre er ein in einen Umhang gehüllter Schurke, der in einem Schauerstück über die Bühne schlich. Melodramatischer Schwachkopf! Zum Glück war es im Zimmer einigermaßen düster, da nur eine einzige Gaslampe in der gegenüberliegenden Ecke des Raums brannte.

»Angelique!«, rief Lady Maccon.

Die Französin fuhr herum und zerrte dabei grob mit ihrer freien Hand an Miss Hisselpenny, während sie ihr mit der anderen immer noch das Messer an den Hals hielt. »Schneller«, knurrte sie Ivy an. »Sie!« Mit dem Kinn deutete sie auf Alexia. »Bleiben Sie surück und zeigen Sie mir Ihre 'ände!«

Lady Maccon wedelte mit ihren leeren Händen herum, und Angelique nickte, eindeutig zufrieden über die mangelnde Bewaffnung. Alexia ermahnte Ivy im Stillen, in Ohnmacht zu fallen. Das hätte die Angelegenheit viel einfacher gemacht. Doch Ivy blieb hartnäckig bei Bewusstsein und hysterisch. Sie wurde nie ohnmächtig, wenn es denn einmal angebracht war!

»Warum, Angelique?«, fragte Lady Maccon in ehrlicher Neugier, ganz zu schweigen davon, dass sie bemüht war, die Aufmerksamkeit der Zofe von dem sich völlig offen anschleichenden Tunstell fernzuhalten.

Das französische Mädchen lächelte, was ihr Gesicht sogar noch hübscher machte. Die großen Augen schimmerten im Licht der Gaslampe. »Weil sie misch darum bat. Weil sie mir versprach, es su versuchen.«

»Sie. *Sie* wer?«

»Wer glauben Sie wohl?«, schnauzte Angelique.

Lady Maccon nahm einen Hauch von Vanilleduft wahr, und dann erklang eine sanfte Stimme an ihrer Seite. Madame Lefoux lehnte sich neben ihr schwach an den Türrahmen und sagte: »Countess Nadasdy.«

Verwirrt runzelte Lady Maccon die Stirn und kaute auf ihrer Unterlippe. Sie nahm die Anwesenheit der Erfinderin nur halbherzig zur Kenntnis und fuhr damit fort, auf Angelique einzureden. »Aber ich dachte, dein früherer Meister war ein Schwärmer. Ich dachte, du warst im Westminster-Haus nur geduldet.«

Angelique stupste Ivy erneut an, diesmal mit der Messerspitze. Ivy quiekte auf und fummelte am Riegel der Fensterläden herum. Endlich gelang es ihr, sie aufzustoßen. Die Burg war alt, ohne Glasscheiben in den Fenstern. Kalte, feuchte Nachtluft strömte ins Zimmer.

»Sie denken su viel, Mylady«, höhnte die Spionin.

In diesem Augenblick sprang Tunstell, der es endlich durchs Zimmer geschafft hatte, vor und warf sich auf die Französin. Zum ersten Mal seit ihrer Bekanntschaft hatte Alexia das Gefühl, dass er schließlich doch noch etwas von der Anmut und Geschicklichkeit zeigte, die man von einem zukünftigen Werwolf erwarten sollte. Natürlich konnte das alles auch Effekthascherei sein, doch nichtsdestotrotz war sie beeindruckt.

Als Miss Hisselpenny sah, wer es war, der sie retten wollte, kreischte sie auf, fiel in Ohnmacht und brach neben dem offenen Fenster zusammen.

*Na endlich*, dachte Alexia.

Das Messer drohend erhoben wirbelte Angelique herum.

Tunstell und die Zofe rangen miteinander. Angelique holte nach dem Claviger aus, mit einem bösartigen Hieb, hinter dem Übung und Geschick steckten, und an seinem Oberarm klaffte im nächsten Moment eine heftig blutende Wunde.

Lady Maccon tat einen Satz nach vorn, wollte Tunstell zu Hilfe eilen, doch Madame Lefoux hielt sie zurück. Ein jämmerlich leises Knirschen war zu hören, als sie mit dem Fuß aufstampfte, und Alexia riss den Blick von den miteinander ringenden Gestalten los, um zu sehen, was das Geräusch verursacht hatte. *Igitt!* Der Fußboden war mit toten Skarabäen übersät.

Der Claviger war natürlich stärker als Angelique. Sie war ein zartes, kleines Ding, und seine Statur befand sich eher am anderen Ende der Skala, wie es sowohl Werwölfe als auch Bühnenregisseure bevorzugten. Was ihm an Technik fehlte, machte er mit Muskelkraft mehr als wett. Er drehte sich leicht und rammte der Zofe die Schulter in den Magen, und die Frau stürzte rückwärts aus dem Fenster. Das war vermutlich nicht ganz das, was sie ursprünglich mit dessen Öffnung beabsichtigt hatte, bedachte man die Strickleiter. Sie stieß einen schrillen Schrei aus, der in einem dumpfen Aufprall endete.

Madame Lefoux schrie ebenfalls auf und ließ Lady Maccon los. Die beiden hasteten zum Fenster, um hinauszusehen.

Unten lag Angelique mit unmöglich verrenkten Gliedern.

»Haben Sie etwa den Teil nicht mitbekommen, als ich sagte, dass ich sie lebend brauche?«

Tunstells Gesicht war kreidebleich. »Dann ist sie es nicht mehr? Ich habe sie getötet?«

»Nein, sie ist hinaus in den Äther geflogen. Natürlich haben Sie sie getötet, Sie …«

Tunstell flüchtete vor dem Zorn seiner Herrin, indem auch er in Ohnmacht fiel.

Also richtete Alexia ihre Wut gegen Madame Lefoux. Mit ebenfalls bleichem Gesicht starrte die Erfinderin hinunter auf die gestürzte Zofe.

»Warum haben Sie mich zurückgehalten?«

Madame Lefoux öffnete den Mund, um zu antworten, doch ein Lärmen wie von einer wild gewordenen Herde Elefanten machte dies zunichte.

Die Mitglieder des Kingair-Rudels erschienen in der offenen

Tür. Sie waren nicht in Begleitung ihrer menschlichen Gefährten, da die Claviger und Lady Kingair immer noch unter der Wirkung von Angeliques Schlafmittel litten. Die Tatsache, dass sie wieder auf den Beinen waren, bedeutete, dass sich die Mumie vollständig aufgelöst hatte.

»Aus dem Weg, ihr Straßenköter!«, knurrte eine vehemente Stimme hinter ihnen. Ebenso schnell, wie sie aufgetaucht waren, verschwanden die Rudelmitglieder auch wieder, und Lord Conall Maccon schritt ins Zimmer.

»Oh, gut«, sagte seine Gemahlin. »Du bist wach. Warum hast du so lange gebraucht?«

»Hallo, meine Liebe. Was hast du denn nun schon wieder angestellt?«

»Wenn du bitte so freundlich wärst, mich nicht zu beleidigen und dich stattdessen um Ivy und Tunstell zu kümmern, ja? Sie könnten beide vielleicht etwas Essig vertragen. Oh, und behalte Madame Lefoux im Auge. Ich muss nach einer Leiche sehen.«

Als der Earl die allgemeine Haltung und den Gesichtsausdruck seiner Frau bemerkte, stellte er ihre Anweisungen nicht in Frage. »Ich nehme an, bei der Leiche handelt es sich um die deiner Zofe?«

»Woher weißt du das?« Lady Maccon war verständlicherweise verärgert. Schließlich hatte sie selbst die Wahrheit gerade eben erst herausgefunden. Wie konnte ihr eigener Ehemann es wagen, ihr einen Schritt voraus zu sein?

»Sie hat auf mich geschossen«, entgegnete er und schnaubte verächtlich.

»Ja, nun … Ich gehe besser nachsehen.«

»Hoffen wir auf tot oder lebendig?«

Lady Maccon sog laut die Luft durch die Zähne. »Hmm, tot

würde weniger Papierkram bedeuten. Aber lebendig kann sie uns noch ein paar Fragen beantworten.«

Leichthin wedelte er mit der Hand. »Nun geh schon, meine Liebe!«

»Also wirklich, Conall! Als ob es deine Idee gewesen wäre!«, beschwerte sich seine Frau, trottete aber bereits aus dem Zimmer.

»Und die wollte ich unbedingt heiraten«, bemerkte ihr Mann mit schicksalsergebener Zuneigung an die versammelten Werwölfe gewandt.

»Das habe ich gehört!«, rief Lady Maccon, ohne stehen zu bleiben.

Schnell eilte sie die Treppe hinunter. An diesem Tag bekam sie zweifellos ihr gesundes Maß an körperlicher Ertüchtigung. Vorsichtig bahnte sie sich den Weg durch die immer noch schlummernden Claviger und die Eingangstür. Dabei nutzte sie die Gelegenheit, nach der Mumie zu sehen, die inzwischen nichts weiter als brauner Matsch war. Der Sonnenschirm verströmte keinen tödlichen Nebel mehr, offensichtlich war sein Vorrat völlig verbraucht. Sie würde ihn nachfüllen lassen müssen, da sie bereits einen Großteil seines Waffenarsenals aufgebraucht hatte. Lady Maccon schloss ihn und nahm ihn mit, dann bog sie um die Ecke, wo die verkrümmte Gestalt von Angelique auf der anderen Seite der Burg reglos auf dem feuchten Rasen lag.

Sie stupste sie mit der Schirmspitze aus einigem Abstand an. Als das keine Reaktion hervorrief, beugte sie sich über die Gestürzte, um sie genauer zu untersuchen. Zweifellos befand sich Angelique nicht in einem Zustand, in dem Essig noch etwas brachte. Der Kopf war weit zur Seite gedreht, ihr Genick eindeutig war gebrochen.

371

Mit einem Seufzen erhob sich Lady Maccon und wollte gerade gehen, als die Luft um die Leiche herum zu flirren begann wie über einem Feuer.

Alexia war noch nie zuvor Zeuge einer Rückgeburt geworden. Wie normale Geburten hielt man sie im Allgemeinen für ein wenig unfein und auch nicht geeignet für eine Unterhaltung in höflicher Gesellschaft, doch es bestand kein Zweifel daran, was da gerade mit Angelique geschah. Denn vor Lady Maccons Augen erschien die schwache, wabernde Gestalt ihrer toten Zofe.

»Dann hättest du Countess Nadasdys Biss also am Ende doch überlebt.«

Das Gespenst sah sie an. Einen langen Augenblick lang, als müsse es sich erst an die neue Existenz gewöhnen – oder Nicht-Existenz, wenn man so wollte. Sie schwebte einfach da, der übrig gebliebene Teil von Angeliques Seele.

»Isch wusste immer, dass isch mehr 'ätte sein können«, antwortete die Ehemalige Angelique. »Aber Sie mussten misch ja auf'alten. Man sagte mir, dass Sie gefä'rlisch sind. Isch dachte, das wäre, weil sie Angst vor Ihnen 'aben, Angst davor, was Sie sind und was Sie vollbringen können. Aber nun 'abe isch erkannt, dass sie auch fürchten, *wer* Sie sind. Ihr Mangel an Seele, er wirkt sisch auf Ihren Charakter aus. Sie sind nischt nur außernatürlich, Sie denken deshalb auch anders.«

»Ich nehme an, das könnte stimmen«, entgegnete Alexia. »Aber mit Sicherheit kann ich das natürlich nicht sagen, da sich meine Erfahrung immer nur auf meine eigenen Gedanken beschränkt.«

Das Gespenst schwebte leicht auf und ab, immer dicht über seiner Leiche. Eine ganze Weile lang würde es ganz in ihrer Nähe bleiben müssen, nicht in der Lage, seine Reichweite auszudehnen, bis das Fleisch nach und nach zerfiel. Erst dann würde die

Verbindung zum Körper schwächer werden, und Angelique würde in der Lage sein, sich weiter zu entfernen und gleichzeitig in das Poltergeiststadium und den Wahnsinn abgleiten, sich dabei mehr und mehr auflösend. Es war keine schöne Art, seine Existenz nach dem Tode zu beenden.

Die Französin blickte ihre ehemalige Herrin an. »Werden Sie meinen Körper er'alten oder misch wahnsinnig werden lassen? Oder werden Sie misch jetzt exorzieren?«

»Immer diese Entscheidungen!«, entgegnete Lady Maccon ziemlich schroff. »Was würdest du denn vorziehen?«

»Isch würde gern jetzt ge'en«, antwortete das Gespenst ohne zögern. »BUR würde aus mir eine Spionin machen wollen, und isch möchte weder gegen mein 'aus noch gegen mein Land spionieren. Und isch will auch nischt verrückt werden.«

»Also hast du ja doch ein paar Skrupel.«

Es war schwer zu erkennen, doch es schien, als würde das Gespenst bei diesen Worten lächeln. Geister nahmen nie sehr feste Gestalt an; eine wissenschaftliche Erklärung dafür lautete, dass sie die physische Verkörperung der Erinnerung waren, die der Verstand von sich selbst hatte. »Mehr als Sie a'nen«, sagte die Ehemalige Angelique.

»Und wenn ich dich exorziere, was bekomme ich von dir im Gegenzug dafür?«, wollte Alexia, ganz und gar seelenlos, von ihr wissen.

Die Ehemalige Angelique seufzte, obwohl sie keine Lunge mehr hatte und daher auch nicht mehr atmete. Kurz überlegte Lady Maccon, wie es Gespenster überhaupt schafften zu sprechen.

»Sie sind neugierig, nehme isch an. Ein 'andel. Isch beantworte Ihnen sehn Fragen so ehrlisch, wie es mir möglisch ist. Dann werden Sie misch gehen lassen.«

„Warum hast du all das getan?«, fragte Lady Maccon sofort. Die am leichtesten zu beantwortende und wichtigste Frage zuerst.

Die Ehemalige Angelique hielt zehn geisterhafte Finger hoch und knickte einen davon ein. »Weil die Comtesse mir den Biss anbot. Wer wünscht sisch nischt, ewig zu leben.« Eine Pause. »Abgesehen von Genevieve.«

»Warum hast du versucht, mich zu töten?«

»Isch 'abe nie versucht, Sie zu töten. Isch 'atte es immer nur auf Genevieve abgese'en. Isch war nischt sehr gut darin. Sie vom Luftschiff zu stürzen und die Schüsse, das alles galt ihr. Sie waren nur eine Unannehmlischkeit, Genevieve aber war das Ziel.«

»Und das Gift in meinem Essen während der Luftschiffreise?«

Die Ehemalige Angelique hatte nun drei Finger gebeugt. »Das war isch nischt. Es ist, Mylady, jemand anderes, der Sie tot sehen möchte. Und Ihre vierte Frage?«

»Glaubst du, dass es Madame Lefoux ist, die versucht, mich zu töten?«

»Isch glaube nischt, doch das ist schwer su sagen bei Genevieve. Sie ist – wie sagt man? – sehr schlau. Aber wenn sie Ihren Tod wünschen würde, dann würde Ihre Leiche 'ier liegen und nischt die meine.«

»Und warum wünschtest *du* dir den Tod unserer kleinen Erfinderin?«

»Ihre fünfte Frage, Mylady, und Sie verschwenden sie an Genevieve? Sie 'at etwas, das mir ge'ört. Sie bestand darauf, es mir wiedersugeben oder es aller Welt su ersählen.«

»Was könnte denn so schrecklich sein, dass es niemand erfahren darf?«

»Etwas, dass mein Leben ruiniert 'ätte. Die Comtesse, sie besteht darauf: keine Familie. Sie würde nie jemanden verwandeln, der Kinder 'at, dass schreibt das Vampiredikt vor. Eine der unwischtigeren Regeln, doch die Comtesse ‚ält sich streng daran. Und wenn isch sehe, wie Lady Kingair das Leben Ihres Mannes verkompliziert, verstehe isch, warum diese Regel aufgestellt wurde.«

Lady Maccon zählte zwei und zwei zusammen. Sie hatte gewusst, dass ihr diese veilchenblauen Augen bekannt vorgekommen waren. »Madame Lefoux' Sohn, Quesnel. Er ist gar nicht ihr Kind, nicht wahr? Er ist deines.«

»Ein Fehler, der nischt länger von Bedeutung ist.« Ein weiterer Finger verschwand. Drei Fragen übrig.

»Madame Lefoux war an Bord des Luftschiffs, um dir zu folgen, nicht mir! Hat sie dich erpresst?«

»Ja. Entweder isch erfülle meine mütterlische Pflischt, oder sie erzählt es der Countess. Das konnte isch nischt sulassen, verstehen Sie? Nachdem isch so 'art für die Unsterblischkeit gearbeitet 'atte.«

Alexia errötete, dankbar für die kühle Nachtluft. »Ihr beide wart ...«

Der Geist quittierte das mit einer Art Schulterzucken, eine beiläufige Geste, selbst noch in Gespenstergestalt. »Natürlich, viele Jahre lang.«

Lady Maccon spürte, wie ihr Gesicht sogar noch heißer wurde, als erotische Bilder vor ihrem inneren Auge auftauchten: Madame Lefoux' dunkler Schopf neben Angeliques blondem. Die beiden hätten zusammen ein hübsches Bild abgegeben, wie etwas auf einer unanständigen Postkarte. »Also, ich muss schon sagen, wie außerordentlich *französisch!*«

Das Gespenst lachte. »Das wohl kaum. Wie, glauben Sie, 'abe isch wohl Comtesse Nadasdys Interesse geweckt? Nischt mit meinen Frisierkünsten, das versischere isch Ihnen, Mylady.«

375

Alexia hatte davon in einigen Büchern in der Bibliothek ihres Vaters gelesen, doch sie hätte sich nie träumen lassen, dass dies mehr war als männliches Wunschdenken oder gewisse Damen es taten, um den Appetit eines Freiers anzuregen. Dass zwei Frauen solche Dinge aus freien Stücken miteinander trieben, und das zu einem gewissen Grad auch noch aus romantischer Liebe – war das möglich?

Ihr war nicht bewusst gewesen, dass sie diese letzte Frage laut ausgesprochen hatte.

Der Geist schnaubte verächtlich. »Alles, was isch sagen kann, ist: Isch bin mir sischer, dass sie misch geliebt 'at, früher mal.«

Nach und nach verstand Lady Maccon das Handeln und die Bemerkungen der Erfinderin während der letzten Woche. »Du bist ein hartherziges kleines Ding, nicht wahr, Angelique?«

»Was für eine Verschwendung für Ihre letzte Frage, Mylady. Wir werden alle, was man uns su sein lehrt. Sie sind nischt so 'art, wie Sie gern wären. Was wird Ihr Ehemann wohl dasu sagen, wenn er es 'erausfindet?«

»Wenn er was herausfindet?«

»Oh, das wissen Sie wirklisch nischt? Ich dachte, Sie würden nur schauspielern.« Der Geist lachte, ein echtes, harsches Lachen, dass der Verwirrung und dem zukünftigen Elend einer anderen Person galt.

»Was? Was weiß ich nicht?«

»O nein, isch 'abe meinen Teil der Abmachung erfüllt. Sehn Fragen, aufrischtisch beantwortet.«

Alexia seufzte. Das stimmte. Sie streckte die Hand aus, wenn auch widerstrebend, um ihren allerersten Exorzismus durchzuführen. Merkwürdig, dass die Regierung schon ihr ganzes Leben lang über ihren Zustand der Außernatürlichkeit Bescheid wusste, sie in den BUR-Akten höchster Geheimhaltung und

Bedeutung als einzige Außernatürliche in ganz London geführt wurde, und man sich dennoch nie der effektivsten Eigenschaft ihrer Art bedient hatte – der eines Exorzisten. Merkwürdig auch, dass sie diese Fähigkeit auf Wunsch eines Geistes zum ersten Mal ausüben sollte. Und am allermerkwürdigsten, dass es so schrecklich leicht sein sollte.

Sie legte einfach nur die Hand auf Angeliques zerschmetterten Leib, und alle überschüssige Seele wurde ausgelöscht. Die geisterhafte Gestalt verschwand einfach, absolute und vollständig. Ohne einen lebendigen Körper konnte die Seele niemals zurückkehren, wie sie es bei Werwölfen und Vampiren tat.

Arme Angelique, sie hätte unsterblich werden können, hätte sie ein paar ihrer Entscheidungen anders gefällt.


Als Lady Maccon wieder in die Burg zurückgekehrt und die Treppe hoch ins Mumienzimmer gegangen war, bot sich ihr dort eine äußerst merkwürdige Szene. Tunstell war wach, hatte den Oberarm mit einem von Ivy stammenden rot karierten Taschentuch verbunden und war eifrig damit beschäftigt, sich als heilsame Ergänzung eine gehörige Menge ausgezeichneten Brandy zu verabreichen. Miss Hisselpenny kniete neben ihm und umsorgte ihn wenig hilfreich. Auch sie hatte ihre Sinne wiedererlangt, zumindest ihre wachen Sinne, wenn schon nicht Sinn und Verstand.

»O Mr. Tunstell, wie außerordentlich tapfer es von Ihnen war, mir derart zu Hilfe zu eilen! So heldenhaft!«, sagte sie gerade. »Man stelle sich nur vor, es wäre bekannt geworden, dass mich eine Zofe niedergestochen hätte, eine französische noch obendrein! Wenn sie mich umgebracht hätte … Also wirklich, ich wäre *gestorben* vor Scham! Wie kann ich Ihnen nur jemals genug dafür danken?«

Madame Lefoux stand neben Lord Maccon und wirkte gefasst, wenn auch ihr Gesicht um Augen und Mund ein wenig angespannt war, die Grübchen einstweilen sicher verwahrt. Alexia konnte diesen Ausdruck nicht deuten. Sie war von der Aufrichtigkeit der Erfinderin noch nicht überzeugt. Madame Lefoux hatte bei der ganzen Geschichte von Anfang an ihre eigenen Interessen verfolgt und alles andere als eine weiße Weste. Von der verdächtigen Oktopus-Tätowierung ganz zu schweigen. Nicht zuletzt hatte Alexias Erfahrung mit den teuflischen Wissenschaftlern des Hypocras Clubs sie gelehrt, Oktopussen zu misstrauen.

Sie trat auf die Französin zu. »Angelique hat gesagt, was sie zu noch sagen hatte. Es ist Zeit für Sie, Madame Lefoux, das ebenfalls zu tun. Was wollten Sie wirklich – einfach nur Angelique oder noch etwas anderes? Wer hat versucht, mich an Bord des Luftschiffes zu vergiften?« Sie richtete ihren Blick wieder auf Tunstell und besah sich kritisch seine Wunde. »Wurde er mit Essig behandelt?«

»Noch?« Madame Lefoux rang offensichtlich mit nur einem einzigen der vielen Worte, die Lady Maccon von sich gegeben hatte. »Sagten Sie, ›was sie *noch* zu sagen hatte‹? Dann ist sie also … tot?«

»Angelique?«

Nervös an ihrer Unterlippe kauend nickte die Französin.

»Ziemlich.«

Madame Lefoux tat etwas für sie höchst Merkwürdiges. Sie riss die grünen Augen weit auf, wie vor Überraschung. Und dann, als das nicht zu helfen schien, wandte sie das von dunklem Haar umrahmte Gesicht ab und begann zu weinen.

Lady Maccon beneidete sie um die Fähigkeit, so souverän zu weinen. Bei ihr selbst war das eine nasse, fleckige Angelegenheit, doch Madame Lefoux schien in der Lage, diesen emotionalen Zustand mit nur wenig Aufwand auszuleben: ohne Schluchzen, ohne Schniefen, nur stumme dicke Tränen, die ihr über die Wangen kullerten und vom Kinn tropften. In diese unnatürliche Stille getaucht wirkte ihre Traurigkeit nur noch schmerzhafter.

Lady Maccon, nicht gerade empfänglich für Gefühlsregungen anderer, warf die Hände empor. »Ach, um Himmels willen, was denn nun?«

»Ich weiß es, Weib. Wir sollten nun alle ein wenig entgegenkommender und mitteilsamer zueinander sein«, sagte Conall. Er war ein wenig sensibler. Entschlossen schob er Alexia und Madame Lefoux vom Kampfplatz fort (und Ivy und Tunstell, die sich nun gegenseitig schrecklich schmatzende Kusslaute zuwarfen) und in einen anderen Teil des Zimmers.

»Herrje!« Lady Maccon funkelte Lord Maccon an. »Du sagtest ›wir alle‹. Warst du etwa auch darin verwickelt, mein werter Herr Gemahl? Warst du deiner dich liebenden Ehefrau gegenüber möglicherweise weniger mitteilsam, als du es eigentlich hättest sein sollen?«

Lord Maccon seufzte. »Warum musst du nur immer so schwierig sein, Weib?«

Lady Maccon antwortete nicht, sondern verschränkte nur die Arme vor dem üppigen Busen und starrte ihn vielsagend an.

»Madame Lefoux hat für mich gearbeitet«, gestand er, mit so gedämpfter Stimme, dass es beinahe ein Knurren war. »Ich bat sie, ein Auge auf dich zu haben, solange ich fort war.«

»Und das hast du mir nicht sagen können?«

»Nun, du weißt ja, wie du sein kannst.«

»Aber gewiss weiß ich das! Also wirklich, Conall, man stelle sich das nur vor! Eine BUR-Agentin auf meine Fährte anzusetzen, als wäre ich der Fuchs bei einer Hetzjagd. Das ist doch einfach der Gipfel! Wie konntest du nur?«

»Oh, sie arbeitet nicht für BUR. Wir kennen uns schon seit langer Zeit. Ich bat sie darum als meine Freundin, nicht als meine Angestellte.«

Alexia runzelte die Stirn. Sie war sich nicht sicher, wie ihr *das* gefiel. »Wie lange Zeit schon und eine wie gute Freundin?«

Madame Lefoux rang sich ein verwässertes kleines Lächeln ab, und Lord Maccon sah aufrichtig überrascht aus. »Wirklich, Weib, für gewöhnlich neigst du nich' zu solcher Begriffsstutzigkeit. Ich entspreche nich' Madame Lefoux' Vorlieben.«

»Ah, genauso wenig wie ich denen von Lord Akeldama?«

Lord Maccon, der stets ein klein wenig eifersüchtig auf den femininen Vampir reagierte, weil der Mann eine so starke Anziehungskraft auf Alexia ausübte, nickte verstehend. »Schon gut, ich hab begriffen, Weib.«

»Zugegeben«, warf Madame Lefoux mit leiser, vor Tränen gedämpfter Stimme ein, »ich war auch interessiert daran, mit Angelique Kontakt aufzunehmen, die ja immerhin Lady Maccons Zofe war.«

»Sie verfolgten in Wirklichkeit Ihre eigenen Pläne!«, sagte Lord Maccon anklagend und musterte die Französin argwöhnisch.

»Angelique sagte mir, dass Sie intim miteinander verbandelt waren und dass Quesnel ihr Sohn ist, nicht der Ihre«, erklärte Lady Maccon.

»Das hat sie dir noch erzählen können, bevor sie starb?«, fragte Lord Maccon verwundert.

Alexia tätschelte seinen Arm. »Nein, mein Liebster, danach.«

Madame Lefoux' Miene hellte sich auf. »Dann ist sie ein Geist?«

»Jetzt nicht mehr.«

Die Erfinderin keuchte auf. Ihre seltsame Art von Hoffnung wurde sogleich wieder von Traurigkeit abgelöst. »Sie haben sie exorziert? Wie grausam!«

»Sie bat mich darum, und wir schlossen einen Handel. Es tut mir leid. Ich habe nicht bedacht, wie Sie empfinden würden.«

»Heutzutage scheint das niemand mehr zu tun.« Die Erfinderin klang verbittert.

»Sie sollten sich nicht derart in Ihrem Schmerz suhlen«, entgegnete Lady Maccon, die für Gefühlsduselei nichts übrig hatte.

»Also wirklich, Alexia, warum so hart mit der Frau? Sie ist völlig erschüttert.«

Lady Maccon musterte Madame Lefoux' Gesicht eindringlicher. »Ich glaube, Sie trauern weniger über eine verlorene Liebe als vielmehr über eine verlorene Vergangenheit. Ist es nicht so, Madame?«

Madame Lefoux' Miene verlor ein Quäntchen ihrer Trauer, und ihre Augen verengten sich, als sie Alexia ansah. »Wir waren lange Zeit zusammen, doch Sie haben recht. Ich wollte sie zurück – nicht für mich, sondern für Quesnel. Ich dachte, vielleicht würde ein Sohn sie in der Tageslichtwelt halten. Sie hatte sich so sehr verändert, nachdem sie Drohne geworden war. Die Vampire machten sich ihre Härte zunutze, von der es Quesnel und mir einst gelungen war, sie zu mildern.«

Alexia nickte. »So etwas vermutete ich bereits.«

Anerkennend sah Lord Maccon seine Frau an. »Gütiger Himmel, Weib, wie konntest du das denn wissen?«

»Nun ja …« Lady Maccon grinste. »Madame Lefoux hier spielte auf unserer Reise hierher mir gegenüber ein wenig die

Kokette. Ich glaube nicht, dass alles davon reine Verstellung war.«

Madame Lefoux ließ plötzlich ein Lächeln aufblitzen. »Ich wusste nicht, dass Sie das überhaupt bemerken.«

Alexia zog beide Augenbrauen hoch. »Bis vor Kurzem hatte ich das auch noch nicht, doch auch nachträgliche Erkenntnis kann erhellend sein.«

Wütend funkelte Lord Maccon die Französin an. »Sie haben mit *meiner Frau* geflirtet!«, brüllte er.

Madame Lefoux straffte die Schultern und sah zu ihm hoch. »Kein Grund, die Nackenhaare zu sträuben und das Revier verteidigen zu wollen, alter Wolf! Sie finden sie attraktiv, warum sollte ich das nicht auch tun?«

Lord Maccon geiferte tatsächlich ein wenig.

»Es ist nichts passiert«, sagte Alexia mit einem breiten Grinsen.

Und Madame Lefoux fügte hinzu: »Nicht, das es mir nicht gefallen hätte …«

Lord Maccon knurrte und baute sich sogar noch drohender vor der Französin auf. Angesichts seines Imponiergehabes verdrehte die Erfinderin die Augen, und Alexias Grinsen wurde sogar noch breiter. Es kam selten vor, dass noch jemand anderes genügend Mut aufbrachte, den Earl zu foppen.

Sie warf Madame Lefoux einen schnellen Blick zu und meinte: »Nun, das ist alles sehr schmeichelhaft. Aber zurück zum Thema: Wenn Madame Lefoux an Bord des Luftschiffs war, um mich im Auge zu behalten und Angelique mit elterlichen Pflichten zu erpressen, dann war nicht sie es, die versucht hat, mich zu vergiften und stattdessen Tunstell erwischte. Und ich weiß nun, dass Angelique es ebenfalls nicht war.«

»Gift! Du hast mir nichts von Gift erzählt, Weib! Du erwähntest nur den Sturz.« Lord Maccon bebte vor unterdrückter Wut, und seine Augen wandelten sich von einem wilden satten Gelb in goldbraune Wolfslichter.

»Ja, nun … Das mit dem Sturz *war* Angelique.«

»Lenk nich' ab, du unmögliches Weib!«

Lady Maccon ging in Verteidigungsstellung. »Also ich nahm an, dass Tunstell es dir gesagt hätte. Schließlich war er es, der die volle Auswirkung des Vorfalls abbekam. Und er ist *dein* Claviger. Normalerweise erzählt er dir doch immer alles. Aber davon einmal abgesehen …« Sie wandte sich wieder Madame Lefoux zu. »*Sie* sind ebenfalls hinter der Vermenschlichungswaffe her, nicht wahr?«

Madame Lefoux lächelte erneut. »Wie haben Sie das erraten?«

»Jemand versuchte immer wieder, meine Aktentasche zu stehlen. Und was könnte derjenige schon anderes daraus wollen als meine Notizen über die Vermenschlichungsplage in London und die Untersuchungsergebnisse des Diwans und des Wesirs.« Alexia hielt kurz inne und legte den Kopf leicht schräg. »Würde es Ihnen etwas ausmachen, damit nun aufzuhören? Es ist äußerst ärgerlich. Da ist nichts von Bedeutung in der Tasche, ist Ihnen das nicht klar?«

»Aber es würde mich immer noch brennend interessieren, wo Sie sie versteckt haben.«

»Fragen Sie doch einmal Ivy nach besonderen Glückssocken.«

Lord Maccon bedachte seine Frau mit einem verwirrten Blick.

Madame Lefoux dagegen ignorierte diese seltsame Bemerkung. »Sie haben es herausgefunden, nicht wahr? Was die Ursache für diese Vermenschlichung war? Das müssen Sie, denn«, sie deutete auf Lord Maccons Wolfsaugen, »sie scheint aufgehoben zu sein.«

383

Lady Maccon nickte. »Natürlich habe ich das.«

»Ja, ich dachte mir, dass Sie das hinkriegen. Das war der wahre Grund, warum ich Ihnen folgte.«

Lord Maccon seufzte. »Wirklich, Madame Lefoux, warum nicht einfach warten, bis BUR die Sache aufgeklärt hat, und dann einfach fragen, was passiert ist?«

Die Erfinderin sah ihn hart an. »Wann hat BUR oder in diesem Fall die Krone schon jemals solche Informationen der Öffentlichkeit preisgegeben? Ganz zu schweigen einer französischen Wissenschaftlerin? Sogar als Ihre Freundin hätten Sie mir niemals die Wahrheit anvertraut.«

Lord Maccon sah aus, als würde er diese Bemerkung lieber nicht kommentieren. »Wurden Sie wie Angelique von den Westminster-Vampiren dafür bezahlt, diese Informationen in Erfahrung zu bringen?«, fragte er mit resignierter Miene.

Madame Lefoux antwortete nicht.

An diesem Punkt fühlte sich Alexia sehr zufrieden. Es kam selten vor, dass sie ihrem Ehemann ein Schnippchen schlagen konnte. »Conall, willst du damit etwa sagen, dass du es nicht wusstest? Madame Lefoux arbeitet nicht wirklich für dich. Sie arbeitet auch nicht für die Vampire. Sie arbeitet für den Hypocras Club.«

»Was? Das kann unmöglich sein!«

»O doch, das kann es. Ich habe die Tätowierung gesehen.«

»Nein, wirklich, das ist nicht wahr«, riefen Lord Maccon und Madame Lefoux wie aus einem Munde.

»Vertrau mir, meine Liebe, wir haben die gesamte Organisation zerschlagen«, fügte der Earl hinzu.

»Das erklärt, warum Sie sich mir gegenüber mit einem Mal so kühl verhielten«, meinte Madame Lefoux. »Sie sahen meine Tätowierung und zogen Ihre Schlüsse.«

Lady Maccon nickte.

»Tätowierung? Was für eine Tätowierung?«, knurrte Lord Maccon. Er wurde immer wütender.

Madame Lefoux zerrte ihren Kragen nach unten, was ohne Halsbinde einfach war, und enthüllte das verräterische Zeichen an ihrem Hals.

»Ah, meine Liebe, ich sehe die Ursache dieser Verwirrung.« Der Earl wirkte plötzlich viel ruhiger, anstatt wegen des Oktopus in Rage zu geraten, wie Alexia es erwartet hatte. Sanft nahm er die Hand seiner Frau in seine große Pfote. »Der Hypocras Club war ein militanter Zweig des OMO. Madame Lefoux ist ein angesehenes Mitglied dort. Nicht wahr?«

Die Erfinderin nickte mit einem schiefen Lächeln.

»Und was, wenn ich bitten darf, ist der OMO?« Lady Maccon riss ihre Hand aus dem gönnerhaften Griff ihres Mannes.

»Der Orden des Messing-Oktopus, eine Geheimgesellschaft aus Wissenschaftlern und Erfindern.«

Wütend funkelte Lady Maccon den Earl an. »Und du bist nicht auf den Gedanken gekommen, mir davon zu erzählen?«

Er zuckte mit den Schultern. »Er soll ja schließlich *geheim* sein.«

»Wir müssen wirklich an unserer Kommunikation arbeiten! Wenn du nicht ständig so interessiert an anderen Formen der Intimität wärst, könnte ich möglicherweise tatsächlich einmal Zugang zu den Informationen erhalten, die ich brauche, um meine ausgeglichene Laune nicht zu verlieren!« Alexia bohrte ihm einen spitzen Finger in die Brust. »Mehr reden, weniger Bettensport.«

Lord Maccon sah beunruhigt aus. »Also schön, ich werde mir Zeit nehmen, solche Dinge mit dir zu besprechen.«

Ihre Augen verengten sich.

»Das verspreche ich.«

Daraufhin wirbelte sie zu Madame Lefoux herum, die erfolglos versuchte, ihre Belustigung über Lord Maccons Unbehagen zu verbergen.

»Und dieser Orden des Messing-Oktopus, was sind seine Leitlinien?«

»Geheim.«

Alexia starrte sie an, als wollte sie sie mit ihrem Blick erdolchen.

»In aller Aufrichtigkeit, wir stimmen bis zu einem gewissen Grad mit dem Hypocras Club überein: dass die Übernatürlichen überwacht werden müssen, dass es Beschränkungen geben sollte. Es tut mir leid, Mylord, aber das ist die Wahrheit. Übernatürliche versuchen unablässig, die Welt zu manipulieren, ganz besonders die Vampire. Sie werden gierig. Sehen Sie sich nur einmal das Römische Reich an.«

Der Earl schnaubte verächtlich, fühlte sich aber offenbar nicht sonderlich angegriffen. »Als ob das Tageslichtvolk im Vergleich dazu so gut abschneiden würde. Vergessen Sie nicht, Ihresgleichen darf sich mit der Inquisition brüsten.«

Madame Lefoux wandte sich an Alexia und versuchte zu erklären. Ihre grünen Augen wirkten eigenartig verzweifelt, so als wäre ausgerechnet diese Angelegenheit fürchterlich wichtig. »Sie als Außernatürliche müssen das doch begreifen! Sie sind die lebende Verkörperung der Gegengewichtstheorie. Sie sollten auf *unserer* Seite stehen!«

Alexia begriff tatsächlich. Nachdem sie mehrere Monate lang mit dem Diwan und dem Wesir zusammengearbeitet hatte, konnte sie dieses verzweifelte Bedürfnis der Wissenschaftler, die Übernatürlichen unablässig zu überwachen, sehr gut nachvollziehen. Sie war sich noch nicht ganz sicher, auf welcher Seite sie letzten Endes stehen würde, dennoch sagte sie bestimmt: »Sie verstehen doch wohl, dass meine Loyalität Conall gilt. Nun ja – ihm und der Königin.«

Die Französin nickte. »Und nun, da Sie meine Zugehörigkeit kennen, werden Sie mir sagen, was diese massenhafte Aufhebung übernatürlicher Kräfte verursacht hat?«

»Sie wollen es sich zu Nutzen machen, um es für irgendeine Erfindung zu nutzen, nicht wahr?«

Madame Lefoux sah sie spitzbübisch an. »Ich bin überzeugt davon, dass es einen Markt dafür gäbe. Wie wäre das, Lord Maccon? Stellen Sie sich vor, was für einen Sundowner ich schaffen könnte, hätte ich die Möglichkeit, Vampire und Werwölfe sterblich zu machen. Oder, Lady Maccon, welch neue Vorrichtung ich in Ihren Sonnenschirm einbauen könnte. Denken Sie, wie sehr wir die Übernatürlichen dann kontrollieren könnten!«

Lord Maccon starrte die Erfinderin an, mit einem langen, harten Blick. »Mir war nich' bewusst, dass Sie eine Radikale sind, Madame Lefoux. Wann ist das passiert?«

Lady Maccon beschloss in diesem Augenblick, der Erfinderin nichts von der Mumie zu erzählen. »Es tut mir leid, Madame, aber es wäre das Beste, wenn ich das für mich behalte. Ganz offensichtlich«, sie deutete auf das Rudel, das immer noch hoffnungsvoll an der Tür herumlungerte, »habe ich die Ursache mithilfe Ihres ausgezeichneten Sonnenschirms beseitigen können, doch ich denke, dass dieses Wissen besser nicht allgemein bekannt werden sollte.«

»Sie sind eine harte Frau, Lady Maccon«, entgegnete die Erfinderin stirnrunzelnd. »Aber Sie sind sich doch hoffentlich bewusst darüber, dass wir es am Ende *doch* herausfinden werden.«

»Nicht, wenn ich es verhindern kann. Außerdem ist es dafür

wahrscheinlich schon zu spät. Ich glaube, unserer kleinen Spionin könnte es trotz meiner Vorsichtsmaßnahmen gelungen sein, dem Westminster-Haus die Kunde zu übermitteln«, sagte Lady Maccon, der mit einem Mal der äthografische Transmitter und Angeliques Botschaft wieder eingefallen war.

Sie drehte sich um und ging zur Tür, und Madame Lefoux und Lord Maccon folgten ihr.

»Nein«, sagte Alexia und sah dabei die Erfinderin an. »Es tut mir leid, Madame Lefoux. Nicht, dass ich Sie nicht mögen würde. Es ist einfach nur so, dass ich Ihnen nicht vertraue. Bitte bleiben Sie hier. Oh, und geben Sie mir mein Notizbuch zurück.«

Die Erfinderin wirkte verwirrt. »Ich habe es nicht gestohlen.«

»Aber ich dachte, Sie sagten …«

»Ich suchte nach der Aktentasche, aber ich war es nicht, die an Bord des Luftschiffs in Ihr Zimmer einbrach.«

»Wer war es dann?«

»Dieselbe Person, die versuchte, Sie zu vergiften, nehme ich an.«

Alexia warf die Hände in die Luft. »Dafür habe ich jetzt wirklich keine Zeit!«

Und mit diesen Worten führte sie ihren Mann in forschem Schritt aus dem Zimmer.

# Veränderungen

Hastig überprüfte Lord Maccon die Eingangshalle. Sie war leer, denn die Rudelmitglieder hatten sich entweder in den Mumienraum begeben oder waren hinausgegangen, um Angeliques Leichnam zu holen. Als er sah, dass niemand in der Nähe war, um ihn an seinem Vorhaben zu hindern, drängte er seine Frau mit dem Rücken an die Wand und schmiegte sich in ganzer Länge gegen sie.

»Ufff«, sagte Alexia. »Nicht jetzt!«

Er küsste ihren Hals dicht unter ihrem Ohr. »Nur einen Augenblick«, bat er. »Ich brauche eine kleine Erinnerung daran, dass du hier bist, dass du unversehrt bist und dass du mir gehörst.«

»Nun, die ersten beiden Tatsachen sollten völlig offensichtlich sein, und Letzteres steht wie immer zur Diskussion«, entgegnete seine Herzdame wenig hilfreich. Doch sie schlang ihm die Arme um den Hals und drückte sich an ihn, all ihrem gegenteiligen Protest zum Trotz.

Er ließ wie immer Taten statt Worte sprechen und versiegelte ihr die Lippen mit den seinen, um ihre scharfe Zunge zum Schweigen zu bringen.

Alexia, der es bis zu diesem Augenblick gelungen war, trotz all ihres Herumrennens in der Burg überaus gefasst und aufgeräumt zu wirken, ergab sich bereitwillig dem Zustand hoffnungslosen Durcheinanders. Wenn Conall in so einer Stimmung war, konnte man nichts anderes tun, als es einfach zu genießen. Ihr Mann vergrub die Hände in ihrem Haar und neigte ihren Kopf in den für leidenschaftliche Verführungen richtigen Winkel. Und darin war er wirklich gut.

Alexia opferte sich auf dem Altar ehelicher Pflichten und genoss davon jede Sekunde, war aber fest entschlossen, ihn von sich zu stoßen, um zu dem Äthografen zu gelangen.

Doch trotz ihrer Entschlossenheit dauerte es eine ganze Weile, bis er schließlich den Kopf hob.

»Gut«, sagte er, als habe er gerade einen tiefen Schluck von einem erfrischenden Getränk genommen. »Sollen wir dann also weiter?«

»Was?«, fragte Alexia benebelt und versuchte sich daran zu erinnern, was sie gerade vorgehabt hatten, bevor er sie mit seiner Leidenschaft überfiel.

»Der Transmitter, erinnerst du dich?«

»Ach ja, richtig.« Aus reiner Gewohnheit versetzte sie ihm einen Klaps. »Warum musstest du mich auch derart ablenken? Ich war gerade so schön in meinem Element.«

Conall lachte. »Jemand muss dich schließlich immer wieder mal aus dem Gleichgewicht bringen, sonst regierst du am Ende noch das ganze Empire. Oder kommandierst es zumindest solange herum, bis es sich dir jämmerlich unterwirft.«

»Ha, ha, sehr witzig!« Mit forschem Schritt eilte sie den Gang entlang, dass ihre Tournüre einladend hin- und herwippte. Auf halbem Wege hielt sie inne und warf einen koketten Blick zurück über die Schulter. »Also Conall, *beeil* dich doch!«

Lord Maccon knurrte, trottete aber folgsam hinter ihr her.

Erneut blieb sie stehen und legte lauschend den Kopf schief.

»Was ist denn das für ein absonderlicher Lärm?«

»Operngesang.«

»Wirklich? Da wäre ich niemals draufgekommen.«

»Ich glaube, Tunstell bringt Miss Hisselpenny ein Ständchen.«

»Gütiger Himmel! Die arme Ivy! Aber … Nun ja.« Sie setzte sich wieder in Bewegung.

Auf ihrem verschlungenen Weg durch die Burg und hinauf in den höchsten Turm, in dem sich der Äthograf befand, erläuterte Alexia ihre Theorie, dass die mittlerweile zerstörte Mumie einst ein Außernatürlicher gewesen war und sich nach dem Tod in eine seltsame Art von seelensaugender Massenauflösungswaffe verwandelt hatte. Und dass Angelique, dasselbe glaubend, versucht hatte, die Mumie zu stehlen. Vermutlich, damit sie das Westminster-Haus und Countess Nadasdys Lieblingswissenschaftler in die Hände bekamen.

»Wenn es Angelique tatsächlich gelungen ist, Westminster alles zu enthüllen, kann nichts Gutes dabei herauskommen. Wir könnten es genauso gut auch Madame Lefoux erzählen. Wenigstens wird sie dieses Wissen dazu benutzen, Waffen für *unsere* Seite zu entwickeln.«

Lord Maccon sah seine Frau eigenartig an. »Gibt es denn verschiedene Seiten?«

»Es scheint so.«

Lord Maccon seufzte, das Gesicht von Sorge, wenn nicht sogar von der Zeit gezeichnet. Alexia wurde bewusst, dass sie seine Hand fest ergriffen und ihn dadurch in seinen sterblichen Zustand zurückversetzt hatte. Sie ließ ihn los. Vermutlich war es besser, wenn er in diesen Momenten ein Werwolf war und auf seine Reserven übernatürlicher Kraft zurückgreifen konnte.

Er brummte mürrisch. »Das Letzte, was wir brauchen, ist ein Wettrüsten mit Waffen, die auf die Fähigkeit toter Außernatürlicher basieren. Ich werde sofort anordnen, dass alle Seelenlosen nach ihrem Tod verbrannt werden. Heimlich natürlich.« Er sah seine Frau an, ausnahmsweise einmal nicht verärgert, sondern nur besorgt. »Alle werden hinter dir her sein und hinter deinesgleichen, im ganzen Empire. Und nicht nur das. Wenn sie wissen, dass deine Kräfte durch Mumifizierung konserviert werden können, wirst du wertvoller für sie sein, wenn du tot bist.«

»Zum Glück weiß niemand, wie die alten Ägypter ihre Toten mumifizierten«, meinte Alexia. »Das verschafft uns etwas Zeit. Und vielleicht war die Übertragung gar nicht vollständig. Es gelang mir, den Äthografen mit meinem Magnetstörfeld außer Betrieb zu setzen.«

Sie hob Angeliques Metallblatt von der Stelle auf, wo sie es hingeworfen hatte. Die Funkenspuren der Lesearme zogen sich über dem Großteil des Metallblatts.

Lady Maccon stieß einen so beeindruckenden Fluch aus, dass der Earl sie mit einem halb missbilligenden, halb respektvollen Blick bedachte.

»Die Botschaft wurde also erfolgreich versendet?«

Sie hielt ihm die Metallplatte hin. Dort stand schlicht: »Tote Mumie ist Seelensauger.« Nicht gerade viele Worte, doch genug, um ihr Leben in Zukunft erheblich komplizierter zu machen.

»Jetzt ist alles aus!« war Lady Maccons erster zusammenhängender Satz.

»Wir können nicht sicher sein, dass die Botschaft die andere Seite erreichte.«

Alexia nahm eine völlig intakte facettierte Kristallröhre aus der Resonatorgabel. »Die muss dem Westminster-Haus gehören.« Sie steckte sie in ihren Sonnenschirm, in die Tasche neben der für Lord Akeldamas Röhre.

Dann, mit einem nachdenklichen Stirnrunzeln, zog sie diese hervor und musterte sie, während sie sie zwischen behandschuhten Fingern hin- und herdrehte. Was war das in Lord Akeldamas Nachricht gewesen, als sie überprüft hatten, ob Madame Lefoux den Schaden am Äthografen behoben hatte? Etwas über Ratten? O nein, nein, es waren Fledermäuse gewesen. Altmodischer Jargon für Vampire. Wenn Lord Akeldama das Westminster-Haus überwachte, wie sie zu diesem Zeitpunkt vermutet hatte, hatte er dann die Nachricht über die Mumie ebenfalls erhalten? Und würde es die Angelegenheit besser oder schlimmer machen, wenn er darüber Bescheid wusste?

Es gab nur eine Möglichkeit, das herauszufinden. Versuchen, ihm eine Nachricht zu senden, und sehen, ob er darauf antwortete.

Es war natürlich bereits weit nach der für sie reservierten Übertragungszeit, doch Lord Akeldamas Apparat war von der neuesten Technik, und wenn er eingeschaltet und auf die entsprechende Frequenz ausgerichtet war, empfing er alles, was gesendet wurde. Wenn er *tatsächlich* etwas Wichtiges abgefangen hatte, ging er bestimmt davon aus, dass Alexia mit ihm Kontakt aufnahm.

Nachdem sie ihren Ehemann klargemacht hatte, dass er so still wie möglich sein sollte, und das mit einem funkelnden Blick, der ihm ernsthafte Konsequenzen androhte, sollte er sich nicht daran halten, machte sich Alexia an die Arbeit. Allmählich wurde sie recht geübt im Umgang mit dem Äthografen. Sie ätzte ihre Nachricht ein, steckte Lord Akeldamas Röhre in die Gabel und die Platte in ihre Halterung und aktivierte die Maschine für die Übertragung. Ihre Botschaft bestand nur aus zwei Dingen: »?« und »Alexia.«

Sobald die Übertragung abgeschlossen war, ging sie in die Empfangskammer. Ihr Mann blieb einfach nur außerhalb des Äthografen stehen, mit vor der Brust verschränkten Armen, und beobachtete die gerüschte Gestalt seiner Frau. Geschäftig huschte sie umher, drehte an zahlreichen Rädchen und legte große, wichtig aussehende Schalter um. Ihre Blaustrumpf-Neigungen mochte er zwar begrüßen, doch verstehen würde er sie nie. Bei BUR hatte er Leute, die seinen Äthografen für ihn bedienten.

Doch Lady Maccon schien alles gut im Griff zu haben, denn die Magnetpartikel formten Buchstabe um Buchstabe einer Nachricht. So leise wie möglich schrieb sie mit. Die Antwort war um einiges länger als jede Übertragung, die sie bisher erhalten hatte. Es dauerte eine ganze Weile, bis sie abgeschlossen war, und Alexia brauchte noch länger, um herauszufinden, wo sich die Leerstellen zwischen den Wörtern befanden und wie sie zu lesen waren. Als es ihr endlich gelungen war, musste Lady Maccon lachen. »Meine *Rosenblüte*.« Die Kursivbuchstaben waren sogar noch quer durch England zu erkennen. »Westminsters Spielzeug hat dank Biffy und Lyall Teeprobleme. Tschüssi. A.«

Lady Maccon grinste breit. »Fantastisch!«

»Was?« Der Kopf ihres Gatten spähte durch die Tür der Empfangskammer herein.

»Meinem Lieblingsvampir ist es mithilfe deines wundervollen Betas gelungen, die Zähne in den Transmitter des Westminster-Hauses zu schlagen. Angeliques letzte Botschaft kam nie dort an.«

Finster runzelte Lord Maccon die Stirn. »Randolph arbeitete mit Lord Akeldama zusammen?«

Lady Maccon tätschelte ihm den Arm. »Nun ja, er steht solchen Zweckbündnissen weitaus aufgeschlossener gegenüber als du.«

Das Stirnrunzeln vertiefte sich. »Eindeutig.« Eine Pause. »Na dann, lass mich das kurz machen ...« Ihr Mann, der immer noch die Platte mit Angeliques Botschaft in den Händen hielt, verdrehte sie in sich selbst, was seine Muskeln eindrucksvoll hervortreten ließ, und zerknüllte sie dann, bis sie nur noch ein zusammengepresster Metallklumpen war. »Wir sollten das Ding besser auch noch einschmelzen«, meinte er, »nur um sicherzugehen.« Er sah seine Gattin an. »Weiß sonst noch jemand davon?«

»Von der Mumie?« Nachdenklich kaute sie auf ihrer Unterlippe. »Lachlan und Sidheag. Möglicherweise auch Lord Akeldama und Professor Lyall. Und Ivy, aber nur auf die Weise, wie Ivy über Dinge Bescheid weiß.«

»Was heißt, ohne wirklich zu ahnen, worum es wirklich geht.«

»Ganz genau.«

Sie lächelten sich an, und nachdem Alexia das Gerät abgeschaltet hatte, machten sie sich gemächlich auf den Weg zurück nach unten.


»Miss Hisselpenny ist durchgebrannt!«

Nach dem allgemeinen Chaos der vergangenen Nacht hatten sich alle in ihre Betten zurückgezogen. Diejenigen, die immer noch unter dem Einfluss von Angeliques Betäubungsmittel standen, wurden vom Rudel nach oben getragen. Die meisten von ihnen verschliefen den ganzen Tag, die Werwölfe wieder unter dem Einfluss ihrer sonnenfeindlichen Instinkte und alle anderen aus purer Erschöpfung.

Als Alexia zur ersten Mahlzeit des Tages nach unten kam, etwa zur Teestunde, war die Sonne gerade untergegangen. Es schien, als habe sich ihr alter Rhythmus des nächtlichen Lebens auf wundersame Weise in die schottischen Highlands verpflanzt.

Die Kingair-Rudelmitglieder saßen am Tisch und verschlangen geräuschvoll ihre gebratenen Räucherheringe. Sie alle wirkten lebendiger und zottiger und schienen sich wohler in ihrem Pelz zu fühlen, nun, da sie wieder einen Pelz haben konnten. Sogar Lady Kingair schien geringfügig bessere Laune zu haben. Natürlich genoss sie es, die Nachricht zu verkünden, dass Tunstell und Ivy irgendwann an diesem Morgen, als alle noch geschlafen hatten, nach Gretna Green durchgebrannt waren.

»Was?«, schnappte Lady Maccon aufrichtig überrascht. Ivy war zwar töricht, aber war sie wirklich *so* töricht?

Felicity, die Alexia zugegebenermaßen in dem Durcheinander der vergangenen Nacht völlig vergessen hatte, blickte von ihrer Mahlzeit auf. »Aber ja, Schwester. Sie hinterließ einen Brief für dich, bei mir natürlich.«

»Ach wirklich, bei König George, hat sie das?« Alexia riss ihrer Schwester das Schreiben, dass diese ihr reichte, aus der rosa behandschuhten Hand.

Felicity grinste. Sie genoss Alexias Unbehagen. »Miss Hisselpenny war schrecklich aufgewühlt, als sie ihn verfasste. Ich habe nicht weniger als zehn Ausrufungszeichen gezählt.«

»Und warum, bitte schön, hat sie den Brief ausgerechnet bei dir hinterlassen?« Alexia setzte sich und nahm sich eine kleine Portion Haggis.

Mit einem Schulterzucken biss Felicity in eine Silberzwiebel. »Weil ich die Einzige war, die sich an einen anständigen Tagesrhythmus hielt?«

Sofort wurde Alexia argwöhnisch. »Felicity, hast du sie auf irgendeine Art und Weise zu dieser überstürzten Handlung ermutigt?«

»Wer? Ich?« Sie sah ihre Schwester mit großen Augen an. »So etwas würde ich niemals tun!«

Wenn Felicity sie dabei unterstützt hatte, dann aus Boshaftigkeit, davon war Lady Maccon überzeugt. Sie rieb sich mit der Hand übers Gesicht. »Das bedeutet Miss Hisselpennys Ruin.«

Felicity grinste. »Ja, ja, das tut es. Mir war klar, dass aus dieser Verbindung nichts Gutes erwachsen würde. Ich mochte Mr. Tunstell nie. Ich kam auch nicht einmal ansatzweise auf einen Gedanken in seine Richtung.«

Lady Maccon biss die Zähne zusammen und entfaltete Ivys Brief.

Überall am Tisch richteten sich faszinierte Blicke auf sie, und weniger faszinierte Kiefer kauten umso mehr Räucherhering.

*Liebste Alexia,* lautete die Nachricht. *O bitte, vergib mir! Ich fühle bereits, wie mir die Schuld regelrecht die Seele zerquetscht!* Lady Maccon schnaubte, um sich ein Lachen zu verkneifen. *Mein bekümmertes Herz weint bittere Tränen!* Ach herrje, Ivy wurde blumig. *Jeder Knochen in meinem Leib schmerzt angesichts der Sünde, die ich im Begriff stehe zu begehen. Oh, warum nur muss ich Knochen haben? Ich habe mich ganz in diese entwurzelnde Liebe verloren. Du könntest dieses Gefühl unmöglich begreifen! Dennoch, versuche zu verstehen, liebste Alexia, ich bin wie eine zarte Blüte. Eine Ehe ohne Liebe mag für Menschen wie Dich schön und gut sein, doch ich würde welken und vergehen. Ich brauche einen Mann mit der Seele eines Poeten! Ich bin einfach nicht so genügsam wie Du. Ich kann es nicht ertragen, auch nur einen Augenblick länger von dem Mann, den ich anbete, getrennt zu sein! Der Triebwagen meiner Liebe ist entgleist, und ich muss alles für meinen Allerwertesten opfern! Bitte richte nicht zu hart über mich! Es geschah alles aus Liebe! ~ Ivy.*

Lady Maccon reichte den Brief an ihren Mann weiter, der nach wenigen Zeilen schallend zu lachen begann.

Mit belustigt funkelnden Augen sagte seine Frau: »Mein lieber Gemahl, das hier ist eine ernste Angelegenheit. Es gilt schließlich entgleiste Triebwägen und Allerwerteste zu berücksichtigen! Außerdem hast du deinen Kammerdiener verloren, ganz zu schweigen von einem vielversprechenden Claviger des Woolsey-Rudels.«

Lord Maccon wischte sich mit dem Handrücken die Lachtränen aus den Augen. »Ach, Tunstell, dieser Schwachkopf, der war nie ein besonders guter Claviger! Ich hatte ohnehin bei ihm so meine Zweifel.«

Lady Maccon nahm ihm Ivys Brief wieder ab. »Aber wir müssen Mitleid mit dem armen Captain Featherstonehaugh haben.«

Lord Maccon zuckte mit den Schultern. »Müssen wir das? Er hat Glück, dass er noch einmal davongekommen ist, wenn du mich fragst. Stell dir nur vor, sich das ganze restliche Leben lang diese Hüte ansehen zu müssen!«

»Conall!« Tadelnd versetzte ihm seine Frau einen Klaps auf den Arm.

»Ist doch wahr!«, meinte Lord Maccon trotzig.

»Ist dir bewusst, lieber Gemahl, dass uns das in eine ausgesprochen peinliche Lage bringt? Ivy befand sich unter meiner Obhut. Wir werden ihre Eltern über diese bedauerliche Affäre in Kenntnis setzen müssen.«

Lord Maccon zuckte erneut mit den Schultern. »Die Frischvermählten schaffen es vermutlich schneller zurück nach London als wir.«

»Glaubst du, dass das nach Gretna Green ihr Ziel ist?«

»Nun ja, es ist kaum wahrscheinlich, dass Tunstell die Bühne aufgeben wird. Außerdem befindet sich sein ganzer Besitz in Woolsey Castle.«

Lady Maccon seufzte. »Arme Ivy!«

»Warum arme Ivy?«

»Nun, mein Lieber, du musst zugeben, dass das für sie einen ziemlichen Abstieg bedeutet.«

Lord Maccon wackelte bedeutsam mit den Augenbrauen. »Ich war immer der Meinung, dass deine Freundin einen Hang zum Theatralischen hat, *meine Liebe.*«

Alexia zuckte zusammen. »Du denkst, dass sie ihm auf die Theaterbühne folgen wird?«

Lord Maccon zuckte mit den Schultern.

Felicity, die der Unterhaltung eifrig gelauscht hatte, ließ ihre Gabel mit einem lauten Klirren auf den leeren Teller fallen. »Also ich muss schon *sagen*! Meint ihr damit, dass sie nicht *völlig* ruiniert sein wird?«

Lord Maccon lächelte nur.

»Weißt du, mein lieber Herr Gatte«, Lady Maccon bedachte ihre Schwester mit einem flüchtigen Seitenblick, »ich glaube, du könntest recht haben. Sie könnte eine *überragende* Schauspielerin abgeben. Ohne Zweifel sieht sie gut aus.«

Felicity erhob sich von der Tafel und marschierte aufgebracht aus dem Raum.

Lord und Lady Maccon tauschten ein breites Lächeln aus.

Alexia kam zu dem Schluss, dass dieser Zeitpunkt so gut wie jeder andere war. »Mein werter Herr Gemahl …«, sagte sie beiläufig, während sie sich eine weitere kleine Portion Haggis nahm und den Räucherhering tunlichst mied. Sie fühlte sich immer noch ein wenig flau im Magen, denn sie hatte sich von dieser verflixten Luftschiffreise nicht wirklich erholt. Aber schließlich musste man ja etwas essen!

»*Aye?*« Conall lud sich Berge verschiedener toter Geschöpfe auf den Teller.

»Wir werden doch in Kürze abreisen, nicht wahr?«

»*Aye.*«

»Dann wird es für dich Zeit, Lady Kingair zu beißen«, verkündete sie kühn in das leise Schmatzen der Dinnertafel.

Sofort geriet das Rudel in Aufruhr, und alle redeten gleichzeitig.

»Eine Frau kann man nich' verwandeln«, protestierte Dubh.

»Sie ist die letzte Alpha, die wir noch haben«, fügte Lachlan hinzu, als wäre ein Alpha ein Stück Fleisch, das man beim Metzger kaufen konnte.

Lady Kingair sagte überhaupt nichts und sah bleich, aber entschlossen aus.

Ziemlich kühn umfasste Alexia das Kinn ihres Mannes mit einer behandschuhten Hand, sodass er sie ansehen musste, während ihn die Berührung sterblich machte.

»Du musst es tun, ohne Rücksicht auf deine Rudelgesetze und deinen Werwolfsstolz. Nimm meinen Rat in dieser Angelegenheit an, und denk daran, du hast mich wegen meines gesunden Menschenverstands geheiratet.«

Er brummte mürrisch, ohne sich allerdings aus ihrem Griff zu befreien. »Ich habe dich wegen deines Körpers geheiratet und um dich zum Schweigen zu bringen. Und sieh nur, wohin mich das gebracht hat!«

»Ach, Conall, was für ein süßes Kompliment!« Lady Maccon rollte mit den Augen und küsste ihn dann flink auf die Lippen, vor der versammelten Dinnertafel.

Das war die sicherste Art und Weise, ein Rudel zum Schweigen zu bringen – sie zu schockieren. Sogar Conall verschlug es derart die Sprache, dass sein Mund halb offen stand.

»Gute Neuigkeiten, Lady Kingair«, sagte Alexia. »Mein Mann ist einverstanden damit, Sie zu verwandeln.«

Der Kingair-Beta brach das allgemeine Schweigen mit einem lauten Lachen. »Ich schätze, sie ist *doch* eine anständige Alpha, auch wenn sie als Fluchbrecherin geboren wurde. Hätte nie gedacht, dass ich mal erlebe, wie du unterm Pantoffel stehst, alter Wolf!«

Lord Maccon erhob sich langsam, beugte sich vor und starrte Dubh über den Tisch hinweg drohend an. »Willst du mich noch einmal herausfordern, Welpe? Ich kann dich in Wolfsgestalt genauso gründlich vermöbeln wie in menschlicher.«

Schnell wandte Dubh den Kopf zur Seite und präsentierte die Kehle. Offensichtlich war er in dieser Angelegenheit mit dem Earl einer Meinung.

Lord Maccon schritt hinüber zum Kopf der Tafel, wo Lady Kingair immer noch kerzengerade auf ihrem Stuhl saß. »Bist du dir sicher damit? Du weißt, dass es wahrscheinlich deinen Tod bedeutet?«

»Wir brauchen einen Alpha, Grandpa.« Sie sah ihn an. »Kingair kann nich' viel länger ohne einen überleben. Ich bin die einzige Möglichkeit, die wir noch haben, und wenigstens bin ich eine Maccon. Du schuldest es dem Rudel.«

Lord Maccons Stimme war nur noch ein tiefes Grollen, als er sagte: »Ich schulde diesem Rudel überhaupt nichts. Aber *du*, du bist die letzte meiner Blutlinie. Und es ist an der Zeit, dass ich deinen Wünschen entgegenkomme.«

Lady Kingair seufzte leise. »Endlich!«

Conall nickte noch einmal. Dann verwandelte er sich. Jedoch nicht ganz. Das Brechen der Knochen blieb aus, es gab keinen fließenden Übergang von einer Gestalt in eine andere, und das Haar wurde auch nicht zu Fell – mit Ausnahme seines Kopfes. Nur dort veränderte sich Lord Maccon: Nase und Mund wölbten sich vor, die Ohren streckten sich nach oben, und seine Augen verfärbten sich von Braun zu Tiefgelb und wölfisch. Der Rest von ihm behielt vollständig sein menschliches Aussehen.

»Grundgütiger!«, rief Lady Maccon. »Willst du es denn etwa gleich hier und jetzt tun?« Sie schluckte. »Bei Tisch?«

Niemand antwortete. Sie alle hatten aufgehört zu essen – und nur eine sehr ernste Angelegenheit konnte einem Schotten das Essen verleiden. Rudelmitglieder und Claviger verstummten gleichermaßen und starrten Lord Maccon gebannt an. Es schien, als wollten sie alle die Metamorphose durch bloße Willenskraft unterstützen. Entweder das – oder sie waren kurz davor, ihre Mahlzeit wieder hochzuwürgen.

Dann fraß Lord Conall Maccon seine Ur-ur-ur-Enkelin.

Anders konnte man es wirklich kaum nennen.

Mit vor Entsetzen weit aufgerissenen Augen sah Alexia, wie ihr Ehemann mit dem Kopf eines Wolfes Lady Kingair die Zähne in den Hals grub und dann weiter auf sie einbiss. Nicht einmal im Traum hätte sie gedacht, so etwas einmal mitansehen zu müssen.

Und er tat es direkt vor ihren Augen, noch nicht einmal das Geschirr war vorher abgeräumt worden! Das Blut, das aus Lady Kingairs Kehle strömte, sickerte in den Spitzenkragen und das seidene Mieder ihres Kleides, ein dunkler, sich ausbreitender Fleck.

Der Earl of Woolsey zerriss Sidheag Maccon regelrecht, und keines der Rudelmitglieder schritt ein, um sie zu retten. Wild um sich schlagend wehrte sich Sidheag gegen den endgültigen Biss, sie konnte diese instinktive Reaktion nicht unterdrücken. Sie kratzte und schlug nach Conall, doch er blieb ungerührt und unverletzt, denn mit ihren menschlichen Kräften war sie denen eines Werwolfs nicht einmal annähernd gewachsen. Er packte sie mit seinen großen Händen an den Schultern – es waren immer noch Hände, ohne Krallen – und biss weiter auf sie ein. Seine langen, weißen Zähne rissen Haut und Muskeln auf bis auf den Knochen. Blut überzog seine Schnauze und verklebte ihm das Fell.

Lady Maccon konnte den Blick nicht von diesem grauenhaften Geschehen lösen. Überall schien Blut zu sein, und der kupferartige Geruch rang mit dem Duft nach Haggis und gebratenem Räucherhering. Allmählich konnte sie das Innere des Halses der Frau erkennen, als wäre sie Zeuge bei einer Art Anatomiestunde an der Dinnertafel.

Sidheag hörte auf, sich zu wehren, und verdrehte die Augen, dass beinahe nur noch das Weiße zu sehen war. Ihr Kopf, der kaum noch am Rest des Körpers hing, rollte gefährlich weit zur Seite.

Dann, in einer absurden Verhöhnung des Todes, erschien Conalls große rosige Zunge, und wie ein übertrieben freundlicher Hund fing er an, all das Fleisch abzulecken, das er soeben aufgerissen hatte. Und er leckte weiter, über Sidheags Gesicht und den halb geöffneten Mund, und verteilte wölfischen Speichel in Lady Kingairs klaffende Wunden.

*Ich werde nie mehr in der Lage sein, meine ehelichen Pflichten zu erfüllen*, dachte Alexia, die Augen weit aufgerissen und den Blick auf das abstoßende Schauspiel geheftet. Auf einmal, völlig unerwartet und ohne dass sie überhaupt wusste, dass es passierte, fiel sie tatsächlich in Ohnmacht – eine richtige, waschechte Ohnmacht, an Ort und Stelle – und mit dem Gesicht in ihr halb aufgegessenes Haggis.

Als Lady Maccon blinzelnd erwachte, schwebte das besorgte Gesicht ihres Mannes über ihr. »Conall«, sagte sie. »Bitte versteh das nicht falsch, aber das war vermutlich das Widerwärtigste, was ich je in meinem Leben gesehen habe.«

»Warst du je bei der Geburt eines menschlichen Babys dabei?«

»Nein, natürlich nicht! Sei nicht vulgär!«

»Vielleicht solltest du mit deinem Urteil dann nicht so vorschnell sein.«

»Nun?« Alexia richtete sich leicht auf und blickte sich um. Man hatte sie offensichtlich in einen der Salons getragen und auf ein mit Brokat bezogenes Sofa beträchtlichen Alters gebettet.

»Nun, was?«

»Hat es geklappt? Hat die Metamorphose funktioniert? Wird sie überleben?«

Lord Maccon ging leicht in die Hocke. »Wirklich bemerkenswert, eine echte weibliche Alpha! Selten, sogar in unseren mündlichen Überlieferungen. Kriegerkönigin Boudica war eine Alpha, wusstest du das?«

»Conall!«

Der Kopf eines Wolfes tauchte in Alexias Gesichtsfeld auf. Es war kein Werwolf, den sie bisher gesehen hatte: ein markantes, langgliedriges Geschöpf, um die Schnauze herum ergraute, jedoch muskulös und athletisch, trotz der offensichtlichen Anzeichen des Alters. Lady Maccon setzte sich in ihre Kissen auf.

Der Hals des Wolfs war blutüberströmt, das Fell dunkelrot verklebt und das Blut bereits verkrustet, doch bei dem Wolf waren keine Verletzungen auszumachen, so als wäre das Blut nicht sein eigenes. Was es eigentlich auch nicht war, da dieses Wesen nun kein Mensch mehr war, sondern eine übernatürliche Kreatur.

Mit heraushängender Zunge hechelte Sidheag Maccon Alexia an. Die fragte sich, wie der Wolf wohl darauf reagieren würde, wenn man ihm die Ohren kraulte, und entschied angesichts des Stolzes, den Lady Kingair als Sterbliche an den Tag gelegt hatte, eine solche Annäherungsweise zu unterlassen.

Sie sah ihren Mann an. Wenigstens hatte er, während sie besinnungslos gewesen war, das Hemd gewechselt und sich das Gesicht gewaschen. »Ich nehme an, es hat funktioniert?«

Er grinste breit. »Meine erste erfolgreiche Verwandlung seit Jahren, und eine weibliche Alpha obendrein. Die Heuler werden es in alle Winde jaulen.«

»Da ist wohl jemand mächtig stolz auf sich!«

»Außer dass ich daran hätte denken sollen, wie verstörend die Metamorphose auf Außenstehende wirkt. Es tut mir leid, mein Liebes. Ich wollte dich nich' aufregen.«

»Ach, papperlapapp, daran lag es nicht! Ich bin wohl kaum jemand, der sich von ein bisschen Blut aus der Fassung bringen lässt. Es war einfach nur ein kleiner Schwindelanfall.«

Lord Maccon beugte sich über sie und strich ihr mit seiner großen Hand über die Wange. »Alexia, du warst über eine Stunde lang völlig weggetreten. Ich musste jemanden nach Riechsalz schicken.«

Madame Lefoux kam um das Sofa herum und kauerte sich ebenfalls neben Alexia. »Sie haben uns große Sorgen bereitet, Mylady.«

»Was ist denn passiert?«

»Du bist in Ohnmacht gefallen«, sagte Lord Maccon anklagend, als hätte sie ein ungeheuerliches Verbrechen gegen ihn persönlich begangen.

»Ich meine, bei der Metamorphose. Was habe ich verpasst?«

»Nun ja«, antwortete Madame Lefoux. »Es war alles sehr aufregend. Es gab einen mächtigen Donnerschlag und ein gleißendes blaues Licht, und dann ...«

»Seien Sie nicht albern«, schnauzte Lord Maccon. »Das klingt ja wie in einem Schauerroman!«

Madame Lefoux seufzte. »Also gut: Sidheag fing an, krampfartig zu zucken, und brach dann auf dem Fußboden zusammen und war tot. Alle standen um sie herum und starrten ihren Leichnam an, bis sie sich unvermittelt in einen Wolf verwandelte. Sie hat ziemlich rumgeschrien; soweit ich es verstehe, ist die erste Verwandlung die schlimmste. Dann wurden wir darauf aufmerksam, dass Sie zusammengebrochen waren. Lord Maccon bekam einen hysterischen Anfall, und zum Schluss waren wir alle hier.«

Lady Maccon richtete ihren vorwurfsvollen Blick auf ihren Gatten. »Das hast du nicht! Und das auch noch am Metamorphosentag deiner Enkelin!«

»Du bist in Ohnmacht gefallen!«, wiederholte er verärgert.

»Völliger Unsinn!«, entgegnete seine Frau scharf. »Ich falle nie in Ohnmacht!« Ihr Gesicht bekam allmählich wieder Farbe. Es hätte wohl kaum einer gedacht, dass sie so aschfahl werden konnte.

»Da gab es doch diesen einen Vorfall, in der Bibliothek, als du diesen Vampir getötet hattest.«

»Da habe ich nur so getan, als wäre ich ohnmächtig geworden, das weißt du ganz genau.«

»Und was war, als wir nach Ende der Öffnungszeiten im Museum waren und ich dich hinter den Elgin Marbles in eine Ecke gedrängt habe?«

Lady Maccon verdrehte die Augen. »Das war eine völlig andere Art der Besinnungslosigkeit.«

»Genau meine Rede!«, rief Conall triumphierend. »Gerade eben bist du wirklich und wahrhaftig in Ohnmacht gefallen. So etwas machst du sonst nie. Was ist los mit dir? Bist du krank? Ich *verbiete* dir, krank zu sein, Weib!«

»Also wirklich! Hör auf, ein solches Aufhebens zu machen! Mit mir ist alles absolut in Ordnung. Ich bin seit der Fahrt mit dem Luftschiff nur ein bisschen aus dem Gleichgewicht, das ist alles.« Alexia setzte sich ganz auf und versuchte, ihre Röcke zu glätten und die immer noch streichelnde Hand ihres Mannes zu ignorieren.

»Jemand könnte dich wieder vergiftet haben.«

Entschieden schüttelte Alexia den Kopf. »Da es nicht Angelique war, die das beim ersten Mal versuchte, und Madame Lefoux mein Notizbuch nicht stahl und beides auch an Bord des Luftschiffs geschah, glaube ich, dass uns der Übeltäter nicht nach Kingair gefolgt ist. Nenn es eine außernatürliche Ahnung. Nein, ich wurde nicht vergiftet, werter Gemahl. Ich bin nur ein bisschen schlapp, das ist alles.«

Madame Lefoux schnaubte verächtlich, während ihr Blick zwischen den beiden hin- und herpendelte, als wären sie beide verrückt. »Sie ist nur ein bisschen schwanger, das ist es«, sagte sie.

»Was?«, riefen Lord Maccon und Alexia wie aus einem Munde. Lady Maccon hörte auf, ihre Röcke zu glätten, und Lord Maccon hörte auf, seiner Frau über die Wange zu streichen.

Aufrichtig erstaunt sah die französische Erfinderin sie an. »Das wussten Sie nicht? Keiner von Ihnen wusste es?«

Heftig zuckte Lord Maccon vor seiner Frau zurück und fuhr in die Höhe, die Arme steif an den Körper gepresst.

Wütend funkelte Alexia Madame Lefoux an. »Reden Sie keinen Unsinn, Madame! Ich kann unter keinen Umständen schwanger sein. Das ist wissenschaftlich nicht möglich.«

Madame Lefoux zeigte wieder ihre Grübchen. »Ich war bei Angelique, als sie sich während ihrer Schwangerschaft zurückzog. Sie zeigen alle möglichen Anzeichen anderer Umstände – Übelkeit, Schwäche, größerer Leibesumfang.«

407

»Was?« Lady Maccon war aufrichtig schockiert. Zugegeben, ihr war ein wenig übel, und sie hatte keinen Appetit auf bestimmte Speisen, aber war das wirklich möglich? Nun, Wissenschaftler konnten sich irren, und es gab nicht sehr viele weibliche Außernatürliche, und keine davon war mit einem Werwolf verheiratet.

Auf einmal erstrahlte ein breites Lächeln auf ihrem Gesicht, und sie wandte sich ihrem Ehemann zu. »Weißt du, was das bedeutet? Ich bin keine schlechte Luftschifffahrerin! Mir wurde an Bord übel, weil ich schwanger bin! Fantastisch!«

Doch ihr Mann reagierte nicht gerade auf die Weise, wie sie es erwartet hätte. Er war eindeutig wütend, und nicht die Art von wütend, die ihn herumpoltern oder brüllen oder die Gestalt wechseln oder irgendeines dieser normalen Lord-Maccon-üblichen Dinge tun ließ. Er war auf ruhige, kreidebleiche, bebende Art wütend. Und das war schrecklich, schrecklich beängstigend.

»*Wie?*«, bellte er seine Frau an, während er vor ihr zurückwich, als wäre sie mit einer fürchterlichen Krankheit infiziert.

»Was meinst du damit, wie? Das *Wie* müsste doch wohl klar sein, selbst für dich, du unmöglicher Kerl!«, konterte Alexia scharf und wurde ebenfalls wütend. Sollte er sich denn nicht freuen? Das hier war schließlich ganz offensichtlich ein wissenschaftliches Wunder! Oder etwa nicht?

»Wir *nennen* es nur ›menschlich sein‹, wenn ich dich berühre, in Ermangelung einer besseren Umschreibung. Doch auch dann bin ich immer noch tot – oder zumindest größtenteils tot. Das bin ich seit Hunderten von Jahren. Noch niemals hat ein übernatürliches Geschöpf Nachkommen gezeugt. *Niemals!* Es ist einfach nich' möglich!«

»Dann glaubst du, dass dieses Kind nicht von dir ist?«

»Nun mal langsam, Mylord, nicht so hastig!«, versuchte

Madame Lefoux einzugreifen und legte Lord Maccon ihre kleine Hand auf den Arm.

Zähnefletschend schüttelte er sie ab.

»Natürlich ist es dein Kind, du Hornochse!« Alexia war nun *stink*wütend. Hätte sie sich nicht so schwach gefühlt, sie wäre aufgestanden und aus dem Zimmer marschiert. Unter den gegebenen Umständen griff sie nach ihrem Sonnenschirm. Vielleicht konnte sie ihrem Mann ein wenig Verstand einbläuen, indem sie ihm eins über den Dickschädel zog.

»Tausende Jahre an Geschichte und Erfahrung scheinen den Verdacht nahezulegen, dass du lügst, Weib!«

Bei diesen beleidigenden Worten sprühte Lady Maccon vor Zorn. Sie war derart aus der Fassung, dass ihr die Worte fehlten, eine gänzlich neue Erfahrung für sie.

»Wer war es?«, wollte Conall wissen. »Mit welchem tageslichtabhängigen Waschlappen hast du Unzucht getrieben? Mit einem meiner Claviger? Einem von Akeldamas pudelhaften Drohnen? Besuchst du ihn deshalb ständig? Oder war es einfach nur irgendein abstoßender sterblicher Aufschneider?«

Dann begann er sie mit Ausdrücken zu beschimpfen, die schmutziger waren als alles, was sie je gehört hatte – geschweige denn je genannt worden war –, und Alexia hatte im Lauf des vergangenen Jahres Bekanntschaft mit mehr als genug Obszönitäten gemacht. Es waren schreckliche, grausame Ausdrücke, und sie begriff die Bedeutung der meisten davon, obwohl sie mit diesem Vokabular nicht vertraut war.

Conall hatte in der Zeit, die sie ihn kannte, schon so manches getan, was man als durchaus heftig bezeichnen konnte, doch noch nie hatte Alexia tatsächlich Angst vor ihm gehabt.

In diesem Moment hatte sie Angst vor ihm. Er kam nicht auf sie zu – tatsächlich wich er weiter zurück Richtung Tür –, doch die Hände hatte er zu Fäusten geballt, seine Augen waren wolfsgelb, und die Eckzähne traten lang hervor. Sie war unermesslich dankbar, als sich Madame Lefoux zwischen sie und die verbale Schimpftirade des Earls stellte, als würde die Erfinderin irgendeine Art Barriere gegen seine schrecklichen Worte bilden.

Er blieb stehen, auf der anderen Seite des Zimmers, und schrie Alexia an. Es war, als hätte er den räumlichen Abstand zwischen sie gelegt, weil er befürchtete, ansonsten auf sie loszugehen und sie in Stücke zu reißen. Seine Augen waren so fahlgelb, dass sie beinahe weiß wirkten. Noch nie hatte Alexia sie in dieser Farbe gesehen. Und trotz der schmutzigen Wörter, die aus seinem Mund kamen, blickten diese Augen so qualvoll, als wäre ihm etwas Kostbares geraubt worden.

»Aber das habe ich nicht«, versicherte Alexia. »Das würde ich niemals! Nie und nimmer würde ich solche Dinge tun! Ich bin keine Ehebrecherin. Wie kannst du so etwas auch nur denken? Das würde ich niemals tun!«

Doch ihre Unschuldsbeteuerungen schienen ihn nur noch mehr zu verletzen. Schließlich verzog sich sein großes, ansonsten doch so gutmütiges Gesicht um Mund und Nase und zeigte einen Ausdruck des Schmerzes, so als würde er gleich anfangen zu weinen. Er stürmte aus dem Zimmer und schlug die Tür hinter sich zu.

Die Stille, die er hinter sich zurückließ, war nahezu greifbar.

Lady Kingair hatte sich zwischenzeitlich in menschliche Gestalt zurückverwandelt. Sie kam hinter dem Sofa hervor und blieb einen Augenblick vor Alexia stehen, völlig nackt, verhüllt nur von ihrem langen graubraunen Haar, das ihr offen über Schultern und Brust floss.

»Sie werden Verständnis dafür haben, *Lady* Maccon«, sagte

sie mit kaltem Blick, »wenn ich Sie bitte, das Kingair-Revier umgehend zu verlassen. Lord Maccon mag uns zwar einst im Stich gelassen haben, aber er gehört immer noch zu unserem Rudel. Und das Rudel schützt die Seinen.«

»Aber«, flüsterte Alexia, »es ist *sein* Kind! Das schwöre ich! Ich war niemals mit einem anderen zusammen.«

Sidheag starrte sie weiterhin hart an. »Kommen Sie, Lady Maccon. Sie sollten sich was Besseres als das einfall'n lass'n. Es ist nich' möglich. Werwölfe können keine Kinder zeugen. Haben sie nie und werden sie auch nie.« Dann drehte sie sich um und verließ das Zimmer.

Alexia wandte sich zu Madame Lefoux um. »Er glaubt wirklich, ich wäre ihm untreu gewesen.« Erst vor Kurzem hatte sie noch darüber nachgedacht, wie hoch Conall Loyalität und Treue schätzte.

Madame Lefoux nickte. »Ich fürchte, das ist eine Überzeugung, die die meisten teilen werden.« Mit einem mitfühlenden Ausdruck im Gesicht legte sie Alexia eine Hand auf die Schulter und drückte sie tröstend.

»Ich habe nichts getan, ich schwöre, dass ich das nicht habe!«

»Das glaube ich Ihnen, Lady Maccon. Aber damit werde ich zu einer Minderheit gehören.«

»Warum sollten Sie mir glauben, wenn nicht einmal mein eigener Ehemann es tut?«

»Weil mir klar ist, wie überaus wenig wir von Außernatürlichen wissen.«

»Sie wollen mich studieren, nicht wahr, Madame Lefoux?«

»Sie sind ein bemerkenswertes Geschöpf, Alexia.«

Alexia bemühte sich, nicht zu weinen, während Conalls Worte immer noch in ihrem Kopf nachhallten. »Wie ist das nur möglich?« Fest legte sie beide Hände auf ihren Bauch, so als wollte sie das winzige Geschöpf darin bitten, ihr seine Existenz zu erklären.

»Ich nehme an, das sollten wir besser herausfinden. Kommen Sie, bringen wir Sie von diesem Ort fort!«

Die Französin half Alexia aufzustehen und stützte sie bei ihrem Weg hinaus in den Korridor. Sie war überraschend stark für ein so zerbrechlich aussehendes Wesen, vermutlich von diesem ganzen Heben schwerer Gerätschaften.

Sie liefen Felicity über den Weg, die bemerkenswert ernst aussah.

»Schwester, es gab eine höchst fürchterliche Szene«, sagte sie, kaum dass sie Alexia erblickte. »Ich glaube, dein Gatte hat soeben mit bloßer Faust einen der Tische im Flur in tausend Stücke zerschlagen.« Sie legte den Kopf leicht schräg. »Es war ein erstaunlich hässlicher Tisch, aber dennoch, man hätte ihn ja immer noch an Arme und Bedürftige verschenken können, oder nicht?«

»Wir müssen unverzüglich packen und abreisen«, sagte Madame Lefoux, einen Arm weiterhin stützend um Alexias Taille gelegt.

»Gütiger Himmel, warum denn?«

»Ihre Schwester ist schwanger, und Lord Maccon hat sie verstoßen.«

Felicity runzelte die Stirn. »Also, *das* versteh doch mal wer!«

Madame Lefoux hatte eindeutig genug. »Schnell, Mädchen, laufen Sie los, und packen Sie Ihre Sachen! Wir müssen Kingair sofort verlassen!«

Eine Dreiviertelstunde später jagte eine geborgte Kingair-Kutsche zur nächstgelegenen Bahnstation. Die Pferde waren frisch und legten ein erhebliches Tempo vor, trotz des schlammigen, aufgeweichten Bodens.

Alexia, immer noch im tiefsten Schock, öffnete das kleine Fenster in der Kutschentür und steckte den Kopf hinaus in den vorbeirauschenden Wind.

»Komm weg vom Fenster! Das wird dir noch die Frisur ruinieren«, behauptete Felicity und gähnte. Alexia schenkte ihr keine Beachtung, deshalb wandte sich ihre Schwester der Französin zu. »Was *macht* sie da nur?«

Madame Lefoux schnitt eine kleine Grimasse, ein Lächeln ohne Grübchen. »Lauschen.« Zärtlich legte sie Alexia die Hand auf den Rücken und rieb ihn leicht. Alexia schien es nicht zu bemerken.

»Wonach?«

»Heulenden, jagende Wölfen.«

Und Alexia horchte, doch da war nichts als die feuchte Stille einer schottischen Nacht.

# Danksagung

Mit tiefstem Dank an die drei am wenigsten gewürdigten und am härtesten arbeitenden Missionare des geschriebenen Wortes: unabhängige Bücherläden, Bibliothekare und Lehrer.